| 当代中国小说

U0693157

梦月集

唐　梦　朱红娜　著

中国文联出版社

图书在版编目（CIP）数据

梦月集 / 唐梦，朱红娜著. -- 北京：中国文联出版社，2016.4（2023.3 重印）
ISBN 978 - 7 - 5190 - 1417 - 9

Ⅰ.①梦… Ⅱ.①唐…②朱… Ⅲ.①小说集—中国—当代②散文集—中国—当代 Ⅳ.①I217.1

中国版本图书馆 CIP 数据核字（2016）第 084737 号

著　　者　唐　梦　朱红娜
责任编辑　邓友女
责任校对　乔宇佳
装帧设计　中联华文

出版发行　中国文联出版社有限公司
地　　址　北京市朝阳区农展馆南里 10 号　　邮编　100125
电　　话　010 - 85923025（发行部）　　85923091（总编室）
经　　销　全国新华书店等
印　　刷　三河市华东印刷有限公司

开　　本　880 毫米×1230 毫米　　1/32
印　　张　17.25
字　　数　447 千字
版　　次　2023 年 3 月第 1 版第 2 次印刷
定　　价　79.00 元

C 目 录
ontents

小说卷

心香一瓣

朱红娜·小说卷

人海瞭望

乡野之风

梦月集

带刺玫瑰

朱红娜·小说卷

━━━━━━ 散文卷 ━━━━━━

朱红娜·小说卷

朱红娜·小说卷

小说卷

心香一瓣

求你一件事

差不多每天同一时间，老太太就会准时出现在江宁大道上。江宁大道商业繁华，人流密集。老太太衣着整洁，头发花白而不凌乱，身体消瘦而不弱，步履轻快，满是皱纹的脸上永远是笑意盈盈，看不出老太太的实际年龄，像六十多，也像七十多，十几年前刚见她的时候是这个样子，十几年后还是这个样子，没人知道老太太从哪里来，也没人问过老太太回哪里去。老太太就像江宁大道上的一棵树，人们既熟悉她，又忽视她。

老太太先是手提一只蛇皮袋，将人们喝水后的瓶子罐子收起来，放入袋子，待一只袋子有些重量的时候，老太太再拿出另一只袋子，然后用扁担挑着两边的袋子，边走边收。挑着袋子的时候，老太太就麻烦多了，先要把担子放下来，然后才弯腰捡起瓶子。更多的时候，人们看到老太太挑着担子，就直接把罐子给了老太太，她都会很礼貌地说"谢谢"。有时，一些商店也会把纸皮之类的废品，直接让她捆走。

一天，一个年轻人看见老太太，突发奇想，何不把老太太搞搞清楚，会是一个很好的题材也不一定呢。

年轻人没直接问老人家"你幸福吗"这样弱智的问题，而是说："老人家你真像我奶奶。"老太太看了看年轻人，笑盈盈地说："嗯，你跟我孙子差不多。"

年轻人说："奶奶，你住哪里，我帮你挑。"

老太太说："不用麻烦，我没问题。"

朱红娜·小说卷

"就当我帮我奶奶挑嘛。"年轻人抢过了老太太的担子。

老太太把年轻人带到了一个废品收购站。收钱的时候，老太太掏出一个小本子，让老板把数字记在了本子上。年轻人看见，本子上整整齐齐地记录着老太太每天卖废品的收入，少则一二十元，多则三四十元。

"奶奶，你家住在哪里，我送你回家好吗？"

"不行。"老太太一反常态，坚决拒绝了年轻人。

老太太把她的家什放在废品店里，洗净了手，整整衣服，估计就是要回家了。

年轻人更加好奇了，他躲在一角看老太太走远，远远跟着。

老太太走进了江都花园小区。江都花园不算是最豪华的小区，但也算得上是高档小区了，怪了，老太太每天捡破烂儿，竟然住这里。

年轻人问保安："刚才那个老太太是住这里吗？"

保安说："当然，她已住了十几年。"

"她儿子是干什么的？"

"不知道。"保安警觉起来，定定地看着年轻人。

年轻人掏出一个证件，保安看了看，还是摇头，"真的不知道"。

年轻人决定深入"虎穴"，探究清楚老太太的"真容"。

年轻人快步跟上，看老太太走进了一幢六层高的楼房，打开了 303 的房门。

年轻人选择一个周末的时间，敲响了 303 的房门，门开了，年轻人惊呆了，开门的竟然是晁市长。

年轻人把证件递给晁市长，说明了来意，说想采访老奶奶。

晁市长把年轻人让进屋里。

"甄记者，你是一个称职的记者，但我想求你一件事。"

"市长您言重了，有事尽管吩咐。"

"请不要报道老人的事，也求你保守我们的这个秘密。"

"我理解市长的意思。"

"不是为我，是为我母亲。"

"哦，请市长言明。"

"我从小失去了父亲，是母亲把我拉扯大，我有能力让母亲衣食无虞，安享晚年，但是我母亲并不快乐，郁郁寡欢。直至有一天，我发现她特别开心，一问，她说她去捡垃圾卖了十多元钱。我了解母亲，她一生勤俭惯了，闲不住。为了让母亲开心，我并没有干涉她，她也知道保密自己的身份。"

"请问她为何把收入记得详详细细？"

"知子莫若母，同样，知母莫若儿，母亲将每笔收入记录在册，是希望我做个好官，清清白白。"

"市长，您有一个伟大的母亲。"

"错了，和天下所有的母亲一样，我母亲就是一个普通的母亲。所以我不想因为你的报道打破她平静的生活。母亲健健康康，快快乐乐，就是我最大的愿望。她今年 80 岁了，我希望她长命百岁。"

"请市长放心，我知道怎么做了。"

走在江宁大道上，甄记者又看见老太太挑着担子，他没再走上前去，而是静静地走开了。

（此稿多处转载，《小说选刊》2013 年第 9 期转载，收录于《2013 中国微型小说年选》）

◎葛成石点评

　　此文简洁而丰富。简洁，是说行文如山涧的小溪水，干净而明快；丰富，是说简约的语言中有庞大的信息承载量。开篇几笔白描，让读者从老太太整洁的穿着、花白而不凌乱的头发中，看出这个拾荒老人的不寻常。而老太太记下卖废品的数目、拒绝年轻人将她护送回家，这两处细节看似随便一提，实是再次为后文铺垫。这样，写市长这

朱红娜·小说卷

个重要的人物时，自然就水至渠成了。多么伟大的母亲，多么低调的市长！最后，文中另一个人物——记者——凸显了出来。他不只是一个线索人物，也是文中的重要角色，他的社会良知、职业操守，叫人感动，最后"静静地走开"，是一首很美的诗，很美的画，不是吗？在当下资讯爆炸的时代，个人隐私被泛滥放大。有时候你的沉默，你的忽视自我，你与外界的距离和相安，就是对社会最好的回报。而掩卷细细一想，为人为官不本该如此吗？让人感动的背后，折射出引人深思的社会问题。

梦月集

花　香

　　"又喷来苏水了。"男人一开门，一股呛人的味道直扑鼻孔。"你要把家里弄成医院啊。"男人埋怨妻子。

　　妻子从房里出来。"怎么，我在自己家里消消毒都不行啊！"女人其实在心里厌烦，"你妈住了几天，整套房子就有一股子乡下的陈腐味，每次住过以后我都得消毒。"

　　"你自己住吧，我闻不惯。"男人"砰"一声关门走了。

　　男人两天了都没回来，手机也不接。

　　"他会不会外面有人了？经常带着一身香气回来。"

　　当蓝梅涕泪俱下向我哭诉她老公的时候，我感觉蓝梅的问题不小了。

　　"你经常喷来苏，他不喷香水才怪。"虽然我劝过她多次，但是她意识不到问题的症结。

　　周末，蓝梅老公还没回来，我约蓝梅出来，我要带她去见一个人。

　　我将车开出城里，开上一条蜿蜒的山路。

　　"你要带我去哪里？"蓝梅奇怪。

　　"去见一个我一直想写却不知道该怎么写的人。"我回答。

　　"关我什么事？"蓝梅满脸不高兴，"我晕车呢。"

　　"去了你就知道了。"我回头向蓝梅做了个鬼脸。

　　汽车在狭小的山路上弯来转去，颠得蓝梅直嚷想吐。

　　终于到了目的地。我将车子停在路边，徒步往村里走去，村里难见人影，破旧的房子大多空着，散发着一股霉味。远远地看见一处炊烟飘起，我们直接朝那边走去，一条大黄狗听到脚步声音，狂吠着直奔过来，蓝梅惊恐着往后退。狗吠声惊动了屋子主人，从屋里出来一个女人，蓝梅如遇救星，女人呵斥着狗狗，大黄狗乖乖地往回走。我们走近前来，女人才认出我来，"原来是古大记者啊！"

　　女人叫春兰，很年轻，也就三十出头，一身淡红的T恤下一条牛仔裤，干净利索，身上散发出一种淡淡的桂花般的清香。我是去年五一放假时到这山里来走走时认识她的。春兰把我们让进屋里，两个小孩正在玩耍，一个五六岁，一个三四岁，很乖很听话。房子虽然很老，但很干净，很整洁，有一股浓浓的花香。蓝梅蔫蔫的神情渐渐退了下去，苍白的脸上有了一点笑意，我们起身往里走，原来花香都是从天井飘来的，客家围龙屋的天井不小，上下两个天井，种满了各种各样的花花草草，红红的茶花，淡淡的兰花，粉粉的月季，最是那紫白相间的鸳鸯茉莉，争相开放，蓝梅看得呆了，轻轻地闭上眼睛，缓缓地呼吸着，让自己融化在了花香之中。

　　"你们也喜欢花？"春兰笑盈盈地问。

　　"当然，谁不喜欢花呢？"

　　"你种花吗？"春兰问蓝梅。

　　"种过，但很忙，没打理，都枯萎了。"

　　"其实种花不用花很多的时间，只要用心就够了。"

　　蓝梅"哦"了一声，若有所思。

　　"你老公呢？"蓝梅没看到她的男人，好奇地问。

　　"在深圳做厨师。"女人回答的时候脸上漾起了淡淡的羞涩的微笑，仿若正在含苞的百合。

　　"你就不怕老公在外拈花惹草？"蓝梅替春兰担心。

　　"不会。我每天将新开的花都用手机拍下来传给他看。他说我家的花是最美的，再也没有更美的了。"女人说话的时候脸上又开了另一朵花，就像一朵黄玫瑰。

梦月集

"你是医生？"春兰问蓝梅。

"你怎么知道？"蓝梅惊讶。

"你身上有一股医生的味道。"春兰呵呵地笑了起来。

"可是我换了衣服了啊。"蓝梅说。

"换了衣服味道也在。"春兰说。又是微笑，脸上就像盛开的海棠花。

"走，去看看你婆婆。"我提着带来的营养品，叫春兰一起去。

穿过一条长长的走廊，我们来到屋子的上厅，走进旁边的一个房间，蓝梅迟疑地跟着我们进来。

"妈，古记者来看你来了。"春兰大声地叫着，然后走到床边扶婆婆坐了起来。

"古记者啊，你大忙人啊，还记挂我这个老婆子，太有心了。"婆婆紧紧握着我的手，脸上的皱纹笑得像菊花。

"蓝医生，我妈患风湿性心脏病，在床上有好几年了，一直吃药，总算病情稳定了。"春兰告诉蓝梅。

房间没一点异味，蓝梅认真看了看，才发现房间也养了几盆花。蓝梅心里一阵悸动。

"你服侍得真好！"蓝梅由衷赞叹。

"蓝医生，我送你一些花，你回去养，身上就不会有医院的味道了。"春兰诚恳地对蓝梅说。

"真的？太谢谢你了！"

回来的路上，蓝梅说："辛苦你载我回我老公老家，我想回去看看老人。"

"好吧，好人做到底。"我加大油门，山风吹得我们飘飘欲醉。十几公里不一会儿就到了，她婆婆惊呼着迎接我们，当我们进门一看，蓝梅的老公正在屋里看书，蓝梅瞪大了双眼，整个人呆立在那。

"你们怎么来了？"蓝梅老公也是一脸意外。

"我是专程来看妈的，你回来也不告诉我一声。"蓝梅幽幽嗔怨。"老公，妈不能一个人住这了，我们把妈接出去住，我会在家种上很多的花，家里就再也不会有来苏的味了。"

蓝梅老公又是一脸意外，定定地望着老婆。

我悄悄退出里屋，将车上的花拿出来喷了点水，花更艳了，更香了。

（此稿多处转载，入选《2013 中国年度小小说》）

◎冯丽琴点评

小说离不开写人物，塑造鲜明的人物形象是优秀小说的标志之一。这篇小说人物刻画非常成功，个性鲜明，有血有肉。作者以女性特有的敏感细腻之心，感知五光十色的生活，善于撷取生活中的一朵朵浪花去挖掘那些闪光点来揭示主题，体现了人性美和人情美。

在故事情节的安排上，文章十分重视结构艺术，讲究构思巧妙，处处起到铺垫衬托作用。"我"是小说的关键性人物，是蓝梅夫妻闹矛盾并解决和好的协调者。当初男人埋怨甩门而去，引发矛盾，蓝梅向"我"诉苦衷。这是作者有意巧设的悬念，以引出"我"带蓝梅驱车到乡下看望春兰的故事情节的发展。作者精心刻画人物春兰的形象，其目的是与蓝梅做对比，两个家庭主妇，对待老公、婆婆之间的方法和态度截然不同，通过语言和动作描写活灵活现地揭示出来。春兰是憨厚纯朴孝顺，勤劳能干的农村妇女形象，蓝梅是狭隘自私自利的小市民形象。尤其在春兰家，花香这个场景的细致描绘，意境优美，情韵绵长，内涵深刻，紧扣题目来渲染气氛。春兰的一言一行，对蓝梅思想认识转变起到了潜移默化的作用，一切尽在不言中。故事情节环环相扣，再掀一波，如同飞来的神笔，很自然地过渡到

梦月集

结尾，留下思索。

　　文章采用象征手法，用花香来赞美女人们，象征纯洁美好的爱情之花，给人温馨甜美之感。明暗两条线索展开故事情节：明线是屋子和身上散发的气味，暗线是维持和见证他们爱情的花香。还运用对比和衬托的手法，使人物形象丰满，突出主题。多处语言描写花香，扣题喻人，不再一一列举赘述。标题具有隐喻和象征意味，用富有人物个性特征的语言描写和人物活动的场景描写来反映人性美和人情美。彰显艺术魅力，显现艺术高度。

眼皮跳

老李的母亲有一怪病——老是眼皮跳，隔三岔五的，就跳得厉害，且越发严重。

这病有十几年了，老李记起，从自己当上科长开始，母亲就得了这病，去了好多医院，看了许多医生，始终没检查出什么原因。

"这不是病。"母亲说，"眼皮跳是预感，可准了。"

每次母亲眼皮跳了，就跟老李说："最近有小灾，你可要小心预防。"

这封建迷信，老李不相信。

可事实验证，每次母亲说过以后，总会出些问题。

这天一早，老李西装革履，正准备出门，母亲来到老李跟前，"山啊，妈右眼老跳，你千万要小心啊，注意身体啊。"山是老李的小名。

"妈，我身体好好的，您放一千个心好了。"老李用力拍了拍自己的胸脯，向母亲表示。

可晚上，身体棒棒的老李就被人抬到了医院，迷迷糊糊的老李在打了点滴稍微清醒以后，突然记起早上母亲的叮嘱，难道眼皮跳真有预兆？不对，都怪那帮王八龟孙，说什么三十年茅台不醉人，硬是被灌得不省人事。

"说了右眼跳灾星到，你偏不信。不听老人言，吃亏在眼前。"母亲在老李面前直唠叨。

"好了好了，这次是例外，下不为例。"

没过几天，母亲又说右眼跳了。母亲叮嘱"要防血祸，开车要小心"。几天后单位的车就出了车祸，虽然老李不在车上，车也只是撞上了树干，瘪了车头，但老李仍然惊出了一身冷汗。莫不是母亲的眼皮跳准了？

单位人事变动，老李发现科室里有人背后搞他的小动作……老李才想起母亲几天前曾告诫他要与人为善，不与小人计较。原来母亲说的小人还真有。罢了，就听母亲的，任他去吧，不与小人一般见识。

左眼跳财右眼跳灾，老李的母亲从未左眼跳过，每次都是跳灾。

"妈，你就不能左眼跳跳吗？"老李戏谑母亲。

"山啊，妈左眼跳了，你有好事了。"终于有一天，老李听到了母亲的报喜。

其实，不用母亲左眼跳，上级已跟老李谈话了，要提拔了。

母亲的眼皮真灵，老李心服了，真信母亲了。

"妈，等着吧，以后您就不会右眼跳只会左眼跳了。"老李笑哈哈跟母亲说。

"糟了，糟了，右眼又跳了。"老李笑声还没停下来，母亲的惊叫声就起来了。

"妈，怎么了，好事黄了？"

"山啊，福祸相依，福也祸也。"

老李一听浑身打一激灵。

此后，母亲隔三岔五就右眼跳。老李刚想收老板送上的巨款，母亲就说右眼跳了，老李马上把手缩了回来。

老李对女秘书动心了，母亲的右眼又跳了，"山啊，你可要防色劫啊。"老李牢记母亲的话，再看女秘书的时候，怎么看怎么丑陋。老李就把女秘书换成了男秘书。

母亲的眼皮一直不时地跳。老李宁可信其有，时时防着，处处谨慎。

不少官员落马了，老李却安然无恙，安全着陆。

老李悠闲在家，看80多岁的母亲身体健朗，脸色红润，不时仍在厨房忙碌，烧他喜欢吃的菜，在阳台侍花弄草，老李感觉自己特幸福，仿佛又回到了童年，被母亲宠着，爱着。

老李突然发现，母亲的怪病竟然好了，再没听她说过眼皮跳了。

"山啊，那是骗你的。"母亲笑嘻嘻地说，"我的眼皮从来就没跳过。"

老李挠了挠头，忽然明白了母亲的良苦用心。

（此稿多处转载，入围2015年中国小小说排行榜，入选《2015中国年度小小说》）

◎冯丽琴点评

如今社会的不正之风甚是猖獗，许多政府的官员，因贪污受贿不时有落马者。针对这一时弊，作者很巧妙地选取素材，来揭示这种"怪现象"，讴歌正能量。人们常说："左眼跳财右眼跳灾。"其实这信与不信全在你自己。信则有，不信则无。作者却把这句话作为小说叙事的一条线索反复地出现，而且出现在最关键时刻，成为叙事的主线。塑造了母亲和儿子这两个人物形象。文章中的母亲多次说自己"眼皮跳"，这是对儿子的警示，儿子在母亲的感召下，小心翼翼地工作，谨慎地办事，从来不敢多拿人民的一分钱，更不敢收取贿赂，一身正气，两袖清风，很坦然，很认真地工作着。无论是普通干部，还是走上领导岗位，儿子都在母亲这样的警醒下，一路顺风。文章采用以小见大的写作方法，开头设置悬念，结尾捅破这张窗户纸，终于明白了母亲的良苦用心，使一位伟大的母亲形象跃然纸上，

梦月集

读后回味无穷。

　　真是可怜天下父母心啊！

寻找爷爷

小茜身上有一种特殊的味道，像烟或者酒，让我上瘾甚至迷醉。

我的烟瘾很大，一根接一根不用火机。

"老公，爷爷丢了。"老婆着急的哭腔在电话里如木棒般砸在我头上。

我像弹簧一样从小茜身上弹了起来，来不及洗澡，匆匆穿起了衣服。

正在兴头上的小茜蛇一样又贴了上来，我推开了她，留下一叠钞票，急急出了门。

我要回去找爷爷。

路上，一个年近六十的爷爷牵着一个小男孩和一个小女孩，那男孩只有六岁，女孩四岁，男孩全身污泥，蓬头垢面，女孩瘦小伶仃，眼泪鼻涕一把。

爷爷是我爷爷，那男孩是我，女孩是我妹妹。

"再不能乱跑了，遇见坏人会被抓走的。"爷爷摸着我的头，一遍一遍叮嘱我。

"我要去找妈妈。"我哭着，尽力想挣脱爷爷的手。

"妈妈出去做工挣钱，等你长大了，她就回来了。"爷爷哄我。

"我要妈妈，大头他们都有爸爸妈妈，我没有爸爸，又没有妈妈。"我大声哭诉，好像是爷爷藏起了我的爸爸妈妈。

爷爷不吱声。我仰头看见泪水在爷爷纵横交错的皱纹里肆意奔流。

"强强听话，以后爷爷奶奶也是爸爸妈妈。"爷爷蹲下身来，一边一个，抱起我和妹妹。

长大以后，我才知道，我爸爸妈妈离婚了，妈妈独自改嫁，爸爸想不开，服毒自尽了。

爷爷奶奶比爸爸妈妈更疼我们，他们不会像爸爸妈妈一样吵架，更不会像爸爸妈妈一样一吵架就拿我们出气。

爷爷每天起早贪黑去到五公里远的城里踩三轮车载客，晚上，奶奶用一大块姜煮热水让爷爷泡脚，然后再帮爷爷搓脚，按背。每晚这个时候，就是爷爷最惬意的时候。有时候爷爷会一直盯着奶奶的脸，看得奶奶都不好意思，奶奶问，"我脸上有什么好看的？"爷爷说，"老婆子，我一天到晚在外，回来看看你还不行啊？"奶奶就抬正了脸，让爷爷看个够。有时候，爷爷又一直闭着眼睛，任凭奶奶搓揉絮叨，奶奶以为爷爷睡着了，突然又听爷爷冒出一句"真舒服啊"。

爷爷的背越来越驼。初中毕业后，我不肯再读书了，跟着一个远房亲戚学装修，后来，我自己领工程，再后来，我开了自己的装修公司。

结婚后，我把爷爷奶奶接到城里，我建了别墅，让老婆做全职太太照顾爷爷奶奶，我要给他们最好的生活。

80 岁的奶奶照样每天给爷爷泡脚搓脚，我让老婆给爷爷搓，他们不让，让保姆搓，他们也不让。我说，"爷爷我带你去洗脚城搓。"爷爷说，"不去，别人搓，不习惯。"奶奶说，"我搓惯了，不搓反而不习惯。"

我笑他们不会享受。

奶奶 85 岁那年走了，临走的那天晚上，还让我们温了一盆热水给爷爷泡脚，然后握着爷爷的脚闭上了眼。

奶奶走后，爷爷大病了一场，后来爷爷患了老年痴呆症，他不认得很多人和很多东西了，但是每天抱着那个小木桶，我

朱红娜·小说卷

们用热水给他泡脚，可是他从不让人给他搓脚，一给他搓脚就大吵大闹。

回到家里，已是第二天，办案的民警说找遍了城里的大街小巷，没有爷爷的踪影。

"找不到爷爷，我饶不了你们。"我使劲瞪着老婆，把老婆和保姆臭骂了一顿。我将没抽完的烟用力地摔在地上，再用脚狠狠地踩灭了它。

"下了几天的雨，昨天好不容易出了太阳，我就让爷爷出来晒晒太阳，我出去想买点东西，哪想到没一会工夫，爷爷就不见了。"老婆急得哭了起来，像做错事的小学生，战战兢兢地向我说明原委。看着像风中的一棵小树一样颤动的妻子，我心一软，一股热流在眼眶涌动，是啊，我常年不着家，家里老老小小全靠她照顾，我怎么能怪她呢？

我帮老婆擦了泪水，轻轻地按住她的双肩。

"会不会被人绑架呢？"我问警察。

"可能性不大，如果绑架的话早该有电话打来了。"警察分析。

"刊登寻人启事了吗？"我问老婆。

"昨晚电视播了。"老婆告诉我。

爷爷90岁了，又是痴呆，会跑到哪里去呢？我百思不得其解，手上的烟烧疼了皮肤。

我驾车在城里来来回回地找，城里都是五颜六色，步履匆匆的人，哪里有爷爷的半点影子。

电话响了，小茜娇滴滴地说，"强哥，早点回来啊。"我不耐烦地摁了结束通话，再用力地按灭了烟。

不知不觉的，我的车子开往了老家的路上，老家虽然只有五公里，但自从爷爷奶奶出来后我就很少回去了，上一次回去还是给奶奶扫墓的时候呢，转眼之间又是一年了，想着想着，我不禁深深愧疚起来。

爷爷会不会回了老家呢？我兴奋了起来，加大了马力。

梦月集

不一会儿就到了老家，邻居都盖了新房搬出去了，老房子已没人住了。生锈的铁锁寂静地独守着老房子，它告诉我，爷爷没有在这里。我黯然地离开老房子，决定去老房子后面的墓地看看奶奶。

骇然的一幕出现在我的眼前，爷爷穿着我过年时给他买的新唐装，伏倒在奶奶的墓碑上。

我抱起爷爷，爷爷已没了气息，但爷爷神态安详，仿佛睡着一般。

我跪在墓地，给老婆打了电话，"老婆，爷爷找到了。"

然后，我将小茜的电话拉进了黑名单。蓦然发现，我已有几个钟头没抽烟了。

（首发《小说月刊》2012 年第 10 期，多处转载）

◎沐阳点评

"寻找"这个词颇能激发阅读心理和阅读期待，寻找的过程其实是一个重新发现、重新反思的过程。我们所处的这个不朽的时代总会丢失一些不朽的东西，比如真诚、真情、真爱。《寻找爷爷》这篇小说所呈现的主题，正是呼唤和找寻人间最朴实却又最感人的真爱。沿着"寻找"这条线索，作者把爷爷对我们兄妹的爱、奶奶对爷爷的爱写得非常"生活化"，有一种静水流深的力量。尤其是"爷爷在奶奶给他搓脚时的神态""爷爷拒绝别人给他搓脚的固执""患了老年痴呆症后爷爷每天抱着泡脚的小木桶"等细节颇能打动读者。而最后，"我"在奶奶的墓碑前找到了逝去的爷爷，这种"梁祝式"的爱情击碎了"我"与小茜的婚外恋，也为时下流行的爱情病打了一剂强心针。

五十五个信封

六月天，孩儿脸。刚刚还烈日炎炎，突然就乌云密布，狂风大作，掀起漫漫灰尘。

"下课。"老师一声令下，学生就像放飞的鸽子。有调皮的同学冲进操场，与豆大的雨滴亲密接触，尽情放逐童年的顽皮。

班主任邓老师正在办公室准备着下一节的课。

"报告老师。"邓老师抬头一看，是班里的何皓皓同学。

"有事吗？"老师问。

"老师，我放在书包里的二百块钱被人偷了。"何皓皓慌慌张张，一副难过的表情。

"哦，怎么回事？"

"放在书包笔盒里，今天不见了。"

"知道谁拿了吗？或者怀疑哪个了吗？"

"不知道。"

"老师，这钱是我妈前几天给我买波鞋的，我没买到波鞋会被妈妈骂死的。你一定要帮帮我，你就告诉我妈，说我的钱被人偷走了。"何皓皓急得涨红了脸。

"你不能亲自告诉你妈吗？"

"我妈不相信我的。求求你告诉我妈好吗？"

"你不想找回自己的钱了？"

"也不知谁偷的，不找了。"何皓皓嗫嚅道。

邓老师定定地看着何皓皓，想从他脸上找出一些蛛丝马迹，但何皓皓一直低着头，不敢看老师。

这个一贯调皮捣蛋的学生今天似乎变了一个人。难道就因为二百元钱？

"不行，我一定要帮你找回来。"邓老师很坚决地说。

课上，邓老师说："今天的语文课，我们就别开生面来上。今天不讲课，我先给大家讲一个故事。"

同学们齐齐鼓掌。

"很多年前，有一个学生，家里很穷，一天，同学们出去游玩，在游玩的时候，他捡到 10 元钱，当时 10 元钱是一个不小的数目，对他来说更是能起到很大的作用，可以买到很多自己一直想买而没买的东西。看看周围并没人注意到他，他赶紧把钱装到裤袋里了。一阵'咚咚'心跳以后，他装作若无其事的样子又跟大家一起玩了。后来丢钱的同学发现自己的钱丢了，急得哭了。那同学心里很不是滋味，很想把钱掏出来还给人家，但他始终没有掏出来，毕竟 10 元钱对他的诱惑太大了。但是，回去以后，他一直不敢花这 10 元钱。以至几十年后，这 10 元钱一直成了他的一个心结，也成了他人生的一个阴影。他，就是我的一个小学同学，那个丢钱的人就是我。他让我一定要把他的故事告诉我的学生。"

邓老师语气沉重又严肃地说："今天，何皓皓同学的二百元钱被人拿走了。"邓老师顿了顿，也不拿眼睛扫描全班同学，双眼向上，左手反复将短头发向后拢，若有所思。

同学们你望望我，我看看你，仿佛要看出谁是偷钱的人。

邓老师接着说："如果要找出拿钱的人一点也不难，只要把大家的书包和口袋翻一遍就可以了，很简单。但是，这样拿了钱的同学就被烙上了一个小偷的印记。我为什么说拿而不说偷，就是因为你们还是一个孩子，见钱起贪念是难免的，犯点错误也很正常，我不想因为你们一时的糊涂，给你们的心灵蒙上一层阴影。我也不会让你亲自把钱交上来，我不想知道你们

朱红娜·小说卷

谁拿了何皓皓的钱，在我眼里，你们都是一群可爱的孩子。"

邓老师亲切的话语，如春风细雨丝丝缕缕飘进同学们的心里。

"但是，钱一定要还给何皓皓同学。"邓老师以不容置疑的口吻强调。

"现在，我给你们每人发一个信封，拿了钱的同学回去后将钱装进信封里，没拿钱的同学在信封里装两张白纸，封好后下午交给老师，好吗？如果拿了钱的同学这样还不肯还的话，你就真的无药可救了。"

"好。"同学们异口同声地说。

下午，除了何皓皓同学以外的五十五个同学的信封都投到了一个纸箱里，邓老师一封封地拆着信封，从一封封信封里抽出的两张白纸向邓老师表白着同学们的纯洁，五十一，五十二，五十三，五十四，五十五。全都是两张白纸。

果然不出邓老师的意料。

邓老师将早已准备好的二百元钱从一个信封里抽出来，大声地宣布："同学们，何皓皓的二百元钱还回来了。"

课室顿时掌声雷动。

唯有何皓皓同学一脸诧异。

下课了，何皓皓怯生生来到了邓老师办公室，将二百元钱还给邓老师："邓老师，我错了，钱让我玩游戏了，我不敢告诉我妈，所以想了一个歪点子，这钱是您的，我不能要。"何皓皓头更低了。

"我知道。"邓老师很平静地说。"但你怎么跟你妈交代？如实告诉她？你妈那么辛苦赚来的钱，就被你这样花了，非气死不可。"

"但是，你的钱，我不能要。"何皓皓倔强地说。

"我们来个约定怎么样？"邓老师语气和缓。

"什么约定？"何皓皓抬起了头，好奇地望着邓老师。

"为了不让你妈伤心，也不让你妈骂你，我们就保守这个秘密，这二百元钱你先拿去买鞋，但条件是以后再也不许玩电脑游戏。"邓老师说。

何皓皓沉默不语。

"就算是我借给你的，行吗？等你以后长大工作了，再还我怎么样？"邓老师把钱塞给何皓皓，满脸慈祥。

"好，老师，我一定会还你的。我们拉钩。"何皓皓伸出右手食指，与邓老师的右手食指紧紧扣在一起，使劲拉了一个钩。

（此稿被《小小说选刊》《微型小说选刊》《中学生阅读》《新小读者》等多处转载，被辽宁作为《语文：2013年中考适应性测试》分析题）

◎葛成石点评

这是一篇让人读后很温暖的小说。人的一生真是充满了变数，如果这个皓皓没有遇上一个细心、有爱、敬业的老师，如果皓皓这一回得了手，那他的人生就很可能会朝着另一个方向发展。邓老师在不动声色中，就从皓皓的神情里捕捉了许多有用的信息。皓皓丢了钱，但他慌张多于难过；他向老师求助，不是急于查出小偷，而是急于让老师帮他向家长证明钱被偷。邓老师没有戳穿孩子的谎言，可见其爱心；邓老师不说"偷"而说"拿"，亦可见其爱心；查小偷的方式，尤见其爱心；替皓皓补上两百元钱，和他来一个温馨的约定，尤见其爱心。当然，一篇小说中主人公细心，可见作者更细心；主人公有爱，则可见作者更有爱。

雪绒花

尽管每天这几十级的台阶对程小鸥来说是一种折磨，每走一步，身体的疼痛都从脚上开始四散开来，骨质越来越疏松，腰椎越来越变形，步履越来越艰难。但是今天，望着走了二十几年的楼梯，扶着斑驳了一层又一层的扶手，程小鸥却多么希望这台阶能一直延伸，一直延伸……

也许，今天是最后一次爬这个楼梯了，离开了这个扶手，小鸥不知道，生命的意义在哪里，乐趣又在哪里？这样想着，小鸥不禁黯然神伤，对于死亡，他没有恐惧，他不舍的是这里的每一棵树，每一根草，每一个生动鲜活的学生。

程小鸥没有听从医生马上手术的忠告和校长的规劝，只对校长要求："四天，再给我四天时间，我把这个单元讲完。"深知小鸥的校长沉默良久，无奈地点了点头。

今天是最后的一天，最后两节课，小鸥努力地平静下了心情，拄着拐杖一拐一拐地往教室走去，不时有学生从他身边经过，招呼，微笑，小鸥一一地回应，衷心地微笑。还好，像长了翅膀一样的坏消息并未在学生中传开。

走到教室门口，遇到一位多年的同事，他用力地扶住小鸥的肩膀，泪水就从眼眶里滚了下来。"别，别，别……让学生看见多不好。"小鸥宽慰着同事，此时，他最怕的就是让学生知道消息，这样他的课就上不了了，他的心也会始终不安。

小鸥一如既往地上他的课，他用左手拄着拐杖，右手在黑

梦月集

板上板书，尽管已是冬天，但脸上的汗水仍然没有停歇，他腾不出手来擦汗，不时有汗水从脸上滴落，慢慢地，衣衫开始被汗水浸湿。这是因为小鸥的身体所致，每次上课，都是汗湿衣衫，夏天汗水更是湿透脚下的一片地方。

上完了所有的功课，小鸥说："同学们，我教你们唱英文歌曲《雪绒花》吧。"同学们最喜欢听小鸥老师唱歌了，一起拍手称快。随即，教室里响起了小鸥与学生一齐唱的轻快优美的《雪绒花》。最后，小鸥告诉同学们："雪绒花是真善美的化身，象征着高尚的情操和纯洁的爱，无论将来你们有多大作为，取得多么辉煌的成就，无论生活的风云如何变幻，在你们的心中，要永远永远珍藏这朵洁白无瑕的雪绒花……"

在程小鸥肾上长了7厘米的癌肿已经严重超过了5厘米的警戒线，必须马上摘除右肾。

这天是手术的日子，小鸥早早醒来，望着窗外灰蒙蒙的天空，遥想几百公里以外的学生，又是思绪万千，他努力地回忆着每个学生的容颜，他多想再看看他们奔跑的身姿，再瞅瞅他们嬉闹的无忌，再听听他们琅琅的读书声啊！他怕从此再也见不到他们了，再也回不到他们身边了。他打开手机，写了一则长长的短信：

我亲爱的孩子们：

再过两个小时，我就要走上手术台了。此刻，我回忆着你们的每一张笑脸，心里洋溢着快乐和温暖的感觉。

孩子们，当我给你们上最后一节课的时候，我多么希望自己能再陪你们一直走下去啊！我教你们唱《雪绒花》，是希望你们的心中永远永远保持一份纯洁而高尚的情操；我很认真地上完我的最后一节课，是想让你们明白做人做事所必须具备的一种认真的态度！不知道你们能理解老师的用心吗，我亲爱的孩子们?

　　今天你们的英语课是在下午的第二节课,上课之前,你们能再为我唱一遍《雪绒花》吗?那时候,我应该还处在昏迷状态,但我相信我的心是一定听得见的!我们一起加油吧!

　　我爱你们!

　　发完短信,小鸥长长地舒了一口气,身体仿若注入了一针兴奋剂,精神即刻清爽起来,紧张的心理消除了,轻松如平常般与病友们谈笑风生,他相信他的病一定能治好。

　　一切准备就绪,小鸥就要离开病房去手术室了,这时,手机响了起来,小鸥按下接听键,只听《雪绒花》轻快优美的旋律缓缓响起:

　　　　雪绒花,雪绒花,
　　　　每天清晨欢迎我。
　　　　小而白,纯又美……
　　　　雪似的花朵深情开放……
　　　　雪绒花,雪绒花,
　　　　为我祖国祝福吧!

　　这是小鸥的学生齐声高唱的,歌唱得并不整齐,歌声里还夹杂着他们的哭泣声,但在小鸥听来,那绝对是天籁之音了!歌声在病房回荡,整个病房的病人和家属都流泪了,小欧却开心地笑了,因为他知道,他播下的那颗纯洁美丽的雪绒花种子,已经在学生们的心里开始发芽生长了。

◎葛成石点评

　　写老师带病上课,呕心沥血,工作到生命的最后一刻,

梦月集

似乎已没有新意，但此文并未落入窠臼，读后还是会被深深地打动。究其成功的奥秘，我以为主要有二。其一是写人着力于写灵魂。小鸥老师到底有什么先进事迹，作者宕开笔墨不提，而是攥住其手术之前的行为、心理和精神状态。在矛盾冲突中塑造人物形象，是我们常提的一句话，而本文的经验告诉我们，精神与肉体的"矛盾"，也许更值得关注，更有打动人的元素。其二是善于抓住象征物，利用象征物。若没有雪绒花，小说显得太实，寡味。有了"小而白，纯又美"的雪绒花，就多了文字之外的意味，小说也成了一首诗，让人沉浸于作者创设的特定的意境中，遐想，回味，然后泪流满面。

朱红娜·小说卷

两个谎言

女人像秋千一样在街上晃来晃去。

女人不想回家，曾经温暖的港湾正遭受严冬的冰封，女人感觉寒冷刺骨，心如冬眠。街上色彩斑斓的人流让女人恢复生气，女人漫无目的地融入人流，步履不急不慢，从一条街至另一条街再至另一条街，直至疲惫，直至饥肠辘辘，再找个干净的饭馆，点上两个菜一个汤，慢悠悠独自完成晚餐。然后回到黑灯瞎火的家。起初的时候，女人会等着男人回家，为男人准备冲凉换洗的衣服，洗好男人换下的内衣内裤。但是男人越来越晚，女人等得困了，累了，挺不住了。女人便关了所有的灯，男人回来的时候，也是黑灯瞎火了。

女人妇科有问题，烦不胜烦。一个闺密正好是妇产科医生，让她做全面检查，等待结果的日子，女人跟闺密聊到了老公，女人说，"女人真没劲，跟老公一起打拼，老公越来越成功了，女人越来越衰弱了，老公在外潇洒快活，女人在家独守空房。"说着说着，女人就泪流满面了，女人告诉闺密，男人可能有了别的女人，她不知道该怎么办，女人要闺密帮她一个忙，编造一个谎言，说女人得了子宫癌，试试男人有何反应，如果男人无动于衷甚至暗自庆幸，女人就决定离婚。

闺密庄重地点了点头，"我帮你"。

检查结果出来了，闺密打了男人电话，男人不一会儿就到了医院。闺密姓洪，是妇产科的权威，她非常严肃地对男人说：

"告诉你一件很不幸的事情，樱子检查出了宫颈癌。"樱子是女人的名字。男人一听像触电一样心紧紧地抽了一下，痛苦的表情瞬间如油漆般覆盖了脸庞。"诊断准确吗？有必要去省城确诊吗？"男人心存一丝侥幸，希望是个误诊。"没必要，我们是将检品上送省城检查的。不过还好，是早期。"洪医生一副非常职业的神情剿灭了男人最后的一点侥幸。"洪医生，请你一定要想想办法，一定要治好樱子。"男人几乎是哀求的口气。洪医生说："必须及早手术。"

男人要洪医生帮他一个忙，编造一个谎言，说女人没有患宫颈癌。

洪医生庄重地点了点头，"我帮你，我会跟樱子说，她患的是子宫肌瘤，良性的。"

男人马不停蹄地回家，他从来没有像现在这样迫切地希望见到樱子，他没法儿想象万一有一天没有樱子会是什么状况。一路上他的大脑转得比车轮还快，满脑子都是樱子在转。

男人有别于平时的回家，让女人略感意外，男人一改往日冷淡疲惫的态度，来了个180度的转弯。

"樱子，今晚我下厨，我们好好聊聊。"男人说。

"太阳从西边出来了？"女人狡黠地笑问。

"是，从今天始，我们的太阳都从西边出来。"男人说："我要让我们的日子充满阳光，没有黑暗。"

男人让女人乖乖地坐在沙发上，自己进了二十年没进过的厨房。

好不容易，男人弄出了几个菜，看着桌上并不赏心悦目的菜色，女人泪水在眼眶里打转，她知道男人还在意她。

这时，男人电话响了，男人看也没看，摁了，然后关机了。

这一刻，女人就决定，她不离婚了。

"樱子，我要跟你说一件事。"男人郑重地说。

"你说，我听。"女人猜到男人要说什么了。

"你先答应我，必须听我的。"男人说。

朱红娜·小说卷

"好，我答应。"

　　"洪医生说，你患了子宫肌瘤，要趁早做手术。"

　　"我知道，没事的，不用做。"女人一副淡定的神情，这是她和洪医生共同策划的，她当然胸有成竹。

　　"不行，你一定要做。"男人以不容商量的态度勒令女人。

　　"好吧，我跟洪医生商量商量。"女人知道男人的脾性，先来个缓兵之计。

　　一连数天，男人都没去上班，女人怀疑的那个女秘书的电话他也不接了。男人整天围着女人转，女人久违的笑容像春天的绿叶一样蓬勃在男人面前，生活仿佛又回到了二十年前。

　　男人每天催着女人做手术。

　　"老公，对不起，我骗了你。我没有患子宫肌瘤，那是我让洪医生骗你的，我想挽救我们的婚姻。"女人说出了实情，她不敢看男人。

　　"真的？真的吗？"男人震惊之余，有一种福彩大奖从天而降的感觉。男人抱起女人转了起来。

　　男人还没从兴奋中停下来，洪医生就打来电话责备，"怎么还没带樱子过来。"

　　"不是说骗我的吗？"

　　"是的，本来我们说好了要骗你的，但是很不幸，樱子真的检查出了恶性肿瘤。"洪医生沉重的音调犹如一记闷雷击得男人天旋地转。但只一瞬，男人就平缓了自己，他要镇定，他不能让女人知道她的情况有这么糟糕。

　　男人强行带着女人去了医院，洪医生亲口对樱子说："是子宫肌瘤，及早手术就没事的。"最后洪医生说："你老公是个好老公。"

　　女人伏在男人的肩上抽泣起来，紧紧抱住男人，哽咽道，"我听你的。"

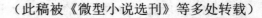

（此稿被《微型小说选刊》等多处转载）

　　家庭生活夫妻之间能和睦相处与婚姻的美满幸福，是每个人所向往和追求的，然而，在我们的现实生活中，往往不能尽如人意。这篇小说警醒世人，要珍惜我们所拥有的家庭和美好生活，爱情需要相互信任包容，彼此关心呵护，它是一朵圣洁的花。小说中的女人因男人早出晚归，觉得婚姻走到了边缘，在苦恼忧伤无奈的情况下，求助于闺蜜——妇科女医生的帮助，于是编造了一个自己患病的谎言，来验证男人的爱。当男人从医生口中得知妻子的病情时，流露出的关怀和爱，让她改变了自己的决定，然而不幸的是女人真的身患绝症。这两个谎言叙述的凄美故事情节曲折感人，发人深省，令人深思，引起读者感情上的共鸣。让我们在一声长叹和无奈中，感叹人生短暂，感悟生命的脆弱。有关反映婚姻爱情这方面的文章很多，很显然作者在选材构思上下了一番功夫，视觉独特，人物真实生动感人，情节巧妙，手法新颖，真正做到了"一粒沙中看世界，半瓣花上说人情"。

朱红娜·小说卷

失踪的闺蜜

　　杨桃突然就像从人间蒸发一样，果果怎么打她手机也不通，果果又打遍了杨桃所有朋友的电话，通通都没有杨桃的消息。果果急得像热锅上的蚂蚁。杨桃会不会想不开呢？

　　出差在外的老公打来电话，果果心急地告诉老公杨桃失踪了。老公说："不会的不会的，也许回老家了吧！"果果埋怨老公，"回老家也应该告诉我一声啊，不知道我多担心她！"

　　几天后，杨桃的手机终于通了，杨桃告诉果果，老家有点急事，急着回去也没打声招呼，老家信号又不好。果果说："杨桃你不知道我有多担心你！"

　　果果担心杨桃不是没有原因的。杨桃被老公抛弃了，杨桃就是想不明白，老公怎么能抛弃自己呢？想当初嫁给他时杨桃可是伤了好多男人的心，遭了许多人的唾弃，说得好听点是男"财"女貌，说得不好听是一朵鲜花插在牛粪上。牛粪就牛粪吧，牛粪肥沃啊！杨桃看着花园一样的别墅，像朵怒放的玫瑰娇艳欲滴。没想到仅几年时间，牛粪又去栽培别的野花了，而且野花还结了果。杨桃这朵鲜花就枯萎了。杨桃就想自杀。果果最初日夜陪着杨桃，说牛粪其实奇丑无比，离了好。杨桃脸上总算有了点喜色。果果又说："好男人有的是，吃一堑长一智，以后一定找个不要野花的。我家老公就从不采野花。"杨桃不信，果果说："其他方面我不太满意，在这方面却是绝对信得过的。"杨桃就听得眼泪吧嗒吧嗒地掉，说："你命真好，嫁了一个这么好的老公。"果果笑得露出了晶莹细密的牙齿。

　　杨桃觉得果果家里特舒服，特温馨，就时常过来蹭饭吃。每次杨桃来了，果果就陪杨桃聊天，果果的老公就围着围裙在厨房转。果果就巴不得杨桃来，杨桃来了，她就不用下厨了。果果的老公每次都变着花样整出满满一桌菜，杨桃又是眼泪吧嗒吧嗒地掉，说："我老公可从来没有下过厨，我服侍他就像服侍王爷一样，可他还是走了。你的命真好，嫁了一个这么好的老公。"果果又是笑得露出了晶莹细密的牙齿。

　　老公出差的时候越来越多，果果就觉得越来越寂寞，就打杨桃手机，叫杨桃过来玩，杨桃说："真不巧又要加班，最近老要加班，烦死了！"果果就替自己幸运，大家都越来越忙了，还好自己还是这么悠闲，悠闲好啊，起码没什么压力，这世界各种压力太多了，看老公常常回来疲惫不堪的样子，果果就心疼，炖各种滋补汤料给老公增加营养。

　　好不容易这个周末老公有闲了，刚吃完晚饭，老公接了一个电话，老公说："真烦，又有事。"果果说："你去吧，早点回来。"老公匆匆换了件外衣就出去了。果果看着餐桌上的残羹剩菜，根本不想收拾。果果想找人聊天。杨桃已经很久没来了，果果打杨桃手机，杨桃说："对不起我身体不舒服"，果果说："那我过去看你吧"，杨桃说："不用了，我想休息休息。"果果突然间就觉得空空荡荡的，又好像有许多心事堵在胸间，烦透了。果果一个人出去走走，不知不觉的，果果走到了杨桃楼下，看杨桃家里亮着灯光，就上去了。门铃响了好一阵子，杨桃才慵懒地开了门，杨桃惊愕地问果果怎么来了，果果说："反正家里没事，出来走走就到了这里，顺便看看你。"一进门，果果看见门边放着那双熟悉的皮鞋：那些细节、那些特有的标志，果果不会弄错的，甚至连那双鞋垫都是自己帮老公买的！果果差点被这个残酷的打击气晕了，但她强迫自己冷静下来。杨桃慌忙说："我去给你泡杯茶"，转身就进了厨房。好一会儿，杨桃终于端出来一杯茶，果果看看杨桃，杨桃惊慌

朱红娜·小说卷

的眼神一会瞟着果果，一会瞟着那扇关紧的房门。果果伤心地、痛苦地向杨桃申诉："唉！我老公最近得了肝炎，医生说吃饭要分开，也不能过夫妻生活，连接吻都会传染，弄得我心里烦透了！……"说完又是一声长长的叹息。杨桃再次惊愕地瞪大了眼睛，脸上堆满了尴尬的表情。果果说："我得回去了，要不老公回来又要不高兴了。"杨桃说："慢走，有空过来坐啊。"说话的声音都颤得有点变了调。

又是一个周末，老公居然没有了应酬，但望着老公无精打采的样子，果果问："怎么啦，哪不舒服吗？"老公说："没什么，前几天单位的同事莫名其妙地跟我吵了一架，从此不再来往了。"果果若有所悟地"哦"了一声："那样就好，那种人最好离远一点！"老公转忧为喜："我最听老婆大人的话了。"说完就腻了过来……说实在话，果果感到这是和老公最没有意思的一次亲热，但她还是为这样的一次感到高兴：她用瞎编的谎话吓退了杨桃，就像那些灰头土脸的士兵，虽然狼狈，但是打了胜仗！

一天黄昏，室外下起了密密的细雨，杨桃孤寂地站在窗下，撩起窗帘的一角无奈地望着远处，忽然看到一顶花雨伞下，果果和老公搂着亲密地前行。杨桃想：他的肝炎不知好些没有，但愿果果永远也不知道自己和他的事！想到这，杨桃决定明天就践行几天前的那个计划。

第二天，果果收到杨桃的一则短信，说她要搬离这座城市，寻找新的生活，谢谢果果一直以来的关心，她祝果果永远幸福。

果果拨打杨桃的手机，却被告知号码是空号。

这一回，杨桃是真的失踪了。

这是一篇具有现实教育意义，充满浓郁的生活气息和感情色彩的小说，警醒人们，受到启迪。文章故事情节层层设疑，步步为营，突出主题。杨桃失踪巧设悬念，其家庭生活变故，引起读者同情怜悯，唏嘘慨叹之余，良久沉思。如今这钱让男人变坏，让女人陷入困境，让情妇变得失去做人的尊严。钱也就变成杀人不见血的刀啦！

小说的闪光点就在于情节曲折，耐读有味，看似平淡无奇，却显得离奇深沉。作者如数家珍般的娓娓道来，果果与杨桃是至交，频繁往来很正常，却不料闺蜜居然成了老公的情妇，这当头一棒，哪个女人能承受得了？故事看似节外生枝让人百思不得其解，细思故事在曲折中又见波澜，幸亏果果是一个有素质修养的女性，面对现实，略施计谋，适时说出理由：老公患肝炎，不能……文章就这样把两个女性心灵世界和现实生活的遭遇折磨，复杂幽暗的心理在气韵独具的文字里细致呈现。突出果果善良沉稳，老练豁达的性格，让杨桃尴尬，自责内疚，结尾一幕顺理成章。使人物刻画细致逼真，入木三分，体现作者深厚的文学功底。

文章语言刻画生动形象，自然流畅。如"杨桃想：他的肝炎不知好些没有，但愿果果永远也不知道自己和他的事！想到这，杨桃决定明天就践行几天前的那个计划"，透过文字的背后，让读者看到闺蜜内心十分矛盾纠结，甚至是痛苦而难以化解的心结，再如"我家老公就从不采野花"一语也见证了果果的自信，却又暗示男人是不靠谱的，骨头脊髓里有着同样的东西。类似这样的笔墨多处出现，增强文章的艺术性和感染力。

路　遇

　　天空飘起微微的毛毛雨，若有若无，江边一片迷蒙，三三两两的行人，打着雨伞。

　　我照例沿着江边徒步上班，远远的，一个熟悉的身影迎面走来，"张婆！"我兴奋地老远招呼她，她微笑着"嗯"了一句，说："小陈好久不见你了。"小陈？我懵了一下。

　　走近几步，发现认错人了，她不是张婆，但我依然微笑着跟她说："好久不见，看您身体还很硬朗的，真好！""是啊，打帮天啊！"她哈哈笑着，问我在哪里上班了？我告诉她就在河堤边上的水利局，因为不远，每天就步行上班了。

　　我们简单聊了几句，我就急着上班了。

　　张婆是我奶奶的邻居，以前经常上我家来，跟奶奶一起聊天一起玩，关系很好，后来奶奶走了，我们也搬走了，就没再见过。一路上，我在想，她可能正好也姓张呢，或者她以为我真认识她呢。

　　奇怪的事情发生了，以后每天上班的路上我都能遇见她，每天再遇见她的时候我将错就错叫她"张婆"，我也将错就错被她改成了"小陈"。

　　慢慢地，我们熟悉起来，有一天我问她，"以前怎么没见您在这里晨运？"

　　张婆说，她家在江北，遇见我的时候是第一次来这边河堤晨运。

"江北过来，不是很远？"我惊讶。

"喜欢就不远了。"张婆像个小姑娘一样天真起来，做了个小鬼脸。

我开始喜欢上"张婆"了，就像喜欢我奶奶。

"张婆，哪天我去您家串串门？"

"好啊！好啊！"张婆又是开心得像个小孩拍起了手掌。

顺着张婆给的地址，我找到了她家，宽敞整洁的三居室，就住着张婆一人，张婆告诉我，他儿子出国了，在那边娶了老婆，生了女儿，让她跟着去，她不愿去，就一个人住了。

"你说我一老太婆，出去一句话都听不懂，儿子媳妇要工作，媳妇还是洋人，孙女儿要读书，我不成聋子哑巴了？"

"也是，不但没人说话，连电视都看不懂，去那会憋死。"

在客厅的小桌上，我看到一份门诊病历，上面姓名写着"刘兰英"。

我想这应该就是"张婆"的姓名。

张婆看出我的疑狐，神情黯淡了下来，说："其实我骗了你，我不是张婆。"

"我知道，一开始就知道。"我说。

"那你还一直这样叫我？"

"没关系啊！姓名只是一个符号，您愿意叫'张婆'我就叫啦。其实，我也骗了您，我也不姓陈。"

"我知道你不姓陈。""张婆"淡淡地说。

轮到了我惊讶，我一直以为我是她认识的某个小陈呢。

"我叫你小陈是因为我儿子姓陈，你比我孙女儿大不了几岁，可孙女儿在国外出生，不会说中文，除了照片，我还没见过她，也不知今生能否见到她。"说着说着，"张婆"的眼睛就湿润了。

"奶奶，以后我就是您孙女儿。"我抱着"张婆"，"以后我就叫您奶奶，您还叫我小陈。"

奶奶此时像个任性的小孩，一个劲儿点头，泪水却哗哗流

了满面。

◎冯丽琴点评

　　小说意在告诉我们什么呢？素不相识的两个人偶遇打声招呼，实属误认，作者却引出写作话题。通过语言对话描写刻画人物丰富而细腻的情感和内心世界，传神传情。张婆思念儿子，我想念奶奶，两个同病相怜的人感情上默契，把对亲人的思念化作对对方的默许，这样相互信赖将错就错的做法，使得故事可疑可信可笑而又可亲，似乎荒唐却又真实，情节安排巧妙合理，足见作者精心选材构思，达到审美思想艺术的完美统一。如"没关系啊！姓名只是一个符号"，简单朴素的语言，却道出一份真情，让读者在亦真亦幻中去思索人生。日常生活中，像亲情友情爱情等，人们都是在温馨的"情"字中生存着，或纠结痛苦，或困惑无奈，或快乐甜蜜，我们可以通过"张婆"孤独寂寞的晚年，去体会人间温暖，让我们去感知生命的过程和人生的价值。

　　小说以情节见长，看似轻巧，其实颇见功力。感觉特别贴切生动，不见雕琢，却自然成曲，浑然天成，经得起反复揣摩，真可谓"细微处见情怀，无声处有惊雷"呀！

元二不卖

　　"龙腾圩，二五八，上下街，冇呱煞。"说的是龙腾圩的热闹，每逢圩日初二、初五、初八，街道都挤得水泄不通。龙腾镇是两县交界处，圩日里，镇里便是人山人海，卖肉菜的、三鸟的、水果的、木制品的、竹制品的、打铁的、补锅的……挤满每个角落。"冇呱煞"是客家方言，有点没办法的意思。

　　袁二家住下庄，龙腾镇的边上，二五八他是雷打不动赴圩，早先也在圩上贩些水果什么的零卖，可一天下来，除了烂掉的、剩下的水果，也赚不了几个钱，袁二就懒了，就在圩上转悠，这摊拿个果子咬咬，那摊拿个饼子吃吃，肚子也就安稳了。

　　袁二身子在圩上转悠久了，脑子也跟着转悠了，眼睛也溜溜转了。一天，突然袁二听到一句，"袁二"，袁二以为有人叫他，循声回望，原来旁边草帽摊档在讨价还价，买家还价"元二"，卖家说，"元二不卖，元三。"

　　"元二不卖，元三。元二不卖，元三。"袁二嘴上叨着，心里觉着好笑。待那买家走了，袁二蹲了下来，问："认识我吗？""不认识。""我叫袁二。""元二不卖，元三。"袁二哭笑不得，说："我叫袁二。""哦，袁二啊，你要买草帽？"袁二点头，就挑了一顶草帽，丢下元二零钱就走了。卖草帽的一算只有一元二，便大声叫，"袁二，袁二。"袁二哈哈大笑，早已走远。

　　袁二赢了一毛钱，脑子转悠得更快，一个计谋就定格了。

下一圩，袁二早早来到街上，从上街到下街来来回回走了两遍，最后来到三鸟摊档，终于在一个老大娘旁边停住，老大娘脚边放着两笼家鸡，一共有十几只，是老大娘辛苦一年养成的，年底了希望卖个好价钱过年。

　　"大娘，鸡怎么卖啊？"袁二凑近问。

　　"一斤三元。"

　　"贵呢，我全买了，两元半。"袁二还价。

　　"两元八。"老大娘坚持说。

　　"好，不跟大娘还价了。"袁二爽快回话。

　　"大娘，我叫袁二，你记着。"

　　"袁二啊，好。"

　　"我们去市管会称，那不骗人。"袁二对大娘说。市管会是早年的工商所。

　　"好，好。"老大娘没想到买卖这么顺利，缺牙的嘴巴笑得一直没合上。

　　袁二从老大娘手里接过扁担，轻轻一提，两只鸡笼就稳稳压在了肩上，大娘跟着袁二走在后面。

　　熙熙攘攘的人群挤满了道路，袁二挑着鸡笼横冲直撞大步走了起来，大娘跟不上，很快拉开了距离，大娘眼看袁二就要脱开自己的视线了，急得大喊："袁二，袁二。"袁二在前边大声回应，"元二，元二，元三都不卖了。"一下子就没了踪影。

　　老大娘知道上当了，捶胸顿足，号啕大哭，突然就晕倒在地。

　　有好心人搭手，把老大娘背到附近的卫生院，经过值班医生罗眼镜一番诊治，老大娘很快醒了过来，醒来的老大娘哭哭啼啼向罗眼镜诉说遭遇，罗眼镜很同情老大娘，安慰她说："大娘不急，我哪天帮你把鸡钱要回来。"大娘千恩万谢，留下了她的地址。

　　袁二用这招屡屡得手，骗了不少大妈大爷的东西。

　　又一个圩日，罗眼镜出夜班，他来到街上，"四只眼睛"像探照灯扫射着街面，不一会儿，探照灯终于扫到袁二的头，罗眼镜远远跟着袁二，袁二眼睛只盯着老人，哪知道后面"四只眼睛"盯着他。袁二很快就得手，正挑着两袋大米喊："元二，元二，元三都不卖了。"突然，一个趔趄，袁二重重摔倒在地，"哎哟，哎哟"大叫起来，头上冷汗直冒。

罗眼镜蹲下看了看，说："骨头断了。"

"眼镜医生，求求您，救救我啊！"袁二不住求饶。

"你认识我啊？"罗眼镜问。

"认识认识，谁不认识您罗眼镜啊，您是卫生院的'罗一手'啊！"

"元二卖不卖？"罗眼镜问。

"卖，卖。"袁二一个劲儿点头。

"元二卖不卖？"罗眼镜提高了音调再问。

"哎呀，这米不是我的，我知道错了，我还给他。"袁二知道罗眼镜用意了，只好乖乖认了错。

"你把老大娘卖鸡的钱还给她，把骗其他人的钱都吐出来，我就帮你把骨头接上去。不然，卫生院医生谁都不帮你接。"

"还，我还。"袁二早已疼得哇哇直叫，还能不答应？

周围围了一大圈看热闹的人，其中就有人看见，致使袁二摔倒的正是罗眼镜伸出的腿。

其实，人们不知道的是，罗眼镜早年在军医学校读书的时候，练过拳脚，还拿过部队的散打亚军。

朱红娜·小说卷

◎冯丽琴点评

小说摄取几个小镜头，塑造个性鲜明的人物。袁二是一个游手好闲，投机取巧，拐骗他人的不法分子，靠骗取他人的财产卖钱，这样空中取水来生活。文章借助于一句"元二不卖，元三"买卖人口头讨价还价的语言引发故事情节的展开，采用正面描写和侧面烘托的写法，将人物袁二刻画得活灵活现，揭示他的不良行为和后果。罗眼镜是锄奸除恶，伸张正义的代表者，也是结尾写作成功妙笔生花的地方，使惩恶扬善的主题鲜明突出，反映了人性善良的一面，给读者留下深思和回味。

　　探究人性思想的根源是什么？这是一个沉重而复杂的话题，作者借袁二这个人物的细节涵盖了社会上的人情世态和不良现象，对于不良行为的批判，却又引而不发，真是此时无声胜有声。

梦月集

祝　寿

苗青荣升国土局局长，这是许多官员梦寐以求的职位，不仅政府重视，前途无量，还实权在握，连县长都惧他三分。

苗青最想感谢的是父亲。如果没有父亲的付出，或者说没有父亲的坚守，就不可能有苗青的今天。苗青15岁母亲病逝，父亲正当壮年，媒人隔三岔五进门。父亲说，"十个后妈九个狠，儿子是我的一切，我不想毁了我的儿子。"

苗青没有辜负父亲的期望，从高中、大学、硕士一路高歌猛进，为自己开辟了一条辉煌的道路，也为父亲铺就了一个幸福的晚年。

"你终于当上大官了，能否满足爸一个愿望？"父亲问。

"看您说的，儿子的一切就是您的一切。"

"好，我要做70大寿！你将所有亲朋好友、部下和有交道的老板都请来。"

这……苗青没想到父亲会提出这样离谱的要求。"爸，我刚上任，一开始就搞这样的大动作恐怕不合适。"

"就是因为你刚上任，爸才要做。爸没求过你什么，难道这个要求也不行？"

"爸，不是我不满足您，这样做是违背我的原则的。"苗青希望老爸能明白事理，"您提出其他任何要求我都满足您，这个不行。"

"官做大了，是不一样了。老爸求你也不行了，辛辛苦苦把你拉扯成人，连一个 70 大寿也不愿给我做，生个儿子有什么意思？"

老爸一个劲埋怨苗青，有一种不达目的誓不罢休的劲头。

唉，父亲有点老糊涂了。但为了不让父亲失望，苗青还是硬着头皮应承下了。

苗青将所有请帖都注明免礼。

让苗青意想不到的是，所有的免礼都变成了重礼，祝寿声声，红包闪闪，少则几千，多则几万。父亲让酒楼服务员一一记了下来，统一收好，苗青看到父亲奇怪的做法，心里很不是滋味，感觉很是尴尬，后悔举办这样的寿宴。

寿宴开始，主持人一番祝词之后，请寿星致辞。但见老人缓缓上台，昂首挺胸，容光焕发。老人清了清喉咙，稍后，一段洪亮的并不标准的普通话从麦克风传了出来：

"各位朋友，今天，我非常感谢大家来为我祝寿，我知道，大家来不是因为我，是因为我的儿子。我就苗苗一棵独苗，他的一切就是我的一切，所以，在这里，我求求大家为了我这老人，也为了苗苗，不要害他。怎么才能不害他呢？就是不要拉他下水，不给他送钱送礼。这顿饭，是我用自己的积蓄请大家的，饭后，每个人的礼金自己到服务台拿回去，这就是对我最好的祝寿。我辛苦培养儿子，他做了官，我希望他能为国家做点事情。我今年 70 岁，我希望我 80 岁，90 岁，甚至 100 岁大家还能为我祝寿。"

台下，早已响起雷鸣般的掌声。站在父亲旁边的苗青，泪如雨下。

◎冯丽琴点评

儿女们为父母亲祝寿，这是人之常情，无可厚非。这类内容的文章想翻出新意，恐怕很难写好。而作者却能另

044

辟蹊径，精心选取素材，塑造了一位普通而平凡的父亲，讴歌父亲伟大而高尚的情怀。读罢让人点头称道，竖起大拇指！拍案叫绝的同时，细细品味这仅有八百字的小说，却如此震撼人心，难能可贵啊！为了儿子，父亲苦守家园；为了父亲，儿子发愤图强。含辛茹苦的父亲面对升官荣耀的儿子，掩饰着内心的高兴，却向儿子提出为自己祝寿的要求，既为故事情节的发展埋下伏笔，又用详尽的笔墨刻画了人物的内心世界，这种欲扬先抑的写法，直到结尾父亲台上真挚有爱的讲话，才点破迷津，令人豁然开朗，耳目一新，眼前一亮，突出父亲的高大形象。透过掌声的背后，引发人们去思索，去反省，去回味，去感念，去仿效。只有"根正"才能"苗青"啊！作者在人物命名上一语双关，颇费心机。这种能把思想性和艺术性融为一体去写作是小说的成功之处。

朱红娜·小说卷

饭　局

　　李局长想来想去，还是打了个电话给管老板。

　　管老板接到李局长电话，高兴得差点跳了起来，伸出食指与中指做了一个 V 的手势。

　　可不是，管老板一个外来者，哪尊佛都得罪不起，都要上香，管老板来了几个月，上了不少香，可李局长这尊最近的佛他却近不了身，打了不下 30 个电话，李局长就是油盐不进，不肯接受管老板的饭局。饭局饭局，饭局就是乾坤，不接受饭局，就代表不可能与他成为朋友，不成为朋友，随时就有可能例行公事，例行公事，公司就随时有可能受罚。

　　这下好了，李局长主动设饭局了。

　　"哼！"管老板从鼻腔里喷出响亮的声音，管老板有个习惯，喜欢很响亮地"哼"，那声音里包含着广泛的含义。

　　饭局约的是六点，五点半，管老板就开着他的宝马到了李局长指定的素食馆，还没进门，管老板就被杀了一个下马威，大堂经理让他熄了手中的烟。

　　"哼！"管老板鼻腔里又喷出一个响亮的声音。这个声音跟那个声音的含义肯定不一样。

　　六点差十分，李局长也到了，管老板伸出肉乎乎的双手，使劲地握着李局长的手摇晃，嘴里直叫李局长，"兄弟，兄弟！"

　　"哈哈，哈哈……"李局长开怀大笑，"兄弟兄弟，一起同过窗，一起尿过床，一起下过乡，一起扛过枪，一起分过赃，一起嫖过娼，我们一起试试？”

"好，好，好好。"管老板没想到李局长这么直接，正中下怀，凑近李局长耳旁悄声说："我有一个地方，绝对私密，饭后，我叫两个处女，包你满意。"

"哈哈，哈哈……"李局长又是开怀大笑。管老板跟着一起笑了起来。管老板是从心里笑了，都传李局长老奸巨猾，原来也是一色狼，一路货。管老板总结出一个妙方：无论职位高低，年纪大小，只要处女，百发百中。男人就这样，越得不到越想得到，年轻漂亮的多了，腻了，处女稀罕，大家都想，不管美丑。当然，处女年纪都轻，年轻无丑女。管老板用这个妙方快捷攻下了各地各庙的佛。哪那么多处女，这难不倒管老板，他有的是办法让不是处女的女人变成处女。管老板为他的这个妙方越来越得意。

正得意间，管老板眼前出现一人吓了他一跳。

"来，介绍你认识一下。"还没等李局长说完，另两人同时气冲冲说，"免了！"

"怎么？你们认识？"

"当然！"又是气冲冲。

"这样，今天我们不谈工作，谈身体。马师傅是我的救命恩人，今天介绍给管老板，也帮管老板治治病，管老板跟我一样，大腹便便，肯定有脂肪肝。"

"原来你就是环保局的李局长？是你叫我来的？原来你也买我的药吃过？原来他归你管？原来我们一直投诉无效是你失职？"马师傅反应过来，一连串的大声质问李局长。

"马师傅，我们慢慢聊，边吃边聊。"李局长一点都不生气，拍着马师傅的肩膀，让他坐下。

"我们不是一路人，别说现在找不到药了，就是能找到，也不会卖给你们这些良心都丧失了的人，你们有的是钱，但是我告诉你们，很多东西是钱买不到的。"马师傅没有消气，一直数落着他们。"比如我找的这种草药，就是治疗脂肪肝的特效草药，它是长在河边的，以前到处都是，大片大片，浓浓密密。现在倒好，河水都被他们的工厂污染了，不但鱼虾都死了，连草药都快绝了，别以为你们可以喝矿泉水不受污染，但是你们一样要吃这河水灌溉的稻米青菜，这河水饲养的猪肉鸡肉，呼吸这空中同样污染的空气，你们也不是金身铁骨，你们同样会得病，同样也遭殃，你们这些官员老板，个个都那么精明，怎么连这么简单的道理都不懂……这是断子绝孙的孽障啊！"说到最后，马师傅眼眶竟然湿了。

管老板鼻孔痒痒的，一直想"哼"一声，但他努力试了几次，就是哼不出声音来，仿佛从鼻腔到喉咙到肺部一下子被什么东西塞得死死的，连呼吸都急促了起来，脸涨得像猪肝一样。

"马师傅对不起，我不应该一直回避你们，我回去坚决整改，向你保证不达标准绝不生产。"管老板一改往日的傲气，态度诚恳地向马师傅保证。

李局长会心地笑了，他一直跟县长提出管老板的工厂污染问题，但是县长一直强调要保护管老板这个招商引资龙头项目，说什么招商引资是县里的经济保障，任何部门都要保驾护航，要提供一切便利，不得设置任何障碍，如有违者，撤职论处。言下之意不言自明。

这个饭局好啊！李局长感叹，像管老板握他的手一样，双手使劲地握着马师傅的手摇晃。

（此稿首发《新民晚报》，被多处转载）

◎冯丽琴点评

小说写官场却又只字未提官场。作品采用多处设置悬念的方法，引起阅读兴趣。在讴歌正气，树立典型的人物形象李局长时，借题发挥，先勾勒管老板的内心世界，不惜笔墨来描写。"饭局就是乾坤。"像管老板这样的经营企业家，在打通官场上大做文章，作者尽管一字未提，但人物各自内心的算盘为后文情节的发展设下伏笔。李局长为什么打电话，管老板为什么高兴，这都给读者留下悬念。管老板得意洋洋地盘算把李局长拉下水，"也是一色狼，一路货"。是话中有话。在读者看来他们是一丘之貉，官场的走狗，无恶不作。这样具体细致地刻画了管老板的丑恶嘴脸和肮脏灵魂，他是一位行走"江湖"的老手，不再让读者产生错觉。文章好就好在结尾，出乎意料，又在情理之中，当事实真相大白之后，不由让读者暗自叫好，为李局长竖起了大拇指，让人们看到了希望，欣然释怀。

　　小说在刻画人物方面非常成功，如管老板有个习惯：管老板从鼻腔里喷出一个响亮的声音。哼！喜欢很响亮地"哼"。这声音里包括许多含义，文章反复出现三次，将人物栩栩如生地站在读者面前，揭示了人物复杂的内心，突出人物圆滑世故，钻营深算的性格特征。而马师傅的到来，惊起四座，也打破了管老板的如意算盘。使故事情节一波三折，一咏三叹，也把故事情节推向高潮，让读者顺理成章地了解李局长这"饭局"的用意，揭示主旨。

小 丁

　　这鬼天气，风都躲到西伯利亚去了，我脸上的汗水跑得比我的脚步还快。他躺在花园边上，全身邋遢，眼睛闭着，胸脯剧烈起伏，直喘粗气，奄奄一息。有几个人围观着，并无人施予救援。我挤上前去，轻轻地抚摸着他的头，他睁开眼睛望着我，一副哀求的眼神，仿佛在向我求救，只一眼，我就决定抱他回家，好好医治他。看他只有小不丁点，我给他起名小丁。

　　小丁一直拉稀，弄得整套房子臭气熏天，我耐心地给小丁用药，清洗，喂食，陪他玩耍。父母气得暴跳如雷，"你一个高富帅，做什么不好，做如此无聊之事。"我跟父母争取，"小丁是一个生命，他也有生存的权利。"父母不容商量，"我们不管，要么送走小丁，要么带着小丁滚出家门。"看到小丁孤苦无助可怜兮兮的样子，我选择了离开。

　　我带着小丁到处找房子，女朋友翻脸了，"我重要还是小丁重要？"我哄她，"当然你重要。""那好，让小丁从哪里来就回到哪里去。""我跟小丁有缘，他既然跟了我，我就不能再抛弃他。"女朋友对我咆哮，"我看你是患神经了。""我没患神经，我很清楚自己所做的事情，善待生命，珍惜生命，我做得没错。"女朋友勒令，"两条路，要么选我，要么选小丁。"我毫无退路，抱着小丁哭了。

　　我每天带着小丁上医院，认识了医院的小田医生，小田医生年轻温柔，漂亮时尚，最重要的是有副菩萨心肠，对小丁无微不至。我给小田医生发短信，我说："我想追你。"小田医生回信，"凭什么啊？"我说："凭小丁。"在第N次约会以后，我问小田医生："你喜欢我什么？"小田医生狡黠地说："你问小丁。"随后对着在远处溜达的小丁呼喊，"小丁小丁，过来。"小丁蹦蹦跳跳飞奔着跑到小田医生身边，小田医生抱起小丁，在小丁身上温柔地摸来摸去。

我问小丁："小丁，小田医生喜欢我什么？"

小丁伸出舌头，对我摇头晃脑。

哦，忘了告诉你，小丁是一条被人遗弃的小狗。小田医生是宠物医院的医生。

◎冯丽琴点评

随着信息时代多渠道化的传播，人们逐步追求轻松快速的阅读，这篇小说篇幅短小，很适应人们的阅读需求。小说设疑解疑，闪展腾挪，写得妙趣横生，波澜迭起，诙谐风趣，读来让人忍俊不禁。细细咀嚼，文章暗含讽刺的锋芒，看似夸张荒诞，实则是社会生活的彰显。

故事构思精巧，带"小丁"回家，遭到父母反对，被女朋友分手，一条被人遗弃的狗，经过悉心照料和治疗，活泼乱跳，成为"我"和小田医生爱情的牵线红娘。故事情节一波三折，尤其精于结尾，娴熟运用"欧·亨利式"手法，凌空一闪，抵达故事的高潮，出人意料之外，又在情理之中，让人拍案叫绝。

在语言上，生动风趣幽默，惜墨如金，达到引人入胜的艺术效果。同情关爱弱者，呵护每一个生命，让人与动物和谐相处是小说张扬的主旋律，可谓平中见奇，杯水兴波，很值得我们借鉴学习。

朱红娜·小说卷

大儿媳妇的阴谋

　　大儿媳妇突然之间判若两人，老头老太太百思不得其解。

　　"爸，妈，我以前不孝，现在我退休了，我会好好照顾你们的。"大儿媳妇回到老人家里，嘴巴像抹了蜜。

　　老头老太太受宠若惊，仿佛看到太阳从西边出来，一个劲儿地点头，"好，好。"

　　大儿媳妇一住就是一个月，每天帮婆婆按摩，擦身，将婆婆抱上轮椅推她散步，跟婆婆讲儿子小时候的趣事，婆媳俩不时笑声朗朗。

　　这些以前是保姆做的事情。婆婆十年前脑梗阻留下手脚不灵的后遗症，生活不能自理，三个儿子都要上班，谁也没办法照顾老人，原先老人跟小儿子一起住，帮小儿子照看小孩，患病以后小儿媳妇不干了，要三家轮流住，老人知道儿子们都怕媳妇，不想儿子们为难，请了个保姆，自己分开住了。

　　平时，老人难得见儿孙们一面，往往一两个月他们才会来一次，来了给些生活费，坐个把小时就走了。大儿媳妇在银行工作，更是很少回来看老人。老人早已习惯了儿孙们的习惯。来了也不喜，走了也不悲。

　　大儿媳妇的表现打破了大家的习惯。

　　老人当然喜欢。

　　"老头子，你说大儿媳妇怎么会一下子变了，是不是有什么目的？"老太太始终不敢相信眼前的事实，夜深人静的时候，常常悄悄地问老头。

"不管她，一座破房子，我们又带不进棺材，谁对我们好，给她也无妨。我们只管享受当下的福分。你看着吧，我们的好日子就要来了。"老头得意地告诉老太太。

果然，二儿子三儿子一家人也来了，二儿媳妇三儿媳妇争着给老太太按摩，擦身，争着推老太太去散步，争着给老太太说笑话，仿佛一夜之间千树万树梨花开，老人家里一片喜气洋洋。

"你说，是不是老城区要改造了，大嫂嗅觉灵敏，她一定有不可告人的阴谋，我们可不能让她得逞了。"小三儿媳妇暗地里提醒小三，"如果改造，老城区的老房子可值钱了。"

二儿媳妇也不是省油的灯，她一眼就看出了大嫂的不安好心。

二儿子三儿子就在爸妈面前嘀咕，"爸，妈，你们可别犯糊涂，让人卖了都不知道啊。"

慢慢的这些话就传到大儿媳妇耳朵里，大儿媳妇当作没听见，一如既往照顾着老人。

"你真的是想要爸妈的房子吗？"大儿子也开始怀疑老婆的动机了。

"混蛋！"大儿媳妇狠狠地瞪了老公一眼，大声骂了他一句。老城改造无声无息，老人身体越来越好，二儿媳妇三儿媳妇开始厌烦了，这何时才是头啊？渐渐她们退缩了。

"老大儿媳妇是真对我们好呢。"老太太常常对老头说。

"我们是不是该立遗嘱了呢？"老头问老太太。

"再看看吧。"老太太还是不放心。怕大儿媳妇动机不纯。

"我们都这么老了，万一哪天突然去了，对不住老大儿媳妇啊，她都照顾我们好几年了。"老头叹道。

"好吧，她对我们好，我们也不能亏了她。"

"好，明天就叫他们一起回来，我们立遗嘱。"

第二天，儿子儿媳妇们都来了，老人郑重宣布了他们的决

朱红娜·小说卷

定：房子六成归大儿子，二儿子三儿子各占两成。

这突如其来的决定让大家非常意外。儿子们不知如何应对，个个默不作声。二儿媳妇三儿媳妇不住地拉老公的衣角，两个男人自知理亏，不敢吱声。

"爸，妈，我不同意这样的分配方案。"大儿媳妇首先站出来了。

"难道你还要全占了不成？"三儿媳妇忍不住了，大声嚷道。

"就是，我们还没说呢，你倒先下手为强啊！"二儿媳妇也不甘示弱。

"请你们听我说完好不好。"大儿媳妇大声呵斥。

"我非常感谢爸妈对我的厚爱，我郑重声明，我不会多要爸妈的一分钱遗产。"此话一出，全场哑然。

"我照顾爸妈并非想要他们的遗产。我在退休以后专门去学习了我们的传统国学教育，让我懂得了孝道不单单是给老人金钱就可以完成的，真正的孝顺是要亲力亲为的，是让老人有幸福的感觉的。我非常庆幸老天没有让我留有遗憾，让我有机会弥补自己以前的过错。想想我们养儿有多么不容易，我们的儿女都长大成人了，如果说我有阴谋的话，那就是想让我的一举一动都影响着周围的人，特别是我们的下一代……"大儿媳妇儿越说越激动，眼角有泪光闪动。

儿子们和二儿媳妇三儿媳妇都羞愧得低下了头。

◎冯丽琴点评

古人云："百善孝为先。"尊老爱幼是我们中华民族的传统美德，孝敬父母是我们做晚辈应尽的责任。小说以大儿媳妇退休后主动回家伺候公婆敬孝心，引起亲人们非议为内容展开故事情节，曲折而生动地刻画了三个媳妇的不同内心世界，反映了社会风尚，人情冷暖。人物形象个性鲜明，二儿媳妇三儿媳妇的贪图钱财，公婆周全合理的分家产，以及全家人对大儿媳妇的误会，等等，这一幕幕场景如同演电影一样展现在读者的面前，尤其结尾大儿媳妇语重心长的话语，深深地打动了亲人也打动了读者，起到了画龙点睛，深化主题的作用。

时下，在我们的生活中，不孝敬父母公婆的现象屡见不鲜，城市也好，农村也罢，老年人安度晚年成为社会关注的焦点。作者针对时弊和社会不良风气，反映形形色色的人情世态，一针见血指出人心的邪恶，人情的淡薄。其实，一个电话，几声问候，给钱或买东西，这些日常生活中看似简单的事情，如能做到就是孝顺。往往年轻人不在意，或者干脆不想不做，单等老人们走了，才大办丧事，讲排场，摆阔气，这种错误认识和做法只是一种挥霍浪费，毫无意义。作品选材好，题目好，如果能在有些语言的锤炼上生动形象些，文章会更加精彩感人，也更有深度。

朱红娜·小说卷

老妈的钱丢了

天蒙蒙亮，我的眼睛还没睁开，老妈就打来电话，声音喑哑地说，家里遭贼了，她的 1000 元钱不见了，都是过年收的红包钱。

听老妈急得电话里都直喘气，肯定一晚没睡好。"哪睡得着啊，1000 元啊，不是小数目啊。"老妈在电话里都快要哭了。

除了这 1000 元，家里其他东西一件没少。

我要老妈再仔细找找，可能放其他地方了。

老妈一口咬定，角角落落都找遍了。

这事非同小可，老妈一生省吃俭用，如果真被偷了，非急出病来不可。

我马不停蹄赶到老妈家里，查看门窗没有被撬的痕迹，断定不可能进贼，一定是老妈糊涂放错地方了。

"你先休息一下，我来认真找找。"我安慰老妈，将老妈哄到床上补觉。

我翻箱倒柜，不漏每一处地方，翻遍老妈的衣服口袋，还是没找到。

钱没找到，老妈怎能静心休息，不一会儿，她又起来加入新一轮的寻找。

"要不报警吧？"老妈征求我的意见。

"再找找看。"我说。

"啊，找到了，找到了。"不一会儿，老妈手里拿着一叠钱，兴奋地说，"原来放在衣橱的小抽屉里了，我怎么找了几遍都没看到呢？真是老糊涂了，老糊涂了。"

看着老妈开心的样子，我会心地笑了。

老妈不知道，那1000元是我悄悄放进小抽屉的。

几天后，老妈再次打来电话，告诉我钱在床单下找到了。

"阿红，你过来把钱拿回去，妈不缺钱，妈有你就是最大的幸福。"

电话里，我听老妈的声音颤抖着，我能感到，老妈一定流泪了，就让她流吧，我知道，有些泪，是甜的。

◎程思良点评

闪小说往往撷取生活中的闪光点做文章。本文正是如此，写的是庸常琐事，折射出的却是人世间亲情美的光华。有时候，善意的谎言更能抚慰心灵。

朱红娜·小说卷

外婆的日记

外婆的脸，像妈妈买回的苦瓜，皱纹拧成一条一条，布满脸上，整天没有一丝笑容。

"亮亮，外婆心里苦，你要多让外婆开心。"妈妈跟我说。

我说："外婆，我给您捶背。"

"亮亮乖。"外婆抚摸着我的头，脸还是苦瓜一样。

"外婆，我考试考了满分。"我兴高采烈地向外婆报告。

"亮亮乖。"外婆依然抚摸着我的头，脸上并没有我期盼中的开心。

"外婆，您给我讲故事嘛！"我缠着外婆。

"亮亮乖，外婆没读过书，不会讲故事。"

"外婆，那我给您讲解放军叔叔的故事好吗？"

"好！"外婆点头。

我给外婆讲了邱少云叔叔的故事。外婆静静地听着，听着听着，外婆拿衣袖使劲擦眼泪。

外婆说："解放军叔叔最勇敢，亮亮长大了也当解放军。"

后来，外婆总是叫我讲解放军叔叔的故事，我讲了黄继光、董存瑞等叔叔的故事，我发现，外婆的眼睛亮了，脸上的苦瓜慢慢舒展开了。

有一天，我发现外婆在一个日记本上写东西，外婆看到我紧张地把日记本锁进抽屉里。我很好奇，外婆没读过书，怎么会写日记？

后来，我上了高中，考上大学，很少给外婆讲故事了。我偶尔还会看见外婆在写日记，她每次都赶紧锁进抽屉。

直至外婆逝世，打开她的抽屉，发现几本日记本整整齐齐放在一起，翻开一看，日记本里的每一页都写满了歪歪扭扭的三个字：肖尚荣。

妈妈和我惊呆了，继而泪水涟涟。

肖尚荣是外公的名字。外公是抗美援朝的解放军。外婆来我家的时候，外公刚刚去世。

妈妈也很奇怪，外婆连自己的名字都不会写，却能写外公的名字。

◎程思良点评

　　爱，可以使不可能的事变成可能。连自己的名字都不会写的外婆，却能写外公的名字，正是因了对外公的一往情深。外婆的日记本里的每一页都写满了歪歪扭扭的三个字：肖尚荣。这一页页的纸，写的不是字，而是爱与怀念啊！尽管已阴阳两隔，但爱却永在。

朱红娜·小说卷

大师撕画

　　五星级酒店内，金碧辉煌，奢华气派。大堂侧，一张一米见宽五米见长的大板花梨木油光锃亮，崭新的书画毡铺在其中。

　　今天酒店邀请著名画家彭鹏现场作画。彭鹏年逾八旬，师从刘海粟，颇得老师真传，画马神型兼备。彭鹏不但画好，更患一怪癖，嗜画如命，稍不满意，即撕毁画作，撕画成名。可知彭鹏画作五万平尺，如此作风，心疼了大帮粉丝。

　　彭老一身素色唐装，容颜红润，鬓白发亮，举手投足，大师风范。彭老凝神作画，一会儿大笔挥墨，一会儿小心勾勒，一会儿远观，一会儿近视，俨然一将军挑选骏马，严格把关。女儿站立在侧，伺奉笔墨。围观者众，皆静息观画，满是仰慕神情。

　　三刻工夫，一匹骏马跃然纸上，栩栩如生，奔腾疆土，似要冲出画纸。

　　众人惊叹，齐齐鼓掌。酒店老总激动万分，连说，"妙，妙，太妙了！"

　　彭老捻须观画，露出满意神色。

　　落款毕，老总欲握彭老大手，彭老摆手，言须先净手，老总遂命随从指引彭老去洗手间。

　　少顷，彭老出来，一脸严肃，老总再次伸出双手，彭老视若无睹，直接拿起画作，从中间一撕两半，揉成一堆。向女儿吐出一字"走"，气呼呼甩手而去。丢下表情惊愕的老总和众

梦月集

多观者。"爸，三十万啊！好端端的怎么又撕了呢？"女儿不解，追问彭老。

"你去过洗手间吗？"彭老问女儿。

"去过，有关系吗？"

"你没注意到洗手间门口挂着秦老的书法吗？"

"哦！"女儿顿悟。秦老是著名书法家，彭老的朋友，可谓与彭鹏齐名。

"竟将名家书法悬挂于洗手间！"彭老愤愤难抑。

◎程思良点评

小说构思十分巧妙，铺陈渲染，设疑解疑，生动塑造了一位德艺双馨的画家形象。对照当下那些为钱所役无所不为的所谓艺术家们，彭老撕画之举，令人肃然起敬。

我请你洗头

突然之间，墙上地上玻璃上，不断冒出水珠。这南方的冬天，像个喝醉了的酒鬼，一会窜到夏天，一会窜到冬天，此时又窜到了春天，回南天的天气到处可以拧出水来。

《上邪》说："冬雷震震，夏雨雪……乃敢与君绝。"是否，尘世间的哪位女子，正决绝地要与某个男子分手？

正恍惚间，旎旎的电话惊醒了我："姐，我请你洗头。""啥？再说一遍？"旎旎提高了分贝："姐，我请你去洗头。"

乙未年的冬天，我真的听到了雷声，而旎旎的电话，比雷声更让我震撼。

旎旎一头长及腰身的头发，乌黑油亮，盘起来的时候，古典优雅，似旧时女人婀娜多姿。披下来的时候，风情万种，如时尚达人顾盼生辉。在自己经营的普洱茶店里，成了一道亮丽的风景。

因为爱情，旎旎众叛亲离，背井离乡，从千里之外来的海边来到南方这个小城。

旎旎就住在茶店的阁楼上，狭小逼仄，阁楼上还堆满了茶叶，连一张床都放不下，旎旎就睡在一张木板上。旎旎骗千万身家的父母说，男朋友是位大老板。

我说旎旎："你不是一朵鲜花插在牛粪上，你是一朵鲜花插在瓦砾上。"旎旎说："总有爱情会让人疯狂的，我遇上了。"

我看见，旎旎脸上的花瓣哗啦啦绽放。

早早晚晚的，旎旎就在店门口洗头，一个脸盆盛着水洗，看着都累。时常我叫她，"旎旎，走，我请你去外面洗头。"

"姐，不用，我喜欢自己洗。"每次旎旎都拒绝。

我不是旎旎的姐，我是她的顾客。旎旎都把顾客当作兄弟姐妹，顾客特喜欢旎旎，旎旎的生意很快做得风生水起。

旎旎的男友却提醒旎旎，"世上没有无缘无故的爱，他们对你好是想占便宜，得留个心眼。"

旎旎脸上的花瓣开得快谢得也快，很快，我发现旎旎的爱情营养不良，她的头发也变得凌乱干燥。我拉着旎旎，"走，我带你去洗头焗油。""姐，我从不在外洗头的，不习惯。"旎旎说话的时候，头发遮住了她的眼睛。

"爱情是需要营养的，头发也一样，走吧，有一家新开的发廊，很高档，我请你去洗头。"我拉着旎旎往外走。

"谢谢姐，我真不能在发廊洗头，会过敏，掉头发，以后我请你洗头。"旎旎挤出来的笑挂在脸上，眼泪却水珠一样滚到地下。

我抚摸着旎旎的头发，心情黯然。

"姐，我请你洗头，我办了洗头卡了。"再见到旎旎的时候，她一脸淡然，头发披散着，柔顺飘逸。

"你不是不能在发廊洗头吗？咋啦，不过敏了？"

"姐，瓦砾上的鲜花枯萎了，我要把爱情的种子重新埋到泥土上，静待发芽开花。"

旎旎说着说着，眼泪又像玻璃上冒出的水珠，擦也擦不干净。

"想好了？"

"不是想好了，是看透了。"旎旎道出了引发她抉择的导火索：

"他妈妈住院，我端屎倒尿服侍，我心甘情愿。可邻床的一个小妹妹，病得很重，很可怜，我帮她擦擦身，给了她200元钱，他和全家便一起骂我，骂我好管闲事，骂我胡乱花钱。"

旎旎最后说："他穷我不在意，他懒我能容忍，但是他们一家人的冷漠自私，毁灭了我最后的期待。我可以节衣缩食改善他们的生活，但是我无法改变他的灵魂。姐，你说对了，没有营养的爱情终归是会枯萎死亡的。"

　　"这跟洗头有关？"

　　"姐，告诉你吧，我在老家一直都是在发廊洗头的，从未自己动手洗过，我不是过敏，是想节省，虽然大家都说请我洗头，但是我不能欠大家的。"

　　"傻丫头！"我抚摸着旎旎的头发，仿佛抚摸到了春天刚刚冒出的绿叶，柔软，滑腻。

　　"姐，以后我都会请大家去洗头的。"

　　旎旎说这话的时候，我看见她脸上又开出了红红艳艳的花瓣。

梦月集

人海瞭望

二 傻

二傻真名叫什么，没多少人知道，山里人喜欢给小孩起个小名，越"贱"越好，比如老狗、细狗、大猫、三毛什么的，据说这样好养，少病无灾。二傻排行第二，老大叫大傻。

大傻没傻，二傻却真的傻了。二傻三岁的时候，发了一次高烧，40多摄氏度，山里没医生，等送到二十公里以外的镇上时，二傻已经抽搐不停，病好以后，原本已经会说话的二傻变得咿咿呀呀了，人也痴呆了很多。村人说，"可怜哦，聪明伶俐的人就这样被烧坏了。"五六岁以后，二傻才能慢慢的说些简单的语言，吐音也是结结巴巴的。同龄人七八岁都上学了，二傻没去上学，跟在父亲后面，就像父亲的牛一样漫山遍野的跑。然后就背些柴木回家，然后上山砍树，下地种田，然后，二傻就长成大人了。

村里的男人都去城里打工了，二傻嚷嚷着也要去，但二傻没文化，连自己的名字都不会写。二傻有的是力气，大傻就承包了一面山坡给二傻种果树，二傻在果园搭了一间茅屋，日日侍弄果树，二傻看着柚树一尺尺长高，常常嘿嘿地笑，看着柚子一个个熟黄，又嘿嘿地笑，那笑就像小孩的笑容一样天真灿烂。二傻给果树施的都是有机肥，结的柚子就特别甜，每年果贩都提前预订，价格也高出两三毛钱。果园还养些鸡鸭等等。这样，二傻的收入比城里打工的人还要高出几倍，不出几年，他率先在村里盖起了一栋三层半的小洋楼，惹得村人眼红眼热。

柚子摘了一年又一年，二傻的年龄也跟柚树一样长了一轮又一轮，比二傻大的和比二傻小的人都结婚了，二傻的婚事却像被虫子蚀过的柚子一样，黄了一个又一个。眨眼之间，二傻就成了三十好几的人了。

　　出外做工的大牛牯把城里漂漂亮亮的川妹子带回来了，还带回来一个两岁的可爱女儿。早几年大牛牯的父母病逝，老屋已经破烂不堪，不能住人了。大牛牯就跟二傻商量，先在他家借住一段，等他盖好房子就搬开。二傻毫不犹豫，腾出三楼最好的房子借给他们。

　　大牛牯请了施工队做房子，自己又出去了，老婆孩子就住在了二傻家里。村里姑娘待不住，十几岁都出去了，年轻的媳妇也跟着丈夫去打工，剩下的都是老人和小孩，二傻没见过多少年轻女人，家里突然多了个漂亮女人，就像身上有了虱子，浑身痒痒的，怪不舒服，常常低着头，不敢多看川妹一眼。以前一条短裤进进出出，现在再不敢赤膊见人。川妹整日里愁眉苦脸，二傻以为她不习惯，总是问长问短，听着他结结巴巴的问话，川妹常常就泪流满面。二傻吓坏了，便再不敢问了。川妹见二傻早出晚归辛辛苦苦的，就做些好吃的东西让二傻一起吃，二傻一边吃又一边嘿嘿地笑，川妹看看二傻，又看看女儿，也嘿嘿地笑了。

　　一天晚上，川妹女儿突然发烧了，家里没有退烧的药，川妹手足无措，"嘭嘭嘭"的敲门声叫醒了二傻，二傻马上拿些白酒给小孩头部腋下等处擦了又擦，然后马不停蹄地用摩托车载着她们去了镇上医院。可能白酒擦过或者路上被凉风一吹，到了医院小孩体温已是正常，医生说了一句大惊小怪，就给开了一些药。回家的路上，川妹问二傻，怎么会想到用白酒擦的，二傻就说："你知道我是怎么变傻的吗？其他我不懂，但是退烧的方法懂一点。"川妹说："其实你并不傻，只是话说不好，以后我介绍个姐妹给你。"二傻听了又嘿嘿地笑了。

　　从此以后，二傻就在家里备了退烧药。

梦月集

几个月过去了，房子都快盖好了，还不见大牛犊的影子。二傻就问："大牛犊什么时候回来啊？"川妹没回答，眼泪又吧嗒吧嗒往下掉。二傻真的被弄傻了，忙说："别哭别哭，女儿正看着你呢！"

六月的天，灼人的天。川妹说："中午就回来吧，家里凉快点。"二傻中午就回家了，川妹端了碗凉茶让二傻喝，二傻咕咚咕咚一饮而尽，抬头见川妹正敞开衣襟拿衣角做扇，两个雪白的大大的馒头样的奶子随着她的手势一颤一颤晃动，如正午的太阳刺得二傻两眼迷恍，川妹微微泛红的脸上一双水盈盈的眼睛盛满柔情，二傻何曾见过这种景象，只觉得心跳加速，热血喷涌。虽然平日里电视上裸露的镜头也让二傻浑身燥热，想入非非，做梦都想有个女人亲热，但此时二傻却像被施了魔法，不能动弹，他赶紧闭上眼睛，扭转了头，让川妹快快扣上扣子。川妹却从后面抱住了二傻说："二傻你是不是男人啊？"川妹两团柔柔的馒头紧贴着二傻的后背，就像一根火柴点燃了二傻干柴一样的身体，燃烧的火焰让他的身体迅速膨胀，他转身抱起川妹就往房间去，一把将她压在床上。他男人的力量让川妹感觉眩晕。她闭上双眼，任身体在二傻急促的抚摸中绽放出焰火般的灿烂。突然，二傻放开川妹，用手狠狠地扇着自己的脸，一边扇一边说："我还是人吗？我还是人吗？"

川妹坐起身子，嘤嘤地哭了，说："大牛犊不是人，大牛犊在城里被寡妇包养了，那寡妇比大牛犊大十几岁，老公出车祸死了，留下一大摊子，有工厂酒楼，身家上亿。寡妇不愿意结婚，怕别人分她家产，只能包养男人。大牛犊在她的酒楼打工，她说每年给三十万，大牛犊就被她包养了。并且，我必须回来乡下住，我要离婚，他又不肯。"川妹后来竟呜呜大哭："我四川老家地震后都无家可归了。"

二傻愣愣地听着，想不到一向被村人称道的大牛犊会干这种勾当。看着楚楚可怜的川妹，二傻心里酸酸的，恨恨地说："我一定要教训教训大牛犊。"

川妹幽怨地说："二傻啊，你真是一个傻子！"

◎沐阳点评

　　"土气"也许是乡村的底色。小说中的"二傻、大傻、大牛牯，柴木、茅屋、鸡鸭"把读者带入一种"土里土气"的乡村气息里。作者正是通过苦心营造这种典型环境，让小说人物接上地气。残疾的二傻作为小说主角，是典型环境中的典型人物，现实对他的挤兑和他对乡村的坚守，以及后面浓墨重彩叙写二傻跟川妹母女的相处，折射出二傻厚道、守德、正义的精神亮色，二傻这个主人公形象一下子立在了读者心中。他的"傻"正好凸显了大牛牯的"傻"，两种不同含义的"傻"形成鲜明对比，天衣无缝地将小说的思想主旨呈现在了读者面前。

六　指

　　六指第一声"哇……"的时候，接生婆发现他左手拇指上多了个小手指，就皱了皱眉，接着再往下看，接生婆就喜滋滋了："恭喜恭喜，带把儿呢！"奶奶满是皱纹的脸上立即漾开了涟漪一样的笑容，随即看到多出来的一个手指，涟漪样的笑容僵了几秒以后又漾开了："六指，六指，六指不愁，衣食无忧。"

　　六指就这样叫开了。

　　奶奶把六指当作心肝宝贝。六指的母亲性格泼辣，好吃懒做，婆婆看不过，有时唠叨几句。六指母亲抓住婆婆心疼孙子的软肋，动辄就拿儿子出气，六指常常无来由的被母亲弄得哇哇大哭。在六指四岁那年，婆媳大战了一场，母亲在屋外的山岗上挖了一个坑，抱着六指直往坑里推，边推边咆哮："你哭，哭，我就活埋了你！"六指大声哭号，浑身颤抖，吓得小脸成了菜青色。父亲生性懦弱，明知老婆无理，也不敢言语半句，只站在远处焦急地望着儿子。在六指六岁的时候，父母终于没法过下去了，母亲带着他的妹妹离开了他们。

　　父亲本就内向，离婚以后，更加忧郁，终于在一个雷鸣电闪的夜晚，喝下了一杯剧毒的敌敌畏，留给六指的只有纸条上的一句话："父亲对不起你，要听奶奶的话。"这是六指读书以后才认出来的字。

　　六指的亲人就只有奶奶了。

　　古书上说人有异相必有异禀。六指不知是否属于异相，

朱红娜·小说卷

但六指从小表现出来的号召力令大人和老师自叹弗如又伤透脑筋，六指喊冲锋，小朋友不敢后退，六指饿了，小朋友不敢吃东西。

有一次，二年级的六指跟同桌的阿兰借铅笔，阿兰知道六指借了以后都没还的，就摇摇头没借给他。下课的时候，六指与大头、四毛耳语一番，等阿兰课间休息回来以后，发现所有的作业本上都被戳了一个不小的洞，阿兰哭哭啼啼找到老师，老师闭着眼睛都能猜到是六指的"杰作"，但老师除了罚六指站一堂课以外一点办法也没有。傍晚，阿兰的妈妈牵着阿兰的手来到六指家里，将作业本翻给奶奶看，哭诉说："六指奶奶，你家六指欺负阿兰没有爸爸啊？怎能如此作孽啊？"六指躲在屋角侧耳偷听，才知道阿兰也没爸爸了，突然就觉得鼻子酸酸的，不知是为自己还是为阿兰。六指就走到阿兰面前，一改往日的嚣张油滑，诚诚恳恳说："阿兰我错了，明天我拿新作业本还你。"

从此六指再没为难过阿兰，还时不时塞给她一支笔一只橡皮擦或者一些好吃的东西。但是来家里投诉的人越来越多了，那天大头的妈妈来说："锁在抽屉里的十二块钱没了，那可是大头爸爸半个月的工资啊，抽屉的锁还好好的，但是钱没了，大头经受不住竹鞭的严刑拷打终于招供了作案经过：六指不是撬的锁，而是将钉锁的螺丝拧下来，钱拿出来以后再拧回去，神不知鬼不觉的。你看你看，六指这么小就这样偷，大了可怎么得了哦！六指奶奶，你看着办吧！"大头的妈妈一边控诉一边要赔偿。六指奶奶千赔罪万道歉的。刚刚平息了大头妈妈的怒火，村头的三叔婆又搂着一大把花生苗过来了，"六指呢？六指呢？看看，都是六指指挥一帮'野战军'干的好事，足足能摘十几斤呢！可榨两三斤油呢！"三叔婆很痛惜地说："就是哦，这个斩千刀的，看我斩断他的手。"奶奶咬牙切齿的，好像真的要把六指的手砍了一样。

隔三岔五的，就有人来找奶奶，不是说家里的鸡蛋丢了，

梦月集

就是晒的腊肉少了，凡是丢了东西的人都找到六指家里。奶奶就像救火队员，扑了这边扑那边，常常弄得灰头土脸的。六指成了村里的瘟神，人见人骂，人见人躲。六指辩解说："不都是我偷的。"没人信。三叔婆总在人前人后叹息，"怎么就多了一指呢？"

初中以后，六指就不上学了。阿兰要帮家里干活，也没再读书。三年后，媒人找上阿兰家来，说男家是城郊的，男人顶他爸的职，吃上了国家皇粮。说得口沫横飞天花乱坠。六指听到消息不知为啥就去打探男方的情况，不费吹灰之力就弄得一清二楚。

"阿兰，你不能嫁给他。"六指眼睛一眨一眨地看着阿兰，很强硬的口气。"为什么？"阿兰低头看着脚下，声音小得蚊子叫一样。"他有癫痫病，父母才照顾他让他顶职的。"六指说。"我做不了主的，我妈说，吃国家粮又有工作，打着灯笼也难找，就怕他看不上呢。"声音还是小得蚊子叫一样。"我找你妈去，癫痫会遗传的她不知道吗？"六指急得大声说，拖着阿兰就往她家走，阿兰乖乖地跟在六指后面，好像不是回自己家而是回六指家。

稻禾熟了一季又一季，媒人来了一趟又一趟，阿兰的嘴从来就没松过。媒人摇头，"阿兰是眼界越来越高了，就怕千拣万拣拣的却拣来个烂灯盏哦"。

妈妈知道阿兰的心思，故意在她面前说："六指要是不偷就好了。"阿兰脸上刹那飞起两片红云，扛着锄头赶紧出了门。

下村李旺的自行车被人偷了，自行车可是农村最贵重的物品啊。李旺纠结了十几个叔伯兄弟，个个手持木棒铁锹，气势汹汹找到六指。"自行车不是我偷的。"六指镇定自若。"你偷了会承认啊？"李旺认定是六指偷的。"我没偷。"六指咆哮着，青筋乱跳。"不是你还有谁？"叔伯兄弟嚷嚷着就往前冲。六指反身冲进厨房，抽出一把雪亮的屠刀，挥舞着，看谁敢送死？李旺仗着人多，毫不示弱，一场血战一触即发。人群中突

朱红娜·小说卷

073

然钻出阿兰的身影，满是泥巴的衣衫被汗水湿透，裤腿一高一低，胸脯一起一伏，气喘吁吁，看得出是刚刚从田里赶来的。六指愣了，大伙也愣了。她走到六指面前说："你把刀放下。"完全是命令的口气，丝毫没有平时的柔弱。六指挥舞的刀垂了下来，像儿子见到母亲般委屈："我没有偷自行车。""真的吗？"阿兰盯着六指再问一句。

"连你也不相信我，要怎样你才信？"六指大声问阿兰，垂下的刀又举了起来，只见雪白的刀刃划过六指的左手，一只蚕豆大的肉粒飞向人群，血从六指左手喷涌而出。人群有人"哇"地尖叫，纷纷后退出去。阿兰吓得脸色纸样，慌忙掏出手绢包住六指的血口，喃喃地说："谁不信你了，谁不信你了……"

多年以后，六指做了包工头，每年回来给老人发红包。六指说："我是吃百家饭长大的，你们都是我的亲人啊！"年过八旬的三叔婆要给六指喝娘酒，六指说："三叔婆，我偷喝过你的娘酒哦。"三叔婆说："你还偷挖过我的花生呢，还偷吃过我的龙眼呢。"说完哈哈大笑，没牙的嘴巴露出大大的洞口。六指也哈哈大笑，鸡啄米似的点头，"我记得，我都记得……"

◎沐阳点评

　　六指这个异相之人在小说开篇便抓住了读者，巧设悬念，故事迭出。作者主要围绕"六指不愁，衣食无忧"这个断语去展开情节，但巧妙之处在于用误解法去为"衣食无忧"作颠覆性的阐释。六指一次次的偷盗和一次次的反叛，体现了他坚硬的一面；而六指对阿兰的怜悯和呵护，又刻画了他柔情的一面。小说末尾设置的六指壮士断腕式的自残，宣告他决绝地改头换面，他后来成了包工头，每年回村给老人发红包，结尾那段对话更是点睛之笔。至此，一个立体的人物形象展露无遗，也戏剧性地验证了"六指不愁，衣食无忧"这句断语。

玉 秀

　　玉秀每天在秀溪洗衣服的时候，同一个问题都会蹦出来：这每天哗啦哗啦清清凉凉的水从山里的哪里来的呢？又会流到哪里去呢？这个问题让她只有 7 岁的脑子转不过弯来。她问过妈妈，妈妈说："我也不知道，我没出过山门。"她又问爸爸，爸爸瞪了她一眼："女孩子家，脑子别这么复杂。"

　　可是，这个问题就像这秀溪的水一样，每天在她脑子流过。

　　8 岁上学的时候，玉秀问老师的第一个问题是："秀溪每天哗啦哗啦清清凉凉的水从山里的哪里来？又会流到哪里去？"

　　老师看着这个说话满脸通红的小女孩，很慈和地摸了摸玉秀的头，想了想，告诉玉秀："这大山啊，就像一块棉布，下雨的时候，棉布就吸收了很多的水，后来慢慢水就从溪里流了出来，沿着小溪，流啊流啊，一直流到梅江河，再沿着梅江河，流啊流啊，就一直流到了大海。"

　　玉秀眨着一双大大的眼睛，似懂非懂地点了点头。从此，大海就成了玉秀脑子里的另一个问题：什么时候，我能看到大海呢？

　　玉秀的家在村的后头，每次回家，都要经过地主仔扁头的门口。扁头是村里地主刘广财的儿子，刘广财早先生有四个女儿，他一心要个儿子，嫌老婆总是下的丫蛋，就到镇上的桃花楼找了个裹脚的潮州女人，潮州女是走日本的时候落难到南秀镇的，潮州女在潮州也是大家闺秀呢，手不沾泥脚不沾地的，南秀镇的女人从没有裹脚的，南秀镇的女人都是"家头窖尾、灶头锅尾、针头线尾、田头地尾"的能手，能像男人一样顶天立地的。南秀的男人不敢娶潮州女，潮州女最后就落到了桃花楼。刘广财看着潮州女滚圆的屁股，记起老人们说过女人屁股滚圆能生仔，刘广财就从潮州女的屁股一直往上看，看到挺挺的胸脯，看到白白的颈脖，看到盈盈的双眼，刘广财再也控制不住自己，猛地扑到了潮州女身上。后来，潮州女就跟刘广财回到了秀溪村，大老婆没生儿子，自知理亏，对潮州女毕恭毕敬，小心翼翼，一样家头窖尾、灶头锅尾地忙碌，潮州女专伺刘广财，又如大家闺秀般呼风唤雨，终于一年后喜得扁头。

可惜好景不长，扁头还没到十岁，地主就被打倒了，潮州女经受不了批斗，服药自尽了。大老婆不久也暴病身亡，女儿都嫁人了，只留下刘广财带着扁头搬出了大屋，住到了原来的一个牛圈里。在扁头 20 岁那年，刘广财也撒手归西了，扁头继承了地主的成分，也继承了刘广财没完没了的挨批。30 岁的扁头，成了村里的光棍，除了牛圈里少了牛多了一张木板床外，其他没什么改变。

牛圈在路边，玉秀每天就从牛圈边经过，从懂事起，玉秀就知道扁头不是好人，玉秀常常看到小伙伴向扁头投掷石子，扁头也不敢还手，玉秀不投石子，远远的就躲着扁头，就像躲着邻村的那个麻风病人一样。每每从扁头门前经过，玉秀都飞也似的跑过，扁头怔怔地望着玉秀，有时会喊她一两句，"玉秀，小心摔倒了。"玉秀跑得更快了。

山养水，水养人。秀溪的水，养得玉秀如她的名字一样，俊秀高挑，水灵白嫩。一双眼睛会说话，一对酒窝装满笑。十七八岁的玉秀，出落得亭亭玉立，斯斯文文，人见人赞，人见人爱。

媒婆开始上门了，玉秀一见媒婆就逃出门，她呆呆地坐在溪边，看溪水缓缓东流，想象着溪水流入梅江，流入大海。大海究竟是怎样的呢？"大海"在玉秀的脑海里挥之不去。

"我要去看大海。"媒婆再次来的时候，玉秀告诉媒婆，她要嫁出山里，嫁到城里去。"好，好，好。"媒婆鸡啄米似的点头，"我正有一个亲戚在部队当兵的，好像是什么长呢，结婚后可以随军的。"随后拿出一张照片，照片中人穿着军装高大英武。玉秀一看就动心了，也给了媒婆一张自己专门在镇里照的照片。

半个月后，玉秀收到了一个叫大伟的来信，大伟的信充满了对玉秀的赞美之词，玉秀看得眼热心跳，她也写了一封矜持婉转的回信。

书来信往，玉秀跟大伟就算正式确立恋爱关系了。

从此，玉秀就像山里的黄鹂一样，歌声婉转不断：

> 客家妹子快乐多，娘胎偷偷学唱歌，
> 哇哇落地一声唱，绿水青山都来和。
> 客家妹子爱唱歌，家有山歌十八箩，
> 挑来一担慢慢唱，唱到日落月上坡。
> 客家妹子爱唱歌，好比画眉出山窝，
> 站在枝头唱一句，满山鸟雀都来和。

玉秀清清亮亮、尧尧韧韧的歌声常常伴随着秀溪的流水流过山间，流过村里，流进扁头的耳朵，扁头循着歌声，就找到了玉秀摇曳的身影，扁头远远地望着玉秀，胸间就有一股沁凉升腾开来，浑身舒泰，扁头陶醉于这种舒泰，以致常常躲在门缝里偷偷地看玉秀从门前经过。

秋去冬来，转眼就到了年底，大伟请了探亲假和婚假，大伟迫不及待想见玉秀，叫玉秀在梅城接他。玉秀初中暑假的时候去过一次梅城，看梅江河像玉带一样穿城而过，梅城也就像玉带一样缠绕在了玉秀的记忆中。

汽车沿着梅江河岸往城里开去，玉秀扭头望着窗外，梅江河两岸景观在眼前迅速后退，她想象着与大伟见面的场景，不禁怦然心动。大伟给她寄过好多全身的照片，她越看越喜欢，早已将大伟英俊的容颜熟记于心，玉秀想着大伟信中的甜言蜜语，不时噘噘嘴角，从心里笑到脸上。她憧憬着在海边与大伟漫步、飞奔……

突然，"砰"的一声巨响，车厢如爆炸般震裂，玉秀还没反应过来，头重重地向前撞去……

玉秀再次睁开双眼的时候，目光所及皆是一片雪白，全身的疼痛让她动弹不得。"我的腿，怎么好像没感觉。"玉秀尽力地想伸伸腿，但怎么也感觉不到腿的存在。她"啊"的一声尖叫起来，接着大声号哭着，大伟从外面进来，握起玉秀的手，不知该说什么。

"大伟，我的腿怎么了？怎么了？"玉秀如见到了亲人，急促地追问大伟。

"玉秀，你别急，别哭别哭。"大伟劝慰着玉秀，眼里充满了疼惜。

"可是，我的腿，我的腿。"玉秀哭得更厉害了。

医生告诉玉秀，她的腰椎骨撞断了，下半身没知觉了。医生不敢用瘫痪的字眼告诉玉秀病情。医生平淡的话语却让玉秀湛蓝的天空完全坍塌下来，她掉进了漆黑的世界。她看不到大伟了，再也看不到海了。

"不要！我不要！"玉秀凄厉的叫声震撼了整栋病房楼。

她要的是结婚，她要看海，她不要这个结局，她也不要这样的生命了。

生命缠绕了她，大伟却离开了。

玉秀的生命就成了床上的一堆肉，这堆肉越长越沉，妈妈抱不动她了，爸爸也抱不动了，兄弟们都结婚了，分家另过了，父母到处找媒人，只要是男人，只要肯娶玉秀就行。媒人都摇头，客家男人都要娶"家头窖尾、灶头锅尾、针头线尾、田头地尾"的女人啊。玉秀就想，如果自己是一头猪多好，长胖了，就可以出栏了，可以结束生命了。但玉秀变不了猪。

年近 40 的扁头佝偻着瘦小的身躯，偷偷来到玉秀家里，战战兢兢地说："让玉秀嫁给我好吗？"

玉秀父母惊呆了，继而沉默，然后频频点头。

玉秀像块木头一样任父母摆布。几天后，扁头就把玉秀接到了自己家里。当扁头颤颤巍巍地爬到玉秀身上的时候，玉秀闭上了眼睛，流下了许久以来不曾流过的泪水。最后玉秀告诉扁头，"我想看海。"

◎沐阳点评

　　"命运"和"追梦"是这篇小说的两个关键词，也是明线和暗线。通过写玉秀"想看海"的梦想，不断地推进故事情节和演绎人物命运。作者把"看海"这一朴实的价值追求具化到倔强的信念和行动上，以"看海"为明线，以命运为暗线，将读者引进一个阅读旋涡。令人无奈地嘘唏命运的迂回跌宕，涌起一种锥心刺骨的疼痛，这正是作者要表达的故事背后的命运感和世道人心。玉秀命运的落差暴露了大伟的绝情和扁头的痴情，一下子洞见了人的劣根性，而这一人性弱点的袒露是因为玉秀惨遭车祸，使故事情节笔锋逆转，在阅读心理上产生很强的起伏感，在主旨表达上增强了戏剧效果。

阿 梅

门前的柚子一个一个开始泛黄了，田里的稻谷正等着主人收割，阿梅的心也像熟透的谷子一样，不住往下掉。阿梅催了大康几次，大康总是说厂里加班请不了假。

大康说："你就请村里人帮帮手，工钱比我请假划算。"

阿梅想想也对，大康每天在厂里上班有 100 多元，请假还要扣奖金，一天损失就是 200 元，在村里请人一天 100 元，划算。阿梅就谋划着明天叫几个人把三亩稻田割了。

第二天，意外的，村长带了几个人，早早来到了阿梅家。阿梅喜出望外，激动得满脸绯红。村长眯眯地望着阿梅笑，"就剩你家的稻子没割了，我来帮你。"

村长特照顾阿梅，隔三岔五就来阿梅家里，嘘寒问暖，看望阿梅瘫痪在床的公公，阿梅感动不已，好菜好酒招待村长。村长常常喝得醉醺醺，就眯眯地望着阿梅笑，"阿梅，我就喜欢你做的菜。"婆婆皱了皱眉头，颤颤地退到厨房里，阿梅跟着婆婆进了厨房，悄声说："妈，你不能剩我一人在客厅。"婆婆怜爱地看看阿梅，反身跟阿梅回到客厅。

阿梅的家是一个典型的客家小山村，阿梅家的屋前有一片梅花园，寒冬时节，梅花傲放，整个村子里弥漫着淡淡的梅花清香。

阿梅原先在大康工厂流水线上作业，大康就像流水线上的产品，每天在阿梅面前驻足，定定地看着阿梅组装，阿梅每次都是淡淡地微笑点头，然后专心做事。阿梅的邻座辣妹常常不由自主停下手头的活计，康哥长康哥短地叫着大康，火辣辣的眼神恨不得把大康点燃着火。

大康没有理会辣妹多情的暗示，一如既往地围着阿梅转，阿梅成了大康的女朋友，当季节过了一季又一季，梅花开了一遍又一遍，大康和阿梅的爱情之花终于结出了硕果。

不久，他们的爱情结晶就出世了，儿子周岁以后，阿梅把儿子交给公公婆婆又与大康一起出去打工了。

大康做模具工资不菲，阿梅在流水线上轻松自如，他们一同上班一同下班，日子在平淡中幸福地流淌。

可是，天有不测风云，公公突然脑溢血半身瘫痪了。

"我留下来照顾家里，你还是出去打工吧。"阿梅看着家里的老小，心里涌出一股酸楚的愧意，决定留下。

"还是我留下吧，你这么瘦弱，怎么行？"大康望着疲惫的阿梅，心里充满了疼爱。

"不行，你出去打工工资高，公公病了，更需要钱了，我心细，照顾家里还是要我来，就这样定了。"阿梅不容大康再商议。

大康每天发来的短信，就是阿梅的心灵慰藉，阿梅翻来覆去地看，不舍得删除任何一条。

大康最近总说厂里加班忙，累。阿梅说："你要注意身体，家里有我，你放心。"

村长叫阿梅去村委会，说她公公的低保批下来了。阿梅加了件干净的外套，扣上扣子，来到村委会。

村委会只有村长一人，阿梅站在那里手足无措。村长的眼睛眯成了一条缝，示意阿梅坐在身旁。阿梅小心翼翼地坐下，尽量离村长远点。村长起身倒了一杯水给阿梅，顺手握住了阿梅的手，阿梅触电般缩回了手，水杯掉到了地上，摔成碎片。

阿梅逃也似的跑回了家里，泪水止不住地流。婆婆帮阿梅擦着泪水，咬牙说："别再理那畜生。"

阿梅收到一个好姐妹的短信：梅姐，别顾了家里，冷落了老公。

阿梅隐约感到不妙，家里安排了一下就去了深圳。

阿梅看到了所有女人最不愿意看到的场景：辣妹住到了阿梅曾经住过的房子里了。

阿梅强忍着心中的怒火，问大康怎么办？

大康像个做错事的孩子，低着头扯自己的头发："我不是人，我狼心狗肺。"

辣妹站在阿梅面前，理直气壮："不关大康的事，都是我的事，我喜欢大康，我自愿的。"

阿梅正眼也不瞧辣妹一下："好，既然你爱大康，大康给你，你回大康家去，我回来上班。"

大康一下子跪在了阿梅面前求饶："阿梅，我错了，你打我骂我怎么惩罚我都行，但你不能离开我，我爱的是你啊。"

"那好，明天你就辞职，我们一同回家。"阿梅斩钉截铁。

"这，这……"大康有些不舍。

"没有这啊那的，我们一家人在一起，再苦再累也值得！"还没说完，阿梅的泪水就像拧开的水龙头哗哗地流。

在送阿梅他们回家的路上，好姐妹问阿梅："你为啥不闹呢？"

阿梅凄然一笑："因为我是客家女人。"

（此稿被《微型小说选刊》等多处转载）

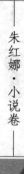

朱红娜·小说卷

◎沐阳点评

小说写的是一个典型的客家媳妇形象，孝顺、持家、忠贞、宽容，这些闪光点如聚光灯打在阿梅身上，她在家庭和现实社会的舞台上迈动着并不轻盈的舞步，一切都是因为"色"字头上那把刀，使得阿梅有如在刀尖上跳舞。村长的挑逗、大康的出轨足以颠覆一个女人脆弱的情感，但阿梅没有被世俗所困，以其超拔之姿跃出樊笼，对道德和情感的坚守，对家庭和亲人的虔诚，如解构尖刀的坚不可摧的花岗岩，有力地诠释了邪恶在朴素的信念面前终究孱弱如泥。

童养媳招娣

　　跟两个姊姊的命运一样，招娣在8个月的时候被人抱走了。还在襁褓中的招娣就成了周明仁的童养媳。

　　"童养媳，好叫之，泪绑饭，鼻绑粥"，这是形容童养媳凄悲生活的写照。招娣学的第一个音不是"妈、爸"，是"饿，饿"。满地爬的招娣从来就没吃饱过，抓到鸡屎都往嘴里塞，还吧唧吧唧舔得津津有味。婆婆看见了就拿竹鞭在招娣手上啪啪挥舞，招娣疼得哇哇大哭。但过后见到鸡屎照样抓来往嘴里塞。

　　婆婆有句名言叫作"别人吃了传名声，自己吃了沤屎盘"。家里好吃的东西都给别人吃了，婆婆的名声好了，但招娣的身体却像缺水的秧苗，枯黄枯黄的，以致迟迟不发育。这又成为婆婆憎恨招娣的引子。婆婆早年丧夫，就周明仁一棵独苗，每天眼巴巴盼着招娣早点见红，早些传续周家香火。周明仁都25了，跟他同年的儿子都满屋跑了，他还没跟招娣圆房。婆婆急得像热锅上的蚂蚁，恨不得咬出招娣的一片红来。

　　好不容易等到招娣见红圆房了，可招娣的肚子又像一块石头，任周明仁怎么努力，石头上就是长不出一片叶子来。

　　都说穷人养娇子，婆婆把儿子当作手心里的宝，养成周明仁拈烧怕冷，手不沾泥脚不沾地的公子脾性。好在族里有族规，但凡男丁族里免费读私塾，周明仁识字不多，但一手算盘哗啦哗啦拨得比老师还快。解放以后就在乡里谋了一份会计的职务。

　　在乡里谋了职务的周明仁眼界高了，他提出要婚姻自主。

婆婆说："你已经圆房了，就算结婚了。"周明仁说："没结婚证，不算结婚。"婆婆想着招娣也没生育，再找一个也不过分，就劝招娣，让她找个好婆家。招娣说："奶娘，我生是周家的人，死是周家的鬼，明仁要娶小我不反对，可你别赶我走，让我留在周家，服侍你到老。"

婆婆的泪水一下子就涌了出来，叹气，"唉，招娣，你也是一个命苦的人啊！"

周明仁很快又娶了个年轻漂亮的老婆，不到一年时间，儿子就呱呱落地，招娣就像自己生了儿子一样，心花花开，"家头窖尾""田头地尾""灶头锅尾""针头线尾"忙得不亦乐乎。

可是天有不测风云，周明仁在一个冬天的早上死在了胡豆田里，法医检验的结果是，晚上喝醉酒跌倒在田里被冻死。招娣扑在周明仁身上哭得死去活来。有人说，"周明仁都不是你老公了，你哭什么啊？"招娣说："明仁可是我奶娘的儿子啊！"

在周明仁死后不到百日，他老婆留下不到一岁的儿子和一张字条，招娣请人看了字条："姐，我待不下去了，晓华留给你，他就是你的儿子，辛苦你把他养大。"

招娣看着襁褓中的晓华，越看越看到明仁的影子，招娣在晓华的脸上叭叭叭亲了起来，紧紧抱住他，生怕他从自己手里溜走。

招娣自己饿怕了，她不会再让晓华饿着，她常常背着晓华上屋下屋找，但凡有喂奶的妇女，她都求她们给晓华一口两口，有时为了一口奶，她会为别人干一上午的活。她自己吃糠咽菜，也要让晓华吃饱。

20年后，壮实的晓华当了兵，转业后在城里有了一份体面的工作，还有一套宽大的房子。招娣可以说是苦尽甘来，跟着晓华在城里过上了温饱有余的生活。

读者朋友，我就是晓华，招娣是我阿妈。

好端端的，阿妈为什么突然揭开这个伤疤？我一边听阿妈讲他们的往事，一边心里酸酸的疼疼的。

我说："阿妈，你永远是我最亲最亲的亲妈，我只有你一个妈。"

第二天，阿妈带回一个70多岁、身材瘦弱、佝偻着腰的老太婆，告诉我，"她，是你亲妈。"

哦，原来阿妈是跟我吹前奏。可这主题离想象也太远了，我一时懵了。

我的亲妈，在经历了人生的坎坷后，被继子赶出家门。走投无路的她千方百计找到了我的阿妈，她知道，阿妈不会赶她走。

阿妈要将她留在家里。我坚决反对。

"'鸡有窝，狗有洞'，你总不会让她流浪街头吧？她也是一个苦命的人啊！"

只一句，我的心就被重重地击中，胸中的坚冰瞬间融化。

（童养媳是客家旧时的一种婚姻模式，文中使用了一些客家方言）

◎沐阳点评

　　小说写的是童养媳，这种封建社会的畸形婚姻模式，为众多文人学者所诟病和鞭挞。但作者并没有去讽刺这种旧式婚姻习俗，而是将笔锋指向人性深处。招娣所处的年代应是社会转型期，小说选取由旧社会向新社会逐次嬗变的时间拐点，顺理成章地演绎出了"招娣与周明仁、周明仁与年轻漂亮老婆"的两种婚姻形态，而周明仁的意外之殇，如投影仪折射出了人性的亮面和暗面。招娣的死心塌地、周明仁年轻漂亮老婆的抛家弃子，使读者不由得重新反思联袂夫妻感情的究竟是什么？新旧婚姻模式与婚姻恒久价

朱红娜·小说卷

值之间究竟如何衡定？作者没有去作正面回应，而是继续推进情节。招娣对晓华的苦心哺育和她对晓华亲妈的宽怀接纳，再一次如重锤敲打在读者心上。至此，人性的大美得到了升华，也客观反映了人性与婚姻的内在联系。

没胆人（版本一）

没胆人在成为没胆人之前并不是没胆的，不但有胆，而且胆大，浑身是胆。

没胆人姓杨，被人暗地里称为"杨大胆"。

没胆人是个一把手，大权在握，威风八面。他的胆大是出了名的，名扬四方。

在一次旧城拆迁中，一个户主冥顽不化，对抗到底，严重阻碍工程进度，没胆人一声令下："拆！"推土机"突突突"就往房子上开。户主站在四层房顶上作跳楼状："你们谁敢拆，我就死给谁看！"

没胆人"噔噔噔"跑上四楼楼顶："拆了你死，不拆我死，不如我们两个一起死，怕死的是小狗。"边说边拉户主的手，要一起跳。

户主被没胆人吓懵了，本能地往后退，战战兢兢地摇头："别，别，别，我不跳了，我拆，我拆。"

事后有人问没胆人，"你怎么那么大胆，要是他真跳了怎么办？"

没胆人哈哈大笑，"我看准了他是一个胆小鬼。"

没胆人去香港考察，完毕，手一扬，"走，去澳门赌一把。"

秘书看成捆成捆的钞票换成赌币，转瞬之间就没了，秘书的心咚咚直跳，悄声告诉没胆人，"领导，这都是公款啊！"没胆人嗤之以鼻，"哼，没气魄，成不了大事之人。来，继续！"又是成捆成捆的钞票换成赌币，又是瞬间就没了。没胆人眼睛眨都没眨一下，说："回去再想办法。"

没胆人有几个貌可倾城的情人。他不满足自己欣赏，常常公开向外炫耀。"你这样招摇迟早会出事的。"对于妻子的嘀咕，没胆人则是大声呵斥："古时皇帝后宫佳丽千万，我虽一小小官吏，也是说一不二的一把手，玩几个女人怎么了？再不识趣，小心我把你休了。"妻子即刻噤若寒蝉，退避三舍了。

有一天，没胆人突然肚子疼，疼得冷汗直冒，疼得满地打滚，疼得哭爹叫娘。去医院做了彩超，是胆囊结石，胆总管堵塞。

医生说："要马上做手术，切除胆囊。"

"胆都没了，那还了得？！"没胆人尽管疼得头上冒着豆大的汗滴，但不同意摘除胆囊。

"放心，领导，胆囊跟平常说的胆大胆小没关系的，对身体是没多大影响的。"医生告诉没胆人。

"只要不会变成胆小鬼，就切吧！"没胆人大笔一挥，同意手术，写上自己漂亮的签名。

没胆人就这样成了没胆人。

没想到，手术后没胆人总是做噩梦，只要一进入梦乡，就噩梦连连。

没胆人开着奥迪A6，开进高速隧道，突然，隧道灯光灭了，汽车灯光也灭了，四周一团漆黑，没胆人冒险往前开，可是，怎么也开不到隧道尽头，没胆人惊出一身冷汗，醒了。

没胆人看见一群蛆虫长在自己的伤口上，慢慢长大，长成一张张情人的脸，虫身人头，缠着没胆人。"救命啊！"没胆人尖叫着，又是一个噩梦。

没胆人问医生，"是不是没胆了，就会老做噩梦。"

"不是的，胆囊跟做梦一点关系也没有，做梦与心情和精神有关，你做了手术，精神太紧张了。"医生解释。

一连四五天，伴随不断的、一连串的噩梦，没胆人都是在痛苦的折磨与恍恍惚惚的情形中度过的。没胆人睡不着觉时，往事一桩桩、一件件地涌到心头，那些虽然不是梦境，是他过往官场生涯中真真切切的经历，却让他觉得比前几天的那些噩梦还要可怕！他不敢往下想了，越想越后怕，他简直不敢相信以前的所作所为。有天晚上直至凌晨，他才迷迷糊糊地睡了过去，但还是做了个梦，梦中他遇到一个老尼姑，遂上前作揖："师太，我忽然觉得以前的自己非常陌生，这是为何？""这就叫作顿悟罢，好生珍惜。"老尼姑说完一晃身形，不见了。

没胆人手术痊愈出院，回到单位继续上班。但人们却突然发现没胆人像变了一个人似的，变得真的"没胆"了。人们在传，那些准备参与招投标工程的老板，都收到了他坚决退还的现金和礼物。还有人说他去过纪委，是因为澳门赌博的事，他去主动交代了，并将乡下老家祖屋拆迁的几十万元赔偿款上交了，填补赌博所输的公款。总之，有关没胆人"没胆"的传闻很多，人们好生惊奇，觉得没胆人变得非常陌生。

不久后，没胆人被提前"转非"，就是"转为非领导职务"。后来退休，过上了悠哉悠哉的生活。而和他同时期在任的好几个单位一把手，有的被"双开"，有的后来进了监狱。没胆人想：自己太幸运了！

如今，经常能见到没胆人在公园里悠闲地散步，曾经敬畏他的部下偶然遇上了，想寒碜他一下，故意大声喊："杨大胆！"

他笑着摆摆手："几年前做完手术，胆早没了。"

（此稿多处转载，入选《2012 中国年度小小说》）

没胆人（版本二）

　　"羊没胆"起先并非没胆，只是胆小，后来才变成名副其实的没胆人。

　　"羊没胆"是个重要部门的一把手，本来大权在握，威风八面。但他的胆小是出了名的，名扬四方的胆小鬼。"羊没胆"姓杨，被人背地里叫作"羊没胆"。

　　在一次旧城拆迁中，一个户主冥顽不化，对抗到底，严重阻碍工程进度，"羊没胆"悄声令下："拆！"推土机"突突突"就往房子上开。户主站在推土机前作拼死状："你们谁敢拆，我就死给谁看！"

　　"羊没胆"被户主吓懵了，本能地往后退，战战兢兢地摇头："别，别，别，我们不拆了，不拆了。"

　　"羊没胆"大手一挥，推土机又"突突突"往回开。

　　事后有人问"羊没胆"，"你怎么那么胆小，领导那里怎么交代？"

　　"羊没胆"绷着脸，苦苦一笑，"再说吧。"

　　一说就说了半年多，领导换届了，新领导旧城区走了一圈，指着那栋没拆的房子说："这是谁干的？为什么不拆？"

　　"羊没胆"跟在新领导后面，一听，腿就筛糠一样抖得弯曲了下来，头低着，又是战战兢兢说："我……我们没拆成。"

　　"好！有眼光！这样的房子就是要保护，拆什么也不能拆了一个城市的历史……"领导的一番高论听得随从人员一愣一愣的，"羊没胆"心里暗暗欣喜，好在当时自己心存不舍，心存畏惧，不然一座古城建筑就消失殆尽了。

"羊没胆"时时提醒自己，当官要有所畏惧，才不至于胆大妄为。

但是老婆不满意了，时常挖苦"羊没胆"，"就你民主，就你集中，屁大一点儿的事你都做不了主，你这个一把手有什么用？你就是一个胆小鬼。"

"羊没胆"不争辩，也不恼火，只是轻描淡写说一句，"以后你就知道了。"

有一天，"羊没胆"突然肚子疼，疼得冷汗直冒，疼得满地打滚，疼得哭爹叫娘。去医院做了彩超，是胆囊结石，胆总管堵塞。

医生说："要马上做手术，切除胆囊。"

"胆都没了，岂不更胆小了？！""羊没胆"担心。

"放心，胆囊跟平常说的胆大胆小没关系的，对身体是没多大影响的。"医生告诉"羊没胆"。

"那就切吧！""羊没胆"就这样成了名副其实的没胆人。

"羊没胆"手术痊愈出院，回到单位继续上班。但人们发现"羊没胆"变得越来越胆小了，变得真的"没胆"了。明明是很多副职同意的事情，但"羊没胆"就是不做最后拍板。

随着城市规模的不断扩大，房子越建越高，人口越来越多，学校、医院等配套建设严重滞后。一块城市中心的地方，原本规划学校用地的，给一个房产开发商瞄上了，隔三岔五的就找上没胆人。让"羊没胆"再研究研究。

"羊没胆"说："苟老板，不用研究了，这个地方不可能改变功能的。"

"没有什么不行的，一切皆有可能。"苟老板说这句话的时候中气很足。与"羊没胆"的轻言细语形成强烈的反差。

"我在位时是不可能的。""羊没胆"依旧轻言细语。

"那你可能要移个位置了。"苟老板头昂昂气呼呼地走了。

第二天，主管领导来了，嘘寒问暖了一番，东拉西扯了一阵，最后把话题落在了那块地上。

"是否重新考虑规划一下？在这个地方建学校浪费了。"主管领导很客气。

"嗯，嗯……""羊没胆"的胆小在上级面前尤为突出。

"羊没胆"失眠了。拖吧，主管领导每天电话催问，如果不按领导意思办，哪天真的可能位置不保啊。改变功能，"羊没胆"又没这个胆量。"羊没胆"有时真恨自己怎么就没胆呢？

大不了来个鱼死网破。"羊没胆"做了一个平生最大胆的决定。

苟老板又来了，一副成竹在胸的样子。

苟老板从包里拿出一张卡，放在没胆人面前，"杨局长，这是你的一份，50万。你同意也好，不同意也好，这块地都得改变功能了。"

"好吧，我想通了，我听领导的。""羊没胆"乖乖地说。

"这就对了，现在我们是一条船上的人，这个你一定收下。"

"我同意收下。但我有一个问题，请问苟老板，领导那一份是多少？不告诉我我不敢收。"

"跟你一样。"

"没骗我？"

"没骗你。"

"为什么给我跟领导一样多？"

"领导不想让你换位置。"

"哦。""羊没胆"若有所思。

"还有谁是我们一条船上的人，我才好做工作。""羊没胆"问。

苟老板把"船员"都告知了"羊没胆"。

让苟老板打破脑袋也想不到的是，当晚，"羊没胆"就去了纪委，像突然之间有了十个胆，把跟苟老板的谈话录音和银行卡交了上去。

在主管领导和一帮人"双规"的日子里，老婆两眼发光，像从没认识"羊没胆"一样，审视着"羊没胆"："老公，没想到你原来这么大胆。"

（首发《羊城晚报》，被《廉政小小说100题》等多处转载）

◎葛成石点评

两个版本情节不同，但都充满正能量。不同之处在于写作手法与创作意图上。写法上，前一篇是欲扬先抑，后一篇是明贬实褒。前一篇是在发展变化中刻画一个人物，重在写领导的思想悔悟与境界提升。后一篇"没胆人"看似胆小没气魄，实是有敬畏之心，有领导艺术，在与开发商、上级领导的周旋中，可见其气魄之大。全篇采用层层推进的写法，读到结尾，"没胆人"的智慧和气魄都叫人赞叹不已。前一篇用意在于启发人做人生价值的审视与重新确立，属于"怎么办"；后一篇用意在于启发人做正确的是非判断，属于"是什么"。个人认为第一版写作手法多变，立意格调也要高一些。两篇对照阅读，让写作学习者很有收获。

朱红娜·小说卷

文化名人刘富贵

刘富贵死了。这消息似一阵风迅速吹遍乌城的大街小巷，成为乌城人茶余饭后的猜测。

人们津津乐道刘富贵的死是因为：一、刘富贵是个名人，乌城的文化名人；二、刘富贵死在一个宾馆的床上；三、刘富贵是被人砍死的。

警察不费吹灰之力，不到 24 小时就破了案：砍死刘富贵的是一个文学女青年的老公，他跟踪他们到了宾馆，证实了别人的传言。

刘富贵的更多隐私，就曝光在了人们的视线里。

刘富贵出生在一个鸟不拉屎的山旮旯里，世代贫穷，父亲叫穷蛋。父亲说："妈的，都是这名字害的，穷蛋穷蛋，不穷光蛋才怪。我有儿子就叫富贵。"

富贵就这样成了人名，后来又成了名人。

富贵毕业于师范学校，分配在镇里的小学，虽然不是大富大贵，但总算吃上了皇粮，这是当时农村人最大的愿望。穷蛋逢人便说，"富贵这人名就是好。"说这句话的时候，穷蛋打死也不敢想到富贵会成为名人。

空闲的时候，富贵喜欢写写画画，他将写的文章照着地址寄给他看过的报刊杂志社，可没几天，他的文章没变成铅字全又乖乖回到他的手上。刘富贵不气馁，每天空闲就爬格子，在爬了一大摞退稿格子以后，终于刘富贵三个字在市报上变成了

096

铅字，一个豆腐块文章让刘富贵比考上师范还要激动。刘富贵把豆腐块文章剪下来，拿到复印店复印了几十份，光复印就花了刘富贵半个月的伙食费。刘富贵将复印件发给每个学生，让他们带回给家长，学生起初也会带，后来有学生干脆一揉丢到垃圾桶里，被刘富贵发现，刘富贵让学生写检讨。学生一边写检讨，一边就在心里发狠：下次我扔厕所。

刘富贵想成为名人，但发了好多豆腐块也没成为名人，老婆讥笑他，"就你这样，也想成名？等着看花生从树上长出来吧。"

刘富贵坚信，火箭都可飞到天上去，花生从树上长出来很难吗？

花生没从树上长出来，但刘富贵确确实实成了名人。

刘富贵拿着烫金的《世界文化名人》证书，一行英文同时显示的刘富贵三字赫然醒目，刘富贵直叹这两千元花得太值了。老婆一看跳起三尺高，"就这破玩意两千？刘富贵，你疯了，两千，你一个月工资啊！好，这个月你别吃饭了，你就啃你这宝贝吧。"

刘富贵揣着《世界文化名人》翻山涉水到了县教育局，诚惶诚恐呈给教育局领导，领导瞥了一眼封面，并未接手，也没问刘富贵何方执教、尊姓大名，劈头盖脸泼了他一盆冷水："这个你也敢拿出来？"

刘富贵灰溜溜退了出来。但他并没灰心，他要去文化局，现在县里不正在搞文化强县吗？

正想打瞌睡就有人送枕头。文化局局长见到刘富贵的《世界文化名人》如见到救星般连连叫好，真是踏破铁鞋无觅处，得来全不费工夫啊。局长激动得马上打电话向县长汇报。

县长一听即刻指示，说："县里正缺少刘老师这样的文化名人，我们要好好宣传，把刘老师打造成文化强县的一张名片。"

很快，刘富贵就在电视上报纸上广播上家喻户晓。刘富贵跟国内外一些名家的合影显赫地刊登在报纸头版。刘富贵成为县里的文化战略顾问。刘富贵虽然猥琐的形象没有改变，但每天被领导奉为上宾。刘富贵全家从镇里搬到了城里，刘富贵老婆几十年想要的房子问题、他大学毕业儿子一直没着落的工作问题一揽子全部解决。

"你什么时候见过那些名家了？"老婆瞪大了双眼，看着朝夕相处从未出过本县以外的男人。

"这个可不许在外乱说，我现在是名人了，你是名人夫人了。花生从树上长出来了吧？"刘富贵得意地向老婆炫耀。

刘富贵成了名副其实的名人，企业、旅游景区排着队邀请刘富贵。众多文学女青年围着刘富贵转，不时传出他的桃色绯闻。

刘富贵老婆就闹，刘富贵振振有词，"你看过哪个文化名人不是众多红颜知己？这叫激情，懂吗？作家必须要时刻保持激情，怎么保持？就是要时刻有爱情的滋养。"

刘富贵没被爱情滋养，却被情敌砍死。

文化局局长问县长："要不要开追悼会？"县长骂："狗脑勺，开什么追悼会，你以为他真什么文化名人啊？去，再找一个文化名人，重新打造。"

◎沐阳点评

时下，打着"名人"幌子欺世盗名、蝇营狗苟的大有人在，这方面的讽刺小说并不鲜见。《文化名人刘富贵》在开篇便重锤落地般地道出了刘富贵被文学女青年的老公杀死于宾馆的人生悲剧，这种倒叙手法产生了力重千钧的艺术效果。看作者是如何塑造名利心膨胀的刘富贵这个人物形象的——把发在市报上的豆腐块文章复印给学生，花钱入选《世界文化名人》，不知羞耻地找教育局、文化局领导，县里的媒体大肆宣传，成为文化名人的刘富贵华丽转身，

梦月集

传出桃色绯闻以致最后死于非命。这篇小说具有荒诞主义色彩，有力地讽刺了当今追名逐利时代背景下的刘富贵式的荒诞人物，以及政府、企业、团体等利用名人效应进行文化形象宣传和谋求利益的荒诞做法，事实上他们并不是文化的膜拜者，而是文化的亵渎者。

风水大师谢有财

　　谢有财读书不得，初中没毕业就辍了学。但谢有财鬼点子多，眉头一皱，计上心来。三寸不烂之舌能翻江倒海，圆的瞬间变扁，扁的即可变方。常常忽悠得人分不清南北东西，是非黑白。

　　谢有财一心想发财，到了城里却眼花缭乱，找工作他没文化，做生意又没本钱。最后靠收废品为生，勉强度日，三十好几仍然孤身一人。

　　忽一日，谢有财在整理废品时，发现了一本装帧精美图文并茂的《风水秘笈》，谢有财眼睛一亮，打小听说他老家风水不错，便兴致勃勃翻阅起来，虽然60%的文字不认识，但那些细致的图片还是很吸引了他，他如获至宝，希望在秘笈里面找到能让自己发财的风水。

　　乡下人迷信，大小红白喜事都要找师傅问问。谢有财揣着《风水秘笈》回到老家，买了个罗盘，在镇里租了间小铺，美其名曰"咨询部"，专门给人算命，看风水，择日期。

　　开业头几天，谢有财请了七大姑八大爷，每人给个红包，叫他们装成客人，请他算命、求吉日。

　　谢有财能说会道，又善观颜察色，一时间生意还真不错。

　　谢有财由剩男成了钻石王老五，媒婆接踵而至，谢有财看中一个相貌姣好刚刚高中毕业的女孩，一掷千金，出手给了女孩家里5000元。这在还是以数百元作聘礼的当时，引起镇里

梦月集

不小的轰动。

　　"你真的懂风水？"新婚之夜女人问谢有财。

　　"风水是什么？"谢有财问女人。

　　"不知道。"女人摇头。

　　"看不见，摸不着，没形没体，无色无味。"谢有财捏了一下女人的脸，"不像你，好看，又有姿色。"

　　"那你怎么看风水？"女人好奇。

　　"风水不靠看，靠说。"谢有财得意地指指自己的嘴巴。

　　谢有财在镇里渐渐有了名气，不时有人请他出去看风水。他的收费也节节攀升，由原来的 10 元升至 20 元，30 元，50 元。

　　一日，一位西装革履老板模样的人开车找到谢有财，当着许多排队人的面掏出一叠百元大钞，请谢有财给他看风水。谢有财头也不抬，闭着眼睛轻声告诉来人，"请你排队。"来人乖乖地坐在队伍后面等。前面的人很感动，渐渐地有人给谢有财一百两百。

　　晚上，谢有财在城里的一个包房请了那个老板，给了他一叠钱。拍拍他的肩膀，"这是你的辛苦费和租车费，谢谢你的合作。"

　　来找谢有财出去看风水的老板越来越多，但是谢有财的电话总是打不通。老婆问谢有财，"为什么不接电话？"

　　"这是学问。"谢有财故作高深。"不接电话，他们才会专门找上门来，身价就不一样了，越难找到我，他们就会越信我。"谢有财说得口沫飞溅，老婆听得一愣一愣的。

　　十几年后，谢有财的名气越来越大，他有了一个响亮的名字：风水大师财叔。方圆百里的人都会找上门来，更多请他出去的是老板，官员，他们对他毕恭毕敬。

　　一老板做生意亏了，找到谢有财，请他指点迷津。谢有财了解到老板急需资金周转要转卖房子，他眉头一扬，问："你想卖多少？"

　　"我 50 万买的，急着出手，只能亏本卖了。"老板一副

朱红娜·小说卷

难过的表情。

"这样，我给你 60 万，你去翻本，房子先归我，如果你生意好转了，随时可以要回去。但条件是，你给我写个赠予书。生意嘛，我已帮了你，发不发财那就看你的造化了。"

老板没想到谢有财这么慷慨帮他，一个劲地鞠躬致谢。逢人便说："财叔是我的大救星啊！"

老板赠送房子给谢有财的消息不胫而走，一阵风似的吹遍角角落落。一提起谢有财，人们就会啧啧赞叹，"财叔就是厉害啊，帮老板发了财，老板赠送一套房子给他呢。"

不久，又传有人给谢有财送车。

人们深信财叔是有神助的，对他的崇拜到了痴迷的程度，想发财的，想当官的，想治病的，想考学的，凡是有愿望想实现的，都会去找他。

村里的刘老六请财叔看了处风水建了栋新房，落成那天，刘老六兴奋过度，突然口吐白沫，晕倒在地，众人将他紧急送往医院抢救，命是保住了，但手脚不灵了。刘老六一家慨叹，"幸好请了财叔看的风水，不然命就没了。"

谢有财有钱有势了，在城里养了二奶，老婆气不过，对众人说："谢有财其实不懂风水算命，都是瞎说的。"但大家不信，都说，财叔老婆怎么这样啊，到处毁坏老公的名声，难怪财叔在外面另寻新欢了。

◎沐阳点评

这是一个欲望膨胀的时代，众人在不择手段地发财致富奔小康，连说话时的唾沫、呼吸都发着铜臭味。正是这层土壤造就了不学无术却一举成功的风水大师谢有财。这样的典型个例不胜枚举，严新、张宝胜、李一、王林……似乎不能简单地用道德标尺去衡量他们，而更多的是一种社会心理学的折射，我们从中看到现代人普遍的心理和精神弱点。回到小说文本，作者善于抓住主人公的典型事件，塑造了一个虚伪使诈、利欲熏心、油嘴滑舌的人物形象。可以说，谢有财是典型的"厚黑"学践行者，脸皮厚如城墙，心黑如煤炭，作者借用这样一个"活化石"，有力地讽刺了当今时代的一种浮躁心理和社会通病，具有一定的教育和警示意义。

朱红娜·小说卷

乡野之风

桃花劫

门前的桃花开了，花骨朵小小的，红红的，好看极了。

认识林风的时候，林风说："桃花你真好，我要在门前种棵大大的桃树，每年看着桃花开。"

林风真的在门前种了几棵桃树。

桃花就嫁给了林风，为林风生了个儿子。

桃花说，"我不想让儿子成为留守儿童，我不出去打工了，在家带儿子。"

林风就一个人出去打工了。

每年桃花开的时候，林风都看不见，林风在桃花开之前就要出门打工。

桃花站在桃花前，靠近一朵花，闻闻，暗香沁人，桃花笑，掏出手机，左摆一下，右弄一下，自拍起来。桃花要将照片发给林风，让他解馋。还要问他，哪个桃花红，哪个桃花好看。

儿子在屋里哭了，桃花赶紧进屋。

儿子饿了，桃花给儿子做饭了。

"汪，汪汪。"门外的大黄吠了起来，桃花知道有人来了。

"去，去，黄眼狗，来了这么多次还不识我。"桃花听见村支书老劲在呵斥大黄。

桃花急忙在灶窝抓一把柴灰，胡乱往脸上抹了一下。

老劲脚步"咚咚咚咚"走近桃花。

"支书来了？"桃花整了整衣服，怯怯地算是打招呼。

朱红娜·小说卷

"桃花啊，怎么整得像个大花猫，可惜了这一张娇嫩的脸蛋了。"老劲惊叹着，伸出手来。"来，我帮你抹干净。"

桃花头一偏，弯下腰，做添柴样。

老劲还要靠近，桃花说："里面喝茶。"

桃花就自顾自往客厅走了。

老劲跟在桃花身后，双眼像突出的灯泡，光线全射在桃花的屁股上。

婆婆在客厅带孙子，看见桃花脸上的模样，怔了一下。老劲直嚷："林婶子你福气真好，娶了个漂亮又孝顺的儿媳妇。"

婆婆的嘴巴张着，呵呵地笑，脸上的皱纹微波一样荡漾开来。

"桃花，入党的事考虑得怎么样？"老劲眼睛盯着桃花，语气充满了关切。"你是高中生，又是年轻人，是村里重点的培养对象。"

"谢谢支书关心，我不入党，我带好儿子就够了。"桃花面无表情，声音冷冷的。

"村里很多人都想入呢，你入了党就可以做村干部了，村干部每月能拿 1000 多呢，比你打工强多了。"老劲洋洋自得，说得口沫飞溅。

"我不会做村干部。"桃花依旧冷漠。

"不会可以学啊，我可以教你。"老劲灯泡里的光亮了一倍。

"不做。"桃花口气很坚决。

"你傻啊，放着那么好的差使不要，很多人求我，我都不给，还不是看着林婶子一家人好，想要照顾照顾你嘛，你家林风一月才挣多少？以后儿子要上学，老人要照顾，还不得花钱？"老劲急了，恨铁不成钢的样子。"你说是不是？林婶子，你劝劝她，过了这个村，就没有这个店了。"

"年轻人的事，让她做主。"婆婆静静地听着老劲的话，没问她，不插话。

"我说过了，我不入党，不做村干部，就带儿子。"桃花语气不容商量。"我要去喂猪了。"说完，放下儿子，走出了客厅。

"不可调教。"老劭摔下一句话，气鼓鼓地走了。

桃花谢了。

桃子熟了。

儿子哭了。

儿子睡了。

日子一晃而过。

快过年了，林风回来了，村里人在林风后面窃窃私语，掩嘴偷笑。起初林风没在意，后来，林风发觉不妙，找了个要好的堂叔，追问究竟。

"桃花为了入党，做村干部，要跟老劭好呢。"堂叔悄声告诉林风。

"不，不可能，桃花不是这样的人。"林风咆哮着。

老劭说得眉飞色舞呢，老劭说，"城里回来的女人就是不一样，开放，浪荡，好在他立场坚定，不然就上床了。"

林风听不下去了，"噔噔噔"大步跑回家里。

林风如一头暴怒的狮子，不问青红皂白，对着桃花的头，一拳就打了过去。

桃花来不及反应，脸色瞬间惨白。

"叫你勾引男人，叫你淫荡。"林风不解恨，拳头雨点一样落在桃花身上。

"啪。"一声响亮的掌声在林风脸上响起。"你这个混蛋！"婆婆骂得咬牙切齿。

桃花一言不发，两只眼睛像个熟透的桃子，狠狠地瞪着林风。

桃花转身从厨房拿出砍刀，跑到桃树前，将砍刀舞得扇子一样，顿时，桃花一片风声萧萧，树枝纷纷倒下。

（首发《上海文学报》，被《微型小说选刊》等多处转载）

　　这篇小说具有独特的艺术魅力，从标题看有两层含义：一是指桃花树遇到劫难，二是指主人公桃花遇到的麻烦事，一语双关。从语言看老辣深刻，字里行间充满对正义与善良的歌颂，邪恶与卑鄙的批判。从结构看故事情节曲折，安排合理，娓娓道来，一波未平，一波又起，层层推进，引人入胜。从表现手法上，巧妙设疑，将正面描写和侧面烘托有机结合，如开头由门前的桃花开，衬托桃花和林风的爱情之花。结尾桃花将砍刀舞得像扇子，桃树枝纷纷倒下。这样首尾呼应点题，意味深长。将人物的命运与社会生活紧密联系，刻画颇为传神，细腻逼真，生动鲜活。灵活运用多种修辞手法，增强文章的语言表达效果和艺术感染力。

梦月集

妈妈，我病了

我又梦到妈妈了。

妈妈给我买了一件崭新的衣服，可衣服太小，我怎么用力也穿不进去。突然"叭"一声，衣服线口断了，裂了一个大口子。

我惊醒了。惊醒以后抱着床头的布娃娃哭了。

妈妈说过，我是男子汉了，不哭，不流泪。

可是妈妈，我做不了男子汉，我一想你，眼泪就不争气，自己跑出来了。

妈妈，你别怪我，大毛二虎他们也像我一样，他们想爸爸妈妈的时候也哭，也流泪，也不是男子汉。

我已经很久没见到妈妈了。与村里其他人一样，妈妈与爸爸常年外出打工，一年难得回来一次。

但是，我知道，妈妈爱我疼我，只要我生病了，妈妈就会很快回到我的身边来。我每天盼着自己生病。

可我每天还是蹦蹦跳跳，一点生病的迹象也没有。

一天，我突然吐了，吐得一塌糊涂，吓坏了奶奶。奶奶急忙带着我去镇上看医生。医生拿体温计让我夹在腋窝，我没夹紧，"啪"，体温计碎了一地。医生咕噜了一句什么，不再给我测体温，用手在我头上试了试，然后又拿听筒在我胸口、腹部和背部游来游去。最后说了一句"没事，回去吃点药"，就给我开了几包药。

吃了药的我还是吐，药还没吞下，又吐了出来。奶奶带我颤颤巍巍跑到村口小卖部，给妈妈打了电话。

"妈妈，我病了。"对着话筒，我的委屈全都涌出来了。

"小星，小星，你怎么了？"我能感觉到，话筒那边的妈妈跟我一样，恨不得把电话线扯断，扯出一个真人来。

妈妈火急火燎赶了回来，看到我瘦得眼眶都大了一倍，泪水就像坏了的水龙头，止也止不住。我抱住妈妈，不停为妈妈擦眼泪。

"妈妈，我病了，我想你。"我偎在妈妈怀里，感觉妈妈的怀抱就是一个暖暖的被窝，柔柔的，真舒服。如果妈妈一直在家多好啊……

妈妈回来了，我的病好了，不吐了，我又蹦蹦跳跳上学了。

几天后，妈妈说："小星，你的病好了，妈妈要走了，妈妈请假要扣钱的哦。"

我的脸僵硬了，像鲜花一样刚刚开放的笑容瞬间枯萎了，眼泪泉水一样冒了出来。

第二天，妈妈正要出门，蹦蹦跳跳的我又吐了。

"小星，你怎么了？"妈妈一看到我呕吐，脸色都吓白了，声音都跑调了。

"妈妈，我又病了。"我低着头，声音猫似的，有气无力。

妈妈丢下行旅包，背着我坐摩托，转公交，直奔县医院。

县医院挂号窗口长长的队伍蛇一样摆动着，我从妈妈背上溜下来，站在妈妈的身后拉着妈妈的衣角，一步一步缓慢往前移动。我很想对妈妈说，"妈妈，我没病，不用看医生。"但我嘴唇努力嚅动了几下，还是没有发出声音来。

医生问了我几个问题，我"哎哎"地像是呻吟，又像是回答。医生开了一大叠单子，让我做检查，我去撒了尿、拉了屎、抽了血，最后，妈妈带着我去做什么 CT，听医生说要排除脑部病变。

走进偌大的 CT 室，看到庞然大物的机器，我的心扑通扑通跳得厉害。它是不是有透视眼，能看透我心里想的？能看穿

梦月集

112

我的一切？我很害怕。

"妈妈，我不做CT。"我老鼠一样窜到妈妈背后，不肯上去。

"小星最听话，别怕，你躺上去就行了，不会疼的，做了CT就知道你有什么病了。"妈妈哄我。

"妈妈，我没病。"我对妈妈说。

"小星乖，先做CT看看。"妈妈继续哄我。

"妈妈，我真没病。"我大声说。

"上去，再不上去就打针了。"妈妈生气了，恐吓我。

"妈妈，我骗了你，我没病，是我自己弄吐的。"我知道再也瞒不下去了，我豁出去了。

"你骗我？你怎么骗我？"妈妈很惊讶。

"你老是不回来看我，我想你了，我想我要是生病了你就回来了，可我老是不生病，大毛就告诉我，把手指塞进喉咙里就会呕吐，呕吐就是生病了，我就学大毛把手指塞进喉咙。妈妈，对不起，我不是真的要骗你，我是想你回来看看我……"我一边说一边哭了起来。

妈妈一把抱着我，"哇"的一声跟我一起大哭起来。

（首发《百花园》，被《小小说选刊》等多处转载）

朱红娜·小说卷

◎冯丽琴点评

有关反映亲情的文章不胜枚举。这篇小说是反映留守儿童的生活，以情感为线索，紧紧围绕"妈妈，我病了"这件事展开故事情节的叙述，而且贯穿全文，生动形象地揭示了孩子们天真无邪，幼稚善良的童心，突出留守儿童孤独寂寞的生活和对母亲的思念，震撼人心。

标题"妈妈，我病了"看似平淡无奇，实则话外有音。文中的"我"其实没病，"我"的病是一块心病——想妈妈，只要妈妈回来了，"我"的病就好了。多么朴素简单的道理，道出了一个孩子的心声！在刻画孩子的形象时，运用多种表现手法，如语言描写，心理活动描写和动作描写等，笔墨细腻，用合乎孩子的口吻，生动逼真地揭示了孩子无邪的心田，曲折的故事生动真实而感人，如同发生在我们身边一样。结尾母子抱头"哇"的一声大哭，更让人揪心，这凄美而精彩的一笔，感人至深，催人泪下，意味深长，给人一种说不清是悲酸还是惆怅的心绪。

梦月集

你跟我吵一架吧

这个传闻从镇里传到村里再传到阿毛的耳朵，像一座大山压在阿毛的心上。

阿毛提了一瓶白酒，顺手抓了一把花生，独自来到村前的溪边。哗哗的溪水依旧弹奏着古老的音律，这是阿毛唯一可以依赖的声音了。但今天流水的声音在他听来仿如野兽在嚎叫，他不时地拿起石块用力砸向溪水，就像在砸向他袭来的野兽。

山村太静了，静得放个屁全村人都能听见，静得阿毛心里发毛，静得阿毛常常坐在溪边怀念童年山村的吵闹。

以前山村不是这样的，以前一个山窝就有 200 多人，每天都有吵架的声音，从日出到日落，喧闹就像山里的鸡鸣狗叫一样一直伴着这个山村。今天谁家为一锄地界吵得惊天动地，明天哪家婆媳为谁多吃一条番薯吵得不可开交。吵架的主角只有两个，劝架的人群往往围成几圈。吵吵嚷嚷的日子让村里充满了冲突，也充满了热闹。

村子里一个个年轻人都出去打工了，一个个又都在外面娶妻生子，安家立业了。阿毛成了村里最年轻的人，尽管他已四十出头。

早几年，村里还有学校，虽然只有十几个学生，但学校的广播同样响亮，学校设在阿毛的山窝，琅琅的书声每天传遍山窝。阿毛听着广播体操的节奏和孩子们稚嫩不齐的读书声，心里就充满了春天植物拔节般的激情。

朱红娜·小说卷

但是，一纸通知下来，村里的学校被撤销了，小孩都要到镇里的学校就读。镇里离村里二十公里。阿毛有个瘫痪在床的父亲，他不能丢下父亲不管，只好让老婆去镇里给孩子陪读。

　　学生转了，家长走了，村子一下子被掏空了。山窝就剩了十几个人，不是老弱就是病残，早已没人吵架了，早年吵得不共戴天的村民也都惺惺相惜了。村里没一点生机，家里更是冷冷清清。

　　起初的时候老婆会每半月带孩子回来一次，慢慢变成一月两月。更多的时候是阿毛抽空去镇里赶圩顺便看望老婆孩子。

　　老婆却对阿毛渐渐冷淡疏远。阿毛每次都是悒悒而归。阿毛有时真想找个人大吵一通，或者听谁再大吵一通，可是，没人会跟阿毛吵架，阿毛郁闷得直想摔盆子。

　　传闻就像山里的野猪脚印一样，让阿毛有了捕猎的欲望。

　　第二天，天蒙蒙亮，阿毛就出发了，他备足了干粮和饮水，偷偷跑到镇里，选择了一个绝佳的位置，既可看到老婆孩子，又不会被他们发现，像狩猎一样守在租房附近，几个通宵下来，却一无所获。阿毛有点释怀，又有点于心不甘。

　　阿毛怯怯地问老婆，"有野猪吗？"老婆不置可否，冷冷地说："你是打猎能手，你来捉啊。"

　　阿毛讨好老婆说："老婆你跟我吵一架吧。"

　　"神经病。"老婆嘟囔一句，留给他一个冰冷的背影独自出了门。

　　阿毛感觉有满肚子的气憋在身体里，并且在不断地膨胀。如果再不把气放掉，就要爆炸了。他百无聊赖来到街上，在街边一个乞丐摊前蹲下，掏出一张 20 元的票子给乞丐："你跟我吵一架，这就归你。"乞丐一怔，双手作揖："老板，别，求您别砸了我的饭碗。"

　　阿毛无趣地继续走在街上。"嘀、嘀"，身后响起了令人烦躁的汽车喇叭声，阿毛转身一看，司机正伸出头来，"不要命啊！"阿毛立马气不打一处来，听见身体某处"滋滋"的出气声音，大声吼道："就是，老子就是不要命了，你来啊，你撞我啊！"一边吼还一边往车上贴。司机吓得脸色惨白，以为遇上碰瓷了，只好停了车，与阿毛理论。

"有车你就了不起啊？这路是你的啊？老子今天就不走了，看你能把我怎么着？"

阿毛不依不饶，越吼越起劲，两人吵得昏天黑地，最后引来了警察。

"碰着了？"警察问。

"没有。"阿毛说。

"要补偿？"警察问。

"不要。"阿毛说。

"那吵什么？"警察大声呵斥。

"我就是想吵一架，狠狠地吵一架。"阿毛大声回应警察。

说完这话，阿毛顿觉气流顺畅，心胸宽阔，浑身舒泰，头一扬，大步流星地走了。留下司机和警察面面相觑。

（此稿被《小小说选刊》等多处转载，入选 2012 年多个年选本）

◎沐阳点评

　　这篇小说写的是心灵的空寂。"空"是形而下与形而上交织成的一张大网，既是看得见的空荡，又是看不见的意识形态上的空茫。这张网便显得很可怕，所以有了阿毛"你跟我吵一架吧"这一看似不正常的举动。但细究其因，其实是阿毛心灵的"空"，而根源是村庄的"空"。再沿这根藤摸下去，便发现造成村庄"空"的原因是村里的学校撤销，学生都到镇里的学校上学去了，很多家长为照顾孩子也去镇里陪读。村庄一下子空了，阿毛很怀念以前村民吵架的声音，那种吵闹在他心里已然成了村庄存在的影像，洞穿了其心灵的空寂。所以他神经质地找老婆吵架，找乞丐吵架，找司机吵架……这些看似反常的举动愈加地衬托出阿毛心灵的"空"。作者用这种"空"讽刺了当下的教育布局，也以小见大地折射出一个群体的"空"和一个时代的"空"。

梦月集

老　街

　　当老街的故事传得沸沸扬扬的时候，我想我应该回去看看了。这是一个记者的职业使然。

　　老街像极了一位风烛残年的贵妇人，守在上千年的码头上眺望人生的背影。

　　"自古榕江不望梅"，说的是榕江历史远远超于梅城。

　　老街是榕江边上的一条古街。

　　这条破旧的老街过去叫"繁荣路"，被称为"夜上海""小香港"，在这里，曾经夜夜笙歌，觥筹交错。老街的故事三天三夜也讲不完。奶奶说："你爷爷的大烟就是在这条街染上的，你爷爷的爷爷留下的五间店铺被你爷爷吸完了四间，剩下最后一间的时候就解放了。"

　　我的童年把石头做的街道擦得光滑圆溜，书声在榕江河上洗得脆脆亮亮。

　　奶奶说："要在旧时，你就可以坐码头上的船走出老街。"我没坐船，坐着汽车到了省城。连同我一起去省城的还有我的妈妈，她为她的女儿操劳，父亲为他的母亲尽孝，他们不得不分离两地。

　　我绕过建在老街旁边的新家，悄悄地走在望不到尽头的老街上，残旧的古道更显沧桑，斑驳的墙上长出黑黑绿绿的青苔，弥漫着一股陈腐的霉味，稀稀落落地住着几户人家，几个老人围坐在桌边，沏茶、聊天，我没惊动他们，他们也没认出我。

朱红娜·小说卷

119

随处可见的狗游荡在老街与码头之间，见了生人，也只是驻足凝视一番便转身离去。相隔十米几十米便见三三两两三四十岁的外地妇女坐在街边，或手织毛衣，或摆幅十字绣，眼睛却不住往街上瞟，嘻嘻哈哈的笑声在老街上肆无忌惮，脸上的脂粉把布满皱纹的皮肤刮成厚厚的白墙，猩红的口红像涂在白墙上的标语，劣质的香水和着臭水沟的味道散发出刺鼻的腐臭，令人作呕。不时可见一个半老不老的男人走向她们，讨价还价。她们就是老街故事的主角，她们把老街古老霉变的故事翻新后廉价兜售。

我故意放慢了脚步，我思索着怎么完成我的任务。

"请问你们认识阿芳吗？"我编了个理由，与她们套近乎。

她们立刻警觉起来，睁大了眼睛，认真地打量我，仿佛我是从外星球来的。然后频频摇头。

听她们的口音我判断她们是H省人，为了打消她们的疑虑，我用非常标准的普通话告诉她们我是从H省来的，来这里找阿芳，想投靠她，但是她的手机换号码了。

她们又上上下下地打量我，我休闲装束，素面而来，显然我的外表让她们怀疑。她们不冷不热，都说不认识。

"我的钱包被人偷了，什么也没有了，找不到阿芳，我连饭都没得吃了……"我最后只好用了苦肉计，说得悲悲戚戚。

"街尾有个叫阿芳的，不过前几天走了。"一个四十好几的妇女看似和善一些，终于搭理我了。

我抓住机会，尽力地表现出一个老乡的熟络，赢得妇女的同情。我步步为营，妇女不再设防，或许她想到她的过去，或许她想到她的女儿，她滔滔不绝地跟我讲起了她们的生活和无奈。我终于取得了我想要的东西。

正当我准备起身告辞的时候，突然听到一声再熟悉不过的声音与旁边的妇女招呼，我本能地低下了头，转身快速离去，身后打情骂俏的声音却雷鸣般窜进耳朵，震耳欲聋。

我没再回家，在家门口望了望奶奶蹒跚的身影，流着眼泪逃也似的回到省城。第二天，我对妈妈说："我要找个保姆，你回老家吧。"

妈妈愕然，"为什么好好的要找保姆，妞妞我带得不好吗？"

"不是，我不能太自私了，爸爸还很年轻，他需要你。"我没有把爸爸的龌龊行为告诉妈妈，只是委婉地提醒她。我发现，妈妈有瞬间的羞涩，继而沉默不语。

我去家政公司找保姆，却无一例外都是四五十岁的妇女，我问她们，老公在哪里？她们又无一例外地回答在老家。

最后，我找了个阿姨，并且告诉她，如果她老公要在这边找工作，我可以帮她。

后来，我写了一篇调查报告，题目叫作《留守男人的性困扰与现状调查》。文章发表后，老街被公安局严打整治，一时间，老街空空荡荡，H省来的妇女各散西东，有的被拘押，有的听说跑到附近农村老屋藏了起来。

◎沐阳点评

通常有"旧瓶装新酒"的说法，"老街"显然是旧瓶，在文学作品里这样的标题已司空见惯，要么写老街的青石板路、明清建筑等古旧风貌，要么写发生在老街上的一些风花雪月或奇闻逸事。似乎不这样写，便不足以体现历史和文化意味上的"老旧"。这个小说的聪明之处是规避了传统套路，用旧瓶装了新酒。作者有意识地选择"老街"这个僻静的地理坐标，叙写了留守男人的隐忧和风尘女子的无孔不入。这一主题反映了新时代的社会通病和某个群体的生存现状，为沧桑、破旧的老街赋予了时代感与社会性。作者本来无意从道德的层面去谴责，但因为"我"的文章引起公安局的严打整治，老街从此回归宁静。这样，多少使小说显得有点概念化。

雨 夜

雷电狠狠地劈了一刀，天空裂了一道缺口，雨"哗哗哗哗"从天上直往下倒。

"这阵势，没一两天停不下来。"男人叹气。

"天要下雨，娘要嫁人，叹也没用。"女人说，"睡觉吧。"

男人早已困了，但耳朵不配合，专心致志听着雨声，期望雨声渐渐能小一点，这雨偏偏与男人作对，不但不小，还越下越兴奋，"啪啪"地打在窗玻璃上，仿佛要与男人来个较量。

男人的心被雨水啪得越来越紧，气，叹得越来越沉。"啪"，蓝色的火焰像在火机里憋得太久，瞬间蹿得老高，男人从床上坐起来，又点燃一支烟，"吧嗒吧嗒"吸起来。烟雾也怕外面的大雨，躲在屋里不肯出去，直往女人鼻孔钻。"咳，咳，咳"，女人经不住烟雾熏烧，喉咙发出强烈的抗议。"别烧了，你就是把烟抽到天上去，老天也不会同情你，停下它的雨。"

"叨，叨，叨，都怪你，外面打工打得好好的，旱涝保收，你倒好，非要回来侍弄你的宝贝土地。"

"好什么好，上班是机器，下班成死猪，嘴巴就像上了锁，身子荒得长了草。出去遭人翻白眼，回来儿子不识妈。"

女人的嘴巴像关白鸽的笼子，一打开，话就像放飞的鸽子，扑棱扑棱往外飞。

"城里有什么好，喝口水要钱，冲个凉要钱，上个厕所还要钱，满大街的人不笑，满市场的菜有毒，下水道的污油，捞上来卖给工厂，还跟我用'雅霜'一样，要节省着蘸。亲热一下，还搞得像地下工作，不敢弄出一点声响。"

女人的"白鸽"在房间里飞来飞去，分散了男人耳朵的注意力。

"下屋的二蛋子，出去三年，钱没赚一分，病带回一身。说是得了白血病，医生说，最长活不过三个月，刚领证的城里老婆哭哭啼啼，不哭二蛋子的病，哭着要去镇上离，二蛋子说：'反正我已活不长，离不离还不一个样。'老婆说，'不一样，离了是离婚，可再嫁，不离是克夫，没人要。'"

"二蛋子没钱医治，死马当作活马医，每天上山挖树茎，捣碎了，当茶喝。"

"二蛋子捣碎了医生的预言，一年后，好端端站在医生面前，医生双眼成铜锣，问，'你吃了什么药？'"

"'祖传秘方，仙药。'"二蛋子挤眉弄眼，扬起手，拇指中指一搓，打了一个响指。

"二蛋子老婆没嫁出去，倒回来哭哭啼啼。"

"二蛋子问，'你哭什么啊。'"

"老婆哭，'我有眼无珠，丢掉了你这个坏蛋。'"

"二蛋子'噗'一声笑了起来，'问你一个问题。'"

"老婆说，'你说。'"

"'你知道为什么越来越多中国男人，喜欢到越南娶老婆吗？'"

"老婆挠了挠头，奇怪地看着二蛋子，摇头。"

"'因为，越来越多的中国女人，像你一样，男人就越来越南（难）找老婆了。'二蛋子说越南的时候，刻意加重了语调，放慢了语速。一屋子人哄一声笑了。老婆灰溜溜地，骂道，'坏蛋。'"

"今天才发现，你可以去说书了。"男人按灭了烟头，揶揄女人。"你说说，这回来有什么好，一年的辛苦收成，眼看到手了，被这一场雨水冲得一干二净。人往高处走，水往低处流，你倒好，逆水行舟，行得动才怪。"男人气呼呼，直冲老婆嚷，好像这雨不是天上下的，是老婆下的。

"回来我想唱歌我就上山，我想冲凉我就架柴，我想儿子我就搂抱，我想亲热我就喊叫，我的地盘我作主。"女人的"白鸽"越飞越多，飞得男人眼花缭乱。

"你说得轻巧，那现在，怎么办？"

"天亮后，去抢收，能收一点是一点。天无绝人之路，何况我们还有粮食，还有鸡，鸭，狗，还有漫山遍野的野菜可以变钱。"

"真的不再出去打工？"

"不去！"女人口气很坚定。

"睡吧。"女人伸出手，拍了拍男人的肩膀。

雨还哗哗哗哗，男人的气喘，渐渐匀称。

（首发《羊城晚报》，被多处转载）

◎沐阳点评

这篇小说写的是一个生活小切面，却表现了城市化和工业化进程中城乡二元结构的不可调和，以小篇幅承载大主题，很考验作者的思想表现力和艺术张力。小说主要采取人物对话和心理暗示的手法，将男人的焦虑和女人的闲适形成鲜明对比，而这种对比是建立在现实生活之上的两种价值观的抗衡。具体来说，就是男人从城市回归乡村后失去了经济来源，心灵无法安顿，突如其来的一场夜雨又浇灭了庄稼收成的梦想；女人在焦躁的雨声里，以一种安闲、风趣的角色出现，大有"泰山崩于前而色不变"的风度，这也许正是得益于她长期守望山村、守望自然的生动写照。女人嘴里蹦出的顺口溜，讲的二蛋子和媳妇的戏剧性生活等，无不直指当下城市的病灶。小说自始至终通过一场夜雨来展开叙述，既有由象入境之妙，也有烘托人物内心之用。

朱红娜·小说卷

偏　方

　　谭继手捧一把药丸，像个灌篮高手，动作潇洒，轻轻一抛，喝口水，头一昂，所有的药丸就都长了腿一样跑到胃里了。这是谭继每天饭后必须做的功课。也是谭继老婆每天饭后同样要做的功课。

　　谭继结婚几年了，别人轻而易举的事，他们却竹篮打水，总是落空。谭继夫妻找遍了大大小小的医院，全身翻来覆去检查，从头到脚，从尿到血，问题出在哪，一直没个准确的说法，有说谭继有问题，有说老婆有问题，最后的结果是夫妻两个一起吃药，一提一大袋，一提一大袋，吃药比吃饭还多，饭吃两餐，药要吃三次。谭继不把药丸看作药丸，在他眼里，药丸就是一颗颗种子，撒在他们的身体里，种子会在他们的身体里发芽，开花，结果。但老婆的身体始终如一块铁板，任谭继怎么努力，铁板上就是长不出一片叶子来。

　　谭继从乡下来到城里，他把乡下做腐竹的技术带到城里，可是他的腐竹比别人贵，卖不出去。他弄不明白，别人怎么可以那么便宜做得出来？后来，他发现，别人的腐竹加了其他材料，又好看，又高产。于是谭继也在腐竹中加那些材料，谭继的腐竹一下子就打开了市场，钞票就像冬天的雪花飘飘而下。只是，谭继再不吃自己的腐竹。十几年时间，谭继的厂房越做越大，房子有了，车子有了，老婆有了。但是，谭继最希望有的却没能有。

父母总是哪壶不开提哪壶，每次来电话总唠叨这事，谭继只能快速岔开话题，但电话过后谭继自己更焦虑。

　　当然怪不得父母，别说父母就谭继一个儿子，指望他继承谭家香火。谭继乡下邻居生了两个儿子还要生，被计生办罚款五万元，邻居说，值，要钱干什么？气得谭继父母闩着房门叹闷气。

　　叹气过后，父母到处打听专治不孕症的民间医生或者治疗不孕症的偏方。还别说，真让父母找着一个。

　　"你们快点回来吧。"父母火急火燎打电话给儿子。

　　几年没回老家的谭继带着媳妇终于在过年前回来了，开着崭新的宝马，在老家小小的乡道上掀起阵阵尘土，引得村人的眼球睁得牛眼一样大。

　　谭继大包小包的礼物发给村人，村人争相往车上看，谭继知道他们是想看看除了他们夫妻以外还有没其他人，更准确的说想看看谭继有无带个儿子或者女儿回来。

　　父母迫不及待带谭继夫妻去找十几公里外的民间医生。民间医生年过70，脸色红润，声如洪钟，脸上的皱纹钢筋一样纵横交错，身体也像铁塔一样硬朗。如果老了能像这老医生一样，该多好啊。谭继在心里羡慕着。

　　医生望闻问切了一番后，问谭继是否很想要小孩？

　　谭继莫名其妙："当然，我都想了好多年了，药都吃了几担了。"

　　"那你回乡下来，半年内保准你生个胖小子。"医生一副胸有成竹的样子。

　　"半年？我们岂不要停产？"谭继惊讶。"我可以把药带出去吃啊！"

　　"不用吃药，回来就可。"医生很是确定。

　　"为什么？"

　　"别问为什么。"

　　难道医生懂法术？谭继在心里疑问。这就是他的偏方？

朱红娜·小说卷

"你信我就照办，不信吃再多药也白吃。"医生断然说。

谭继决定信他一次，毕竟现在不缺钱，缺的是儿子，就算停产，这辈子生活也没问题。

谭继夫妻每天早起散步，白天或者钓鱼或者看电视，或者在家跟父母聊天，或者串门跟村民拉家常，日子优哉游哉，吃着父母种的粮食青菜，谭继夫妻觉得城里吃的简直就是垃圾。

不到三个月，妻子该来的没来，难道真的好事来了？上医院一检查，真的怀上了。谭继高兴得小孩般跳着，吓得满院子的鸡鸭到处乱飞。

◎冯丽琴点评

小说的妙处在于：题材上，选取平淡无奇的事，却不拘泥于这索然无味的事，既围绕寻找偏方叙述故事，情节完整，又翻出新意，力求给读者启示。"吃着父母种的粮食蔬菜，觉得城里吃的简直就是垃圾"一语道破天机。使主题鲜明，呼唤绿色食品，是人生健康快乐的一件头等大事。结构上，开头设疑，为故事情节的发展作铺垫，也吸引读者的阅读兴趣。夫妻俩因不孕求医找偏方，喝成了"药罐子"，仍无济于事。使情节发展曲折而离奇的寻偏方贯穿全文。他们在城里拼打，生意做大了，房子有了，车子有了，老婆有了，但最希望有的却没有。父母更是焦急。终于给找到一位民间老医生，开了一剂药方：不用吃药，回来就可，保准半年内生胖小子。使故事情节发展到高潮，而这其中的疑团秘密留给读者去想象感悟，意味深长，令人深思。手法上，在叙述中多数用白描手法刻画，把正面描写和侧面烘托相结合，巧妙设疑，引人入胜。运用比喻和夸张等修辞手法，如"钞票就像冬天的雪花飘飘而下"，"药丸就是一颗颗种子，撒在他们的身体里，种子会在他们的身体里发芽，开花，结果。但老婆的身体始终如一块铁板，任谭继怎么努力，铁板上就是长不出一片叶子来"。生动形象地刻画了人物的内心世界，突出主题，语言清纯，自然流畅。

另外，标题新颖，耐人寻味。既是文章围绕写作的线索，又吸引读者阅读，也使情节显得生动曲折，充满人间烟火味，洋溢着浓郁的生活气息。

朱红娜·小说卷

爸爸骗人

　　河里戏水打仗、捉鱼摸虾，上山掏鸟蛋、摘果子，骑牛唱童谣，小朋友玩过家家……许大荣时常在儿子许多多面前眉飞色舞，绘声绘色，描绘他的童年。许多多眼睛一眨一眨，凝神倾听，仿佛在听神话故事，有一道神光照耀下来，爸爸的老家就在神光中变幻万千，多彩斑斓。

　　"爸爸，你骗人的吧？"许多多不信，乡下还有比城里好玩的童年？

　　"爸爸怎么会骗你呢？爸爸就是这样过来的。"

　　许多多头摇得像拨浪鼓，还是不相信。

　　"骗你是小狗。"许大荣右手举了起来，发誓。

　　"那你带我回老家，我也回去过过你的童年。"

　　"好，好，爸爸有空就带你回老家。"许大荣每次都慷慨应承。

　　可"好好"了一年又一年，许大荣还是没带许多多回去过。一转眼，许多多都上五年级了。

　　"再不带我回去我的童年就终将逝去了。"许多多刚刚看完电影《致我们终将逝去的青春》，一副大人的口气，慨叹中带着严肃。

　　许大荣就在许多多五年级的暑假带着他回了老家。

　　坐飞机、转汽车、打的士，颠簸了两天，许大荣从未像现在这样，感觉老家是这么遥远。

还没到家，许大荣远远就看到绿色的山上，一片战天斗地的建筑繁忙景象，仿佛一个大西瓜，被人切了一大块，露出大片红色的肉体，工地上的人就像一群苍蝇，在西瓜上飞来飞去，争抢叮咬。工地灰尘弥漫，钢筋如一根根光秃秃的树枝直指天空。

许大荣看得眩晕，竭力在记忆中搜寻他的青山绿水。

老家除了老爸和一帮与老爸年纪相仿的老人，连小孩的人影都看不见。许大荣心里“咯噔”一下：过家家，儿子跟谁玩啊？

“爸爸，你骗人，哪里有树林？哪里有野果子？哪有小朋友跟我玩？”许多多拉长了小脸。

“别急，明天我们下河去捉鱼。”许大荣哄许多多。

第二天，许大荣扛着杂物间找到的破旧的捞鱼工具，与许多多兴高采烈蹦蹦跳跳就往村口的小河去，许大荣仿佛一下子又回到了童年。

一到河边，许大荣两眼发直了，河面上漂浮着垃圾袋、塑料纸，河水呈黄色，水上起着一堆堆白色的泡沫，发出难闻的气味。许大荣心直里打鼓：这河还能下吗？

“爸爸，这里有鱼吗？”许多多一声稚嫩的质问，让许大荣决定下河搏一搏。

许大荣拨开脏兮兮的垃圾，牵着许多多的小手，下了河。可捞来捞去，除了塑料袋还是塑料袋。

“爸爸，我们是来清除垃圾的吗？”许多多显然不高兴了。

“爸爸，你骗人。河里根本没有鱼虾。”许多多噘起了小嘴。

“明天，明天我保证带你去骑牛。”许大荣只能寄希望在牛的身上。

晚上，许大荣和许多多全身发痒，皮肤上肿起一个一个小泡。许多多使劲抓挠，越挠越痒。

“哎呀，你们怎么能去下河呢！”许老爸说，“河里上游建了造纸厂、电镀厂，污水都排到河里了，河水刺激皮肤就起泡了，发痒了，严重的会溃烂呢！”

许多多痒得眼泪都被挠出来了。

第三天，许大荣带着许多多在村里转了一圈，哪里有牛的踪影，连一堆牛粪都没看到。

"牛都跑哪去了？"许大荣问遍了村里每一个人。当然，整个村子也没有多少人了。

"别说牛，人都快没光了。"村人叹息。

"爸，你骗人，我再不相信你了，我要回城里去。"许多多忍无可忍了，大声嚷道。

许大荣正垂头丧气，突然，远远看见老爸牵着一头牛回来，许多多快步跑过去，尖叫着，"爸爸，有牛，真的有牛，你没骗我。"

趁许多多牵牛玩耍的空隙，许大荣问老爸："牛是哪里找来的？"

许老爸悄悄告诉许大荣，是从镇里屠宰场花 500 元一天租来的。

许大荣嘴巴张成一个洞口，正想喷出声音，被许老爸一巴掌堵住，"我不能让孙子再失望了。"

◎冯丽琴点评

"文喜看山不喜平。"小说针对当前城乡失衡、环境污染十分严重的情况，选取生活中有代表性的故事，借助于一个天真无邪的孩子反映主题。运用对比手法，把父亲回忆自己童年生活与带着孩子回家乡所亲眼目睹的环境形成对比，突出工厂企业管理不完善，导致废水、废气、废渣对河流、土地、空气的污染，运用语言对话描写既推进故事情节发展，又具有真情实感，避免了平铺直叙，过渡衔接自然，情节安排合情合理，天衣无缝，足见作者文学功底深厚。将近年来，人们普遍关注的焦点问题提到议事日程上，引发人们深思。

好题一半文，"爸爸没骗人"可实际又怎样了呢？结尾却笔锋一转，爷爷花 500 元钱从屠宰场租了一头牛最有说服力，使作品产生强烈的共鸣。

不是新闻

接到欧阳求助信的时候，正是秋风骤起的时候，呼呼的风声拍打着我十楼办公室的窗户，我起身望向窗外，看到秋叶满地，公路一片凌乱。哦，冬天又快来了。

欧阳是一个边远乡镇的山村教师，身患尿毒症，巨额的医疗费，让他早已债台高筑，面对每周要做的透析，他已完全无能为力，希望媒体给予帮助。

类似的求助信我已接过很多，也报道过很多。现行的医疗体制还不健全，因病致贫或有病得不到医治的事例比比皆是。媒体的救助虽然能得到一些热心人士的响应，但毕竟是杯水车薪。所以这封信并未引起我特别的重视。

几天以后，我又收到一封信，这次是40多个学生共同签名的求助，还是为欧阳老师。我看信以后眼睛湿润了。

第二天，我驱车100多公里去到欧阳老师的学校，这是离乡镇很远的一个乡村小学，欧阳30岁上下，脸上浮肿，脸色晦暗，说话有气无力。

"你这样竟然还上课？"我惊讶。

"学校老师少，我不上课学生就得停课。"欧阳无奈地说。

"你应该住院。"

"住过了，但不能总住院。再说了，我刚刚生了个儿子，经济也负担不起。学校老师和学生们都为我捐款了，总共捐了一千多，透析一次就没了。"欧阳黯然地说。

我来学校的事很快就传到镇里，一小时左右，镇长就带着几个人来了，欧阳很激动，欧阳来学校几年了，第一次见镇长，镇长交给欧阳一个大大的红包，说镇里财政也很紧张，但是镇里很重视很关心欧阳老师的病情，希望欧阳老师增强信心，战胜病魔，早日康复。

　　镇长非要带我去镇里吃午饭。我悄悄反身去问欧阳，"红包里有多少钱？"欧阳抽出来，四张一百元。我心"咯噔"一下，这就是重视关心？我掏出随身带的五百元，塞给欧阳，告诉他，我会尽力帮他的。欧阳的眼泪一下子就冒了出来。我想，这泪水有感激感动，更多的可能是酸楚悲哀……

　　去到镇里的饭店，一看，一个大厅里，已坐着十几个人。镇长一一向我介绍：这是马副镇长，这是侯副镇长，这是袁副镇长，这是吴副镇长，这是孙副镇长，这是肖副镇长，这是贺宣传委员，这是牛组织委员，这是周秘书……这是程校长，这是黎副校长，这是村里鸿书记，这是村里……我看见镇长的嘴巴一张一合，已听不清他说的是谁了。

　　镇里戚书记一会儿也到了饭店，戚书记大腹便便，肥头大耳，走路似练操，说话如打雷。让我一下子联想到黑社会老大。书记后面又跟着一帮人，这下书记没再一一介绍那些跟班，想必是一些手下的虾兵蟹将。但我始终想不明白的是，我小小的一次采访，镇里请那么多人陪我干吗？我吃顿饭，跟那些人有半毛钱关系吗？

　　大家各就各位，很自然就按照职务顺序坐好了位子，镇长坐在书记左边，硬拉我坐在书记右边，一共坐了满满三桌。

　　大鱼大肉一下子就摆满了桌子，酒是高度的白酒，每人都是满杯。我以开车为由拒绝喝酒，他们也不强求。然后整个屋子就是猜拳喝酒的大声喧哗。我借口去洗手间，走了出来，在饭店一楼和老板娘聊了起来。老板娘说，这里是镇里的定点饭店，像这样的饭餐几乎隔天就有，镇里已欠她十几万，她一年下来的盈利就是镇里的欠账，她也苦不堪言。

"今天这顿饭要多少钱？"

"包括酒水四千多元。"老板娘告诉我。

四千？就因为接待我？

对比欧阳的四百，我觉得这顿饭就是抢劫。

"下……下回，我带你去吃……野……野味，山里打的野……野猪，黄猿。"告辞的时候，书记打着酒嗝拍着我的肩膀。

告辞的时候，镇长硬塞给我一个信封，里面有五张一百元。

回去的路上，我一直在考虑，除了欧阳老师的求助报道，要不要另外写篇文章，关于乡镇大吃大喝问题的深度报道。

◎冯丽琴点评

　　文章以典型的材料和精练的语言来勾画人物形象，准确而活生生地展现人物的个性，揭示社会存在的各种不良现象和问题。一位患者的求助信，一封40名学生签名的求助信，深深打动了我。引出故事，这开头就扣人心弦，让我们看到患者带病坚持教学的美好心灵，值得学习。因我的登门采访，引出乡政领导的重视和所谓对患者的捐助，一桌饭菜的花销支出和吃喝风的铺张浪费，又引出女老板的无奈，一连串的问题聚焦点，背后却是不正之风的滋长，善良的、丑陋的、感人的、虚伪的故事给人以力量和反思，情节安排非常巧妙，精雕细刻，不惜笔墨，让人有身临其境之感。

　　小说故事情节一波三折，跌宕起伏，引人深思。不是新闻，确是新闻，结尾语意深长，令人回味遐思，充分体现了作者在构思上的匠心。

梦月集

古檀之死

　　古檀究竟有多老，谁也说不清楚，古檀树干下端一个三十公分宽的洞口已被磨得光滑顺溜。

　　听村里的老叔公阿福说，他爷爷的爷爷小时候就在古檀树里捉迷藏，在树洞里玩游戏了。阿福叔公也是在树洞玩大的，与阿福叔公一起在树下玩耍的旺财十几岁时被国民党抓壮丁的抓走了，当时阿福手脚敏捷，三下两下就蹿上了树顶，没被国民党发现，逃过了一劫。听说旺财后来就去了台湾，再后来还发了财。但旺财一直没回来过。

　　自从那次国民党洗劫过龙村以后，再也没有外人来过，龙村的村民过着几乎与世隔绝的生活。古檀就像龙村的一块磁铁，黏附着村里的人们。村里开会，树下就是一个会场，遇上村里的红白喜事，古檀树下又成了一个欢聚的场所。天气热的时候，人手一张小凳子，不约而同地就聚在了古檀树下，上了年纪的老人，往往要抬一张竹子做的躺椅，躺在椅子上，悠哉悠哉。村里的小孩依旧在古檀树下挥霍着他们的童年。世世代代，年年月月，龙村的村民在古檀树下繁衍生息。

　　突然有一天，村里来了一男一女两个城里人，他们被古檀震惊了，男人与女人手牵手围着古檀拥抱，然后好奇地把头钻进树洞，男人手握相机，前后左右，远远近近，拍了个遍，男人告诉阿福叔公，他是市报的记者，从没见过这么古老硕大造型奇特的松檀。

朱红娜·小说卷

几天之后，记者又来了，他带来了一份刊登着大幅古檀图片和文章的报纸，还带着一帮人来参观古檀，来人个个惊叹不已，纷纷将头探进洞内，或者爬到树上，摆出各种各样的姿势，与古檀缠绕，照相机"咔嚓""咔嚓"地响个不停。

　　一夜之间，龙村声名鹊起。沉寂了几百年的村子，突然就像圩日一样，热闹了起来，每天老老少少的男女，开着小车、摩托车接踵而来，遇到周末或是节假日，更是人流不断。更有年轻人背着背包，徒步而来，然后就在村后的山上搭起了帐篷，花花绿绿的帐篷宛如一簇簇的花团盛开在檀树之间。

　　不久后的一天，村主任陪同一位胖胖的老板从奥迪车上下来，找到阿福叔公说，"老板看中了古檀，想高价买下古檀。"阿福叔公说："古檀可不能砍。"主任说："不是砍，是移栽，就是移到别地去种。"阿福叔公一听"噗"的一声将正在喝的茶水喷了出来，随即喷出来的还有一句硬邦邦的话："乱弹琴，古檀能移栽吗？""您不用管，这是我们的事。"老板说。"不卖。"阿福叔公斩钉截铁。"他出价50万。"主任增大了分贝。"噗"阿福叔公又将茶水喷了出来："50万？你买来做什么？""他是旅游开发区的老板，想将古檀栽到旅游区去。"主任告诉阿福叔公。

　　老板随即从包里拿出一叠人民币，递给阿福叔公："老叔公，这是一万元，我孝敬您的，事成之后，我还会重重酬谢您的。"

　　"老板啊，这是害树又害人的事情，我告诉你，就是神仙也移栽不了古檀，别说50万，500万也白搭。你收起你的钱，请回吧。"阿福叔公说完，起身下了逐客令。

　　村里沸腾了，50万！年长者感叹，年轻者起哄，"卖了、卖吧"，声浪一浪高过一浪。

　　"少数服从多数，村里决定卖古檀。"村主任一副居高临下的态势，明显带着威胁的口气对阿福叔公说。

　　"你敢！"阿福叔公眉毛竖立，双眼圆瞪："谁敢卖古檀，我就跟谁拼了。老祖宗留给我们的财宝，我不能让它在我手里毁了。"

"哼。"村主任从鼻腔里喷出一股酒气，随手掏出一张皱巴巴的纸对阿福叔公扬了扬："有大部分村民的签字，你不签也没问题。"不容阿福叔公细看，村主任头昂昂地走了。

不几天，村里果然开来了一辆钩机。早有眼尖的村民赶紧跑去告诉阿福叔公，阿福叔公手拿一根麻绳，扛着一把锄头，颤巍巍走到古檀树旁，嘱村人将自己绑在树上。村主任一看大事不妙，忙叫村民阻拦阿福叔公。阿福叔公随即举起锄头，怒吼："我看你们谁敢过来，老子今天就与你们拼了。"众人畏惧阿福叔公的威严，纷纷退却。胖老板岂肯就此罢休，吩咐手下拖住阿福叔公，阿福叔公挥舞着手里的锄头大叫："谁敢挖古檀，我先锄了他的头。"胖老板手下附在他耳旁嘀咕了一阵，胖老板一副无奈表情，对村主任说："算了，闹出人命来，是大不吉利的事。"手一挥，钩机便轰隆轰隆走了。古檀随风一阵飘动，仿佛为刚刚逃过的劫难舒了一口气。

这年春节，阔别家乡 60 年的旺财回来了。卧病在床的阿福叔公紧紧抓住旺财的手："我唯一放心不下的就是古檀，拜托你了，保住古檀。"旺财泪流满面，不住地点头："一定，一定。"

旺财给村里建了学校，翻新了祠堂，还给了村里 50 万，村里保证再不打古檀的主意。旺财又拿出十几万在古檀的四周建起了 1 米多高的水泥围台，古檀犹如种在了一个偌大的水泥盆里，壮观，气派，雍容华贵。

可是，慢慢的，村民发现古檀开始枯黄了，枯干了。

最后，竟然死了。

古檀就这样死了。那一年，阿福叔公也死了，死的时候，一直喃喃道："怎么就这样死了呢？"

朱红娜·小说卷

◎冯丽琴点评

　　小说围绕一棵古檀展开故事情节，刻画了主人公阿福叔公与村主任之间的矛盾冲突，塑造了阿福叔公敢说敢当敢做的老者风范，突出他热爱家乡山水的美好心灵。

　　故事的开端笔墨老练，交代古檀在过去的岁月给家乡人们带来的欢乐和福音。接着叙写记者发现这棵古檀后，前来参观的人们络绎不绝，为情节的发展埋下伏笔。古檀的卖与不卖的矛盾冲突十分尖锐，老者护树，老板买树，村主任卖树，使得故事情节跌宕起伏，波澜壮阔，一浪高过一浪，人物刻画细腻逼真，惟妙惟肖。结尾古檀之死，阿福叔公之死，让读者在唏嘘叹息中，感叹生活，体悟生命，留下无尽的思索。文章语言朴实无华，富有浓郁的乡土气息。

梦月集

不　说

"妈，您还好吗？"

是儿子的电话。

儿子在外地上高中。马上要高考了。

母亲颤颤巍巍抖着话筒，"好，很好。"

"怎么听您声音有点颤？还那么小声，是不是病了？"

"没有，妈高兴。"母亲增大了分贝，又"嘿嘿"笑了几声。

"您身体没事吧？"

"没事啊，好好的。"

"我爸呢？"

"他也很好，血压没那么高了，饭量也好多了，可以自己出去走走了，脾气也好多了。"

"叫爸接电话，我想跟爸说说话。"

"你爸他，他……出去了。"

"那好，我迟些再打过来。"

"不用了，我跟他说一样的。"

"好久没听爸的声音了，想听听爸说话。"

"电话费太贵，别浪费钱了，你在外面读书不容易，好好学习，该吃就吃，该买就买，不要太省钱糟蹋自己。"

"妈，我可以照顾好自己。你们可要注意身体啊。爸身体不好，让他多休息，您也别太劳累，我会努力的。"

"放心吧，我会好好照顾你爸。挂了。"

朱红娜·小说卷

放下电话，母亲忍不住大哭了起来，对老头子说，"你儿子是个孝顺儿子，他记挂着你呢！但他马上要高考了，再怎么也不能让他分心，老头子，我听你的话，等他考完了再告诉他。"

挂在墙上的老头子，微笑着，相片四周挂着崭新的黑色布条。

◎程思良点评

小说最后以"挂在墙上的老头子，微笑着，相片四周挂着崭新的黑色布条"收束，情节突转，震撼人心。母亲的瞒，看似不近情理，实则用心良苦。为了让儿子安心参加高考，父亲临终嘱托瞒儿子，母亲也这样做了。可怜天下父母心！

最后的稻田

阳光从一片云层里挤出来，照在秀山村这个山窝上，秀山村屋残瓦破，人口稀少。

山窝地里站着四个人，老汉，老板，领导，小伙。

老汉正在挥锄，拿起一块泥土，用鼻子闻闻，一阵土香钻进肺腑，老汉突感肚子咕咕直叫。

老板拿起一块泥土，轻轻一捏，泥土碎成粉末，老板一阵喜悦，叫道："好土，好土。"

小伙拿起一块泥土，直接投进嘴里，少顷，电脑显示一长串数字。小伙说："老板，根据科学分析，这里适合种植一种叫作海南黄花梨的树木，成熟期可以缩短二十倍。"

"踏破铁鞋无觅处，真是太好了。"老板挺起大肚子，头努力向老汉靠近，"开个价，钱不是问题。"

老汉说："我肚子饿了。"

老板掏出一叠钱，"这个给你吃饭。"

老汉说："我不要钱，我要吃饭。"

老板又掏出一大叠钱，"够不够？"

老汉问："你们吃不吃饭？"

老板说："我们吃山珍海味，不吃饭。"

老汉指着小伙问："他呢？"

"他也不吃饭。"

老汉说："周围的田地都种名贵树木了，这是最后的稻田，

朱红娜·小说卷

143

我不像你们，我要吃饭。你们走吧……”

"我可以下达文件，租给老板，你信不信？"领导显示出领导的威风。

"我可以让你种不成黄花梨，你信不信？"老汉学着领导的口气。

领导、老板和小伙无奈地走了。

小伙说："你们人类真麻烦，如果都像我们机器人一样，多好。"

老板一脚踹去，小伙跌到了一条阴沟里，爬不起来。

偷 牛

"细时偷针，大哩偷金。"黄老汉常常把这句话挂在嘴上，遇到小孩就把这句话吐出来，让小孩知道偷针不好，偷什么也不好。村里一直以来民风淳朴，虽不是夜不闭户，也算是路不拾遗。

当"黄老汉偷牛"的消息传到大家耳朵里的时候，大家一致认为派出所抓错人了。"牛是养殖户放养在山里的，谁都可能去偷，唯独黄老汉不可能去偷。黄老汉在穷得叮当响的时候都没偷过人一丁点东西，还时常接济那些食不果腹衣不遮体的乞丐。他怎么会去偷牛呢！"

"谁知道呢？天会变天，人会变性，何况现在一头牛能卖一万多元呢。"怀疑者说。

黄老汉在外打工的儿子回来去看守所见到黄老汉，气就不打一处来，质疑像机关枪一样射向黄老："我每个月准时寄钱给您，您钱不够用吗？钱不够用可以告诉我，为什么要去偷？您知道您这样偷有多丢人？"

黄老汉任儿子埋怨，嘻嘻傻笑，只说了一句："你不懂。"

儿子是不懂，老爸不愁吃喝，不赌博不嫖娼，要去偷牛干什么？

半个月后，黄老汉回到村里。"细时偷针，大哩偷金。"黄老汉一路叨叨，但没见到一个人影，黄老汉好多年都没见过村里有小孩了。黄老汉走到村尾见到疤头，疤头告诉黄老汉，"老

朱红娜·小说卷

憨叔前几天去世了，村里反正没几个人，也就没做什么仪式了，拉到火葬场化了就了了。"

"看守所真热闹啊，有说笑话的，有讲荤段子的，还有唱歌的，真真让我舒畅了一回啊！"黄老汉好似没听疤头讲老憨叔的事，自顾自兴奋地说着看守所的事。

"啊！原来你是因为这个去偷牛的。"疤头顿悟。

"聪明！"黄老汉得意地说："我还会去的。"

◎程思良点评

　　读这篇闪小说，不由想起欧·亨利的名篇《警察与赞美诗》，都是荒诞其表，真实其里。宁可去坐牢，也不愿在空村中孤寂地生活。小说生动反映了当下农村留守空村的老人的孤寂，这绝非个例，而是相当普遍的现象。这一问题，社会应多加关注。

带刺玫瑰

鸳鸯茉莉

阳台的花，沾满露珠，晶莹剔透，娇艳欲滴。男人看到这些花，就想到水水。对，水水就是一朵盛开的玫瑰。鲜艳，芬芳。

男人每次见水水，都想捏她一把，捏出水来，都想在水里游泳。

男人伸出肥硕的手，轻捏水水的脸颊，再捏水水的鼻子，顺着颈脖一直往下捏，水水就真成水了，男人就真的在水里游泳了。

水水嗔道："手老粗了，弄疼我了。"

男人成一摊泥化在了水里。

男人再晚回家，素素都会泡一壶热茶。男人不抽烟，不喝酒，就嗜茶。素素知道，男人没喝茶就像没吃饭，会饿。会睡不着觉。素素买了很多茶，龙井，碧螺春，大红袍，金骏眉，冻顶乌龙，普洱……素素每次旅游，不看珠宝玉石，不买特色美食，专去搜当地的名茶，把上好的带回家。同伴笑她茶痴，她笑，"我还花痴呢。"全车人哄笑。

素素泡茶很讲究，上午泡什么，饭后泡什么，下午泡什么，睡前泡什么，一丝不苟，清清楚楚。

素素喜泡工夫茶，素素不用85度的水冲泡，素素要用滚烫的滚水泡茶。"咕噜咕噜"的滚水声在客厅里响起，在素素听来就像一曲茶道的和弦曲，又像一个闺蜜在素素面前喃喃细语，让空寂的客厅充满了些许生气。

朱红娜·小说卷

素素用滚水将茶具烫一遍，取两勺大红袍，放入茶壶，冲进滚水，淡淡的茶香便轻轻绕绕在客厅四周飘散开来，素素跷起兰花指，拿茶盖快速刮去茶面上的泡沫，倾倒茶汤，这是洗茶。再冲滚水，顷刻，将茶倒入茶杯，端给男人。男人看着素素全神贯注泡茶，看着素素的手，如何在他面前，由纤细灵活的兰花指，渐渐成了粗糙僵硬的兰花指。男人的心，就有了一丝的愧疚。男人捧起小杯，慢饮细酌，香味从舌尖逐渐向喉咙扩散，一股甘醇瞬间在喉口间润泽。萦绕。啜毕还以杯口移近鼻孔，一缕氤氲香气直达肺腑，男人深吸一口气，仿佛要把所有的馨香吸入身体，男人陶醉了，闭上了双眼，真的达到了"芳香溢齿颊，甘泽润喉咙，神明凌霄汉"的美妙境界了。

　　水水怎么就不会泡茶呢？男人遗憾。每次在水水那儿，男人想喝茶，水水都"叭"扭开一瓶饮料，先喝两口，然后递给男人。男人说："我想喝茶。"水水说："茶有什么好喝的，又苦又涩。饮料多甜。"男人只好喝饮料，但喝下去的饮料常常让男人打嗝，一股腐臭气味从胃里返上来，男人就想吐。

　　素素的双手在男人肩背游动，力道恰当，手法娴熟，素素心疼男人，男人在外打拼，累。"岁月不饶人啊，要注意身体，别太拼了。"素素一边为男人按摩，一边叮嘱男人。

　　男人上卫生间那一刻，就感觉不妙了，有点疼，又痒，看看，还有些红。男人的心犹被针扎了一下，刺痛起来。男人赶紧按住胸口，大口喘了口气，才定住了神。

　　男人当即去了医院，检查结果让男人悲愤又伤心。

　　再次见到水水，男人不想捏水水了，也不想游泳了，男人想掐水水了。

　　"啪"，男人将病历和化验单摔在水水面前，"我供你吃，供你住，供你玩，你竟敢在外玩别人！"

　　柔柔的水水瞬间变成一块石头，又硬又尖，"你是我什么人，你花钱可以玩我，别人花钱也可以玩我，难道只许州官放火，不许百姓点灯？"

男人像一只气球被水水刺破，立马塌了下来，成了一摊烂泥瘫在地上。

早春三月，乍暖还寒。阳台的鸳鸯茉莉禁不住春风的抚弄，一夜之间怒放满树，浓烈的香气霸占了整个房子。

"鸳鸯茉莉怎么会是两种颜色呢？"男人奇怪。

"你看到的是两种颜色，其实它就是一种颜色。刚开的时候都是紫色的，几天后就变成雪青色，慢慢地就变白了，一边开一边谢，一树就形成两种颜色的花了。"素素顿了顿，说："你觉不觉得这更像女人呢，年轻的都是色彩丰富的，随着岁月的流逝，颜色就越来越单调了。"

男人的表情沉了下来，他看看素素又看看茉莉花，心里一阵悸动，眼前一片鲜花纷纷扬扬。

（此稿多处转载，入围 2014 年中国小小说排行榜，入选《2014 中国年度小小说》）

◎冯丽琴点评

　　小说以反映婚恋题材为内容，是一篇蕴含哲理，耐人寻味的优秀小说，讴歌真善美，鞭挞假丑恶，其突出特征有四点：

　　首先小说以花喻人，寓意深刻。作者用玫瑰花喻指情人水水，鲜艳芬芳；鸳鸯茉莉花喻指女人素素，在绽放过程中所呈现的两种不同色彩喻作女人从娇美感情丰富到成熟执着情感专一，看似突兀，却又水到渠成。其次人物形象对比强烈，个性鲜明。小说中情妇对男人虚情假意，水性杨花，爱钱贪乐贪享受；妻子对男人真心去爱，善良贤惠，体贴关怀。其烘托褒贬分明，不必多言。这背后隐藏的东西，让男人去认识，去反思，去感悟。再次人物心理刻画细腻，

朱红娜·小说卷

手法独特。小说在人物设置和情节安排上，处理得非常好，采用意识流的写法，在有限的空间里，将男人的感情历程不断膨胀丰满。如"一缕氤氲香气直达肺腑，男人深吸一口气，仿佛要把所有的馨香吸入身体，男人陶醉了，闭上了双眼，真的达到了'芳香溢齿颊，甘泽润喉咙，神明凌霄汉'的美妙境界了"。入情入景，形象生动地描写了男人的嗜好和幸福快乐生活。作者有意将两个女人调换着写，不断变换场景，慢慢地抓住读者的心，抽丝剥茧，步步为营，峰回路转，荡气回肠。

　　另外文章语言凝练，传神传情。小说写的是可谓俯拾皆是，稀松平常的故事，却用行云流水的语言和"散漫无心"的想象回溯填充得不断丰盈，显示艺术的高度，让人感叹连连。结尾紧扣文题，富有诗情画意，给人美好的遐思。

梦月集

闭一只眼

老奇一会儿睁着一双大眼，盯着这只蚊子，一会儿闭着一只大眼，盯着这只蚊子，老奇睁着一双大眼的时候发现，这只蚊子断了两条腿，只有四条腿，闭着一只大眼的时候发现，这只蚊子也断了两条腿，只有四条腿。

老奇始终弄不明白，人们为什么要说睁一只眼，闭一只眼。闭一只眼与睁一只眼有区别吗？要么睁两只眼，要么闭两只眼。

公交车在路上蜗牛般前行，停停顿顿，顿顿停停。老奇闭上两只眼，任蜗牛左冲右突。"嘎"，汽车一个急刹车，老奇睁开两只眼，老奇看见有一双手伸进一个坤包，老奇大声喊，"有贼偷钱包了！"大家闭着一只眼看着老奇，毫无反应。那双手在坤包上挪腾转移。坤包的主人是个漂亮的女孩，正戴着耳机忘情地摇晃，女孩回头望了老奇一眼，水汪汪的双眼眨巴了两下。

老奇还想告诉女孩钱包被偷了，但老奇发现，女孩已闭了一只眼，头转了回去，继续忘情地摇晃。

下车的时候，那双手抽出一把弹簧小刀，在老奇手臂上狠狠刺了两下。留下一句"叫你不闭一只眼"，昂首挺胸大摇大摆下了车。老奇手臂的血喷到了乘客脸上，身上。这时，老奇发现很多乘客睁大了双眼，有的忙按伤口，有的忙打110，有的忙打120。

老婆赶到医院睁圆两只大眼，直埋怨老奇，"你傻啊，大家都睁一只眼闭一只眼，你不会睁一只眼闭一只眼啊！"

老奇嘟哝，"我睁一只眼闭一只眼也能看到那双手偷钱包呀。"

在一家酒店，老奇睁着两只眼，看见一个女孩挽着领导的手，领导的女儿老奇认识，女孩不是领导的女儿，但女孩很像领导的女儿，领导陶醉在女孩身边，眯着两只眼从老奇面前走过。老奇叫，"领导好！"领导吓了一跳，睁大了两只眼，瞪了老奇一下，干咳了两声，告诉老奇，"这是我干女儿。"

老奇被调离了岗位，调到了机房，上班八小时不能离开岗位，要两只眼紧紧盯着数字。

老婆又瞪圆两只眼，"活该！谁叫你不睁一只眼闭一只眼！"

老奇委屈，"我睁一只眼闭一只眼也看见领导了，我敢不与领导打招呼吗？"

有同事同情老奇，就面授机宜，叫老奇每天练睁一只眼闭一只眼，保证以后吃不了亏。

老奇于是每天练习睁一只眼，闭一只眼，上班练，下班练，路上练，回家练。

老奇走在下班的路上，两只眼看见一个老人"咚"一声摔倒在路上，老奇快步向前，想去扶起老人，刚走两步，同事的叮嘱像一只手拦住了老奇，老奇于是闭上了一只眼。可是一路上，老人痛苦的表情，一直在老奇的另一只眼前晃来晃去。

老奇出差回到家，打开卧室门，两只眼看到老婆和男人在床上翻滚，老奇血直往上涌，脸涨得通红，顺手操起床边的椅子，要向床上砸过去。这时，同事的叮嘱又像两只手紧紧抱住了老奇，老奇紧闭一只眼，"嗷嗷"叫着，奋力将椅子摔在地上，椅子却砸在了老奇的脚上。

游荡在大街上，老奇闭一只眼，看前，又闭一只眼，看后，再闭一只眼，看左，又闭一只眼，看右。老奇看见，一支支利箭，满街乱飞。老奇感觉双眼刺疼，泪水像泉水一样冒了出来。

以后老奇总是双眼刺疼，流泪不止。老奇去了很多医院，医生都没办法，医生告诉老奇，他不是眼睛的问题。

（此稿由《小小说选刊》等多处转载，入选2014年度小小说选本）

◎冯丽琴点评

　　俗话说："做事要睁一只眼闭一只眼。"这句话意在告诉我们在生活中做事不能太认真，认真了就会吃亏。可在现实中，人们真正能把握好自己的又有几人呢？小说紧扣题目"闭一只眼"，以生动细腻的笔触，诙谐幽默地描写了人物形象。主人公老奇的丰满形象塑造与个性特征反映，自始至终在睁眼与闭眼中展开，正因为他弄不明白睁眼闭眼的关键性在哪里，所以才引发出许多啼笑皆非的故事。

　　文章选取几个有代表性的完整故事，避免平铺直叙，过渡自然，情节曲折，有正义，有容忍，有无奈，使人物形象丰满，而富有同情性。结尾出奇制胜，道破天机，意蕴丰赡。"老奇总是双眼刺疼，流泪不止。"一语暗含深意，让人反思。"去了很多医院，医生都没办法，医生告诉老奇，他不是眼睛的问题。"含而不露，妙趣横生。同时，"老奇始终弄不明白，人们为什么要说睁一只眼，闭一只眼。闭一只眼与睁一只眼有区别吗？要么睁两只眼，要么闭两只眼。"这段文字成为小说人物的故事情节发展脉动，平中见奇。人物"老奇"的名字也富有深意，是乎处处奇特，与众不同，可谓一篇难得的好小说。

朱红娜·小说卷

头发问题

　　镜子中的师傅拿起锋利的剪刀，正要伸向何碧的头。何碧大喊一声，"慢！"师傅瘦长白皙的手收在了半空，剪刀在空中快速打了几个圈，刀锋向下吊在了师傅一个手指上。

　　"师傅，我不剪了。"何碧纠结的表情比地上散落的头发还难看。

　　"是怪可惜的。"师傅说，"为什么要剪呢？"

　　"不知道。"何碧没好声气地回答，仿佛师傅就是面前一个冷冰冰的刽子手。

　　何碧一头柔顺秀丽的长发，虽不及腰，也已过背。夏天的时候，扎成一束马尾辫，清爽可人，到了秋天冬天，上点颜色，卷几个波浪，披散下来，配上一袭长裙，柔情万千。

　　何碧的老公曾对她说，"我是先爱上你的长发再爱上你的。"何碧就在老公面前来了个 360 度的旋转，长长的头发在老公面前孔雀开屏一般，飘飞起来，一股淡淡的清香瞬间覆盖老公的思维，他忘情地吸了起来。何碧看老公陶醉的样子，撒娇说："哪天你气到我了我就把长发剪了。""你敢！"老公一把抱住何碧，将她重重地压到了沙发上。

　　何碧也只是嘴上随口一说，她比老公更爱自己的长发，她一直认为，长发是女人的一种特征，从小学起，就从未剪过短发，她不敢想象自己剪成短发会是什么样子。即使坐月子的日子，她也拒绝了医生的建议。

但是，今天，何碧不得不坐在这里，这长发有关她的前途命运。

　　单位要提拔办公室副主任，领导跟何碧谈话，有意向提拔何碧，何碧一直咀嚼不透领导的最后一句话：要注意形象。何碧平日里穿着得体大方，言行举止温文尔雅。要如何注意形象呢？何碧咨询老公，老公也丈二和尚摸不着头脑，何碧再问身居副局长的父亲，父亲说出来的话就很有意思了："傻啊，头发长见识短呗。"

　　"原来是嫌我长发呢！"

　　"这不是秃子头上的虱子，明摆着的事吗？"父亲举起右手的食指与中指，做了一个剪的手势。

　　"为什么就不能留长头发呢？"何碧问父亲。

　　"你看过女领导披肩散发的吗？除非你不想做领导。"

　　"不想做领导的公务员就不是好公务员。"何碧俏皮地说。

　　"剪吧。"何碧口气坚决命令师傅，闭上了双眼，有一种慷慨就义的悲壮。

　　师傅的剪刀在何碧头上"沙沙"作响，何碧的心跟着隐隐痛起来。

　　何碧将师傅剪下的头发包好放在了自己的小抽屉里。

　　何碧一头短发，从办公室副主任、主任一路做到一把手，她还真没看到过女领导留长头发的。

　　为什么就不能留长头发呢？她无数次想过这个问题，但没有人给过答案。

　　单位新来一个女大学生，一头飘逸的长发齐腰，不时在何碧眼前晃荡，何碧恍惚看见年轻的自己，突然就心血来潮，在网上买了一套长长的淡黄的假发。一天晚上，何碧在房间戴上假发，正左右欣赏，老公突然推门进来，"啊"的一声，拍着胸膛连说："吓死我了，吓死我了，你搞什么鬼嘛！"

　　何碧尴尬地摘下假发，然后将假发随手扔进了垃圾桶。

　　何碧再碰见女大学生的时候，脸色就像马上要下雨的天，

朱红娜・小说卷

乌黑乌黑的，女大学生如坠入云里雾里，不知所措，悄悄问同事，"领导怎么了？"

同事凑近女大学生耳旁："领导讨厌长头发。"

第二天，女大学生一头齐耳短发出现在何碧眼前，何碧怔怔看着她，"怎么把长发剪了？"

女孩说，"短发好，清爽，利落。"

何碧摇了摇头，小声说了句，"可惜了。"

◎葛成石点评

这是我读到的作者的第三篇"问题"小小说，要作个小结的话，可以说这些"问题"都是哲理。和前两篇一样，写什么，问题却并不出在什么，所以，写的是"头发"，问题却并不在"头发"。"头发"是具体表现，归结出的问题是普遍规律，是哲理。或者说，头发是象，象生成境，而境由心生，所以，我从问题系列里就读出了人心——心态、心计、心术。文中的"我"能否为了美丽着自己的美丽，留下长发？这是心态；是否愿意为了"上进"而割舍对长发的偏爱？这是在考验心计；而最后"我"又在女大学生身上亲自导演了一出同样的悲剧，这是心术。当然，作者在讲述这些的时候，是完全不动声色的，这是好作品的机巧之处。

停车问题

　　小城就巴掌大，从城东到城西，也不足十公里。一条江水穿城而过，分江南江北，江边垂柳依依，花木葱茏，散步再适合不过，江南江北徒步走下来不过一个小时。

　　小城是老城，街道都不宽，很多单位靠近街道边，没有停车场，停车成了大家最头疼的问题。

　　许科长家离单位不到一公里，每天沿着河堤徒步上班，优哉游哉，既锻炼了身体，又能欣赏沿途风景。看到大家为停车焦躁，许科长暗自庆幸。自己不用买车，省了车钱，还省了油钱。最重要的是省了停车的烦恼。

　　可是单位的人都纷纷买了车，许科长科室的人就他没买，大家隔三岔五就问他，"许科，什么时候买车啊？"

　　"买什么车嘛！我看你们纯粹是多此一举，塞车不说，停车多艰难，花钱买车不算，还浪费油钱，看我多自在，不用每天为找车位停车烦恼。"许科长洋洋自得，尽数买车的弊端。

　　许科长没想到他的这种得意劲儿，像一瓶醋洒在地上，让人闻着酸酸的，继而心里也感觉酸酸的。可怕的是有这酸感觉的人还是大部分。跟一个人作对没关系，跟一帮人作对那后果就非同一般了。

　　于是，某一天在卫生间门口，许科长就听到了这样的对话：

　　"真搞不懂许科这个人，堂堂一个科长，连车都不肯买，留着钱干吗？"

朱红娜·小说卷

"他那是绝精，有公车用公车，没公车蹭我们的……"

　　许科长听不下去了，感觉血液"吱吱"往脸上蹿，不用照镜子，他也知道自己的脸色从猪皮色变成了猪肝色。他故意大声"咳咳"了两声，进到卫生间"哗哗"完毕后头也不回就出去了。

　　出去后的许科长从外到里不淡定了，不就辆车吗？有什么了不起，老子一定要你们刮目相看。不几天，许科长就开回了一辆"奥迪"，让科室全体人员的眼睛顿时铜锣一样。

　　买回"奥迪"的许科长不徒步了，每天开车上下班。可车开到单位没地放，许科长就一直开，开到有地方停车为止。有时一开就开出一公里以外。

　　这一天，许科长看到单位门口领导的停车位子空着，才想起领导要出差半个月。许科长一阵兴奋，正可停在领导的车位上。

　　还没等许科长停稳当，单位保安就跑出来制止，"不可啊，领导的位子不能停啊！"

　　"领导出差了，要半个月才回来。"许科长说。

　　"出差了也不行，这是领导的车位啊！难道领导出差他的位子就是别人的了？"保安一句反问问得许科长哑口无言。

　　许科长知道保安是领导老婆弟媳的弟弟，跟着他姐姐叫领导叫姐夫。平日里姐夫长姐夫短炫耀，还真以为领导是他亲姐夫了。

　　宁可得罪君子，不可得罪小人。小人！许科长在心里骂了一句保安，只好把车再开出来，可一直找不着车位，许科长最后把车开回了家，又步行来到办公室。

　　老婆讥讽他，"你是被汽油烧坏了脑子。"

　　你才烧坏了。许科长本想骂老婆一句，但好男不跟女斗，许科长一向养成了忍让的脾气，很少跟老婆吵架。但老婆却不依不饶，经常将"汽油烧坏了脑子"挂在嘴上，弄得许科长烦不胜烦，常常地无缘无故就头疼。

静下来的时候，许科长就想，难道我真的脑子出现问题了？

（首发《百花园》，被《小小说选刊》等多处转载）

◎葛成石点评

好的作品，就像一个魔咒，你想逃都逃不掉，就像读了此文，你会感觉自己也是一个脑子出了问题的人。人人都买车而你不买，要引来非议；没必要买车而买车，又徒增许多烦恼。生活中类似情形不胜枚举。孩子本来适合当个学徒，学点技术，周围的人又觉得你死没用；花钱供他上大学，毕业后又无力给他安排工作。在单位附近有个房，工作生活都方便，人家又笑你住不起别墅；花血本建个别墅，每天堵车又堵得心发慌。人人都追求升官发财，你没升官也没发财，再优秀也得不到认可；削尖脑袋升了官发了财，又要面对一群仇官仇富者的冷嘲热讽，甚至处处得提防别人使坏。所以"停车问题"停的不只是车，还有幸福。你将幸福按世俗的引导去停放，终究是不幸的。

朱红娜·小说卷

穿衣问题

领导有个习惯，除非特殊情况，7 点准时起床。雷打不动。

刷牙，洗脸，上厕所，打摩丝。领导的头发早白了，如今的一头黑发，是染的。洗漱完毕，领导更换衣服。领导打开衣橱，各种质地的西装挂满衣橱，领导数了数，有十几套。

领导看见西装就像看见每天新出的太阳，心情怡悦。领导非常注重形象，大会小会上常说，"公务员的形象不仅代表自己，还代表着政府形象。"领导喜欢西装，西装庄重威严，适合各种场合。更主要的是领导每天要上电视，上报纸，穿西装看起来更帅气更年轻。领导很讲究，每天换着西装穿，但大都色泽差不多，不仔细看，还以为领导每天穿同一套西装。

领导正想拿出西装，蓦然想起，今天不用上班，以后也不用上班了——领导退休了。不上班了，领导想，穿什么衣服好呢？不用接待，不用视察，不用拍照，不用上电视，也就不用穿西装了。领导就在衣橱里找，想找件不是西装的衣服穿穿，可衣橱里是清一色的西装，再没其他款式的衣服了。领导心情顿时黯淡了下来，都怪自己太喜欢西装。领导就叫，"老婆，去买几套不是西装的衣服回来。"

领导穿着老婆买回来的衣服，可衣服穿在身上，领导总感觉有蚂蚁在咬，浑身不舒服，领导就把衣服脱了，换上西装，穿上西装领导顿感神清气爽，全身的细胞都在舞蹈，身上微微发热，有一股子劲头。领导就想发挥余热，就想干点啥，干啥好呢？单位是不能再去了，下面也不能再去了，领导想了许久，也没想到可以干啥。没啥好干，就待在家里，待在家里，总不能穿西装打领带吧？领导只好穿了睡衣，天天待在家里。

一天，领导打开衣橱，意外发现，一件西装发霉点了，领导很是伤感，伤感了的领导像一片枯叶，迅速发黄，变黑。

领导的儿子说："爸，您不能整天这样待在家里，您应该出去走走。"

领导说："我去哪走，总不能像一般退休人员一样，在公园里闲逛吧。再说了，我穿着西装去逛公园像什么话。"

领导的儿子说："爸，有个地方，您可以去。"

领导问："什么地方？"

领导的儿子说："养老院。"

一语点醒梦中人。领导一拍大脑，恍然大悟，"对哦，我怎么一直没想到呢，养老院是朝阳产业，正是需要扶持重视的时候，我何不在这里发挥余热？"

领导迫不及待，打开衣橱。"久违了，西装。"领导在心里说，"真好，又可以穿西装了。"穿上西装的领导就像浇了水的枯苗，慢慢滋润起来，泛绿起来。

穿着西装的领导在儿子的陪同下，参观了市里最大的养老院，与老人们亲切交流，嘘寒问暖。领导虽然退了，退了也是领导。养老院的老板受宠若惊，隆重接待，召集所有员工开会，听领导作出指示。领导充分肯定了养老院的成绩，指出了养老院的不足，最后提出了几个要求：

一个目标——把养老院办成全国一流的养老院。

两个方向——充分利用政府资源和社会资源办好养老院。

三个规划——做好短期规划、中期规划、长期规划。

四个……

五个……

……

八个……

领导的话匣子一经冲开，再也堵不上。

第二天，领导又上了电视，上了报纸。领导看到自己穿着西装的形象一点没变，领导的脸上又有了当领导时候的笑容。

（首发《百花园》，被多处转载）

◎葛成石点评

穿衣看似小事，原来也是大事，本文匠心独运，全赖穿衣问题，让领导形象立起在读者面前。领导还是领导的时候，每天都是西装革履，穿衣不是个问题；领导不是领导的时候，穿衣就成了大问题，他居然找不到别的衣服可穿，也穿不惯别的衣服了。最后只能穿睡衣窝在家里，以致西服也发霉了。后来儿子灵机一动，带着领导去养老院，让领导又过了一把领导瘾，领导终于又是一个光鲜体面的领导了。我们不禁要问，当你这身光鲜体面的外衣被扒去以后，你还能做回一个正常的人吗？常人都做不了，又何谈公仆呢？当然，高明的作者常将苛责化作笑谈，随你们去发挥好了。

出书问题

　　胥作家最近烦透了，那个烦啊，不是用茶饭不思坐卧不宁可以形容的。

　　胥作家甚至用两句诗表达了他的烦恼：给我一双翅膀吧，让我上天；给我一条地缝吧，让我入地。

　　胥作家写作半辈子了，许多报刊也发表转载了不少作品，按照胥作家的水平，入个省作协是绰绰有余的，许多比胥作家差得多的作家都入了省作协。阻碍胥作家成为省作协会员的原因是，入省作协有个要求，必须要有出版集子，一些作家为了出集子，连工作总结都收进去了。胥作家不用这样，胥作家能出一本纯粹的集子，但出集子要自己花钱，动辄几万元，胥作家是文联一小职员，上有老下有小，生活捉襟见肘，胥作家出书入省作协的愿望就一直挂在半空，始终落不下来。胥作家的职称也就一直停滞不前，工资自然原地踏步。

　　有人就给胥作家"传经送道"：县长喜欢给人作序，只要你将写好的序署上县长的名字，县长就会给你批钱出书。

　　胥作家平时除了写字还是写字，虽然也为县里的某些项目妙笔生花过，但那些文章都没有署上他的名字，他认识县长，县长哪会认识他。胥作家想想就泄气。

　　"你可以向县长写封信啊。"还是老婆聪明，给他出了个好主意。

　　胥作家立刻动笔，下笔如神，给县长写了一封言辞优美，

朱红娜·小说卷

态度诚恳，愿望强烈的信。

不几天，县长的秘书就给胥作家打来了电话，给了胥作家天大的惊喜。

接下来的事情就好办了，胥作家以县长的角度写的序言，署上了县长漂亮的签名，申请的 5 万元出书费用报告也顺利批了下来，书稿交到出版社，出版社答应尽快出版。胥作家的愿望很快就要实现了，胥作家做梦都笑出了声音。

这一时期政坛风云变幻，官员朝夕不保，省里大领导出事了，市里副市长出事了。这事原本跟小老百姓胥作家半毛钱关系都没有，但副市长跟县长有关系，县长新近跟胥作家有关系了，所以副市长出事就影响到胥作家了。县里疯传县长这次难逃厄运了。在出书的节骨眼上，胥作家的烦恼就生出来了，县长的序言要不要撤呢？不撤吧，万一真出事，那这书命运就可想而知了，此前很多这样的教训，商家叫某个领导题写企业名称或书写招牌门匾，结果领导一出事，企业也跟着倒霉了。撤吧，如果县长真没事，这可如何交代？

一边出版社在催促，一边县里在传谣。胥作家急得头发都白了。

"县长迟早要出事的，你看他拆迁多少地方，网上那么多关于他受贿、包养情妇的帖子，能不出事吗？撤了吧，反正钱也到手了，说不定等你的书出来他已经出事了。"最后关头，又是老婆出谋划策。

胥作家这个小文人，有一般文人的毛病，通常的时候，骨子里都很倔强，不愿轻易听从别人的意见。但关键时刻，他却没有主意，乖乖让老婆做了主。

散发着油墨清香的新书很快出来了，胥作家捧着新书的那一刻，激动万分，就像当年儿子出生时捧到手里的感觉，新奇又幸福。可这感觉还没持续几分钟，胥作家就发现问题了，县长的序言撤了，但县长没撤。这书该怎么面世啊？

"等呗，等县长出事后再面世。"老婆轻飘飘一句话，胥作家却听得心如雷轰。这得等到猴年马月啊？胥作家甚至每天盼望县长快点出事。但县长的谣传依旧，县长每天上电视报纸也依旧。

越怕什么越来什么，当胥作家还在心里祈祷县长快点出事的时候，县长秘书打电话来了，"胥作家啊，县长问你书出来了没有。"

"快了，快了。"胥作家吓得脸都白了，隔着电话，还一个劲点头。

后来秘书又打过两次电话，胥作家都以"快了"敷衍过去，此后胥作家一听电话铃声，就条件反射心脏紧缩。

胥作家就跟老婆吵，"都怪你的馊主意。"

半年过去了，县长非但没出事，还做了县委书记。胥作家的书全都堆在房子里，蒙上了一层厚厚的灰尘，胥作家患上了神经衰弱症，他再没写过一篇文章，他每天想的问题就是秘书再打电话来他该如何回答？

◎冯丽琴点评

　　这是一篇发人深思，耐人寻味的小说，文笔清新流畅，语言简洁凝练。作者用细腻的笔墨围绕主人公胥作家想加入省作协的一系列"烦恼"展开故事情节的叙述，娓娓道来，让人啼笑皆非。揭示一介文人的软弱和爱慕虚荣，做事稀里糊涂无主见无原则，惋叹女人的馊主意引来的"大火烧身"。可谓聪明反被聪明误啊！透过人物为功名利禄所累的背后，折射出世人的贪欲心，也看到社会不良现象，吃喝公款，以权谋私，挥霍浪费等不正之风的蔓延，这"馊主意"扣人心弦，发人深思。一个邪念，一件错事，毁了一生，给人反思；一个正念，一身骨气，让灵魂坦然，问心无愧。

朱红娜·小说卷

文题耳目一新，人物胥作家谐音"虚做假"，徒有虚名，弄虚作假，含有辛辣的讽刺意味。因一个会员证，使灵魂扭曲；因一本书，使自己深陷困境。倘若淡泊名利，放下得失，做个平民百姓岂不逍遥自在？小说告诫人们做事一定要坚持原则，只有踏踏实实做人，实实在在做事，才能使自己立于不败之地，利国利民。

梦月集

山　头

　　郝老师人生最大的财富就是这张照片，在空荡荡的破旧房子里，墙上这张镜框精美的 24 寸彩色的照片显得异常夺目与亮丽，给整个房子增添了无限的光辉。每天，郝老师都会小心翼翼地擦拭一遍，让它一尘不染，每当看到这张照片，郝老师就感觉热血沸腾，心潮澎湃。

　　谁说不是呢，全村甚至全镇全县的人们都羡慕郝老师，有几个人见过真正的市长呢？而郝老师是被市长亲自接见授牌。

　　五年前，市长刚刚从副市长成为市长，就把教育当作最重要的工作，发动了一场"寻找全市最美教师"的大型活动，在山旮旯里的秀村待了三十几年的郝老师，突然就像埋在某个角落的金子，被人"挖"了出来，金光闪耀，市长看到眼前一亮。

　　其实当年郝老师不是不想走出大山，是走不出大山。走不出大山不是因为他腿脚不好，是因为他有高中毕业的文凭。秀村唯一的老师退休了，学校成了无人看管的荒野，本该规规矩矩坐着上课的学生就像笼子里放出的公鸡，漫山遍野乱跑。高中毕业的郝老师就被村支书强推硬拽推上了讲台，成了郝老师。当同龄人纷纷出门打工的时候，他也曾经想不辞而别，但一张张熟悉稚嫩的小脸仿佛一块块磁铁粘住了他，他动弹不得。当同龄人的儿子成了他的学生的时候，郝老师依然孑然一身。村支书做通了村里一位患有小儿麻痹后遗症的女孩的工作，嫁给了郝老师。新婚之夜，郝老师跑到学校后面的山头大哭了一场，坐到天亮。

此后，郝老师就把学校当成了家，把学生当成了儿女。一批批学生毕业后都走出了大山。只有郝老师陪着这越来越少的学生，最后学校只剩下两个学生。

郝老师从未想过自己有一天以这样的方式走出大山，走进市里，见到市长，当市长亲手将大红匾牌授予郝老师的时候，郝老师的手抖得差点将牌子掉到地下。镁光灯照相机闪得郝老师头晕目眩，但市长亲切的笑容让他感觉很温暖。市长给他授牌的消息当晚上了电视，大幅照片第二天刊登在了报纸的头版头条。他不惜花费相当于他半个月工资的钱将照片放大装框，端端正正挂在房子最显眼的墙上。

几天后，郝老师接到县教育局的文件，文件标题是《关于任命郝民同志为秀村小学校长职务的通知》。

接下来的一个多月，郝老师还被要求在全县乡镇做轮回事迹报告，秀村小学被迫放假，郝老师只好利用周末给学生将课补上。

自从被市长接见了以后，每天，郝老师准时收看新闻，看到电视上的市长神采奕奕，他就好像自己上了电视一样兴高采烈。他见人就讲市长如何如何重视教育，如何如何待人和蔼，如何如何……他把所有的他能想到形容好人的词都用在了市长身上。

到了退休年龄，外面打工的儿子一再催促郝老师办理退休，但郝老师知道没人肯来秀村任教，几次把退休报告偷偷撕了。他还劝说了几个外出打工的人带着儿女回来村里，他的学生又多了好几个。

好久没在电视上看到市长了，这天，郝老师像往常一样准时等着看新闻，让他目瞪口呆的是，电视上报道，市长因为违纪被"双规"了。郝老师胸口一阵揪痛，脑子一片空白。

郝老师仿佛一头暴怒的狮子，一跃把照片扯了下来，高高举起，用力往地上一摔，"哐"，精美的相框顿时摔成碎块，郝老师仍不解恨，迅速捡起碎块，连同鲜艳的照片，一把丢进正在燃烧的柴火堆里，火光映照中，郝老师的泪水晶亮晶亮的，滴滴答答。

几天后，郝老师接到县教育局的文件，文件标题是《关于免去郝民秀村小学校长职务的通知》。

这一夜，郝老师再次跑到学校后面的山头大哭了一场，又坐到天亮。

（首发《上海文学报》，被多处转载）

◎冯丽琴点评

　　小说故事情节曲折，叙事完整。主人公郝老师的两"哭"，又在山头直坐到天亮，感人至深，催人泪下。一位在山旮旯里待了三十几年的老师，想当年村里唯一的高中生，几次想外出打工，可为了孩子们还是留了下来，这高尚的思想境界，不能不令人赞叹。作者把残酷的现实，人物矛盾的心理，刻画得惟妙惟肖，也引起读者强烈的共鸣。

　　同时，运用对比手法增强艺术感染力。贫穷的老师与神采奕奕的市长形成对比；一张代表最大财富的相片，起初视若珍宝最后愤怒火烧，这截然不同行为态度的对比。使人物形象丰满，把师魂的高大，贪官的虚伪和渺小展现在读者面前。

　　"山头"，文面上看是郝老师家的山头，细细琢磨，这"山头"更是市长这座靠山，当郝老师与这座靠山扯上关系的时候，他的命运也就随之改变了。

　　"郝"谐音"好"，意指"好老师"。读者可透过文字的背后，看到一位人民教师的美好心灵。尽管他生活拮据，甚至令人心酸，教育局一纸任免校长的文件，更加揭露了社会的阴暗面，令人深思。在物欲横流，追求时尚的今天，作者用独特的眼光看待问题，力矫时弊。

朱红娜·小说卷

兄　弟

　　电视上，新上任的县长正在春风满面激情满怀地发表就职演说。突然，坐在温淳旁边的老婆端起他的脸左看右看，上看下看，再睁大眼睛对着电视上的县长仔细看看，惊叫道："像，太像了。"

　　温淳一时没反应过来，被老婆反复念叨了几句才知道老婆说自己像县长。

　　"你看脸型、眼睛、眉毛、鼻子，简直就是一个模子里印出来的，县长就是嘴唇厚了一些，不然，真的难分彼此。"老婆惊喜不已，一边盯着老公，一边在老公的脸上"叭叭叭"地留下带着口红的口水，仿佛自己的老公就是电视上的县长，自己就是县长夫人。

　　温淳被老婆这么一说，再凑近看看电视上的县长，真的也感觉自己很像县长。人有相像，没想到竟然有这么像的。温淳欣欣然，满怀喜悦地对老婆说："好啊，这像得好，像得好。"

　　第二天，温淳一反平时休闲穿着的风格，西装革履，又精心梳洗了一番，一上班，他就迫不及待问大家："昨晚看电视了吗？"

　　同事们不知温淳葫芦里卖的什么药，以为错过什么重大新闻，纷纷发问：

　　"又有地震了？"

"又是食品中毒事件？"

"是否哪里又曝巨贪？"

"哪里哪里，新上任的文县长看到了吗？"温淳故意把文县长三个字提高了音调。

被温淳一说，有同事就反应了过来："是哦，是哦，温淳，你很像文县长啊！"

"像，真像。"同事们都围了上来，好像第一次认识温淳一样，都认真地瞧着温淳。

同事们又纷纷发问了："快说，文县长跟你是什么关系？"

温淳喜不自禁，脸上堆满了笑："大家快别乱说，什么关系也没有。"

"你小子牛是吧？不可能没关系。说。"大家岂能就此罢休。

"真的，真的没关系。"温淳很认真地说。

"哦，他姓文，你姓温，我知道了，不是亲兄弟，也不是堂兄弟，那一定是表兄弟。"一同事肯定地说。

"不可乱说，不可乱说……"温淳脸上越发笑意盈盈，赶紧抛开了大家。

不一会儿，机关上下很快就传遍了温淳是文县长表兄弟的消息。

局长打电话把温淳叫到办公室去，很客气地示意他坐下，说："小温啊，这么大的事怎么不告诉我啊？"

"不知局长说的是什么事？"温淳明知故问。

"小温啊，在我面前还装糊涂。"局长也认真地审视着温淳，心里肯定了大家说的消息。

"不是……局长，我跟县长真没什么关系。"温淳极力辩解。

"好，好，难得你这么低调，这样就好，你放心，我知道以后该怎么办……"局长走到温淳身边，用力地拍拍温淳的肩膀："别客气，以后我们就是亲兄弟了……"

朱红娜·小说卷

　　这篇小小说不足千字，却一下子就将读者带进了艺术世界，如见其人，如闻其声，如临其境。比如因长得像县长而半显摆半遮掩的温淳，因老公像县长而画饼充饥式兴奋不已的老婆，为一件似是而非的事而添油加醋的八卦同事，擅长投机钻营、不肯放过一次攀龙附凤机会的局长……这些人物栩栩如生呼之欲出！这种现场感来自哪里？来自作者娴熟的刻画人物的本领，观其颜，察其色，模其声，人物就立起来了。

梦月集

笑不出来

"秦主任，你心里住着一个春天吗？"办公室女孩丽丽扑闪着会说话的眼睛，望着办公室主任秦笑。

"呵呵，不但住着一个春天，还住着一个夏天。只要心中充满阳光，你的生活就是灿烂的。"秦笑笑着告诉丽丽。

秦笑就像他的名字一样，每天"呵呵呵呵"地笑，见谁都笑脸相迎，笑脸相送。在局里人缘最好，从上到下，从男到女，从老到少，无不说他好。大家叫他"人缘哥"，每年考核都是优秀，每年先进他都有份。他知道并不是他工作最出色，而是他人缘最好。他常常记得老妈的一句老家话：人矛人缘人孬死，菜矛菜缘鸡啄死。意思说，人缘不好，做得再好别人也讨厌，菜缘不好，种得再好也被鸡啄光。

"我以后找老公，一定要找个像您一样充满阳光的男人。"丽丽一脸膜拜的神情。

局里要提拔一名副局长，十几个科长竞争，大家说秦笑已是铁板钉钉了。

突然一场飓风，六月的天下起了雪，"人缘哥"发现所有人都像躲瘟疫一样避开他，明明大家在办公室一起喝茶，他一去大家便作鸟兽散。大家看他的眼神怪怪的。他去找领导，领导一改往日的热情，一脸严肃地说，"我忙事，你先出去，有事打电话给我。"

为什么呢？秦笑发动全脑细胞搜索，找了几天几夜，找不到一丝线索。

瞅准一个没人的机会，秦笑到办公室想问问丽丽，丽丽一见到他，结结巴巴地说，"秦……秦主任，我去一下卫生间。"箭一样飞出办公室，连衣裙掀起的灰尘飘在了秦笑脸上。

见鬼了。秦笑垂头丧气喃喃自语，一不小心撞在一个同事身上，同事瞬间吓得脸色苍白，飞也似的拔腿而逃。

秦笑如掉进冰窟窿里，簌簌发抖。一下子瘦了好几斤。

看秦笑为竞选的事弄得闷闷不乐，茶饭不思，憔悴不堪，老婆心疼不已。"要不，咱不竞了，别弄垮了身体。"老婆劝慰老公。

秦笑的眼泪像断线的串珠滴滴答答滴在老婆手上，接着"哇"地一声大号了起来。

老婆吓了一跳，把老公紧紧地抱在怀里，安慰说："你别吓我，别吓我啊！"

安静下来以后，秦笑向老婆讲述了单位的奇怪现象。

"哦，那天你带我去疾控中心看皮肤病，我遇到你们单位的史科长了。"老婆想了很久，终于想起了一件与老公单位有关的事。

"原来如此。"秦笑一拍大脑，脑细胞终于搜索到事端的起因了：那天老婆去检查，他刚好遇到在 H1V 诊室上班的医生朋友，朋友刚好没病人，他就一边在诊室跟朋友聊天，一边等候老婆。可能史科长也看到他在 H1V 诊室了。大家以为他得艾滋病了。怪不得！"误会，完全是误会。明天我就向大家解释。"秦笑心结终于解了，长长地舒了一口气。

对了，史科长也是这次的竞选人员。莫非……秦笑突然不寒而栗，仿佛掉进更深的冰窟窿。

◎葛成石点评

　　秦笑笑不出来的事，也是官场职场甚至更为庞大的群体笑不出来的事。人与人之间为名为利为职位恶性竞争至此，真叫人不寒而栗。但这种阅读感受，并非结尾这包袱一抖所能奏效的，前文大量生活细节的铺垫，才是作者苦心经营之所在。开篇叫其他男人羡慕嫉妒恨的一幕，足见秦笑人缘之好；遭误会冷遇之后，夫妻间温存的一面，又足令谣传不攻自破。读者已经同情秦笑了，再到看叫人绝望的结局，岂能不为主人公捶首顿足。史科长是始作俑者，谁能向他解释得通？须知，装睡的人是吵不醒的。读完叫人感慨愤恨，又不得不佩服作者之匠心独运。

朱红娜·小说卷

阴差阳错

　　业务科长就要退休了，这可是个肥缺，局长放话了，要从机关副科长里提拔一个，一时群情躁动，十几个副科长跃跃欲试。

　　鲍宇副科长回到家里，就跟老婆说了这事。老婆一听马上来劲了，鼓动鲍宇说："这可是个难得的机会，过了这个村，就再没这个店了，我们再努力努力吧。"

　　鲍宇已是年近半百了，副科长也当了七八年了，一直都想转正。论资历，鲍宇是资深副科长；论能力，说写办事样样不差；论人缘，上下内外皆和谐。可是，关键时候，鲍宇和转正机会总是擦肩而过。看着年龄越来越大，职位越来越少，鲍宇已是心如止水，再也不抱任何希望了。如今，业务科长的职位就像一根火柴再次划动，鲍宇本已如死灰一般的心又"嗞嗞"地冒烟了。

　　"谈何容易，大家都虎视眈眈呢！"一想到残酷的竞争，鲍宇又泄气了。

　　"这次我们孤注一掷，做最后的一搏。"老婆仍然心有不甘。

　　在老婆的鼓动之下，鲍宇终于重拾信心，精心准备了各项材料。对于鲍宇来说，这些都是轻车熟路的事情了，这是他竞争的优势。剩下的问题就是"烧香拜佛"了，这也是必须的程序，大家都是心照不宣的。老婆说的孤注一掷也是指这个方面。

　　鲍宇比任何一次都"大方"，倾其所有，办了一张银行卡。

梦月集

选了一个周一的晚上（一般局长都是周末忙应酬），鲍宇也没有事先打电话，就登门拜访局长了。

刚到局长楼下，鲍宇就要按门铃，突见门开，严副局长从门里出来。局长住在四楼，严副局长住三楼，去局长家遇见严副局长也是很可能的事情。在路上鲍宇还一直祈祷，千万别碰上严副局长，真是怕什么就来什么，现在躲避都来不及。

鲍宇急中生智，忙说："严局你好，正要去找你呢。"

"是吗？"严副局长不冷不热，带一副怀疑的口吻。

"真的真的，就来找你。"鲍宇不敢有丝毫勉强，做出很诚恳的样子。

严副局长反身上楼，带着鲍宇回家。鲍宇心里暗暗叫苦，没想到费尽心思却弄到这个局面。这礼是送还是不送，鲍宇内心急剧地争斗着，送吧，这钱八成就打了水漂了。不送吧，这严副局长就分管人事工作，很清楚这节骨眼上鲍宇上门的目的，他也不是省油的灯，弄不好事情就会坏在他的手上。现在只能死马当作活马医了，鲍宇恭恭敬敬地送上礼，把要向局长表达的愿望向严副局长表达了，希望他关照关照。

"你有去局长家吗？"严副局长关切地问。

鲍宇不知严副局长葫芦里卖的是什么药，只知道他与局长表面和和气气，暗里相互拆台。只能如实回答："没有没有，这个，真的没有。"

"没有就好，没有就好。"严副局长意味深长地说。

从严副局长家出来，鲍宇一路郁闷，心情指数跌到冰点，大叹天不助我也，心想这科长的位子是命中注定轮不上自己啦。回到家里，老婆问起，鲍宇不敢实说，只说了一句"谋事在人，成事在天"。

在郁郁寡欢中挨过了一个多月，结果，局里却发生了"地震"：局长被双规了；严副局长主持全面工作；几个副科长因贿赂局长受到处分；鲍宇被任命为业务科科长。

原来，纪委收到了一盒录像带，有人将摄像头安装在局长

朱红娜·小说卷

179

的家门口，所有去局长家的人无一幸免被录了下来。纪委原本就掌握了局长的一些违纪行为，这次局长又以提拔为由，大肆敛财。纪委以此为突破口，顺藤摸瓜，很快就将局长的防线全面攻破。

鲍宇暗自庆幸，没想到那晚的阴差阳错不但救了自己，还圆了自己的夙愿。他忽然间好像明白了严副局长那晚问他有无去局长家的含义。

◎葛成石点评

这是一篇讽刺意味极浓的官场小小说。局长利用手中职权大肆敛财；严副局长为了得到局长职位不择手段；众副科长为了"扶正"，都干起了行贿的勾当；鲍宇歪打正着，将重礼送给严副局长，反而得以提拔……作者用精练的语言，给我们速写了一组官场众生相。严副局长和鲍宇的上位，不是众望所归，而是"阴差阳错"，是病态的官场生态中的产物，局长和其他副科长已为自己的行为付出代价了，严和鲍也注定要步他们的后尘。有小说的离奇，杂文的犀利。

梦月集

捡到局长的手机

关于旧城改造拆迁的方案终于尘埃落定，拆迁工程经过招标确定由"无坚不摧拆迁爆破工程公司"承包。

下午，局里召开全局动员大会，局长要求全局上下要以拆迁为重点工作，提高认识，统一思想，加强领导，积极主动配合"无坚不摧"，将拆迁工作落到实处，全面顺利按时地完成旧城的拆迁……

局长滔滔不绝，完全没用稿件，从拆迁工作的重要性、必要性到拆迁过程中可能发生的一些细节问题都反复强调，没有一点遗漏。局长讲得口干舌燥，频频喝水，忙坏了会议工勤人员老于。老于看看时间，早已过了下班时候，他心急如焚，今天周末，要去接学校住宿的儿子回家，会议结束后他还要打扫会场呢，也不知要等到几时。

好不容易挨到会议结束，大家飞快散尽，老于急急清理会场。在领导刚刚坐过的台上，老于看到了一部崭新的手机，他想，一定是领导也急着走忘了拿了。老于禁不住好奇，拿起来认真地看了看，这可是新上市的 iPhone5 呢，要五六千呢，这是老于在网上知道的。老于竟一时忘乎所以，爱不释手，随手翻了起来，突然，一条短信跳进了老于眼里：已将30万打入您的户头，请查收。谢谢关照！老于按捺住"怦怦"乱跳的心，又看了一遍，确认自己没有眼花，发短信的人叫做赖天宝。赖天宝？不是"无坚不摧"的老板吗？老于一下子什么都明白了。他仅仅愣了一

朱红娜·小说卷

181

会儿，一个念头突闪而过，他马上将那条信息转发到自己的手机上，然后定了定神，若无其事地走出会议室，在局长办公室将手机交还给局长。局长正在讲电话，眼睛都没瞅他一下，示意他将手机放在大班台上。

晚上，老于将这事跟老婆讲了，老婆惊讶不已。

"他一向对你不好，不如举报他。"老婆提议。

是啊，老于到机关二十年了，工作兢兢业业，做人小心谨慎，但一直是个办公室打杂的小科员，比他先来的和后来的个个都提拔了，唯有他原地踏步，他也曾经几次拜过领导，但领导一副居高临下，公事公办的态度让他知道自己该有自知之明。他只好安分守己，听天由命了。

"恐怕举报也没用，他和市长关系铁着呢，弄不好反遭报复。"老于清楚，局长报复性太强了，去年一个科长就是因为看不惯他的行为提出了一些异议，结果由权力部门调到了工会，主管妇女、计划生育的工作。

"我豁出去了，反正现在一无所有，大不了做门卫，还能开除我不成？"老于决定冒险搏一搏。

于是，老于又将短信发到了局长的手机上，然后将手机关了。

第二天，局长将老于叫到办公室，老于忐忑不安地坐下，局长却好像什么事情也没发生一样，一反常态跟老于聊起了家常，然后对老于说："小于啊，局里早就将你的提拔问题研究过了，恭喜你啊！你将被任命为办公室副主任。记得请酒啊！哈哈！"

"一定！一定！"老于没想到事情这么顺利，不住地点头。

"你的手机旧了吧，我这里有一部多余的手机，你拿去用吧，来，把你的手机拿来。"局长一手拿着一部很新的手机，一手伸了过来。老于知道局长的用意，乖乖地把手机交给了局长……

　　原来在有些时候，手机是一把利器，它能让趾高气扬、居高临下的领导变成温顺的羔羊；又是一剂毒药，它能让安分守己、听天由命的下属欲望膨胀。小说就是让一系列偶然因素组合起来，造就艺术的真实。看完这篇小小说，先是痛快，然后是痛心。局长的把柄在人手里，岂不痛快？但没将恶人扳倒，世上又少了个好人，岂不痛心？！

朱红娜·小说卷

谁的手机丢了

　　晚饭的时候，为了一点小小的事情，老婆又和小白吵了起来。小白烦闷极了，饭没吃完，就"砰"的一声关门走了出来。

　　小白漫无目的地溜达，逛着逛着就到了附近的公园。公园里成双成对的不少，也不知是否都是谈恋爱的，小白就想到结婚以前跟老婆公园拍拖的情景，那时老婆多可爱，小鸟依人的，温柔听话……想着想着，气就消了大半。小白没走多远就看到一处空着的长椅，他坐了下来，想静静地享受一下安宁的环境。忽然一低头发现石凳上躺着一部手机。小白一看周围没有人，拿起来一看，是苹果呢，还很新，机子是开着的，说明人走的时间不长，小白便坐在原地等失主来找。可就在这时，手机忽然叫起来，小白想，或许是失主打的，便毫不犹豫地接听起来。

　　"喂，你在哪啊？我已到了。"一个女孩娇滴滴的声音像极了结婚前的老婆。

　　小白一时不知如何回答，看来女孩是失主的女朋友了，也罢，就将手机交给她也无妨。小白就告知了女孩自己所在的位置。一是看看那个莺语燕声的姑娘长个啥样；二是把手机当面还给对方。

　　不一会儿，一个穿着超短裙的漂亮美眉来到了小白身边。因为公园来往人多，小白不敢肯定她是否就是刚才拨电话的人，小白忽然灵机一动，拿出那部手机，按照刚才她打过来的号码回拨过去。

　　果然，超短裙挂在胸前的手机响了，她接听，可小白没有应答，而是举起了手机。超短裙愣怔了片刻，忽然尖叫着扑到小白怀里："海豹！"

　　"海豹？"小白赶紧挣脱，嗫嚅着说，"我……不是海豹，你搞错了！我……"

　　超短裙根本不听他说什么，箍着小白的脖子就撒起娇来……

　　小白本想将捡手机的真相告诉超短裙，但经不住超短裙热烈主动的进攻，小白自结婚以来还没享受过异性如此激情的亲热，何况超短裙还是这么年轻漂亮，他不禁热血上涌，早已不能自己，决定先不将捡手机的事情告诉超短裙了，他把自己真的当成了"海豹"，跟着超短裙向公园隐秘处走去。他们就像一对热恋中的情人，坐在公园的长椅上窃窃私语，尽情地拥抱、亲吻。

　　小白觉得今天真是一个值得纪念的日子，不但捡到一部价值不菲的手机，还从天上掉下了个"林妹妹"……正当他忘乎所以的时候，那部手机响了，小白犹豫着，不知道接还是不接，手机却一直响个不停，他只好"喂、喂"地接了。这时，不远处一个身材高大的男性身影正向他们这边走来，直到他跟前，不由分说便将他扭了起来："好啊，你这个小偷，看你往哪里逃！"小白一时反应不过来，直喊"弄错了，弄错了"，待他稍微冷静一点的时候，才觉得可能是手机的事情，便极力向男人辩解，并把捡手机的经过和地点告诉那男人。但那男人根本不听他的解释，一口认定是他偷了手机，并声言一定要扭送他到派出所。此时，小白才知道自己真的遇上麻烦了，在这样一种情况下，自己就是浑身是嘴也说不清了。这时，超短裙在一边对小白说："不如私了吧。"小白心想这总比去派出所要强，这也是没有办法的办法了，自认倒霉吧！但那男人却不同意，非要到派出所。小白一想，不好，到了派出所麻烦就更大了，说不好要叫老婆来领人呢，怎么解释自己跟超短裙的事啊，那真是跳进黄河也洗不清了。

最后在超短裙的周旋下，那男人勉强同意拿回手机后，小白出五千元私了。正当小白垂头丧气答应带他们去柜员机取钱的时候，突然一声断喝："不许动，警察。"随即，两个警察动作快捷地将那男人和超短裙铐了起来，小白如丈二和尚摸不着头脑，也一起被警察带回了派出所。

在派出所，小白知道了真相。原来，那男人就是"海豹"。超短裙和海豹是合伙利用丢手机的伎俩，再用色相勾引男人进行敲诈活动的。海豹先在公园的某个地方放部手机，如果是女的捡到，他立即出现，说手机忘了拿了，如果男人捡到，就叫超短裙出马，一般情况下，男人都会上当。派出所已接到多起同样的报案，小白已是第六个上当的男人。

"以后少想入非非，天下没有免费的午餐……"警察的一番教育，令小白心有余悸，虚汗淋漓。

◎葛成石点评

　　此文出彩的是情节，故事中还有故事，情节就跌宕起伏了。顺着题目"谁的手机丢了"，作者开始了对读者的"误导"之旅：先是出现超短裙，她怎么可能不认识约会对象呢？在网络时代就有可能，失主也许就是超短裙未曾见面的网友；然后出现身材高大的男人，他才是手机的失主；失主出现了，也私了了，这时警察出现了，原来这个骗子已是第六回当失主了！苍蝇不叮无缝的蛋，骗局无处不在，人还是安分点好。

你在干什么

　　跟往年一样，日理万机的县长放下手头堆积如山的文件，一呼百应，县里五套班子齐齐出动，前面警车开道，后面国土、林业、农业、环保、教育、卫生、体育……所有部委办局无一缺席。当然，最少不了的是我们媒体，我是电视台随行记者。

　　浩浩荡荡的队伍向城郊的荒山进发，不一会儿就到了目的地，山不高，但县长臃肿的躯体让他"嗬嗬、嗬嗬"直喘粗气，光溜的额头冒出油亮油亮的汗珠，秘书赶紧掏出崭新的毛巾递给领导，县长狠狠地抹了一把脸，随手将毛巾还给秘书，不一会儿，县长光溜的额头又冒出油亮油亮的汗珠，秘书再从书包里掏出一条崭新的毛巾给领导，县长抹了汗以后习惯性将毛巾还给秘书。县长的脚步到了半山腰上再也挪不动了，他找到一个稍微宽阔的地方停了下来，所有的人也跟着停了下来。县长喘匀了气，不再"嗬嗬、嗬嗬"了，县长开始讲话，他一讲话，我就要打开摄像机，县长口才很好，任何时候任何场合都能滔滔不绝，一套一套从不乱套。半个小时过去了，县长讲话结束了，雷鸣般的掌声响彻整个山谷。我一字不漏地录下了县长的讲话。

　　山坡上，整整齐齐的一排一排的都是挖好的坑，坑旁边都放好了新的锄头、树苗，鲜艳的新桶装满了浇树的水，县长指示完毕，秘书将领导指引到一个较大的坑边，拿一把锄头递给县长，五套班子其他领导人手一把锄头，按照平时排序很自然

朱红娜·小说卷

地站在两边，县长开始往坑里铲土，大家一起开始铲土，树坑的土很快就填满了，县长浇上一瓢水，将瓢传给其他领导，其他领导依次浇一瓢水。这个时候，就是我最忙的时候，既要拍到全景，又要拍领导特写，不但要拍到五套班子植树的镜头，还要拍好他们的形象，上蹿下跳的，腿都快抽筋了，在春寒料峭的三月，我是大汗淋漓。

终于完成任务，队伍又是浩浩荡荡按照来时的顺序返回。

我马不停蹄地开始剪辑录像，准备新闻报道。忽然记起，我的手提包在县长讲话的时候，我顺手放在旁边的一块石头上，竟然忘了拿回来。

我独自开车返回山上，远远地，看见几个人正在起劲地拔树苗。这树苗虽不名贵，但听说每棵也要十几元呢，何况还是县里全体领导种植的树苗，领导一转身，他们就来偷，这还了得？我这文弱书生全身突然滋长满了英雄细胞，大喝一声："你们在干什么？"

"没看见我们在拔树吗？"他们竟然理直气壮。

"拔树还有理了，告诉你们，我是电视台的记者，怕不怕我报警。"我怒从心生。

我这一招真灵，他们全都顿时停下了动作，眼神怪怪的，像看一个突然蹿出来的猴子一样看着我，然后一字一顿问我："记者同志，你知道我们为什么要拔树吗？"

"为什么？"

"因为不拔就会死掉，就会浪费这几万块钱的树苗。"

"你们知道这是谁种的树吗？"我反问他们。

"就是因为是你们领导种的树苗，才会死。"

"这也不能成为你们偷树的理由。"

"偷树？哈哈……"他们突然齐齐大笑起来。

"记者同志，你搞错了，我们拔树不是偷，我们是将领导种植的树重新再种。林业站一棵树比平时多了一倍的工钱请我们种。记者同志，你只报道了新闻的前半部分啊！"工人们不无讽刺地说。

我惊讶这无异于发现一个重大新闻。但是，我不能把这个新闻报道出去，我仍然只能报道前半部分。

我突然记起，去年的今天，领导也是在这座山上种上树苗的。

◎冯丽琴点评

时下，不少地方形式主义浮夸风刮起。诸如类似植树造林，新春慰问贫困户和军烈属，等等，每年这些活动各地方搞得不能说是轰轰烈烈，但也是热火朝天的。电视，报纸新闻报道这方面的内容不计其数。而真正落实到实处的事情又有多少呢？作者力矫时弊，进行了有力的嘲讽。讽刺一些政府领导不顾人民利益，不顾经济损失，而是走马观花的搞形式，实在是令人发指，可悲可恨。而作为记者的我，知道实情后，才恍然大悟，去年领导也来这里植树。一语道破天机，原来历年历届都一个样。这其中的讽刺意味也就不言而喻了。"你在干什么"看似是质问民工，其实，更深的内涵何尝不是质问那些领导呢？

文章着意刻画领导的形象时，运用对比手法描写很到位很精彩。如上山时"臃肿的躯体让他'嗬嗬、嗬嗬'直喘粗气，光溜的额头冒出油亮油亮的汗珠"，还有一处"县长喘匀了气，不再'嗬嗬、嗬嗬'了，县长开始讲话，他一讲话，我就要打开摄像机，县长口才很好，任何时候任何场合都能滔滔不绝，一套一套从不乱套。半个小时过去了，县长讲话结束了，雷鸣般的掌声响彻整个山谷"。增强了语言艺术的感染力。

儿子的电话

张婆两天没下楼与老人们聚了。

平时，老人们做饭前都到小区的榕树下坐坐，聊聊天。张婆一人在家，做饭简单，每天最早到来，最迟离开。

这个冬季特别冷，"嗖嗖"的寒风像鞭子一样抽打在人的身上，让人直打哆嗦，很多老人都冻得病了。楼下的桂姨不放心，"嘭嘭嘭"敲开了张婆的房门。

"你没事吧？还以为你生病了。"桂姨见张婆精神如常，悬着的心才放了下来。

"没事，在家等儿子的电话，前段时间说要回来过年的，都年二十八了，也没个准信。"张婆有些焦急地说。

"那你不会打电话问问？"桂姨责备张婆。

张婆脸色黯淡下来。她告诉桂姨，她几次想打电话过去，但拨了几次又挂了。固定电话都是儿媳接的，每次儿媳问她有事吗，她都不知该怎么说好，说有事吧，又确实没什么事。儿媳说，没事就不要总打电话，长途很贵的。张婆就不敢打过去了。有几回张婆实在忍不住，就打儿子的手机，儿子说："妈，我在开会，过一会儿我再打回给您"，有时候就说，"我正在与客人谈事，迟些再打给您"。张婆就等啊等啊，有时儿子会打回来，有时张婆一直等也等不到电话。张婆就想，是不是儿子生气了？有时她又自我安慰：可能他太忙了吧。慢慢地，没有特别的事情，张婆也就不敢给儿子打电话了。

张婆唯恐儿子打电话来自己不在家，就一直守在电话旁边。

"你晒了那么多腊肉、香肠，就等儿子回来吃的？吃得了那么多吗？"桂姨看见张婆阳台上挂着满满的腊味，禁不住地问张婆。

"我儿子很喜欢我做的腊味，每年都叫我做好托人带出去。他好多年都没回来过年了，还是去年他爸过世时回来过。"提起儿子，张婆心里酸酸的，泪水就在眼眶里打转。

"别说你儿子远在广州四五百公里，我儿子在本市我都难得见他一面，他有时间打麻将，就是没时间回家见见老娘。"愤愤不平的桂姨也在张婆面前发起牢骚。

"也不知他是否真的回来过年，赶在天色好的时候，我把被子床褥都晒过了，还专门去买了几双棉拖鞋，20多元一双呢，最贵的。"张婆边说边拿出棉拖鞋给桂姨看。

"看你自己那么节俭，没见你穿过什么好衣服，给儿子买倒是不心疼钱，我才不那么傻。"桂姨又责备起了张婆。

晚上，张婆终于等到了儿子的电话，儿子说："过年就不回家了，年初四回，到时连小龙和他女朋友，全家一起回去！"儿子说："小龙的女朋友都经常住家里了，妈，您很快就要做婆太了，您高兴吗？"

"高兴！高兴！"张婆禁不住对着话筒大声嚷着："一定要回来哦，我准备好大大的红包给他们。我还做了你最爱喝的娘酒，到时给你做娘酒炒鸡。"

放下电话，张婆掰着手指算了又算，还有六天，他们就回来了，就能见到儿子孙子了，张婆心里甜甜的，很快就睡着了。

年初四，张婆起了个大早，她要去市场买新鲜的肉菜，儿子喜欢吃酿豆腐，手工鱼丸，还有猪脚，她都要做给他吃。

从菜市场回来，还不到八点，张婆算算，从广州回来，也就四五个小时，如果儿子七点出发，不到十二点就能到家了。张婆来不及吃早餐，急急忙忙就动手做起菜来。八点多的时候，电话响了，张婆紧张地接起电话，只听那边儿子在说："妈，今天我们不回去了，今天要去小龙外婆家，初八我们再回去。"

犹如一下子掉到冰窖里，张婆的心凉得"吱吱吱"冒气，看着一大堆新鲜的肉菜，她瘫坐在椅子上再也起不来。

像等待了漫长的一个世纪，好不容易挨到初八，张婆又等来了儿子的电话："妈，小龙他妈身体不好，我们就不回去了。等过节（端午）时再回去。"

挂掉电话，张婆站在丈夫的遗像面前，心里阵阵酸楚，幽幽怨怨地说："老头子，你怎么那么狠心，抛下我一个人啊……"

◎冯丽琴点评

　　小说写了一个令人唏嘘心酸的故事，作者运用第三人称的写作方法，将主人公张婆盼望儿子回家过年的迫切心情，等儿子电话的焦虑，以及忙碌准备的身影都刻画得淋漓尽致，入木三分，真切自然，身临其境。张婆与桂姨两位老人的倾心交谈，看似琐碎平淡，实则道出了她们的幽怨、叹息和无奈。如"犹如一下子掉到冰窖里，张婆的心凉得'吱吱吱'冒气"。和"像等待了漫长的一个世纪，好不容易挨到……"这些语言紧扣文题，反复咏叹，流露出张婆的失落感和惆怅心情。儿子电话里三番五次推脱，使老人的心情从期盼到等待，最后到失望，只好站在老伴的遗像前唠叨……感人至深，催人泪下，收到强烈的艺术效果。

　　这篇探讨如何关心照顾空巢老人问题的作品，话题沉重，令人深思。小说真正的出彩处，就在于融思想性与艺术性为一体，充满了浓郁的生活气息和感情色彩。常回家看看，这是我们做晚辈的孝顺方式之一，面对空巢老人孤

梦月集

独寂寞的生活，怎样才能让他们的晚年生活愉快，享受天伦之乐呢？这是一个热门话题，不能不引起人们对老年人生活的特别关注。透过小说主题的背后，让我们懂得生活是否幸福，不在于有房有钱有车，而关键在于是否开心，人活的是一种心态，也许这酸甜苦辣全尝遍才叫生活。

孙小小的发明

　　经过九九八十一天的钻研，再经过七七四十九天的实验，孙小小的头发白了一撮又一撮，体重瘦了一磅又一磅，终于发明出了食品安全鉴定器。

　　孙小小来不及补觉，两个眼眶黑黑的，带着食品安全鉴定器，满腔兴奋地来到自由市场，他首先来到猪肉摊档，用鉴定器测试瘦肉，"嘀，嘀"，鉴定器声音响了起来，即刻显示红灯，说明瘦肉含有瘦肉精，他一档一档测过去，全都显示红灯。孙小小心情沉重起来，问卖肉师傅，"怎么你们卖的猪肉全都含有瘦肉精？"师傅拿起屠刀在他面前晃了起来："废话，都是一个屠宰场的猪肉，能不一样吗？我们只管卖肉，什么瘦肉精肥肉精的，关我屁事。"雪亮的屠刀晃得孙小小眼花缭乱，胆战心惊。

　　孙小小来到牛肉档前，拿牛肉一测，"嘀，嘀"，又响了起来，也显示红灯，说明牛肉是注水牛肉。孙小小说："你们怎么可以在牛肉上注水？"牛肉师傅瞪起牛眼一样大的双眼，"牛肉注点水算什么？起码吃不死人。冬虫草还注水银呢。"

　　孙小小不敢买猪肉，也没有买牛肉，他到了鸡肉摊前，鸡贩子指着一个刚刚宰杀的鸡对他说，"这是正宗的家鸡，没喂过鸡饲料的。"孙小小一阵高兴，终于找到无毒的食品了。他用鉴定器一测，又是"嘀，嘀"，又是红灯。孙小小无奈地走到蔬菜摊档，他挑了一些自己常买的蔬菜来测试，结果无一例外"嘀，嘀"直响，都是红灯，全部都有农药残留。看着一堆堆鲜鲜嫩嫩的蔬菜，孙小小脑子里蹦出一个词语：糖衣炮弹。说不准哪一天，这个炮弹就会在人的身体里爆炸开来。孙小小在市场转悠了一圈，最后什么也不敢买，两手空空地回了家。

孙小小决定向政府部门反映这些问题。他去食品质量监督局反映瘦肉精的问题，工作人员还没听他说完就打断了他，"这是老问题了，你能不能说点新鲜的？"

"老问题就不用管了吗？"

"不是不管，是管不了。全市每天几千上万头猪肉我们怎么去检测？总不能像你一样拿着一个破玩意一档一档去测吧？真是的，有瘦肉精你可以不吃瘦肉啊，又没人逼着你买。"

"你，你……"工作人员的话如一根鱼刺，噎得孙小小差点背过气去。

孙小小来到工商管理局，办公室的工作人员说："这事你得去找消委会。"孙小小楼上楼下多次打听才找到位于洗手间旁边的消委会，消委会说："这事不归我们管，要找市场科。"孙小小又跑到楼上的市场科，市场科工作人员个个在电脑前忙着，没人搭理他，他靠近其中的一个电脑旁，发现电脑屏幕显示的是股票行情。工作人员抬头看看孙小小，问他什么事。孙小小将注水牛肉的事告诉他，工作人员说："这是小事，你直接找工商所就行了。"

孙小小垂头丧气地出来，又去到农业部门，反映蔬菜农药残留的问题，农业部门的工作人员倒是非常热情，又是请坐又是倒茶，盛赞他的发明很有创意，很有市场前景。最后工作人员对他说，"我们对你的发明很有兴趣，我们共同开发这个产品怎么样？我们有指导市场和占领市场的优势，你跟我们合作，我们可以实现双赢。"孙小小听得云里雾里，连忙说："你搞错了，我不是来寻求合作的，我是来反映农药残留问题的。"工作人员把手一挥，示意孙小小停下："这个用得着你反映吗？谁不知道是蔬菜都有农药残留，吃死了是你倒霉。"

孙小小彻底绝望了，他当着工作人员的面，将食品安全鉴定器用力摔在地上。瞬间，地上一摊红色的液体四散开来。孙小小听见自己心脏撕裂的声音，"吱吱"作响。

　　第二天，人们发现，孙小小的饭店关门了。

　　孙小小不知所踪，有人说，他去了北京，有人说，他回了乡下。不过这都是猜测，没人会去考究。

◎葛成石点评

　　孙小小满腔热情搞发明，信心满满地作市场检测，又满怀希望地层层反映问题，最后心灰意冷地自毁发明成果。其实孙小小并不比别人聪明，他所知道的现象大伙儿都懂；发明食品安全鉴定器，完全是多此一举。精巧的小小说如一个耐人寻味的谜，作者将该否定的否定完了，谜底似乎不难想到了：食品已毫无安全可言，但除了制度和良知，其他啥也不顶事儿！但制度和良知来自哪里？孙小小，或者说他代表的有良知的人，是继续努力，还是放弃？结局又是一个谜，相信读者都愿意选择前者。

聊天惹的祸

　　我那上初三的儿子，真让我烦透了，眼看就要中考了，还整天守着电脑，跟网友聊天。道理讲了一箩筐，还是炒韭菜搁葱——白搭。正处青春叛逆期，骂是骂不得，打更打不得，就差我叫他"爹"了。

　　一天，值儿子冲凉的机会，我看了他没关的QQ，这时，一个叫"宝贝儿"的头像一直在闪，我点击一看，一行字显示出来："歌歌，想我吗？"我气不打一处来，回了一句："不知羞耻！"然后我看了她个人资料：宝贝儿，女，20岁，大学生。照片是个大美女。

　　我的心不由动了一下。

　　那边很快就有了回信："你今天怎么了，以前可不是这样啊？"

　　我在键盘上打着："烦你！"

　　她回答："有什么烦心事跟我说说吧，只要能使你开心！"我心中莫名涌起一股暖意，竟然忘了自己的"使命"，鬼使神差地跟她聊了起来，不知不觉地，时间飞逝而去。

　　儿子QQ是自动登陆，但逢儿子离开电脑，我就上去跟"宝贝儿"聊天。慢慢地我体会到了聊天的惬意，我有一种初恋般的感觉，一日不见"宝贝儿"我就像丢了魂一样，我对她发起了爱的攻势。"宝贝儿"经不住我的甜言蜜语，终于答应在"情人咖啡屋"与我约会……

朱红娜·小说卷

一整天，我都处于亢奋状态，在心里千百遍地描绘着"宝贝儿"的靓丽容颜，期待着与"宝贝儿"的约会。好不容易挨到夜幕降临，我精心装扮了一番，不禁对镜中的自己颇感欣喜。都说恋爱使女人漂亮，其实，恋爱同样使男人显得年轻与自信。虽说已到了四十，但是"男人四十一枝花"，现在的年轻女孩都喜欢成熟稳重的男人。我此刻觉得自己就像是一枝正在盛开等待女人采摘的花。

　　离约定的时间还有半个小时，我却早早地来到了"情人咖啡屋"，选择了一个最佳的位置，我要好好地享受我的"爱情"。按照预先的约定，我在咖啡桌子上放置十一枝玫瑰作为约会标记。坐在咖啡屋的角落里，我却紧张地注视着进来的每一个顾客，等待佳人如期而至。正在我等得焦急难耐的时候，一个身材高挑、长发披肩、气质颇为高雅的妙龄少女向我缓缓走来。她就是"宝贝儿"！我的心激动得快要跳出来了，她正如我想象了千百遍的美妙佳人，我赶紧迎上前笑着跟她打招呼："你好，宝贝儿！"她狠狠地瞪了我一眼，嘴里吐出一句"神经病"，昂起头从我跟前经过，留给我一个高傲的背影。

　　我悻悻地回到座位上，脸上火辣辣的，仿佛当面被人掴了一巴掌。这时，一个中年妇女矫揉造作地走到我面前："你是'歌歌'吗？"

　　我一时反应不过来："你是？"

　　"我是'宝贝儿'啊！"

　　"什么，你……你不是二十岁的大学生吗？"我张口结舌。

　　"彼此彼此，你不也说你是一个中学生吗？可你的年龄起码比中学生大了一倍以上吧！"她得意地说，"我们不是很相爱吗？见到你我更爱你了。""宝贝儿"肥胖的身体往我身上靠拢过来，浓重的劣质香水味直刺鼻孔，脸上厚厚的脂粉在橘黄色的灯光下闪着惨白的亮光。我全身起了鸡皮疙瘩。天啊！我怎么会跟她讲那些甜言蜜语呢？都是这见鬼的聊天惹的祸。我真恨不得有一条地缝让我钻进去。

梦月集

我们尴尬地坐在一起，我任凭她自顾自地表演。过了一会儿，她向我借手机要打一个电话，出于男人的绅士风度，我把手机借给她，她拨了号码却没有等通话便把手机还给了我。我如坐针毡，便提出跟她分手。

　　"好啊，但是你得赔偿我的感情损失费。"她冷冷地说。

　　"你怎么能这样！你这是痴心妄想！"我怒从心生。

　　"我已将你跟我的聊天记录打印了下来，如不赔偿，我会把它交给你老婆。你的电话号码已留在了我手机里，你是逃不掉的，明天下午 5 点钟以前将 5000 元汇到这个账户上，否则，你等着瞧吧！"她露出了比魔鬼还狰狞的面目，甩下一张写有号码的纸扬长而去。

　　我如一只泄了气的皮球瘫软在那里。

　　一回头，蓦然发现，儿子站在我的身后，他羞愧地说，"爸，我知道错了，我不该迷恋网恋，你放心，不用理她，老妈那我有交代。"

　　我用力地抱住儿子，紧紧地，生怕一松手他就溜走。

◎葛成石点评

　　这不是一个老套的网络欺诈故事，要是这样，真算不得好小说。但你若不看到结尾的话，你会认定这分明就是一个网络欺诈故事。看到末尾儿子的出现才猛然醒悟，文章的重心不在"骗"，而是何以"被骗"，原来"我"还不如这个让人"烦透了"的儿子，落个让儿子来搭救的下场，又有何面目指责正处叛逆期的儿子难教呢？此文的意味在这里。但作者的用意是不肯轻易暴露的，所以前文故作愚拙，让你在心里笑作者蠢得不行的时候，结尾来个华丽转身，与前文的"拙"形成巨大反差，这就更见文章的"巧"了。

你别逼我

周小丽与吴东娴曾经是对好姐妹，好到同穿一件衣服，同睡一张床，好到吴东娴连男朋友偷摸了她身体的某个部位都告诉了周小丽。

但是好姐妹翻起脸来同样六亲不认。

第一次翻脸是因为吴东娴的男朋友袁大头，袁大头是吴东娴给他男朋友起的外号，他们是高中同学，吴东娴考了师范学校，袁大头考了农业大学。毕业后吴东娴跟同学周小丽就分配到县里的这间小学，而袁大头分配到了邻县的一个农业局。袁大头从邻县第一次来到他们的学校，第一次见到周小丽，袁大头眼睛就直了，吴东娴挥手一拍袁大头的头，袁大头才从失态中清醒过来。

"怎么样，我没说错吧，帅吧！"吴东娴得意地向周小丽挤眼。

周小丽嘴上说情人眼里出西施，心里却在笑武大郎是第一，袁大头就是第二。

袁大头离开的几天后，矛盾就来了，袁大头写了一封信给周小丽，从头到脚赞美了她一番，凭着女孩的敏感，周小丽知道袁大头不是好人，她没有隐瞒吴东娴，当然隐瞒也隐瞒不了，那信封上的字烧成灰吴东娴都能认出来。吴东娴怎会嗅不出袁大头这信里的腥味，心里只埋怨周小丽不该对袁大头这么热情。

更严重的问题发生在第二天，吴东娴竟然收到袁大头要分手的信，直言不讳说他爱上了周小丽，要追她。"狐狸精狐狸精狐狸精"，吴东娴一边撕信一边骂周小丽，刚好被回到门边的周小丽听到，周小丽也正收到袁大头的求爱信，差点要吐，便气不打一处来，"你再骂一遍？""狐狸精狐狸精狐狸精"，吴东娴向着周小丽又是一顿骂。"你别逼我。"周小丽气得脸都紫了。"就是狐狸精。"吴东娴不依不饶。周小丽将随手端的一杯凉开水泼到吴东娴脸上，一场厮打就闹到了全校师生无人不知的地步。教育局为惩罚周小丽，把她调到了一个附城的小学。

一对好姐妹从此彻底决裂。

第二次的翻脸还是因为这个袁大头，袁大头二十年后成了袁县长。袁县长那天去医院检查身体，在门诊大厅，袁县长看到一张熟悉又陌生的脸，熟悉是因为一眼他就认出了周小丽，陌生是这张脸时隔二十年才再一次见到。周小丽二十年以后的脸仍然像一块磁铁黏住了袁大头的目光，袁大头的眼睛久久停留在周小丽的脸上，心里直懊悔当初被周小丽严正拒绝为什么不一直坚持追她，以致被吴东娴吃了回头草，也让他这个县长心里一直无法平衡，好在外面还有一大堆漂亮女人满足自己，才不至于每天看吴东娴满脸横肉，现在别说让他进入吴东娴的身体，连跟她进一个房间他都想呕。

周小丽让袁大头睡不着觉了，袁大头再次跟别的女人上床的时候，嘴里一直就叫着"小丽，小丽"。但小丽每次听到袁大头的电话就拒绝接听。

如今的袁大头可不是当初的袁大头了，如今的袁大头想得到什么就能得到什么，他当然要得到周小丽。

袁大头没有兴师动众，而是只叫了司机和秘书，就直奔周小丽的学校，这可吓坏了学校的校长，又是遣人买水果，又是要向镇里汇报。"免了。"袁大头手一挥，只留下他和周小丽在办公室。外面早已围满了看稀奇的老师与学生。袁大头对周小丽说了什么没人听到，只听到周小丽气愤地说，"你别逼我。"

后从办公室跑了出来。

袁大头奇怪的行动早有人报告给了已是教育局局长的吴东娴。吴东娴这瓶醋坛子顷刻摔得满地碎片，她不敢在袁大头面前摔，她一个电话把周小丽叫到教育局，破口大骂："你这狐狸精，二十年了，淫心不改。"吴东娴，你嘴巴放干净点。"我就不干净了，你能怎么地？"吴东娴随后甩给她一张调令，周小丽傻眼了：调往本县最边远的山区小学。

周小丽把调令甩回给吴东娴，一字一顿说："你别逼我。"

"我就逼你了，限你下个月之前报到。否则，以自动离职论处。"吴东娴咬牙切齿，脸上的横肉乱颤。周小丽终于主动拨通袁大头的电话。

那一晚，周小丽在全县最不显眼的酒店定了房间，与袁大头相聚。

第二天，周小丽打扮一新，雄赳赳去到吴东娴办公室，将一张光碟放在吴东娴面前说，"这就是你逼的，这张光碟我同时寄给了纪委。"说完头也不回走了。

周小丽听到吴东娴后面"哇"的一声号叫……

◎冯丽琴点评

这篇小说的精髓就在于塑造人物形象个性鲜明，各具特色，力矫时弊，主题挖掘深刻，很客观而真实地反映现实生活。故事看似平淡，却平中见奇，细读怎么也让人笑不起来，五味杂陈，不免产生对人性复杂的喟叹。

有些事情往往事与愿违，并不是我们想象的那么简单，朋友之间反目成仇的现象也是常有的事。然而文章揭示的并不是单纯的友情，透过文字的背后，让我们看到扭曲的心灵画面，折射出当今社会的人情世态，为情所伤，为情所累，人性之美到底在哪里？又似乎让人们看到多行不义必自毙的可憎可恶的后果。袁大头是一个人面兽心之人，贪恋美色，情感不专一，是典型的贪官污吏的代表人物。女友心胸狭窄，头脑简单，不分好歹，不择手段以权压人，是嫉妒报复的一类人，而"我"是夹杂在他们之间的受害者，对那些丧失了人性和社会伦理道德，几乎没有人情味的人和事，敢于伸张正义，有胆有识，不怕权力是小说歌颂和极力赞美的。语言质朴，清新自然。

"你别逼我"这句话在小说中反复出现了三次，一方面扣题，是故事推动情节发展的线索，另一方面突出"我"的气恼和无奈，也为情节的发展做铺垫。女朋友的荒唐无耻，以权压人的行径，使"我"在被逼无奈的情况下，不得不拿出最厉害的一招，给那些以小人之心度君子之腹的人予致命一击。文章处处紧扣一个"逼"字，如数家珍般道出事情的原委，毫无半点虚构和矫揉造作，给人真实的感觉，不由为作者深邃的思维，敏锐的观察力和丰富的想象力喝彩。其艺术技巧的体现自不必说，在曲折情节的安排中蕴含道理，尤其结尾让人回味无穷，发人深省。

朱红娜·小说卷

风乍起

　　走？不走？劳中天被这个问题困扰了一个晚上。

　　时钟敲响了 12 下，劳中天的脚步还没停下，来来回回地，思绪比时钟还快。

　　"天气预报说，明天有强台风，夹带暴雨。"老婆说。

　　劳中天快步走进房间，随手拿了几件衣服塞进袋子。

　　他做出了一个重大的决定：走！

　　汽车在无人的街道极速前行，很快驶出了灯火辉煌的城市。夜色似一块黑布挂在劳中天面前，他鹰隼一样的眼睛顿时失去光亮，汽车在黑暗中左摇右晃，他感到从未有过的吃力、恐惧与慌张。

　　欲速则不达。父亲一直告诫他说。

　　但他从未听进父亲这句话，反而像支火箭，"嗖嗖"往上蹿，没几年，就做到了书记。

　　为什么早不听父亲的话？劳中天后悔，但太晚了，世上从来就没有后悔药。

　　狂风突然掀起，雨滴像石子一样砸在窗玻璃上，瞬间，狂风暴雨铺天盖地，仿佛要把劳中天连同他的车子撕烂。

　　"不是预报明天才有台风吗？他妈的，老天也跟我作对。"劳中天恨恨地骂了一句粗话。眼前已根本看不到路，但劳中天不能停下来，他已无法停下来。

　　第二天，与往日一样，日报上头版头条还是劳中天的图片加新闻，但不一样的是，他漂亮的照片已加了黑框，醒目的黑色标题磁铁般吸引了全市人们的眼球：台风强降，书记抢险遇难。

劳中天父亲顿足捶胸，口中喃喃不停："罪孽啊，罪孽啊……"

◎程思良点评

这篇闪小说，写贪官却于贪不着一字，含蓄蕴藉。标题画龙点睛，结尾极具讽刺意味。有道是，天网恢恢，疏而不漏。眼前无路想回头，晚矣！当"风乍起"时，嗅觉灵敏的主人公知道末日来临了，该何去何从？他做出了一个重大的决定：走！但作家却并未直接点明这"走"的真切含义，而是于结尾给出了一个扑朔迷离的呼应，留下了丰富的想象空间。

送　礼

　　年终到了，晓风拿到平生第一笔奖金，按捺不住兴奋的心情，盘算着该给爷爷奶奶、爸爸妈妈、外公外婆、叔叔阿姨们都买些礼物，还要给一直关心爱护自己的老师送上一份心意，毕竟自己工作了，该是感恩的时候了。这样算下来，奖金也就所剩无几了

　　这时，办公室老吴凑上前来，瞅瞅周围没有别人，悄悄地对晓风说："晓风啊，发了这么多奖金，有无向领导表示表示啊？"

　　晓风看看老吴，不知老吴葫芦里卖的什么药，慌乱地摇摇头。

　　"年轻人，要学会尊敬领导。"老吴意味深长地拍拍晓风的肩膀，微笑着走了。

　　晓风不知所措，自己刚刚参加工作，从未有这方面的经历，该怎么送，送什么，晓风一概不知。

　　晓风找了个比较要好的同事，问他该怎么办。

　　"这是所里一贯的风气，大家早已心照不宣，每到年节都会给所长送礼，如果谁没送，谁就有可能穿小鞋。对了，老吴是所长的一个远房亲戚，他是在提醒你呢。"老同事毫无保留地告诉了晓风。

　　晚上，晓风辗转反侧，一宿未眠。

　　第二天，晓风找准一个没人的空当，悄悄对老吴说："老吴，

谢谢你提醒，我去领导家了。"

"好，好，年轻人，不错。"老吴一副长者的姿态。

"局长说，自家人，就不用客气了，他拒绝了我的礼物，还严厉地批评了我，说我不学好，尽学这些歪门邪道的东西。"晓风很是得意地对老吴说。

"什么？你去局长家了？局长是你亲戚？你怎么不早说。"老吴怔怔地愣在那里，脸上堆满了尴尬。

晓风不置可否地笑笑，头也不回地走了。

晓风刚走，老吴就拿起了手机，拨通了所长的电话。

第二天，晓风收到了老吴和所长送来的礼品。晓风问老吴，"你不是说要学会尊敬领导吗？这领导咋给我送礼物了？"

老吴一脸献媚，"一样的，一样的。"

◎程思良点评

　　假作真时真亦假，真作假时假亦真。面对老吴的惊问，晓风只是不置可否地笑笑，头也不回地走了。小说的结尾留下了丰富的想象空间。

朱红娜·小说卷

手　痒

　　王某喜玩麻将，已到了痴迷的程度，除了上班，就是麻将，几乎每天不间断，到了周末，更是连轴转，常常手都麻了，硬是不愿下台，真正是雀桌上的"钢铁战士"，圈中人都叫他"雀王"。

　　"雀王"雀龄不长，但悟性很高，不但能准确无误摸出所有的雀牌，还能猜到别人手上的牌。因此，他时常"手气不错"，但"赢的都是糠，输的却是米"，赢了请大家大吃大喝，输了一分都不能少，所以，"雀王"的工资除了打麻将已所剩无几。未婚妻对"雀王"的行为非常不满，先是规劝，再是吵闹，最后提出分手。"雀王"自知理亏，更怕未婚妻飞了，多次痛下决心改邪归正，但最后都是虎头蛇尾。

　　又一个周末，未婚妻要"雀王"一齐去购买准备结婚用的家具，"雀王"不屑一顾地说："你自己去吧，我约了朋友打麻将。"未婚妻一听气不打一处来："好吧，你打你的麻将，我早就不想买了，我们从此再无关系！"说完就收拾房里自己的东西。"雀王"一看慌了，赶紧哄劝未婚妻，但她好像去意已决，提着东西硬要出门。"雀王"感觉大势不妙，大声嚷道："我戒还不行吗？"随手拿起菜刀朝自己的手指砍去，刀落指飞，鲜血四溅。未婚妻吓呆了，赶紧帮助止血，与赶来的雀友将"雀王"送往医院，所幸及时，断指还可再植。

　　在医院住了十多天，断指基本痊愈。回到家里，雀友们过

梦月集

来慰问，一番闲聊过后，"雀王"说："我们开台吧，十多天没玩，手痒极了。"雀友们面面相觑。

◎程思良点评

　　作家以幽默风趣的语言，活现了"雀王"形象。结尾的凌空一闪，入木三分地刻画了"雀王"对麻将的痴迷，让人拍案叫绝。

局长有几个爸

一上班，大家就听到一个不大不小的消息：局长爸爸死了。

办公室正商量包香仪的事情，按照惯例，一般人员家属逝世香仪100元，科长家属200元，副处长家属300元。局长是正处，以往没惯例，有人提议400元，马上有人就担心，4不是吉利的数字，局长又是小心眼的人，最少也要500。500就500吧，局长爸爸身体不好，每年都要住院几次，每次住院大家都要慰问，一年也不止500，长痛不如短痛，这次就算是最后一次了。大家就非常不情愿地窸窸窣窣掏出5张百元大钞，最后舒了一口长长的气，有一种劫后重生的轻松感。

烟枪老黄捏着瘪瘪的钱包叹气："这个月的烟钱又没了。"张姨郑重宣布："本月本人戒麻将，谁诱惑我当敌人论。"大家吐吐舌头，张姨的敌人太多了。

不久以后，办公室主任一句话让大家魂飞魄散："局长的爸爸又住院了。"张姨从椅子上弹起来："不是已经死了吗？我们都亲自参加了他的葬礼了。"

主任不咸不淡地说，"上次死的是二爸，这个是亲爸，大家看着办吧！"

大家你看看我，我看看你，都心知肚明，无可奈何地掏出了钱包。

老黄自言自语："怎么死的不是局长亲爸呢！"

年终的时候，大家正在埋怨物价疯涨、人民币贬值、人情债重的时候，办公室突然进来一个 60 多岁的老头，手里拿着一大叠烫金请柬，笑容可掬地对大家说："小儿结婚，务必赏光！务必赏光！"

众人面面相觑，没听说有谁结婚啊，单位都没单身汉了，难道谁二婚不成？

老黄问老人："谁是你儿子啊？"

老人很自豪地说："我是你们局长的三爸。"

张姨一屁股跌坐在椅子上，没坐稳，跌了个四脚朝天……

◎程思良点评

　　故事情节似乎荒诞不经，其实是对生活的艺术再现。夸张的背后是真实。小说寓讽刺于幽默，所揭示的不正之风耐人寻味。

旺　旺

　　男人一副很乖的样子，尽力讨好老婆："老婆啊，你是咱家最辛苦的功臣，长年累月在家操持，也该放松放松了。这不，世博难得在中国举办一次，你就去开开眼界，见识见识吧。"

　　女人斜了男人一眼："你陪我去？"

　　男人很无奈地说："我真想陪你去呢，可我天生就是劳碌命，哪里走得开哦。这样吧，叫小妹陪你去，费用我全包。"

　　"你是想支走我，自己去风流快活吧。"女人无动于衷。

　　"老婆啊，你还不知道我吗？你给我一万个胆，我也不敢呢。你就放心去吧。"男人继续哄着老婆。

　　"好吧，谅你也不敢。"女人得意地看着男人，看得男人直打哆嗦。

　　终于送老婆去了机场，男人深深地呼了一口气，即刻掏出手机，兴奋地喊："小丽啊，我老婆上飞机了，你赶紧过来吧，我半个小时就到家。"男人边打电话边把汽车开得飞快。

　　女人坐在候机室，越想越不对劲。自己要出远门，老公一点也没难舍难分的样子，反而是露出了一股隐隐的开心。女人决定侦察一下，不打老公电话，直接打家里座机，只听电话传来"汪汪，汪汪"的声音，女人知道是"旺旺"接的电话，就问旺旺："领导在家吗？""汪"旺旺叫了一声，女人就知道男人回家了。"家里有几人？""汪，汪"旺旺叫了两声，女人就知道家里有两个人了。女人又问："他们在干吗？""哈，哈，哈……"女人听见旺旺喘气的声音，就知道男人在房间里干什么了。

女人挂掉座机，就拨了老公的手机。男人一看来电显示，吓得魂飞魄散，小丽正在兴头上，气不打一处来，抢过手机，对着手机"汪汪，汪汪"乱叫一通。

◎程思良点评

俗话说，事出反常必有妖。男人的举动反常，难怪会引起女人的警惕。不过，小说中更让人惊奇的是一条叫"旺旺"的训练有素的狗，它的神奇表现，令人捧腹不已。婚姻得靠一条狗来监护，也让人五味杂陈。

朱红娜·小说卷

评　优

　　又到了一年一度评选优秀的时候了，办公室六个人，评选一名优秀，优秀人员奖励一个月的工资。

　　跟往年一样，每到评优的时候，就是主任头疼的时候，主任头疼的不是他自己能不能评上，主任不在同一个档次，不占用办公室名额，也没有投票权。主任头疼的是优秀每年都难产。

　　会上，主任照例宣读了评优的重要意义，优秀人选的条件，最后强调大家要发扬高风亮节的精神，实事求是评出品格高尚，工作积极，成绩突出的优秀人员。

　　大家做了简要的总结后，投票开始。

　　主任当众亲自唱票，结果不出主任所料：每人一票。

　　大家神情冷漠，主任面露难色，宣布本轮投票无效，继续投票。

　　办公室最清闲的工会干事华姐站立起来："慢慢投，我先上个洗手间。"

　　会议有些小小的骚动。

　　资料员劳叔的手机响起了短信提示。

　　第二轮投票结果：华姐 2 票，劳叔 0 票，其余都是 1 票。

　　主任非常不情愿地宣布："本年度优秀人员：华姐。"

　　劳叔唯恐有错，再次看了看短信：你投我一票，奖金咱们二一添作五，双赢！

　　最后，劳叔把短信收藏在了文件夹上。

　　不是出以公心，而是各怀心思，唯求私利，难怪结果难产矣！最后虽然评出结果，依然是私心作怪的产物。如此评优，早已失去意义。

朱红娜·小说卷

秘　密

领导养了两条狼狗看门，很凶，一般人根本进不了领导的门。

"我为何养狗，因为狗是我最好的盾牌，凡是想求我办私事的，想贿赂我的，一见到我的狗，都望而却步。所以，一直以来，我能保持洁身自好，清廉如初，我的狗功不可没。"

领导总在大大小小的场合口沫横飞，大谈他的狼狗反贪理论，廉洁自律成效。

新来的小蒙反复咀嚼了领导的讲话，对领导的高瞻远瞩绝妙方法佩服得五体投地。

领导非常赏识小蒙，经常在大会小会上表扬小蒙，说："小蒙是一个难得的人才，我们要好好爱护栽培优秀的人才，把我们优秀的人才打造成国家的栋梁。"

很快，小蒙就得到了提拔重用，并且如坐火箭，两年一小跳，三年一大跳，一路直线上升。

大家奇怪，小蒙没有靠山，怎么升得那么快呢？

从领导家里搜出一千多万现金，一大批名酒手表金银饰品名人字画等名贵物品。众人无不惊讶。

"一开始狗一见到我远远就对我狂吠，领导听到狗吠根本不会开门。最初的两个月每天晚上我都买骨头给狼狗吃，后来狗见到我再也不吠了，老远就摇头摆尾拖我裤腿，我与狼狗都成了朋友，领导自然就开门了。"小蒙在交代问题的时候道出

梦月集

了他升迁的秘密。

朱红娜·小说卷

局长不是我亲戚

新来的侯强跟局长一个地方口音，有传是局长亲戚，有人问侯强，"局长是你亲戚吗？"侯强笑笑，"我想是啊，可惜不是。"

不是局长亲戚的侯强很快跟大家打成一片，很得大家的好感，大家在侯强面前从不忌讳对局长的不满，有说局长贪，有说局长狠，有说局长色，更多说局长阴。侯强也对局长不满，说："老乡老乡，背后一枪，局长从没给过我好脸色，我是不指望他关照了。"

单位人事变动，空出一个副科职位，领导班子讨论人选，季副局长率先提出了侯强，局长拍案而起，"不行，侯强才来几天啊，虽说是我老乡，但不能用人唯亲。"季副局长一副刚正不阿，正气凛然的样子，清清嗓子，说："局长错了，我提出侯强并不是因为他是您老乡，而是侯强确实是一个人才，侯强虽来时间不长，但他的表现是有目共睹的，待人诚恳，做事勤快，人缘甚好，乖巧听话，电脑又熟，是一个非常理想的提拔人选。"季副局长顿了顿，转向其他领导，"大家说是不是？"

其他领导都蒙了，局长和季副局长关系最好了，好到同穿一条裤，同一个鼻孔出气，今天这是怎么了，竟然相互抬杠了，不知他们葫芦里卖的什么药，个个默不作声。

"既然大家都没意见，那就按季副局长的意思办吧！"局长很不情愿地宣布。

梦月集

消息很快传到大家耳朵里，大家议论纷纷，原来侯强是季副局的人啊。

侯强兴奋得语无伦次，"意外，意外，纯属意外，我请大家喝酒。"

晚上，侯强打电话跟局长说："姨父，您真厉害，我会向您学习的。"

◎程思良点评

世上没有无缘无故的爱。新来的侯强能很快得到提拔，也不例外。小说构思巧妙，先不断渲染新来的侯强跟局长没有关系，接着波澜突起，侯强意外得到提拔，引人遐想，原来侯强是季副局的人！殊不知，实况并非如此，结尾再掀一波，真相大白。至于关系好的局长和季副局长在领导班子讨论副科人选时各吹各的调，乃一红脸一白脸的做戏，避嫌而已。好一个"领导艺术"！

朱红娜·小说卷

心　魔

　　石川的手剧烈颤抖着。

　　拿？不拿？石川纠结了很久。

　　最后一次，这次以后再不拿了。石川下了决心，双手颤抖着伸向那堆东西。

　　其实这样的决心石川下了很多次，每次都是最后一次却又不是最后一次。石川知道不能拿，但只要一见到那东西，手就控制不住颤抖，且越来越抖得厉害。只有拿了那些东西，手才能安稳。

　　是否跟儿时的事情有关？提起那段记忆，石川很是羞愧，很小的时候，石川就喜欢吮拇指，一天到晚拇指含在嘴里，母亲最初在拇指上涂风油精，后来将他的拇指用胶布缠着，但都无济于事。如此到了七八岁上学了，他还是无法控制吮拇指，经常遭到同学们嘲笑。"丢人啊！"父亲气得对他咆哮，但他依然如故。后来父亲狠了心，拿着一把菜刀，要把他的拇指斩了，吓得他跪在父亲面前一直求饶，总算保住了那根拇指。说来奇怪，自此之后，他一次也没吮过拇指了。

　　如今，这颤抖的双手又是怎么了？他去看医生，可手好好的，一点也不抖。医生开了些治疗神经的药，让他早中晚服用三个疗程。药没吃完，手又抖了，这次手抖得更厉害，东西没拿稳，"啪！"掉在地下，摔得粉碎。石川心疼不止，这可是难得的宝贝啊！石川再次去到医院，这次医生摸着他的手左看右看，神情严肃地告诉他，"你这只手别看表面油润厚实，骨头已经腐化变质了，要截肢才能保住生命。"医生绑住他的手，锋利的手术刀在他面前闪着白光……"不！"石川大声呼叫。旁边的妻子被他吓了一跳，"又做噩梦了？"石川伸出双手，紧紧抚在自己脸上，"哇"的大哭起来。

◎程思良点评

　　小说构思精巧。常言道，日有所思，夜有所梦。在邪路上越走越远的主人公，梦中面对医生锋利的手术刀，他惊恐不已。回到现实生活中，面对诱惑，他会收手吗？小说并没有明确给出答案，而是留下了悬疑。不过，文中穿插往事，以儿时往事暗示"心魔"并非不可控。

朱红娜・小说卷

博士的难题

　　他们大学同窗，大二的时候，他们拍拖了，偷偷吃了禁果，岂料一次就"中彩"。她独自一人去了医院。

　　以后他们吸取教训，小心谨慎，确保措施，但还是发生了一次意外，她又是一人去了医院。

　　好不容易就要毕业了，她等着结婚，他却告诉她要考研。

　　"那我怎么办？"她问。

　　"你可以跟我一起考或者找工作啊！"他说得很轻松。

　　"那孩子呢？"她双眼瞪他。

　　他一听惊呆了，"怎么又有了呢？"

　　"你问我我问谁！"她冲他大声嚷，"要么找工作，要么分手。"

　　他选择了分手，然后潜心考研，终于如愿，以后再读博士，成绩斐然，攻克了许多学术难题，最后留在了学校，娶了个才貌双全的学生，生了个人见人爱的女儿，可谓是一帆风顺，美满幸福。

　　妻子生日，他心血来潮，决定亲自下厨庆祝，兴致勃勃与妻子去市场买菜。逛至一菜摊前买青菜，摊主猛一抬头，四目相对，惊诧不已。旁边一个七八岁的小男孩正帮忙拣菜，那五官容貌俨然小时候的他。

　　他丢下青菜，拉起妻子落荒而逃。

　　次日，他再次去到菜摊，菜摊已空。再去，换了摊主。

　　此后，他似变了一人，郁郁寡欢，头发一撮一撮地掉，妻

梦月集

子不解，追问。他慨叹说："遇到一道世界性难题，无解。"

◎程思良点评

　　男人与女人的那些事儿，说不清，道不明，往往扯不断，理还乱。难怪小说中男主人公要慨叹："遇到一道世界性难题，无解。"然而，果真无解么？倘若当初他选择了另一条路，结局也就别样了。

你的衣服真好看

"你的衣服真好看。"每次在电梯上遇到姜梅，吕荔总是无话找话，一副很热乎的样子。姜梅眼睛向吕荔瞟了一瞟，嘴角向右撇下，吐出一句，"是吗？"

吕荔是单位的副手，一人之下，百人之上，平时就像高昂的公鸡，头永远向上，连一把手也不在她眼里。

但吕荔怕一个人，怕姜梅，姜梅是市里领导的夫人，领导又分管吕荔单位，姜梅在单位就比一把手还一把手，偏偏姜梅又讨厌或者嫉妒恨吕荔，谁叫吕荔年轻又漂亮，还喜欢往市领导那里跑。

两个人又一次在电梯上遇到，这次姜梅穿得很漂亮，但吕荔头向上昂着，装作没看见。姜梅主动说："你的衣服真好看！"吕荔眼睛向姜梅瞟了一瞟，嘴角向右撇下，吐出一句，"是吗？"

小人！姜梅在心里忿忿骂道：如果不是老公病逝，她敢这样对我？

◎程思良点评

此一时，彼一时，寥寥二三百字，作家运用对比手法，生动反映了世态人情。

找媳妇

男人拍拖三年了，想结婚。

女友气轰轰，"拿什么结？"

男人说："拿个证就结了。"

女友白眼乱翻，"你就在乎那张破纸。Out！"书包一甩，走了。

女友是拒婚族，男人每次一提结婚，女友就吵架，就甩书包，就走。

男人对着女友的背影吼，"走了就别再回来。"

女友真的就没回来。

男人便去相亲。

第一次，女孩说："你才1.79米，我的标准是1.80米，没商量。拜拜。"

第二次，女孩说："你的月薪才八千，怎么买房，对不起。拜拜。"

第三次，女孩说："你父母健在，我父母健在，以后我们就要照顾四个老人，没办法。拜拜。"

男人相亲九十九次以后，决定改变自己。

男人买了6厘米高的隐形增高鞋垫，一下子增高到1.85米。

男人四面八方筹借了几十万，付了二手房的首付。

男人跟父母商量，说先脱离关系。

男人真的找到了中意的女孩，女孩温柔漂亮，贤惠大方，纯朴勤劳。

男人跪在女孩面前，"宝贝，嫁给我吧！"

女孩面若桃花，含羞点头。男人牵着女孩的手，飞奔着去民政局，男人开心得哈哈大笑。

"傻了吧唧的，想媳妇想疯了。"室友看着男人，拿脚踹男人。

男人浑身一激灵，醒了，刚做了一个梦。

◎程思良点评

　　曾经，洞房花烛夜与金榜题名同为人生最快意事，然而，当下的一些婚姻陋习却让人无语。爱情与婚姻的风花雪月被物质主义这头怪兽撕咬得惨不忍睹。小说中，在现实中碰得鼻青脸肿的男人，只能在梦中圆梦，令人不胜感慨。

以真乱假

最近，煤都市作协和红梅集团联合举办"梅苑杯"诗歌创作大赛，"梅苑"是红梅集团公司旗下的煤都超大型房地产楼盘。大赛设特等奖一名，奖金50万元，一等奖两名，奖金1万元，二等奖三名，奖金5000元，三等奖五名，奖金1000元。消息一出，全市哗然。作为拥有悠久历史的"文化煤都"，这次的大赛可谓真正体现了文化的分量。50万，顶多也就几百字，那可是字字千金啊，比诺贝尔奖金还要高出多少倍啊。全市人们激情高涨，磨刀霍霍，都想分大赛一杯羹。新华书店蒙着厚厚灰尘的各种诗集一夜脱销，男的女的，老的少的，个个写起了诗歌，大赛邮箱日日爆棚。

三个月后，评选结果出来，获得特等奖的是一名叫作王伟的作者，王伟何许人也？全市人们羡慕嫉妒恨的同时，开始了人肉搜索，不搜不知道，一搜吓一跳，全国竟然有88万个叫王伟的人，王伟如此强大，而他的诗歌却烂如淤泥。人们摇头质疑，但无济于事，大赛启事有一句：所有解释权归组委会所有。组委会宣布不举行颁奖仪式，全市人们望眼欲穿见识王伟庐山真面目的愿望泡汤。

不久后的某日，在煤都金豪大酒店一个包房里，红梅集团赖老板亲手将特等奖的获奖证书交到王伟手里，王伟问："有人知道这是我的笔名吗？"

赖老板微笑回答："没有，只有天知地知，你知我知。"

朱红娜·小说卷

"那就好。"

赖老板沉思良久，冒出一句："我可以冒昧地问个问题吗？"

王伟点头。

"为啥起个这样俗的笔名？"

王伟哈哈大笑，"这个叫作以真乱假。"

赖老板竖起拇指，连连赞叹："高！高！不愧是领导。"

◎程思良点评

　　小说构思精巧，布阵设疑，不断推进，当谜底揭出，反弹琵琶，果然"高招"。可惜，这"高招"用在了歪道了！小说揭露了化名王伟的领导不择手段以权谋利的劣行。

追求善与美统一的温情诗意

——朱红娜小小说读后感

■刘 珮

在我的阅读视野中，朱红娜小小说营造的温情诗意让我回味无穷。她似乎钟情于家庭题材的男女话题的叙写，而且特别关注女性的情感世界，在反映现代都市女性情感危机的同时，有异于批判学者尖锐的评判风格，总会出人意料地化无情为温情，犹如冬日的阳光，洒进人们的心坎，给予人们能够继续憧憬生活的希望。她的作品充满着柔情善意，给我们展示了忽略于喧嚣人群的寻常生活与自然山水的美，让我感受到自然的美丽、生命的美好。在我看来，这一切都源于作者追求善与美统一的温情诗意。

《寻找爷爷》是一篇感人肺腑、发人深省的小小说。文笔清新流畅，简洁精练，通俗易懂。小说中的爷爷在作者的笔下熠熠生辉。文中体现了旧时一对老夫妻朴素真挚的爱情描写。在这里笔者充分运用将老一代饱经沧桑的爱情与亲情苦难浓缩，并充分将其演绎与流露，惟妙惟肖。看此文，我忽然想起了一首歌谣："和团黄泥捏泥人，捏一个我来捏一个你，揉在一起再捏捏。捏一个我来捏一个你，我中有你，你中有我。"多么亲切感人的歌谣，令人眼中盈泪。可是，而今真挚的爱哪里去了？这是一个很重大和令人深思的问题。

朱红娜应该是那种热衷于以"温情"为元素，以"善"为创作主题的作家。同样是写"男人有外遇，女人受冷落"的话题，但在朱红娜的笔下却呈现出抑"恶"扬"善"的态势——在小说《两个谎言》中，"女人"以谎言试探"男人"，"男人"却以谎言保护"女人"，扶持她度过患难时期。作者虽然没有交代"男人"是否真的出轨，但却在"女人"的心里塑造了一个浪子回头的"男人"形象，在反映"男人出轨，家庭出现危机"这一社会现实中注入"温情"元素，给人以力量，给人以希望去相信，其实生活的美好还能继续。

朱红娜的小小说的"美"有两个方面，一是"美"在"温情"的"善"主题，二是"美"在缤纷的色彩以及诗意的画面。朱红娜小小说中的"缤纷色彩"首先来自人物的名称。如果你足够细心，就会发现，朱红娜喜欢以自然景物的名称来给作品的人物命名。如《失踪的闺蜜》中的"杨桃"，《花香》中的"蓝梅"，《两个谎言》里的"樱子"，等等，无一不是取自自然世界各色各样、有趣可爱的动植物的名称。其次，小小说里自然景物的描写也是造就"缤纷色彩"的"功臣"之一。《花香》中的"春兰"在自家的天井种满了各种各样的花花草草，"红红的茶花，淡淡的兰花，粉粉的月季"，还有"紫白相间的鸳鸯茉莉"，真可谓五彩缤纷的"花花世界"。然而不管是白色的"海鸥"、粉红的"杨桃"、血红的"樱子"、深红的"茜草"或是"红红的茶花，淡淡的兰花，粉粉的月季"，不知道你有没有发现，作者似乎更偏爱于使用暖色系的色调，也许是为了让"温情"的感受更浓重些吧，但同时却不自觉地与她的名字（"红"）相映成趣。

"美"是一种意境，意境美的营造总离不开诗意的画面。最后一次课结束了，"小鸥"对同学们说，"我教你们唱英文歌曲《雪绒花》吧"，"随即，教室里响起了小鸥与学生一齐唱的轻快优美的《雪绒花》"（《雪绒花》）。读到这里，我的脑海中出现了这样一幅画面：音乐响起的那一刻，整个教室就笼罩在忽然从天而降的"雪花"之中。"雪花"拂过同学们欢欣的小脸，却落在了"小鸥"辛酸的心里，融化，然后凝结成泪。多么凄美的意境啊！它就像是一首诗歌，在我心里不断吟唱，余音绕梁。《花香》里，不管是"汽车在狭小的山路上弯来转去"的情景，脸上漾着"淡淡的羞涩的微笑"的女人悠然惬意地忙活着的情景，抑或"山风吹得我们飘飘欲仙"的情景，都美不胜收。情、景、人俱皆相互交错融合，景中有人，人中有情，情中有景，景因人而增色，人因情而增善，情因景而添美，构成一幅幅大自然与人类和谐相长的美好画卷。

在朱红娜的作品里，无论大自然，抑或社会、生活中，善和美，无处不在。朱红娜在小小说的主题上展示了人性温情的善与美，在风格中营造了诗意的境界美，作品以情动人，清新委婉，使得她独具一格，脱颖而出。

（选自《中国小小说地图广东卷》）

朱红娜·小说卷

散文卷

野玫瑰，稻花香

那段日子，我们就住在一幢橘黄色的房子里，房子只有两层，远远地望去，像部队的营房似的。房子建在小山坡上，四周散落着一些农家。山坡上杂乱无章地长了些橡树、杉木、竹子以及矮小的松树等，当然，生得最多的还是那种被称为"相思柳"的小叶乔木，弯弯曲曲，密密匝匝地到处蔓延。

那时，农村还保留着"手工纺布"这一古老的作业。纺车是用木制的，开动起来，手和腿一刻也不能停，早早晚晚，便常能听到一些木纺机发出的吱吱呀呀温馨的声音，让人有一种时空错位、仿佛置身于远古农人生活场景的迷离之感。

我至今也不能回忆起来，那有着橘黄色的房子，是属于农场还是农科所的实验室。它的周围，有许多肥沃的农田和几片极丰硕的园子。尽管初夏的果子还不能完全的挂上枝头，田里的庄稼却已是袅袅娜娜的了。

下过几场雨水，满坡的嫩草泛过几层绿意之后，便到处缀满了五颜六色的小花儿。一阵不经意的轻风过后，草地上走来了一位抑郁的中年男子，脸上留着络腮胡子，头上低低地压着一张草笠，手里执着一根细细的竹竿儿，不时蹲下身去摆弄那些散放在草地上的细木箱子，随着"嗡嗡嗡"的一阵阵细微的声音过后，大群的蜂儿便绕着木箱钻了出来，游戏着，扑腾着，向着那些芬芳的花儿飞了过去。

这个抑郁的放蜂人，原本不时可以见着的，只是近来好像遇见的次数越来越少了，脸上郁结着的情形，仿佛也愈渐的沉重了。

正当我在因为那中年男子，而在莫名的迷茫、沉思之际，远处走来一个女孩，脚步很轻盈的样子，嘴里轻轻地哼着歌曲，不时弯腰去采撷一些花朵。我凝神地看着这样一幅清纯的景致，冷不防她已蹿到我的跟前，抬头嫣然一笑，手里举着一样东西，说道："给你！"

我接过来细细地看，很是诧异：那看上去带有几分野性的玫瑰花瓣儿，却分明的生长在竹叶之间！我心底忍不住浅笑，故作新奇地问："这是什么啊？"

"竹叶野玫瑰，我让它这样生长的！"她边说边带着笑声向外跑去。

"你叫什么名字啊？"

"静。"

"也住这场子里吗？"

她用手指指远处山边两间古旧的房子，又指指近处这个抑郁的放蜂人，片刻身影已然跑得远了，只留下眼前这朵异彩的玫瑰，放着淡淡的花香。

……

恍惚之间，总感到季节在拼命地生长，叶片一阵一阵地在枝丫上蔓青，颜色渐渐转深，各种植物破土的声音，仿佛竟能毕剥着地传来耳际，山岗上下四溢的花香也由浓转淡，各种果实或羞涩或大胆地陆陆续续出现在枝丫间，秋天丰硕的景象，在望得见的不久就会到来。而此际，我这一段寄居的日子就要结束了，我要告别我的堂叔，离开这个有着橘黄色房子的地方，去重新进行我那不尽的人生之旅了。

就在我将要离开的前一个晚上，那个有着迷离色彩的黄昏里，猛然间发现静竟然默默地立在我的屋子前，也许不知在那立了多久了。我心中一阵愧歉，忙邀着她去就近散散步。

沿了山坡下那片无边际的田野里走着，远处农家的灯火在朦胧的夜色里一闪一闪地亮着，一路的田埂小道，蛙鸣声此起彼落，在大片墨绿墨绿的稻田上面，不时亮着一二盏青白淡紫的萤光，一群群大大小小的飞蛾正不顾一切地向灯光扑去。

一直这样走着，两人竟没有什么言语。

"明天我要离开了。"我打破沉静，不知如何表达即将分别的话题。

她说："我知道。"声音是涩涩的，与前些日子见着的那份清纯欢欣的样子判若两人。说完依旧沉静的空气，被周遭夜浪微弱的喧哗覆盖着，远处近处几声狗吠虫鸣，夜在黄昏的景色中，一点点地变浓变深。

就在这时，我猛然发现静的睫间、脸上竟浸满了一行行楚楚的泪水！我正想探问，她说：

"今后，我家的蜂儿没人放牧了，我爸走了！……"说完这句话，静无限悲伤地抚着脸向家的方向跑去了。

许多年过去，生活的变迁，堂叔联系得少了，也没有有关静的命运的消息。那枚夹在书中的竹叶野玫瑰，已经褪了颜色。有关静、有关那个抑郁的中年男子，那些散失经年的缕缕稻香，却像一根根记忆的青藤，一直散布在我心灵的四周，无以挣脱。

（1989-08-06）

樱花梦

都说是樱花
淡淡的紫红
摇落满天的惆怅
沿着花骨朵铺满的路
春天悄悄地走来……

我们的脚步，轻轻地叩开小城的心扉，春天美丽的忧伤，笼罩在她的心头。我们匆匆地穿行于洁净的街道上，感受着一份陌生，一份亲切。毛毛雨打湿我们的肩膀，我们望着迷朦的山岭，望着山岭下美丽的檐瓦亭台。

来之时是一份淡泊的心境，一如面对这陌生的小城，心绪惶惶。三月的雨，飘飘洒洒，连日来，已感受不到一缕阳光的温暖。骤然见到的你，却笑容灿然，似春阳自云层里喷薄而出，无法用文字形容，只感到那微笑，时时溢在唇边。

你领我们登上阳台，观这小城风景。群山环抱下的小城，有如童孩儿堆在雨中的积木群，晶莹剔透，美轮美奂。街道边，树荫里，行人三三两两，撑着一把黑的伞，绿的伞，红的伞，缓缓地流动，宛如流动在春天的五线谱上，点缀着美丽的小城。对面阳台上，一个老妪，一个小男孩，身边燃了几炷香，轻烟袅袅，老小在这春雨迷朦之中，向着早春的三月频频作揖，是虔诚地叩谢这春天的到来，抑或在春天这个美丽的季节祈求上

苍赐福？

　　细雨继续迷蒙，轻盈地撑一把黑伞，走出虎山宾馆，远处，几行淡淡的紫红摇曳在轻风中，给这宁静的小城，灰灰淡淡的天空，平添了几分美丽，几分神秘，我问："是什么花？"你答："是樱花。"

　　哦！樱花？！……这就是樱花！多少回梦里隐约相逢，如今骤然出现在眼前的，竟是这般动人的倩影！那淡淡的一点紫，那淡淡的一点红，全然不像三角梅，红得异常抢眼，每时每刻，都想登上春之舞台成为主角——表现自己；也不似那紫茉莉，微风一起，已柔柔弱弱地掉了满地花瓣，流落了满地泪水——这春天的弱者！而你，却只不停地轻轻地摇，摇落满天的梦幻，摇落一地的诗情……啊，樱花！

　　"要是早些时候，花开得正盛，简直看不到叶子呢！"你说。我们走在树下，确确实实有许多碎小的花骨朵儿。或许，最不爱哭的女孩子，有时也会莫名的流些伤感的泪水吧，我心里这样想道。你的房子是最普通的房子。茶具是高陂的名瓷。床头的吉他已经断了三根弦，音乐里却依然流出贝多芬，莫扎特。那份午餐是难忘的！我的沉默已成一首伤感的诗篇，你的微笑却永远如那窗外的，远远的那行……樱花，淡淡的颜色，轻轻地摇。

　　说了许多徐志摩，戴望舒，新月派。约好于次日上午将途中出版的《大埔行》诗报送给你，你却病了。天气依然霉冷，雨丝飘飘洒洒地坠下，同伴嘟哝一句："见鬼呢，这春天都哪里去了？！"我脱口答道："春天病了。"同伴说："你这小子酸酸溜溜的！"大家便一齐笑起来，笑声惊飞了树上的鸟儿。

　　辞行前，仍然要拿飘飘洒洒的雨幕，迷蒙的山岭，山岭下的亭台楼阁，以及那淡淡紫紫的樱花做背景，留了张合照，不知是一点彷徨？一点依恋？

　　朋友送我们上车。同伴老是嘟嘟哝哝的生怕遗漏了代为告别的语言，我说：

一种伤感
徘徊了好几年
一句话
重复了许多遍……

正在此时，你出现了，在雨中擎着一把紫红色的伞，唇边依然挂着那淡淡的微笑，我望望远处的樱花，已不知你是樱花？樱花是你？只有那一抹淡淡的紫红。

汽车开走了。我在另外一个城市，才知道那不是樱花，是紫荆花，你和小城的人错把紫荆认为樱花，竟然也错得美丽！

不知我把你喻为樱花，有没错？

（1991-05-20，刊于 1991 年第 9 期《散文》）

长亭外

　　小时候听祖父说过，从外地来，由长乐（今华城）、齐昌至古嘉应州，是条非常有名的官道。现在径心一带旧时候曾有座停马楼，是专供官差歇息的地方，也就是通常说的驿站。古嘉应州人文荟萃，出过一代才子宋湘、诗人黄公度。而齐昌则历代多商贾，20世纪二三十年代，齐昌城就已有"小南京"的美称。因为城乡盛行纺纱织布，传说齐昌棉纱价格的涨落，会影响许多地方的棉纱价格。

　　差不多一个世纪过去了，在这一文一商两个地域之间，古道沐浴着历史的风雨依然蜿蜒其中。

　　认识这条古道，是在我初中毕业升入中等技术学校的日子里，那时已经到了20世纪的70年代末，古老温馨的马路已经毁坏得差不多。没有了官差"嘚嘚"的马蹄声，高大的桉树一棵一棵在风中摇着郁闷的头颅。常常可以看见路边的一位老头，赶着一辆同样破旧的马拖车，不紧不慢地刮平路面的沙子，遇到有机动车辆驶过，那马车的拖板就像蝴蝶的翅膀一样竖起来叠在一起。

　　及至我上了大学，依然在这条古道上不停地穿行。就在我大二的时候，爱上了一位齐昌城郊的女子，从此开始了那半带苦涩、半带幸福和温馨的异地恋。

　　古道上留给我最深的烙痕，是那枚永不磨灭的月亮。每逢秋冬时节，我总是坐早晚的班车来回于爱情的道路之上，在薄如蝉翼的晨晖或者暮色里，感受古道边所有人生葱茏的景致。在徐徐出发的旅途中，田野或清新或灰暗地迅速过去，农舍东一处西一处地出现在视野之中，依依有小桥流水。黄昏之后，那片月亮总是在山色渐浓之际来到古道的上空。这是一枚让人撕心裂肺的明月，冬天脆薄得像一块冰片般的透明，有时甚至可以见到它仿佛泣泪伤怀时的悲切样子，似是那宋朝婉约的词页里掉下的半阕词章。要是早晨，那瓣月亮却总是那样淡淡的挂在极高的上空。每每，从齐昌城头林立的店铺到由古嘉应州穿越而来的梅江河畔旖旎的风光，成了我人生情感两头辉煌的景色。槐荫灯影里的小城遮掩在几分神秘的暮色里，疏疏朗朗的几条街道迭现在眼前，古梅江的捣衣台边充盈着现代客家女子的笑声。在昏黄的街灯映照的一角品尝客家小吃，独自咀嚼一份浸染了古道风尘的爱情的滋味。

大学毕业之后，我曾一度想离开小城和美丽的古梅江，渴望从古嘉应州沿着古道经过停马楼，由齐昌及至古长乐的出口，走到很远的地方，去寻找人生的另一个驿站。古道却日复一日地穿透着我的灵魂。在工业粉尘飘飞、汽油味呛鼻的异乡，高速公路粉碎了庄田怀旧的梦想。

如今，昔日淡妆素裹的小城却已经变得妖娆，仿佛搽了浓浓的脂粉。那条古道也已改成了笔直的水泥国道，沿途再也找不到停马楼的遗迹了，广梅汕铁路上的列车从这片故土的腹地上呼啸而过。

祖父毕其一生未能在科场遂意，最后悻悻作古。父亲早年便不再专心读书，后来在琴江边的安流集镇上开了间铺子，专沿着古道到齐昌、到嘉应州做着小小的生意。而我回到家乡，祖屋依山傍水，虽已有几分破败，但却依旧宁静温馨。从此便在小城定居下来，默默地安排缀网劳蛛的一生。尽管现代社会已经没有了依依相送的十里长亭，心底却常常涌起那令人沉醉的旋律——

长亭外，古道边

芳草碧连天……

（1992-02-16）

黄　昏

　　清澈的梅江河水朝夕不停地流淌着，这段名不见经传的小小的江水，千百年来，却占尽了粤东历史人文的光芒与灵秀。梅江两岸，世世代代居住着客家人及其后裔，成为客家人最集中的聚居地。河的北岸，依次是黄遵宪的故居"人境庐"，以及叶剑英元帅的幼年求学之所"东山书院"。河的南边，是一片新崛起的城区，崭新的高楼大厦，仿佛春日雨后的植物般毕毕剥剥的一直向南生长而去。

　　居住在这样的小城，四季氤氲着清淡轻灵的气息。古旧的街景小楼，满城摇曳着的黄槐花，从田畴乡陌间走来的美丽的客家女子，给这宁淡古朴的城市，平添了几分妖娆，几分艳丽。

　　鼠年的春天，小儿莫凡已经是江南育才小学一年级的学生，学校建在临水的江边，叮咚的小城江水汨汨地穿越耳际，日夜不停。早早晚晚，我骑了一辆破旧的老式双杠自行车或笨重的国产摩托，负责接送他上下学。每天的黄昏之际，自城北的旧城区跨越古老的梅江桥，熔金般的落日正悬浮在粼粼的江水上，各种鸟类在窄窄的江面上盘旋着。街边的黄槐花绿了又黄，黄了又绿，已经不知多少次的将它那碎碎的叶儿花儿涂满一地，涂在人们的头发上面，衣肩上面。

　　就是在这样的季节，满城摆放的，都是山中新鲜的水果，三月李，四月枇杷，五六月间的橘子。我接了刚刚放学的凡儿，在一位老妇人的摊子前停住了，老妇人有着花白的头发，热情

梦月集

地招呼：

"阿叔仔，买点水果吧！"

"阿婆，你这枇杷好不好吃？给我称点，贵不贵哪？"

"你放心哩，我这是自家树上摘的，样子不顺看，却是甜得沁口哩！我是卖3.5元1斤，你要称3斤，我只收你10元。"

"好，那就称3斤吧。"

老妇人称好枇杷，我付了钱，骑车载着凡儿转身匆匆离开。在楼下士多店买桶油时，一摸口袋，才发觉错将百元钞误作10元给老妇人了。"怎么办？""回去找回来啊。"儿子说。

"她是那种流动的水果摊儿，见到钱，这会儿怕早就离开了。"口中虽这样说着，但我还是掉转车头往老妇人原来摆摊的地方寻去。

"那位老阿婆还在那里！"随着儿子小手指的方向，街边人影稀稀落落，暮色渐稠的黄昏里，老妇人正失神地张望着，仿佛专门等着我回来找钱呢。"生活中还是好人多！"我心中闪过这样的感慨，便加紧前去。

见到我们父子俩，老妇人喜出望外：

"我说这真是老懵懂了，以为你们走了哩！我可没有细钞找你，拿去店里的柜台换，阿姨过了验钞机，说你这是假币哩！阿叔仔可不要诬我，我一年到头种点果子换钱不易哩！"

事出突然，我当下尴尬得满脸通红，赶忙另掏了张10元钞给老妇人，骑车掉头远去。

整座城便陷入在苍茫的暮色之中。

（1992-04-26）

秋

淡入秋天，气候极尽的柔和。

雷声稀疏了，雨声稀疏了，邈邈远远的几绺白云，束在秋天的高额上，飘飘荡荡，全没有一点拘泥的样子。秋天的屋瓦上，不时散布着一两丛飞鸟。远处的树木，有风无风总是摇晃几下，该脱落的叶片都已经脱去，只剩下一些简洁的秋天的筋骨了。

秋天的河流没有了声音，只缓缓地涌动着，渐渐远去；秋天的小路没有了芳菲，只有几许深居简出的树木，安度晚景。

秋天走在路上，看不见商厦酒肆、十里尘嚣，只有一幢一幢的民宅，高高矮矮，檐头挂满收获的果实。农民正在翻晒过冬的衣物，令人激动。

（青春的红颜已被岁月的雨水洗去，轰鸣的雷电，瓢泼的大雨中，有了酸甜苦辣的各种体验，面对即将必然浓重的霜期，感激土地、上苍温存厚沃的润泽，不再喧哗，只默默地坚强在枝丫间，挺起可供采撷的果子。）

秋天，喜欢躲在屋檐下看书，喜欢听寒夜骤然斜入的密密的雨声，喜欢站在岁月的高处，看无尽的风寒。

（人到中年，肩上扛了一份沉甸甸的责任，一份平凡而高尚的内容。譬如一头经世的黄牛，不再在田基上高哞，只默默地肩了犁铧，汩汩地在水田间行进。）

天凉了，好一个秋。飞鸟阵阵愈来愈细，秋阳下凝立的影子渐渐淡去，目含秋日迷蒙的山峦，转向家门。

（1993－03－02）

灯 花

　　灯花，于上辈的老人来说是尤为熟悉的，现在城中的年轻人却大都已经非常陌生了。

　　现代工业文明创造了崭新的时代内容，也淹没了传统情感中许多珍奇的花朵。在纷繁杂乱的尘嚣之中，那样一朵只有两瓣、三瓣萼儿的橙红色小花，竟然在我的心底开了近二十年，一直不败。

　　我记得那次看见灯花盛放的情景，是在初秋微雨之后的一个晚上。家人住在那座建造了近半个世纪的古旧的围屋里，吃过晚饭之后，母亲在厨堂里整备猪食，叔伯、父亲及三两个邻居在上堂里围着草油灯酌酒，他们微醺的酒意渗漫在昏黄的灯光里，显出几分温馨的色彩……一边在浅议着三国、水浒中的一鳞半爪，一边在估摸下造农事的收成。整个大屋，母亲整猪食的菜刀在木砧上打出"笃笃笃"的节奏明朗的声音。

　　将近午夜时分，厨堂里八仙桌上那盏火水油灯的焰儿越来越弱，最后在淡淡的晕光里就愣愣地开出了一朵橙红红、粉扑扑的花儿，初时一瓣，接着两瓣，三瓣，煞是好看。

　　母亲放下菜刀，那边的酒事也停住了，大家围在一起。

　　"盏灯开花，是农家的荣光！"二伯抢先赞道。

　　"据说这灯花却不是容易开的哩，只有行善积德的人家才常常有灯花出来！"三叔说。

　　"坎下牛仔牯那年开灯花，翌年就解放了！"邻居傻傻的阿禄说道。

大家"哄"的一声笑了……

这些人发着几分醉了的言语。但在我未谙世事的新奇的眼里，那朵灯花却真是美，灵动动的花瓣儿仿佛要冲破农家的屋顶，散发出许多的光辉来！

几天之后，我接到喜报，考上了市里一所中专，从此远离了故乡。

此后的近二十年之中，我们的人生都总是在钨丝或荧粉发生的强光照耀下度过的，再也无缘见到那朵远绝尘世的灯花，但它却一直在我的心底里顽强地开放着，燃烧着。

所走过的地方，到处的城市都在不断地扩大，工厂越建越多，霓虹灯蜘蛛网似的爬满了城市的屋檐，电力开始不足，停电的日子越来越多了。开始，妻总是让红色或白色的蜡烛光作为停电照明的代用品，后来，一俟停电，我就总爱往旧街杂巷的摊子里跑。那条巷子的尽处，有一个老妇人开的铺子，除卖些传统的竹木的家用品之外，还卖一种精致的玻璃火水盏灯。现在这种铺子是绝无仅有了。

"现时这样的生意还行吗？"我向老妇人问道。

"不少怀旧的人都找到这里来。这阵子常常停电，盏灯倒是卖出不少哩！"老妇人满脸皱痕，颤悠悠地说道，"旧时我这里卖出的盏灯易开花，倒是好兆头哩，先生不如也买回一只吧！"听完老妇人的话，我竟真的就买了一个回去。

停电之后不再燃蜡烛，专就点了盏灯，盼能开出一朵现代人的灯花来，但一次次的盼望，总是落空，那朵灯花仿佛就这样永远遁去了，消失了。

后来妻嫌盏灯昏暗，花了一百多元买回一个荧光管似的应急灯，盏灯便没有再用。搬家时盏灯又被弃在了旧房子里。如今旧街已经拆了建成宽敞的滨江路，老妇人、旧式铺子以及灯花，便都成为梦中的物事了。

唐梦·散文卷

(1993-05-13)

小城槐花

　　梅江水蜿蜒地流经这座植满槐花的小城，早晨或者傍晚，站在岸边的护堤上望望，极细致的小城笼罩在一片薄如蝉翼的晨晖或者暮色里，疏疏朗朗的几条街道穿梭在古旧的城居和新砌的大厦之间，除有一两幢高楼出类拔萃地悬耀在高空之外，大半的城隐没在到处浓浓淡淡的槐花荫里。

　　我从远地迁来的时候，正是槐花四处飘落的五六月间，南方多雨，常常在一阵恍惚之间，不知从何处聚集来几块黑云，也不打一声雷，也不放一道闪电，头顶的天空便兀自缠缠绵绵地垂落了雨丝。常常，我就这样失魂落魄地站在雨中，看着小城的情景。

　　满眼便都是槐花落英，一瓣一瓣，碎碎小小，仿佛极有生命似的黏附在了湿湿的水泥路面，遇上放学时候，背着圣斗士、花仙子书包的小男孩小女孩，便将槐荫间的花粒踢荡着、嬉弄着，抑或有妇人执着几朵极美的碎花伞走过，将垂落的槐花一路带了过去——淡淡的米黄便一直从眼前蔓延至遥远的尽处。横横斜斜的槐枝依旧摇曳在漫天的轻风淡雨中。略显斑驳和古旧的街景小楼，在镀了层迷迷离离的春雨之后，更加显出伤怀和忆旧的样子。这时候，你若无遮无掩的就在槐荫间走动，槐花常会猝不及防地打你一身斑斑点点。

　　心中蓦然漏出这样几行诗句：

黄槐花，米黄色的小花

你经久不息地摇

整个春天，我的思念

深入小城的腹地——

　　春光不断地老去，槐花依旧在绿叶里明明灭灭地开放着。在我居住着的水边的一个小屋里，黄槐花沿途一路而来，在切入院落的路口戛然而止。院子冬暖夏凉，经年传来古梅江潾潾的涛声。那一段时间，早早晚晚我在水边不停地走，或背对槐花树站在岸边，痴痴地看水和夕阳。船工柔曼的号子掺和着水的凉意飘荡着，远处不停地传来机帆船"嗒嗒嗒"的响声。

　　在暮春即将过去的夜晚，微醺的晚风缠荡在四周，槐荫灯影里的古梅江，小憩在江边的舟子，一切被明明暗暗地装扮得如梦如烟。隔岸沿江路新征的土地传来将息的打桩声，建筑群架上高悬着一两盏青白的弧灯，斑斑驳驳的黑影被涂写在静静涌动的江心。

　　我就在这样的小城静静地居住了多少年，小城的槐花，如期在每年的春季里盛放。

（1993-05-16）

唐梦·散文卷

孤独的白雪

　　冬天到了，早晨的霜风刮落树上的叶片，在清冷的街道上不断地翻卷着。冬阳穿透了薄寒的晨雾，越过远山的丛林，布施到城市酥暖的胸脯上。还不到结冰的日子，枝叶上水珠盈盈欲落。人们在浓重的鼻息声过后，起床轻松地打个哈欠。远处近处，"哐隆，哐隆"的打桩机的声音整夜整夜的没有停息，大大小小的弧光灯依然挂在高高矮矮的建筑群架上。楼宇里鱼贯而出的人群，穿越树荫，融在淡淡的早冬的暖阳里了。

　　一夜之间，细心的人们发现，在城市的墙壁上、建筑工地的围板上，到处出现了这样一则求职广告：

　　　　白雪，女，23岁，大学中文系毕业，1.65米，容貌端庄，求当家庭教师。

　　是用炭笔直接写上去的，字迹娟秀、飘逸，书卷味十足。在四周斑斑驳驳花花绿绿的"招工广告""寻人启事"之间，显得很有点鹤立鸡群的样子。

　　一些路人在驻足观看，仿佛想研究出其中的一点什么奥秘来，但大都狐疑地皱皱眉头离开了。冬日的阳光下，炭笔字愈加深黑发亮，以其特有的某种神秘和魅力，继续吸引着路人的眼光。而随着冬天的深入，叶片不断在树上黄去，脱落，早晨的霜寒也愈来愈浓。夜间的风已不再那样疾厉地呼叫了，而换

梦月集

作了一种沉静的、暗暗涌动的气流，仿佛积蓄了许久的力量，让你感觉到真正的、冬天的脉搏。只有到了午间，阳光依旧和煦地泻满大地。

　　　　白雪，女，23岁……

　　阳光下，那几行深黑的炭笔字依旧在城市的街头闪灼着神秘的光泽，刺激着人们的视觉神经，使人遥想到北方绵延的雪地……城市是没有淡季的，穿梭不停的车辆和挤挤攘攘的人群，喧闹在整个冬天的城市的屋檐之下。

　　我居住在离城5华里外的郊区，一侧是"市立中技学校"，种有许多桃子树和一片极宽阔的竹林；另一边则是极宁溢的"康复中心"。

　　冬天的风把围着院子的墙吹成了灰白，院墙里面伸出几枝开蔫了的夹竹桃的花枝来，从栅门里望进去，有几片极完好的草地。我便有时前往那院子里走走，看看那些草地，那些树木，那些穿白色病服的患者。

　　实在的，由于城区的不断扩展，郊外也已没有安静的地方了。到处是隆隆的机械声和飞扬的尘土。下午落日时分看上去，太阳也是土黄色的。

　　"这里是轻病号区，他们都很安静哩。"一个护士告诉我。

　　院子里，三几个病号都由家属或护士看着，草地一边的假山独自喷出两道微弱的水柱，显得异常寂静。东边院墙下，有几棵法国梧桐，硕大的叶片铺在地面上，石凳上坐着一个老人，头发已经斑白，穿着宽大的带线条的蓝色病服，眼睛痴痴地望着天空。西边院墙下，是一小块梅林，这时节正逐渐有了一些花骨朵儿。梅林旁的草地上，有几颗大石头，在草地与梅林之间，有一长方形的亦沙亦土的地方，极似小河边的沙滩。此际，石头上坐了一个年轻的女病号，白色的病服罩着袅娜的身材，梅林间衬托出一张静美的脸，正在低了头，拿着一根梅枝在沙

土上画着什么……冬日的夕阳透过梅林暖融融地晒在草地上，偶尔夕风也带来丝丝的寒意。

我不觉移近了脚步，沙土里依稀有许多娟秀的字迹。骤然间，一行熟悉的字迹映入我的眼帘……她丢了梅枝，转身向病房的方向去了。我一阵茫然。

次日我向护士询问，护士知道我是一个侍弄文字的人，微笑着说：

"她是从外地医院转来的。"

"患什么病？"

"说是抑郁症，一种轻度精神分裂。"

接着护士带我到病房里，从靠墙的一张床头抽出一本书，拿给我，说："这是她写的，笔名叫白雪。"

我看看这书，装帧很美，是一本散文集，书名叫《花季》，旁边写着：白雪著。我们走出病房，见她依然坐在梅林旁的大石头上，拿了梅枝，在沙土里画着：

白雪，女，23 岁……

我走近梅林，她抬起头，用很孤独迷惘的眼神望着我。

我便问道："你叫白雪吗？"

她脸上的阴霾散去，突然间很高兴的样子，答道：

"是呀，我叫白雪。……你要请家庭教师吗？！"

（1994-02-19，同时刊于 1994 年第 3 期《散文》和《美文》杂志，《美文》刊发时标题改为《白雪》）

情感的故乡

　　七年前，也是这样一个初夏的夜晚，非常清洁的月亮走过夜空，从我送给你的第一个热吻开始，就使我们的初恋走向了成熟。

　　古塘，这是一个美丽而动听的名字，可以说，这是孕育和生长我们的爱情的故乡。我只记得那座围龙屋已经非常古老，前门的石灰坪早已经有了一条条大大小小的裂缝。那时的大围龙屋侧边的古井却还非常完好，大块的青色的花岗岩石打制的井栏有一米来高，俯身一眼望下去，几十米深的井水清可鉴人，井身的一块块砌筑着的大青石依稀可见。那时整个围龙屋的人都用这古井的水，早晚的井边，人们便显得特别的忙碌，男男女女老老少少，有的挑水，有的清洗蔬菜用具衣服，看得久了，竟然觉得这是一幅绝美的乡村画卷。

　　也许是因为爱情的缘故，对于那个地方的怀恋总是那样的牵动我的心，以至于认为那里的一草一木都是美的。我清楚地记得，那时围龙屋后的山坡上种了好些李子树，门前有一些叫不出名的乔木，不远处就是三几口连成一片的水塘。

　　尽管后来由于生活的颠簸，我们再也不能经常地回去，甚至有时在生活的困顿中可能会把一切都淡忘掉，唯独这样一个地方始终在我们的心灵上占据着一席位置，再忙再累的时候，一有空闲，都总会翻出那些发黄的照片指指点点。我常捧着一幅相互依偎在水塘边的合影，毫无逻辑地说道："多像塞纳河畔的风光啊！"那时节的你，竟也就温温柔柔地笑了起来。不管是坎坷的旅途中，抑或在人生拮据的日子里，它留给了我们许许多多的温馨。

时间就像车轮的链条一样转了过去，直至我们在离此几十公里外的一座小城市里找到一个位置安顿下来，我们才得以再度轻轻松松地回到那里，此时的古塘已经大变了模样。

偌大的围龙屋已经空空荡荡的，剩不了几户人家。那时大围屋有个公共浴堂，每次我去小住的时候，晚上总要提水踏上好几个台阶穿过回廊才能到达浴室。如今那种水声已经没有了，那种"哗哗"地濯洗的声音仿佛回荡在遥远的上空，变得缥缈起来。住在左下厢房的那个早年就开始守寡的孤独的老阿婆，此时已经作古，横屋的何燕自嫁往珠江三角洲后，就再也没有音讯。一切似乎都已经改变了，门坪也愈渐得发白和斑驳了，只那月下的热烈的初吻似仍氤氲在古塘经久不散的气息中，那口古井已经无人使用，只成一个小小的历史的见证了。

我们踏出围龙屋，才发觉近旁已经建起了许多新楼，都是单家独院，那些砖墙都是新的，石灰还没有粉上去。远远的路旁又新植了一些乔木，已经长成一二丈高，其间夹杂有几株紫楝树，春天刚刚过去，蝉儿已经在那里高声鸣唱了。入村的路口，也已有了一间小商店。

我们住进的屋子，也是新砌的，厅堂铺满了瓷砖和马赛克。院子里有一个用铁管子竖起来的手摇井，用手轻轻一压，清水便"哗哗"地流了出来。

这样住下来之后，每天的黄昏满村寨里走走，看不尽熟悉的山和水，熟悉的人和笑容。有时甚至感觉已经完全地回到了温馨的记忆当中，兀自怡然地陶醉着。

就在古塘这个美丽的地方，在那崭新的居室里，我们再次把爱情吻得缠缠绵绵，尽管此时窗外的夜空没有清洁的月亮，但在这一次的热吻里，仿佛又已有了一层崭新的内容。

诚然，不管经历过多少人生的风风雨雨，在情感的深处，

梦月集

只要拥有了一个温馨的故乡，就会永远地珍惜，永远地怀恋。

（1994-07-12，刊于1994年第3期《散文》，原题《故乡》）

紫楝花

　　"紫楝树有花吗？！"一次同伴曾这样劈头盖脸地诘问我。

　　也许紫楝花太渺小太卑微了，粗心的同伴才会如此淡然无视一种生命之花的绽放过程。而她却总是不断地诉说紫楝花的动人，以至于有时在电话中都会冷不丁地插上一段有关紫楝花的话题，对世间的事物如此执着的强烈的关注，倒真引起了我的不少惊奇。

　　认识她，正是旧历壬申年的隆冬时节，那时在我印象中的紫楝树，也正是褪尽了芳华，剩下一副劫后尘缘的样子。在南方，雪是特别罕见的，而那年却破例地落了几场雪，天和地笼罩在一片惨酷的气氛中。我从社官经过。社官是本地有名的神坛，香火经年不断。被缭绕的香火缠裹着的男女发出的叽咕声以及神算子不断摆动的头颅和兜售香烛纸品的贩子忙个不停的手，这一切带点神秘的温馨的景象，正好与外界的寒冷的气候形成鲜明的对照。（而据大东岩寺庙的老尼说，这种香火缭绕的祭祀的形式依然只是凡尘众生的愚举，甚至于就在近旁的供着香火的油岩寺的那个光头也是假和尚。真正的出家人不烧香，佛在心中）

　　不远处，那几棵紫楝树的光秃的枝丫仿佛猛然地把我的心扎了一下：在植物界，你也许还不曾见过如此惨淡的生存迹象。在严冬的包围之下，神容枯槁，全没有一点生活的气息和力量。（其实，在南方，紫楝树是很普遍的，这样一种乔木，根和种

梦月集

258

子都可入药。在我很小的时候，就从外公那里知道，紫楝树是打造家具的上好木料）飘零的雪雨无情地扑打着嘎嘎作响的树枝，树下傍依着一个红颜青衣的女孩子，那就是她。雪雨如泼打紫楝树一样泼打着她这样一个南方孱弱的小女子，她那惨烈的愁容就像春天不经看的紫楝花一样零落在这寒冬雪雨飘飞的天空之下。

　　雪雨一连地飘了好些日子。就在这样的环境里，我开始聆听她那些伤心的故事。为了几袋赖以果腹的大米，她在很小的时候就被卖到了异乡，懂事的时候逃了回来，父母却因为相处的困难和生存的艰辛而分开了。后来她只好一边打工一边上学，一边还要照顾年稚的弟弟和生性慵懒放荡的母亲。直至中专毕业，她的生命中都没有一丝欢乐的色彩。……紫楝树枝被风掀着一次次地倚向窗户的玻璃，雨雪飘摇的寒夜无形地吞噬着从她的喉咙里传出的低抑的抽泣声，两道泪痕就像利剑一样深深地划伤了她那张秀美的脸庞。

　　她曾经多次向我谈起圆澈和明慧法师，并且把说明精神上皈依佛门的一种证书拿给我看，取的法名叫"月明"。"佛是一门大宗教，你应该悟点儿禅，不能彻悟也应常有所顿悟……"她说着，把一摞子佛学书籍堆在我的面前。

　　冬天悄悄地走了过去，紫楝树也在不知不觉间长出了春天的第一片叶子。"……喂，你知道吗，冬天让我们相识的那棵紫楝树已经开花了！……"好几次，她这样抑制不住兴奋的声音从电话里传了过来，我才幡然领悟，这种淡紫的碎小的花，竟然让她那样的刻骨铭心！

　　在五月的一个夜晚，我和她走在城市的街道上。在我看来，所有的街灯都脱落地面，所有的路都歪了。而她，那饱经苦难的身体成熟了，美在一种无法诉说的五月、在朦胧的街灯下风情种种，含苞欲放。我漫无边际地发表着赞美的词语。

　　她笑着对我说："你喝醉了！"

　　……

唐梦·散文卷

后来，想不到我竟然真的在大东岩的寺庙里见到了她。我已几乎认不出她来：一身宽大蓝色的小尼袍罩在她的身上，脸上已经没有了那种抑郁的深愁，变得异常安详。

"你何苦……"我一句话没说完，她已双掌合十，"施主万安。小女子孽障未除，正是苦海无边，回头是岸！施主请不要见怪，小尼不能奉陪施主，要去做法事了"。说完垂下眼帘，转身迈开脚步离去了。

"快来看哪，紫楝树真的有花，紫楝树开花了！"又一次同伴孩子般的呼唤，使我再次想起冬天的紫楝树下那个女孩子的故事。我抬头望去，一片淡淡的、似有似无的紫色悬浮在空中。就像人生中一些平凡而动人的内容一样，容易被生活繁重的脚步所省略。

（1994-11-16）

梦月集

春　日

　　这是一个城郊接合处的新兴市场。因为地缘的关系，这里近些年变得兴旺起来。一方面，四周的农村已经划入城区的范围，昔日的农民变成了城市人。许多人富裕之后，在原来的土地上盖起了小洋楼，加入了经商或者消费的一群。而宽阔的空地、丢弃的旧屋，又便于外地移动人员的安营扎寨，商场上便日益热闹起来。有素以艰苦耐劳闻名的潮州菜农，也有依靠简易机械就能生存发展的温州人。另一方面，地产商家也瞄准了这里低廉的地价和发展潜力，便拼命盖那些商品房，让城乡之间的土壤平添了几分活力。

　　时候已经转入四月，天气仿佛格外的燥热。许久没有下雨了，土地都呈了灰白的颜色。已经到了周末的早上，我照例要到市场采购些肉蔬食品，以备双休日改善伙食和款待亲朋的需要。人声嘈杂的红尘深处，一花摊档摆满五颜六色的鲜花，我的心为之一动。

　　这是一个简易的临时摊档，卖花的主人是个年过四旬的妇女，穿着整洁朴素，脸上布满了和善的笑意。她的旁边，还站了一个水灵灵的小女孩，大抵是她上小学高年级的女儿吧。摊子上尽是些合时的花草和长青的盆景，海棠垂着一串串玉坠似的花朵，嫣红、粉紫、橙黄的杜鹃，把四周点染得芬芳而热烈，鸳鸯茉莉藏着一脸羞怯的容颜，而茂盛的大叶吊兰，只呈一丛纯粹的绿……我被这繁复的美陶醉了！问问价钱，竟很便宜，至少比城中花圃的售价低了一大截，我便挑了几盆载回去。

从此阳台变了一个模样，天天下班以后坐在那里，便仿佛有着赏不完的春色。

每逢周末买好菜以后，我都总要在那花摊档前站一站，遇着有自己遂意的花便顺手买回来。慢慢地，和档主相熟了，她便邀我到她的家庭花圃里去看看。抱着好奇的心理，我欣然应允。

这是一个夹在一片新式楼房中的古旧的家，屋的外墙已经有些斑驳。踏入大门之后，眼睛所见的便都是花的世界。硕大的天井里，养着大盆的观赏桔、桂花、棕榈竹、米兰等，倒金钟、吊兰从二楼的阳台上垂了下来。房子有二层半，二楼的房顶上辟成了 30 多平方米的花圃，种的大多是时花。

看完了花圃，女主人特意捧出了渗着幽香的茉莉花茶，让她的女儿细心地冲泡。原来她的女儿上小学五年级，只在假日到花档上帮帮手。这是一个朴素、简陋而带有一点神秘和温馨色彩的家庭，男主人不在，房里仿佛不时有老人粗重的喘息声。除了宜人的花卉外，几乎没有像样或新潮的家具。

"花种得那么好，你们都是祖传的花匠吗？"我问女主人。

"哪里，我原是工厂的工人，前年下岗了。后来到园林公司干过一段时间以后，便回来自己摆弄花木了。"

"以后就一直没有想过再找份工作吗？"

"也有一些亲朋帮我找门路，但现在没有工作的人太多了，我不想往那窄路上挤。家庭花圃虽然挣不了多少钱，日子依然拮据，但毕竟能够养家糊口了。这把年月，好些人的心里都不顺气，种点花，让大家有个好心情，不也挺好吗！先生，你说是吧？"

女主人说出了这一串话，令我惊异，我忙不迭地点头。

告别花圃的女主人，天空突然下起雨来。我的印象中，这是四月的第一场雨，淋得人心里好凉快，好惬意！

（1995-05-22）

母亲的菜园

　　自童年朦胧记事的时候起，菜园就在我的脑海里留下了深刻的印象。那时我们一家刚从墟镇搬回农村的旧屋居住，旧屋是一个很大的围龙屋，总共住了十来户人家。我们一家便挤住在下围东边的两间堂屋里，门口是一个长形的厨房，一个正方形的天井和一个小小的浴室。

　　刚迁回乡下居住，父母由小手工业者转向农人，对农计开始还是很生疏的。那时父亲又患了胃病，母亲便非常勤奋地开始学习农活。除了沉重的犁耙之外，母亲几乎把所有田地的农活都学到了手。

　　从生产队那里分到了不足三分地的菜园，母亲把它视如珍宝。早出晚归，除每天的集体出工之外，母亲的大部分时间都花在菜园里。我排行第三，那时上面的两个哥哥都差不多能够出勤挣工分了，我年纪小，便常常在黄昏之际跟在母亲的身后到菜园子里去。

　　菜园在那个被村人叫作黄塘坳的地方。四周都是丘陵，满是一搭一搭青油油的菜地，用晒干了的苗竹竿子围成大大小小的篱笆园，间或有三几株紫楝树，山坡坎下是几口浅浅的水塘——我们家的菜园就在水塘上面，小小的坪子整理出好几块泥土方阵，杂种着各式各样的蔬菜，春天开满五颜六色的菜花儿，夏天菜藤上挂满茄子、苦瓜、豆荚之类，秋天的一段时间是蔬菜的淡季，地上看似一些渐次稀落和萎蔫的青蔬，但实际到了冬天，却能不知不觉地从地里刨出饱饱满满的大葱、土豆和白白嫩嫩的萝卜什么的。

太阳由炽白变得绯红，慢慢沉落山去，蓝绸般的、薄得透明的雾幕笼罩在黄塘坳的四周，母亲就在这样的黄昏里劳作着。那一幅幅动人的剪影，深深地描写在我幼小的心头。整个童年，我在青蔬间追逐飞舞的蝶儿虫儿，提着小篮子不停地采摘果蔬，漫随母亲的脚步，哼着乡村走调的歌谣，在黄昏的深处走向家门。

平凡粗砺的日子里，菜园给了我们几许殷实的温暖和幸福。

随着时序的推移，我从菜园来到了学校，看着童年慢慢地远去。直至踏上工作岗位，才蓦然地发觉，举目抬头都是粉墙高楼，没有了浸润着泥土辛酸和芳香的农家日子，更没有了那如笙歌般轻轻响起的黄昏菜园。

前些年，母亲才从乡下出来和我们一同居住的时候，开始总是闷闷不乐，我们问了许多缘由，她都摇头，后来她才抱怨说："城里的蔬菜，总是带着农药和化肥的苦味儿！"

自那以后，母亲总能在我们居住着的每一个地方，寻出一些荒着的空地来，垦成菜地，种上一些青葱的果蔬。那么多年，从一个城市搬到另一个城市，从不间断，哪怕只是阳台上的一些盆盆钵钵，也要种上葱蒜什么的，乐此不疲。后来她的经营大有"规模"之势，种出的蔬菜不仅一家人吃不完，还常能分些给邻居。有一年冬天，那块荒地上来了一部推土机，将原先凹凸不平的土坡推成了平地，母亲的菜园便不见了。不久之后，荒地上矗起了一幢大楼，写着"郊区蔬菜批发市场"的字样。从此母亲便再也没有去垦地种菜。望着她阳光下有点苍老的容颜，我猛然觉得：那也许只是她深情怀念一种劳动的方式吧！

母亲的菜园，是生命中一曲轻轻响起的笙歌。

（1996-03-18）

口　疾

凌清叔最近换了个单位，我去探访他时，很奇怪地发现他的口疾竟然好了，不治而愈了。

说起凌清叔，我还是中专毕业后在他手下工作过好些年的。20 世纪 80 年代初，凌清叔从部队转业到地方工作。在部队是个小小的连指导员，开始在地方工作时，他还行着他那个耿直的性子，很快就感到了不适应，像碰了马蜂窝般惹了一大堆麻烦，甚至差点头破血流。原来地方上人际关系复杂，不像部队那样纪律鲜明、线条简洁。

吃过一次次的亏之后，凌清叔也学得精明一些了，遇事多了些心眼儿。那时，单位上面的两派官儿在较劲，便抓了凌清叔这个没有背景、没有来头的中间派作双方的屏障，提拔当了管理人事的政工科长。虽说那时政工科长还是个肥缺，但同时又是个荆棘丛生、危机四伏的位子，正因为上面较劲的双方谁也不甘便宜谁，才将这个位子丢给了凌清叔。凌清叔接过烫手的山芋，既要处理好上面双方之间的微妙关系，又要打理好上上下下各种人际之间的利害，稍不留神，就会腹背受敌，甚至掉入人心叵测的烂泥潭。

这时，我发现凌清叔莫名其妙地就患上了一种口疾。这是说不上来的一种情形，既不是普通的那种口吃，又常常确实让人有点儿难受。只觉其先前耿直爽朗的性儿变了，做什么都变得不慌不忙、慢半拍似的，说上话来也是常常音节拖沓，甚至

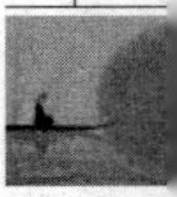

有点儿模糊不清，简单的意思，也常要分成一截一截的、慢慢才能表达清楚。碰到事情紧急的时候，也会真正的出现一些口吃的情形。尽管如此，他却能够把各方面的关系和事儿都办得圆顺了，多年来人们也已习惯了他的那种独特的待人处事方式，耐着性子等他把话儿都说清楚了，把事儿都要办妥了，他这才笑着主动跟上司握一握手，或轻轻地拍一下作为同事、下属的肩膀，以示他那一点点歉意的样子。

那时我刚从中专毕业分配到单位，在他的手下工作，他比我长了一大截年纪，又是同乡，自然就叫他凌清叔，也显得亲切。凌清叔其实是一个厚道人，他教给了我许多做人处事的道道儿，让我多少年之后，都觉得他的那些教诲，都是那样的亲切温馨。开始，对于他那仿佛有点口疾的情形，总是有些不习惯。慢慢才发现，他这样一种面对世情的方式，竟是那样绝妙！错综复杂的人际关系，瞬间变幻的官场风云，都让他这种拖沓的，甚至有点模糊不清的处事方式，给恰到好处地捋顺了。拖沓中、慢半拍的节骨眼，让他赢取了哪怕点滴的时间来从容判断，以便做出最合适的应对。多少年来，他的这种"口疾"，也助他逃过了一次次大大小小的麻烦和人生劫难。

那时，我还发现凌清叔有着其他一些"怪癖"，比如他作的公文有时看上去总是文理不太通顺，领导也照批不误。开始我以为是部队出身的他文字基础差的缘故，一个偶然的机会我才知道他是"文革"前的高小毕业生，在部队时就是写材料的一把好手。但我百思不得其解，有时向他探问，他笑而不答。良久才拍拍我的肩膀，慢条斯理地仿佛说着别的毫不相干的事儿："许多事儿、许多时候原本就不是非白即黑的，何必剑拔弩张，一点没有回旋的余地，让各方尴尬呢？"在他身边琢磨和见识多了，我才终于有所领会，直至恍然大悟。

如今十几年过去了，岁序的变换更迭，世事已如白云苍狗，我也早已离开原来的单位到了别的城市工作。凌清叔临近退休的年龄，前阵子调到政协弄了个闲职，高兴的时候就多提些意见，倒也没人奈何得了。我去探访他时，很奇怪地发现他的口疾竟然好了，仿佛又恢复了那耿直爽朗的性儿。见我诧异的表情，他朗朗的高声说道："为别人活了大半辈子，眼看就要退休了，还不许我本真地活一回啊！"

（1996-09-13）

春　雨

　　转瞬间，眼前到处都是娇红嫩绿的新装。先前枯黄的土地盖上了一层青青的小草，光秃的树丫长出了一些怯怯的新叶，一团团火红的木棉花朵喷薄而出，这是春天到了。

　　春天最常用见的现象就是没完没了、飘飘洒洒的春雨。春天是播种和耕耘的季节，对于农人来说，滋润桑田的春雨，最是应该渴盼、不可或缺的。而于文人墨客，更多的不过是"小楼一夜听春雨"的雅致，所谓"雨打芭蕉""江南丝竹"的情调，多半是在绵绵的春雨里产生的。

　　正因为春雨与农业生产和人们生活的关系密切，历代文人才给我们留下了许多有关春雨的名篇佳作，古人写诗，近现代文人写散文。

　　诗圣杜甫是洞悉民间冷暖的。他的《春夜喜雨》："好雨知时节，当春乃发生，随风潜入夜，润物细无声。"状写了春雨悄然滋润万物的喜人景象，几乎妇孺能诵。宋朝诗人李弥逊有首《春雨》诗，写道："蒙蒙细雨网春晖，南陌清明二月时，细草养泥留燕子，好花藏蜜待蜂儿。"从破土而出的春草到衔泥筑巢的燕子，从迎雨怒放的鲜花到勤奋采酿的蜜蜂，诗人眼中的春雨画图情意盎然，不落俗套。

（1999－03－16）

醉 笔

对于生命的神奇，我始终只是在幼年的一则故事里受到感动。那时我们一家住在司前街的路坡下面，这是一条国道，路上的沙子和路旁的树木都很好。路的斜对面是一间铁匠铺子，操持活计的掌柜叫铁匠李，是一个臂膀粗圆的小伙子，这是后来母亲跟我说的。

大抵我还不足周岁，还不会走路，只会站站爬爬。父亲的生意特别忙碌，没有多少时间照看我，有一天中午我便自个儿爬到了道路中间，一辆老解放从坡上呼啸而来……就在这危急之际，铁匠李冲出店门，抱起我滚向路边，但他的右手臂却给卡车挂着了，断了。

"我知道事情发生的那一瞬间，目瞪口呆，要不是铁匠李，你哪还能活在世间！"母亲的回忆总是带着颤颤的声调。铁匠李是外乡人，又少了一条膀子，铁匠铺很快就关了门。"后来再也不知道他的踪迹。"每每讲完这则关于我的幼年故事，母亲总是长长地叹一口气。

后来我长大、入学、工作，身子骨生得出奇的健壮，日子过得平淡无奇。辗转和颠簸了好长一段时间，终于在离家乡二百多华里的一个小城安定下来，也有了一个完整的家，把母亲接到身边住下来。

幼年的故事却在我的心里投下了一道影子，以致我对于生命始终都带着神经质般的感觉，我怕看见鲜红的血的场面，怕

唐梦·散文卷

站在高高的阳台或栏杆上。许久以来，我开始勤奋地练习书法，仿佛觉得那行云流水的发亮的墨痕里，蕴藏了无限的生命力，但每每写到"生命"或"死"字，但却总是控制不住自己，手是颤颤的，墨迹透过了纸背，像醉笔一般。也许对于这种生命的神奇的感觉，才使我做每一件事都是那样的细心和执着。

在我搬到这个城市的翌年夏天，华南发生了水灾，夺去了许多生命。在我居住着的这个南方小城，却居然雨水都没有多下，我们天天在电视屏幕上看见水灾的新闻报道，使我在心灵的深处历经了一次次莫名的恸动。

转眼几个月过去了，一样的春节平凡地远逝，谈论水灾的话题已经渐渐少了，捐献的钱物大都已经流向灾区——给那里的人们送去了许多人道的温暖——这是新闻中报道的。

人们迈着节后慵懒的脚步又开始忙碌了，四处依然散发着已近尾声的节日的欢乐，斑斑点点的鞭炮纸与已经摇落些许的粉色的槐花涂在一起。我独自站在门前，在霏霏曳动的雨丝下，感受着尚未退去的春寒。

此际，一串锣鼓声之后，一群艺人擎着金狮道具徐徐前来。这队人马男女老幼共有十来个人，为首的一个老者，左手举着一块牌子，上书"洛寨黄屋水灾幸存者金狮队"，来到门坪之上，在他的指挥之下，锣声鼓点暴风雨般地落下，一对金狮舞得密不透风，极富生命的原始张力，最后老人左手撑地翻了一个跟斗，单膝跪地，身影步伐壮健得居然似强悍的年轻人，只是他欲抱手作揖之际，右臂竟然只有半截！

我心中一震，转身从屋中的抽屉里拿了几张大钞包在红纸中，放在老人的手里。许多邻里住户也纷纷掏钱捐物。老人领着那一群人一边离去，一边还频频回首，左手抱着右边的断臂弯腰作揖。

一瞬间，我仿佛领会了生命的全部内涵。

（1999-03-16）

远乡的姑姑

　　十多年没有见面的姑姑，突然从数千里外的长江边上敲来一个电话，说要回来看看家乡的山水。

　　此时正值木棉花盛开的春天，小城被季节沉重的雾水压抑得有点喘不过气来，大街小巷一丛一丛的木棉花火焰般燃烧着，给抑郁的小城之春带来几分鲜妍亮丽的色彩。

　　也是去年这个时候，表姐带着丈夫和孩子回到家乡，拉着我们定要在木棉树下留个合影。如今楼下的木棉花又再度盛开了，远乡的姑姑即将回来。我们清楚地记得，十多年前，姑姑那健朗的身影。一个女人，奔波几千公里，随车到外省采购物资，在我们的眼里，无论如何都是可敬佩的。如今，时光已经流去一大截，自从几年前姑丈罹患绝症离开人世之后，姑姑也许真正的老了。去年表姐谈起此事，眼里噙满泪花，只道她的母亲不肯听从子女的意见，坚持独自生活，日子过得很是清苦。

　　姑姑终于来了。乍一见面已经比十多年前苍老了许多，完全的从一个中年人变为了渐渐老去的妇女，腰微弯，头上依稀有了几丝白发，已不见过去那个矫健的身影。

　　我们和姑姑谈了许多家乡的趣事，做些地道的家乡菜让姑姑品尝，还去了许多姑姑早年熟悉的地方。在姑姑那张沧桑的浸着淡淡忧郁的脸上，终于绽开几丝平静的笑容。在饱含异乡风尘的语调上，姑姑竭力用归依纯净的乡音与我们交谈。

　　不知不觉间，一个多星期已经过去，楼下的木棉花红红艳艳地开过之后，已渐次斑驳和脱落。姑姑将掉在地上的木棉花一朵朵地拾起来，然后又小心翼翼地展晒在阳台上，树上的木棉花一朵朵地落下，又一朵朵地来到阳台的地板上。那些初时红红的花骨朵儿，在春日温煦的阳光浅晒之下，慢慢变得金黄灿烂，一朵朵仿佛依旧灵动动地躺在那里，灌满了思想似的。我望望姑姑苍老的脸，看看这些清灵激荡的花瓣儿，心中猛然觉得，这些分明只是姑姑那一朵朵难于掰去的乡愁哪！

我便向姑姑询问，姑姑说道：

"干木棉是去湿的良药。我在长江边上的那个小城里蛰居了几十年，江边浓重的雾气已将我这衰迈的身体侵蚀得更加落败了。——我还是从去年你和你表姐一家的合照中，知道家乡的木棉依旧开得这样火红，于是决定回家乡来走一走，顺便捎些干木棉花回去。"

听着姑姑的话，我仿佛似懂非懂。一种难于言说的情感缠绕在我的心间。

进入仲春之后，楼下的木棉已经完全地掉净了花瓣。姑姑收拾起家乡的土产和那些晒干的木棉花，也要回到她那遥远的异乡去了。

姑姑是在一个晴暖的上午和我辞行的。挥别她那凝重的身影，孤寂的火车声仿佛依旧飘扬在故乡的原野上，久久不肯散去。

（1999-04-08）

梅 园

古人造字，把"家"造成屋顶下面圈养着猪（人大概出外劳作去了），古语也云："民以食为天。"说明自古以来，人们心目中家的观念，是把物质生活放在首位的，精神生活在其次。

安居小城已经 10 年，在这短短的 10 年间，我数次迁家。也许，每一次迁移都有小小的进步。人生的过程就是寻找的过程。我们懵然来到这个世上，茫茫尘海，家在哪里？每一个人都有自己的理解和目标。

初来小城的时候，还是下着纷飞雨水的四月，小城的大街小巷到处积了一层厚厚的槐花。千百年来，世世代代客家人平静地生活在这座小城，这便是他们引以为豪的家园。当如花的客家女子穿出雨巷，脚步轻踏在槐花之上，满城的春色为之动容。

小城是美丽的，开始的家却非常简陋。先是夫妻俩、母亲、小孩一家四口人挤住在一个单间和简易的过道房里，过道同时成了临时的厨房。后来终于迁到了一套两居室的房子，那是 70 年代的建筑，墙壁斑驳脱落，原是三间狭长的房子，前面走道，后面阳台，中间的房子三分之二处隔了起来，前面客厅，后面饭厅。因为厨房和卫浴室是靠后阳台重新砌筑起来的，接合处出现了裂缝，遇上气候不佳的季节，每天只好"风里来，雨里去"。因为写过一些小文章，被称作"文人"，所以那时候，我最渴望的，还是有一间属于自己的书房。

几年前，我终于圆了书房梦，一家人迁到了100多平方米的新居里。开始时自己很满足，亲戚朋友也赞不绝口，慢慢却对居住环境有了一些怨言。因为住在城郊，四周又不是生活区，居家工作都不方便。妻子总是说要串门找朋友说说话都麻烦。

1998年初春，那是一个令人难忘的日子。寒冷了许久的气候才开始变得暖和起来，我和妻子便迫不及待地带着小孩四处去寻找那亲切温暖的阳光。就在彬芳大道旁一个美丽的小区，一片刚刚开垦的处女地上，矗立着一排排崭新的楼房，门口两边的彩旗飘扬，绿树婆娑，春花点点，宽阔嫩绿的草地上，满布早春酥暖的阳光。那就是梅园新村。妻子脱口说道："要是能住在这样的地方，那该多好啊！"想不到这样一句不经意的话语，竟在我们的心中种下了一个深深的情结。此后我像着了魔般，有事无事总爱到梅园新村溜达、漫步，一种难于言说的想法在心中盘旋着，挥之不去。

20世纪的最后几年仿佛过得特别的忙乱。信息时代、网络生存、虚拟空间，新名词朝出夕改。新的观念和生活方式骤然包围在我们的身边，令我们目不暇接、身不由己，把传统简单以食为天的生存观念冲击得七零八落，追求高品质的新生活成为世纪交迭之际人们普遍的观念。随着一些好朋友陆续迁入梅园新村居住，到梅园新村走动的时间更多了。那里居住着许多白领阶层和从商的人士，经常能听到各省方言在那里融汇。觥筹交错、霓裳靓影、悠闲种种，更显新式社区生活的迷人景象。我猛然省悟，这便是我们苦苦寻觅的真正家园！

尽管费了一些周折，花去全部积蓄，并在银行作了10年的按揭，终于还是在梅园新村购下了一套房子。新居正在装修，不久就可以入住梅园了。

（1999-11-26）

命 运

　　我将要讲述的这个女人叫作燕。1990 年她从农村到城里来嫁作人妇的时候，还是豆蔻年华、青春年少的模样。城里到处都是肩挂大包小包的流动人员，高楼大厦的墙角、隧道边、人行天桥的桥洞下，到处都是席地而卧、而躺、而坐的人群。一种说不清的梦想牵动了那么多经受贫困的人来到城里，燕便是其中的一个。

　　燕的丈夫为人忠厚，又一无所长，只好在老板厂干又脏又累、薪酬又低的粗活。燕生下孩子之后，生活便日渐艰苦起来。租不起房子，燕的一家便只好寄宿在亲戚家里。不知是童年疾患留下的隐症，还是城里生活困顿的打击，燕出现了间歇性抑郁的精神病。那年燕带着不满周岁的孩子投奔到远在海南的兄长那里去了，我们也从深圳迁回了家乡的小城居住。

　　一晃就过去了许多岁月。小城和我们都在一点一滴地改变。许多事物看起来不再温文尔雅，许多情景变得有点夸张。人们不是在放声大笑、在奢侈人生，就是在抱怨、在哀吟，各种情绪和思想完全绞合在一起，难于辨认和区分。有一年夏天，燕带着孩子和老人也回到了小城，开始居住在江南桥头那片旧屋区的一套狭窄的房子里。

　　燕的丈夫依然在深圳打工，一年难得回一次。带着老人小孩，燕的生活便全靠亲戚们接济。燕的病情一点也未见好转。发起病来，便几个钟头几个钟头地呆坐着，不吃不喝不哭不笑，只用一对毫无光泽和神采的眼睛，长时间地望着窗外，望着天花板，望着幽暗的房子。这个时候，燕和小孩便要老人来照顾。没有发病的时候，燕便是一个聪颖贤惠、手脚勤快的女人。只是因为长期服用几种抑制精神病的特效药，整个人的神态都被粗暴地修改了，纤细的身姿不断虚胖起来，红扑扑的脸蛋变得病态臃肿，有时惨白得吓人，并因此引起了身体的并发症：乙肝、肿大、胃湿滞。我有时候都存疑，上帝给予这个凄苦稚弱的生命，还有多少的不公！我们一遍遍地、无助地看着命运夺走燕人生中许多美丽的内容，渐渐变得单调、枯寂和萧条。

世纪终结前的最后一年，也就是1999年冬天，亲戚们为改善燕的生活条件，合力在小城的南郊给燕租下了一套宽敞崭新的房子。这是一个城乡的驳合处。尽管可以被称之为开发区，但在相对空旷的土地上，除零星地散布着一些高高矮矮的楼宇外，城市繁荣的脚步并没有到达这里。仿佛一场看不见硝烟的战争之后留下的痕迹，四周都是经济过热时期征而未建丢下的一块一块荒芜的土地，一些围墙已经坍塌，露出里面土地上生长的蒿草和几棵矮小的乔木，有时甚至能发现一两只鸟类在那里出没。房子的后面有一条很小的溪流，小溪过去不远处就是乡村。但这样的乡村已经被现代文明侵蚀得斑驳陆离，大多数农民都已经洗脚上田了，丢下了一大片无人耕种的优良的土地。最近，随着房地产市场的复苏，又有一些开发商蠢蠢欲动了，常可看见一些肩扛标尺或头顶安全头盔的人员在那些征而未建的土地上走动，一些工棚已经悄无声息地冒了出来，打桩机或在一觉醒来之后就在你的耳际擂响隆隆的声音。而在小溪那边，也传闻一批下岗工人重新回来耕种土地，或就在昔日的家园旁边圈养牲畜。

不知什么时候开始，燕在小溪旁那个城乡荒芜的夹缝中，垦出了一块菜地。初时只是脆生生的一些幼苗在那褐黄的泥土上挺立着，淋水、施肥、除虫，燕早晚艰苦地吃力地伺候它们。慢慢菜地绿了起来浓了起来，品种也越来越多，及至那些成熟的果蔬能够采来下厨上餐桌了，燕高兴地把这个消息告诉许多人！我再次到燕的菜地参观的时候，规模又扩大了许多。在燕的菜地旁边，还出现了好几块新垦的土地。燕告诉我，有好几家都在那里辟地种菜，她每天要在菜地里劳动四五个小时，现在所种的青蔬已经吃不完，开始挑到郊区的市场上去销售。

过了好长一些日子，我在梅园的市场边上，再次见到了燕，她正在销售蔬菜。也许因为小本经营，少用化肥农药的缘故，燕的摊子前购买的人特别多。见到我燕忙大声招呼，递给我一把捆好的青蔬，我正要掏出零钞，被瞪了一眼狠狠说了几句，指责我竟这样瞧不起她！这时我才惊骇地发现，燕大变了样：身板瘦了，皮肤成了黑黑的健康的颜色，脸蛋黑里透红，双眼因劳动的快乐而神采奕奕！

我关切地询问燕的病情，燕说早就没有服用特效药了，身体已经恢复到了从乡村出来前的状态了。她说："再辛苦几年，攒些积蓄，置一套简单些的房子，带大子女，我的人生任务也就算完成了。"

听到这里，我的心里五味杂陈，不知是一点点欢欣，还是几许酸楚。

（2000−05−12）

唐梦·散文卷

一枚珍藏的月亮

　　这是搬到梅园新村的第一个中秋，月亮每晚如约来到屋后的草地之上。我知道，这是一枚被我珍藏着的月亮，我会一直珍存下去，直至地老天荒。

　　十多年前，在粤东腹地的一个小山村里，农民日出而作，日落而息。这是一个普普通通的季节，秋高气爽，和风满怀。我们就在这样一个秋天，在这样的小山村里认识了。那晚，一枚澄澈的月亮来到小山村的上空，见证了我们的情感和历史，从此，我们便把这枚珍贵的月亮珍藏起来。只有到了每年的秋天，我们才小心翼翼地把它拿出来，轻轻地擦拭一遍。日子的不断老去，这枚月亮就在我们平凡的心灵和思想的一遍遍擦拭之下，变得锃亮锃亮，古色古香。

　　父母的月亮是贫寒和辛酸的，就像一幅粗涩滞重的油画挂在记忆的上空。我们都在父母的月亮下长大。在那些拮据的日子里，作为裁缝的老父亲，背着一个装满裁剪工具的背袋，不断地在粤东的土路上、在古老的集子与农舍之间来回走动，竭力寻找改善生活的办法，寻找一枚丢失在历史和政治的夹缝中、农家赖以生存的平凡的月亮。但每当父亲迈着疲乏的步子在入夜回来，那爿土黄色的混浊的残月却将他的影子涂得歪歪扭扭。每年中秋到来之际，我们就早早地围坐在母亲准备的小圆桌前，等候父母用辛劳的汗水、用农家的土产从集子里换回的那几块坚硬的圆圆的月光饼，以及几个酸涩的土柚子。尽管这样，常常当我们内心充满童年无法诠释的幸福而举起期待的眼睛时，那枚月亮都是上了晕的，一点欢乐的色彩都没有。父母一生平凡、勤奋、小心谨慎，最终依然未能换来一个清明的月亮！

如今孩子们的月亮大都很卡通，有点不真实地黏附在他们即将远去的童年的光景里。在他们的眼里，中秋的月饼、柚子都是很粗糙、很落后的食物，只有麦当劳或者肯德基，才是节日里最佳的去处。他们有时候根本不相信父母那一辈的故事。他们迷恋的就是卡通故事、卡通游戏，甚至贴在墙上的那枚月亮都画得很卡通，看上去一点也不真实。

而我们的月亮，历经岁月的洗礼，已经变得峥嵘而厚重，弥足珍贵。勤劳是从父辈那里继承的，平淡是真，是经历生活的风雨之后面对人生的一种警醒。这种成熟便是秋天的成熟。所有季节当中，只有秋天才有这样的品质和高度：平凡、宽厚、无语、坚强。人生的道路总是坎坷不平的，有了对秋的向往和秋季里那枚月亮虔诚的呵护，生活就会平添信念和勇气。1987年、1988年，结婚不久我们便品尝了生活的艰辛。那时还处于经济改革的初期，物价飞涨，人心浮动。我们住在县城公路边一幢旧房的地下层里，孩子来到了世上，母亲跟我们一起居住，只能依靠夫妻两人微薄的薪酬过着紧巴巴的日子。地下层通风采光的条件都很差，家家户户又燃的是煤球，每到放工的时间，过道里便充满了呛鼻的煤炭味。由于一边向着公路的地下，房子的采光便完全依靠后面的窗户了。我们就在这样的情形下，过完了那几年的中秋。依然是那枚月亮，当它轻轻地飘过暗淡的地下室的窗户时，就像平凡坚强的思想闪过心灵的窗户，在我们的内心深处引起一阵莫名的激动和崇高！

后来我们奔赴异乡，开始了漂泊无定的生活，日子依然过得艰辛，母亲和孩子便只好回到乡下去居住。有一年秋天，孩子从遥远的乡下来到城里和我们共度中秋，孩子指着天空清澈的明月问道："爸爸，那个月亮是我们家的吗？我和婆婆走到哪里它也跟到哪里？"我回答说："孩子，天上有很多月亮，

唐梦·散文卷

279

每人都有自己的月亮，不仅抬头的时候能够看见，有时它也藏在心里。"

许多年后，我们回到了家乡的小城。用平凡垒起人生的信念，用坚忍打造生活的旗帜。就在新世纪的第一天，我们迁到了梅园新村小区居住，也就在那里，我们迎来了新世纪的第一个中秋。

回到小城的 10 年间，生活平淡无奇，没有更多的故事，但我们一直虔诚地珍存着那枚月亮。也有许多人笑我们的痴：这枚传统的月亮，它的碎片已被现代人抛得满街都是。我们心中一笑，敝帚自珍，不论生活的观念如何变化，那枚月亮都是我们的心灵和思想中最珍贵的内容，我们会珍视它，保存它，直至地老天荒。

（2000－09－12）

布心的黄昏

离开布心，已经是十多年的时间了。那年将近年关之际，我们离开黑水河之后，便在布心村的一位老妇人那里，租了一个十多平方米的房子，住了下来。

布心靠近东湖水库，北边是一片苍翠的山岭。布心原是一个古老的村子，后来四周渐渐建了许多高楼大厦。靠近环市路那边，是一片绵延数里的崭新的建筑住宅群，称作"布心花园"，另一边是布心新村，散布着一些别墅式的小楼房。布心旧村，便显得有些邋遢的样子了。

我们租住的房子，位于新旧村的交界之处，一二百米开外，便是布心市场。离开笋岗街道办事处之后，我们只好做些批零贩运的营生，每天早上破晓之前，便到布吉农产品批发市场运了货品，然后交给酒楼，数量一般是五六百斤直至千斤上下，利润自然是可观的，日子倒也过得殷实自在。早上交完货回来，白天就没事了，一般是看点书，听听音乐，心境自是怡然自得。那时房子在老妇人自家小楼的对面，虽是后来加盖的房子，房子面积也不大，但是里里外外整洁干净。有一扇靠南的大窗，门前是数丈见宽的水泥坪。间杂着一些叫不上名的高大的乔木。房子被我们布置一新之后，氤氲着清淡高雅的气氛，我便常常喜欢搬张凳子，在门坪上，或在树间的草地上，一边看书，一边听着莫扎特的曲子，任随强强弱弱的风儿到处乱吹，把叶瓣儿吹得满地都是。

到了黄昏，布心就更显出一派迷人的景象。所有城区放工的人们，都向这邻近山边的新新旧旧的房子里面靠，一搭一搭的人影渐渐被房子吞没之后，四周便又复归了恬然的宁静。只有布心菜市场，依旧声音喧闹，人影晃动。因为住宅区空置着大半的房子，因此认真地说来，布心的农贸市场还没有真正的形成，那些在市场开铺子的生意人，白天大都清闲得很，只是到了黄昏，才多了些交易的人群。这大半的原因，自是因为城区上班的人们，中午大都没有回来。布心的白天，人因此少得可怜。由于布心是改造中的农村和建设中的新区，居住的人群就庞杂了一些，既有蓝领白领阶层，也有本地的农民，有外地来的建筑工人，也有携家带眷安营扎寨的潮州菜农。到了黄昏，各色人群便涌上村头，形成了买和卖的小小高潮，就像山村小镇的集日一样。短暂的喧哗过后，交易的人群很快便散去了。

我和妻子总是喜欢逛那黄昏的菜市，有时是在晚饭前，有时是在晚饭后。菜市上除了出售油盐酱醋、日用杂品和葱绿的蔬菜外，还有农村的土特产，外地人挑的水果担子，以及那些诓人的杂耍，江湖叫卖。这是一种传统和现代，过去和未来，农村和城市的接合处，显示着迷人的异样的风情！

我和妻子爱在菜市逗留，还因为有一摊的青菜特别好吃的缘故。那是一位年近四十岁的妇人，身边带了个五六岁的女孩儿。妇人脸色蜡黄，头发高高的盘在后边。看得出，这是一个被生活的困苦折磨着的女人。每天黄昏，她都挑了两半竹筐的蔬菜到菜市上出售，她的菜青葱葱脆嫩嫩的样子，洗净了放在油锅里一炒，上了桌就特别的鲜甜。那时城市已经发展到相当的规模，农蔬果品提倡集约经营，大量的用上了化肥农药，大多数原先鲜美的果蔬，都已有了些工业社会污染过后的一点苦涩的滋味。而那妇人的蔬菜是利用居住前后的空地垦种出来的，用传统的土法栽种，施的是土杂肥，所以特别好吃。交谈之中，知道那妇人是真正的潮州菜农，家里一个男人，有两个孩子，就居住在布心北面的山坡之下。

又是一个天气晴好的黄昏，我们没有见到妇人出来摆卖蔬菜，便向那山边探寻而去，只见两间简易的石棉瓦房里传出男人打骂女人的声音，孩子哭成一团，四周的菜地已被糟蹋得凌凌乱乱。不久之后，那片居住着外来人和潮州菜农的山坡，被铲土机推成了平地，即将建成一幢 28 层的商住大厦。

　　因为生计日渐清淡，后来我们离开了布心，回到家乡找了份稳定的工作。岁月的烟尘并没有遮去记忆的窗口，布心那片褐色的旧黄昏，不时电光石火般地闪现在我平静心灵的夜空。

（2001-03-20）

唐梦·散文卷

美丽的文火

　　少年病弱的我，便仿佛对中药有了深刻的认识。这种以野生植物为主制成的治病救人的东西，不似西医的白色药片那样骇人，怎么说都有点古色古香的味道。那时候我常常住在父亲的裁缝店里，在我的印象中，每当我染了小恙，父亲就到邻近的国药铺里抓回一两副中药，然后在屋檐下架了火炉子，在炉底垫上些撒了洋油的布碎，点燃之后，抓一把响炭压在上面，很快便毕毕剥剥地红开了。一刻钟之后，火炉子上的瓦煲里，便飘出缕缕厚重的药味。通常这样熬制出来的药液都非常见效，一两剂喝下去之后，病痛便没了踪影。

　　小时候不懂事，总觉得那玲珑黑亮的响炭非常神奇：放在炉子里燃着之后，火焰若有若无，颜色却越来越红，情势愈来愈热烈，及至让煲子里的东西闹腾开来，盖也盖不住，像要掀天揭地似的！父亲告诉我：响炭是山里人用杂树料煅烧成的上好木炭，抖除了木灰和炭屑，个个黑实透亮，挑到集市上出售的价钱不菲哩！它燃起来不中看，却是焰火中的精髓：就是我们说的文火。用它熬制出来的东西侵肌润骨，解情入性。它能毕剥作响，那是它燃烧的生命在歌唱哩！

　　离开山村和小集镇，到城里求学、工作，便很少再见过木炭。那些年城里大部分人家燃烧的都是蜂窝煤，有一股很呛人的味道。母亲从农村来到城里和我们一起居住，我是单位的一名小职员，妻子是卫生院的护士，刚生完小孩的她，身子还很虚弱。

母亲喜欢掩住煤炉的风口，用文火给妻子炖制补品，她说这样做出来的补品对身子骨才更有益。

生活的艰辛让我们懂得了许多。多少日子以来，我们以默默的真情，携手迈过了人生的许多坎坎坷坷。还记得，当我们离开故乡，到一个海边的城市去寻找梦想的时候，我们到处碰壁却没有沮丧。我们放下架子，毅然做起了小本生意。以我一个文弱之身，硬是可以把一百来斤的物品，从一楼扛上三楼；踩着三轮车，拉近千斤的货物爬数华里的陡坡。妻子也是一个纤弱的女人，随我颠簸于小生意场中，风里来，雨里去，风霜剥蚀了几层粉黛？劳动的暇余，我们依旧读书、作文、写诗、听音乐。

后来我们回到小城生活。前几年妻子所在的梅州信息报因为种种原因报纸停办了，她又一次失去了工作，被朋友们谑称为"下岗记者"。但她只是不停地看各种书籍，看许许多多的生活杂志，并不断开玩笑说："面包会有的！"是啊，历经生活的折磨，我们已经有了足够面对困境的勇气！——不久后妻子终于凭着自己的能力重新找到了一份工作，尽管薪酬不高，但日子过得平凡而幸福。

岳母从深圳回来看望我们，不停地给我们熬制各种各样的靓汤。她反复唠叨：煲汤不能用压力锅，要用土沙煲，把燃气炉火焰调成文火，慢慢地熬上数个小时……这样的汤，真可以清肠润肺、强筋健体！

文火是火中的强者，是一种意志，一种品格，它淡静而纯粹，美丽而坚强！

（2003-07-18）

唐梦·散文卷

回望竹林寺

　　今年春天的一个假日，一个天候晴和的午后，我载着妻子漫无目的地在城市的边缘转，不知不觉间便转入了一条乡村的道路，一路上弥漫着柚子花的清香，渐渐的已经把城市抛得很远。

　　来到山前的一个岔路口，见一边钉有个"竹林寺"的牌子，便不由分说地往道路上前进。约莫走了十来分钟，山色变得葱茏和纯粹起来，山坡上一任蒿草灌木丛及杂树自由疯长，只有路旁一两畦瘦瘦的水田，显示出依然有农人耕种的痕迹。道路在眼前弯弯曲曲地隐入不远的山坳之中，宜人的山色清静得有点摄人心魄。抬眼望望前方的更远处，只见深山不见寺。

　　此时正有一位荷锄的老人，从山脚的竹林里闪出来，我们不由上前探问。

　　老人告诉我们：离竹林寺还有 20 分钟的摩托车程。看看天色已近黄昏，我们只好原路折回。

　　那是一个偶然得知的郊外踏青的去处，但却未能如愿，心里总有些痒痒的。于是筹划着下一次要约上一些朋友同去探个究竟。

　　终于挨到了周末，一群人驾着交通工具直奔山里而去，大伙赞叹沿途的风景确实不错。这次没费多大周折，我们便被告知：前面那片古旧朴素的平房就是竹林寺。

　　细细地打量这个地方，与那日初次进山半途而返的感受已全然不同：山在一簇探春者、三三两两春耕的农人和几处农家瓦房的点缀之下，已开始一点点地绽放热烈，不再静寂如初。尽管竹林寺的房子非常简朴非常安静地蹲于山麓一旁，就像打坐的僧人正在参悟修行的功课，你也许再也没有见过如此普通的寺庙。在我的印象中，在过往出行旅游的经验中，寺庙总是深庭大院、威严显赫或金碧辉煌、艳丽繁华的。眼前的竹林寺，实在没有什么起眼之处，甚至平凡得一眼认不出是座寺院的所在。它的一旁就是山里人家的瓦房，并且禽畜围栏一类的矮砖房都连在一起。门前就是山里人家的稻田、菜地，几个农民正在低头劳作。

我们都是一群逃逸都市郁闷生活的嬉春者，见佛依旧虔诚地叩拜。因为知道心诚则灵，香烟缭绕之间心生快乐涟漪，笑语盈盈，或端起数码相机随意地抓几把春景带回家去，充实的心便可由此发酵幸福的憧憬。女人们没天没地地向农民探讨农事的机巧，男人则与寺里的主事喝茶聊天，也不知深浅地说些人世禅理的话题。在春天，在竹林寺，在平凡的山里，僧与俗，出家与入世的景象，已经和谐地镶嵌在一起。

竹林寺的右边，是一条水流淙淙的小溪。山涧旁疏疏斜斜地站立着几排被冬天枯黄了的蕉林。一如人生必然经受的苦难一样，挂果供人采收之后的蕉林走过冬天严寒的拷问，以我不下地狱谁下地狱的姿态在苦难中重生，此时正抽出一撮撮嫩绿的新叶。溪堤的草地上，牧童与一头大水牛悠闲地厮守在一起。我们沿着溪流的声音，想询问更多春的讯息。小溪两边的几处人家，黑的瓦顶，灰白的墙，像几个沉默寡言的山民，没有回答，溪水便悄悄地隐没在远方的山林，不知所踪。

跨过溪上的小桥，苍老的柿子树已经长了满树新叶。一条弯弯的小道引我们爬上山坡，顿时竹林寺及进山逶迤的道路便小小巧巧地掉在我们的脚下，如项链、坠子般落在空蒙的山色之中，闪闪发亮。众人纷纷以远山作背景，拍照留念。

待我们正要作别竹林寺，才恍然发现远处近处依然有许多桃树杏树在开花。"人间四月芳菲尽，山寺桃花始盛开。"虽然离旧历四月还有一段时间，但城中的花事大都已经凋零。从迎春花市搬回到家中露台的那些茶花、杜鹃、一品红，早已破败得不成样子，想不到山中的桃杏还一直在开花，始知古代的诗人不说妄语！

离别竹林寺已经好些日子了，在城中滚滚的十丈红尘中，仍不免时时想念那一方绿山秀水。写下这篇小文，其实竹林寺并不一定有这般美丽，只是人生的过往大抵如此，回望过去那些平淡无奇的日子，常常会因为思念的激动，刹那间变得美丽起来，珍奇起来。

（2004-03-30）

初识鲤溪

在梅城蛰居了十多年，此前并没有想到白宫有那么多诱人的地方，除了华侨众多，联芳楼远近闻名之外，便对其知之甚少。今年春天，朋友中有一个白宫人的媳妇，带我们游览了好几处白宫的山水，慢慢地发现，实际上今年的整个春天都在白宫的山水之间转悠，竟至于对白宫的山水痴迷得有点难舍难分，甚至是难于自拔了。

白宫实际上就像一卷古色古香的线装书，随意地翻开哪一页，都会有满眼摄人心魄的意境。就说这次要去的地方：鲤溪，连名字都那样充满诗意，人未到便已有几分醉意了。

秋就是白宫人的媳妇，也是我们的好朋友，是一个有十分幸福几分痛苦、十分小资几分市民的女同胞，也是一个美丽的、善良的、常常带着几缕温暖的阳光在朋友间穿梭的小女人（她自称自己写的东西很有小女人的情怀）。她说今天叫了白宫的一个侄女为我们引路。

位于梅县东边的白宫，是不折不扣的侨乡。乍听起来这个名字让人想起美国的白宫，这确实使人有点啼笑皆非的感觉。无论如何，白宫的美，是从很表面的地方都能感受得到的。出城十几二十公里，就到了白宫的地界。也许是春天的缘故，放眼便都是青翠嫩绿的颜色。山是蓊郁苍翠的娇容中显出几分富丽的神态，路树的新叶仿佛脆生生地吐出几句欢迎的语言，俨然一副谦谦君子的模样。就在这些嫩与绿之间，满布着从茂密的山林里奔涌而来、散流而来的水流，大的河，小的溪，细的涓流成涧。她们一齐徜徉在白宫村庄的怀抱里，有的嬉戏，有的撒娇，有的依膝而眠。一幅升平盛世，安居乐业的迷人画卷。在幢幢新楼与田野之间、山脊之间，依然有许多被拾掇得非常整洁的旧屋，其主人大都是早年出洋谋生，功成业就后回乡筑下这些今天看起来依旧华丽的居所。一切的景象，都和一个叫作白宫的著名侨乡的身份是那样的吻合！

转眼间，已经到了白宫的圩镇。那天恰逢赶集的日子，小小的集市上人头攒动，人声鼎沸中亭亭玉立地站着一位豆蔻年华的少女，袅娜的身姿在春天早晨的乡村集市上显得那样清丽脱俗，纯美的脸儿绽放着一朵一朵天真动人的笑容，在那里等候着我们这群城里的来客。她就是秋的侄女，即将为我们引路的开心使者。

一路在侨乡风情万种的眼眸里疾行，不久便到了国道的一个转弯处："鲤溪"两个扣人心弦的字样已经赫然在目。沿着牌子所指的方向眺望，骤然间惊讶地瞪大了眼睛：诧得一时不敢声张。就是现在，面对印在脑海里的鲤溪初初的容貌，依然是心中忐忑，手足无措，不知该如何下笔：在国道的旁边，岔出一条弯弯曲曲的小道，远处近处，零零散散地点缀着几处山里人家的屋顶，清澈的溪水就在小道的一旁哗哗地流着，溪堤上，一位村姑没来由地和黄牛对峙着，各不相让。

尽管鲤溪就在国道的旁边，并非居住在深山僻壤的世外桃源，但为何多少次呼唤擦肩而过？为何今生今世到此时才有缘相识？也许正因为这种朴素平凡的美丽，常常被人们所忽视。骤然见到的鲤溪，她那天真无邪的笑靥里珍存着不施粉黛的惊世容颜，一如面对青葱岁月的初恋情人，惊惶而无助。

沿着鲤溪小道向山中进发，一曲曲婉转低回的流水清音伴随着浓浓重重的绿，在眼前婆娑起舞。不远处就是鲤溪的"燕生岩"，岩下建了座小小的寺庙，寺庙前的溪流里筑起了一道水陂，围住一洼绿水唤作"放生池"，这是佛家慈悲为怀，善待生命的亲切举动。

我们像一群高兴坏了的孩子，纷纷丢掉身上的累赘，褪去鞋袜，赤足奔进了溪中。光洁圆润的溪石充满诗情画意地摆放在水流中间，水流很有情调地在我们的腿边、在我们的指缝间流过。此时正值春的四月，一切的一切都在焕发着无尽的生机，没有贫富贵贱的藩篱，没有门庭族类的歧视，大树在高歌青天的旷达，灌木沉醉于晴空的缠绵，甚至崖下的小草，也在那一方狭小的空间里，安享春阳雨露温情的馈赠。

同伴在溪谷里尽情地嬉戏、拍照，仿佛全然忘却了时间的流逝。中午在寺里吃过斋饭，当家给我们讲起了因果相生、六界轮回的禅理，听得我们一知半解，似懂非懂。秋和她的侄女先行回去了，我们几个却继续向鲤溪旁的山道上爬去。山路愈来愈险，茂密的林木遮天蔽日，像闯入了巨大的原始森林。尽管前些日子刚刚下过几场雨，山路难走了许多，但同伴并不觉得累，这是天然大氧吧的缘故。走过潮湿阴凉的林区，眼前有了一些开朗的阳光，是一排排显然人工种植的毛竹。正值收获春笋的季节，一根根笋尖很有情义似地从土里冒了出来，等待着种植人的采挖。再上去一点，便是一片豁然开朗的枇杷林，串串青中泛黄的果实挂满了枝头。枇杷林下一方古井，过滤着从更高的山上流来的泉水。枇杷林的一旁，有几处瓦房，前边是养蜂的旧屋，后边是山上人居住的家园。正待我们向前张望之际，其中蹿出一条黑狗"汪汪"地叫了两声，吓得我们呆在原地不敢动弹。山上主人闻声而出："不用怕，山里一年到头见不了几个人，它是高兴地通知我来客人了！"说着热情地招呼我们用茶，摆了满桌黄熟的枇杷和几根春笋，要我们带些回去。我们连连谢过，继续往山上攀爬，不一会便到了山顶。

放眼远望，都市尘嚣的万丈烟云仿佛在那里咆哮着，翻滚着。而近处绵延的苍翠裹挟着阵阵快意的春色袭击我们的视野，眼看着鲤溪羞答答地钻入春的深处不见了踪影，山坳中那清甜脆丽的声音却一阵阵传来，深深地撞击着我们的心房。庆幸鲤溪豆蔻年华的经历里未曾受到过俗世的污染，以她那天生丽质的真纯留下了这爿神圣，给我们的思念、给我们的梦，增添了绚丽的色彩。

（2004-04-13）

假日故事

　　20 年前中学毕业来梅县继续求学的时候，我们外县的同学就议论过：梅县真是个山清水秀的美丽地方，到处都是浓荫掩映、绿树婆娑，梅江河逶迤而过，完全是一派迷人的小城风光。那时就发出感慨，要是日后能在这个地方工作、生活，该是多么幸福啊！想不到后来尽管颠沛流离，一心想到外面的大都市去闯荡，但最后还是回到小城定居下来，开始了日复一日平凡而又简单的生活。

　　也许正因为小城平静而又相对闲适的生活，才有了我们后来的"假日故事"。我们这种休闲的方式，对于城中人的生活来说，大抵可以算是非常独特的了。也就是在七八年前开始，城中的三四家人都是非常要好的朋友，那时各家的孩子都还小，正在小学念书。每逢周末，大家便带上各自的小孩集合起来，目标就是城外四周的田园山水。开始是骑单车，生活好一点以后，大家便骑上了摩托车，走的地方自然也要远一点。到了目的地之后，小孩便聚在一堆玩耍，大人们便赏赏四处怡人的山水，或坐下来清谈人世艰辛之类的话题，偶尔也发发官场丑陋、人情淡薄的牢骚。春天带着孩子们追蜻蜓、捉蟋蟀，夏天和他们一起玩泥巴、打水仗。就是在秋冬收割过后的田野上，也能够找出无穷的趣味来，大人们一边给孩子们讲述劳动和收成的故事，一边回想童年的往事，一边还教他们如何用稻秆基制作禾哨，在愉悦的时光中，一会儿欢乐的哨音便响满了四周的天空。走累了，玩累了，便随意在某一农家或在回城途中的小店，吃上一顿饭，没有酒，或者没有上好的菜肴，大家一样吃得非常开心，买单通常也不贵，就是几十元、一百来元，做东都是争着轮流来，有点心照不宣似的。有时大家也分工带些炊具、碗筷、面包、肉丸、饺子，在野外弄来吃，干脆疯够了一整天才回来。这就是我们的"假日故事"。这样的情形大概连续了有三四年。

"假日故事"没有续写下去，有许多方面的原因。1998年夏天，这一群人中，朋友超刚买了一部摩托，大家都替他高兴，他是一位非常善良、非常豪爽的性情中人。为了改善生活，有一个周末活动回来后，都差不多到下午5点钟了，他还骑着摩托回兴宁去做点小生意，大家都不知道，他连自己的妻子都没有说，也许他准备办完事后当晚就回来的，谁知就在去的途中出了事，在南蛇岗撞上了一辆中巴，年轻健壮的生命，就这样匆匆地离开了我们。他的离去，让我们沉痛了很长一段日子。

后来，随着各家的孩子慢慢长大，他们不再愿意陪着大人们出去，大人们也仿佛少了一点乐趣。再后来，城中兴起了麻将热，男男女女的魂都让它勾了去，我们这一群人也不例外，开始把周末的大部分时间交给麻将，郊游的活动便淡了下来，"假日故事"就此搁笔。

就像人生的道路总是起起落落一样，我们的生活也总是充满一些意想不到的段落。今年春天，一个很偶然的机缘，我们又开始了没完没了的周末郊游，从佛子岩到竹林寺，从鲤溪到白水的杨梅坑，城外许许多多的山水和乡村，都留下了我们的脚印。虽然孩子都上中学了，他们照例不愿意跟我们在一起，但我们的阵营中也开始增添"新鲜血液"，他们的年纪更轻一些，有的喜欢文学，有的爱好唱歌，有的还有模有样地搞起了摄影。于是，新的周末郊游活动中，就仿佛多了几分浪漫，多了几分自我感觉的"雅"，引得我这已经"不惑"的男人，有时候也免不了"酸"上一把。这是一篇正在续写的"新假日故事"，而且一开篇就有了一些引人入胜的句子。

尽管生活中有着烦琐和疲累，但也有着开心快乐。那些周末的日子里，在城外的青山绿水中，那些轻盈的身影，无忧的笑声，都是珍存于心底的幸福菲林。

（2004-05-10）

唐梦·散文卷

网中的小屋

　　说起来已经是 20 世纪的事了，那是 1999 年初春，在一个风雨交加的晚上，漫无目的地来到一个诗歌网站，见门庭冷落，旧日文朋诗友，一个都没有上来。百无聊赖中逛到了聊天室，见几名文人模样（从网名判断）的男女正在清谈，便未出声，静静地坐在一旁倾听。

　　窗外仍然下着瓢泼大雨，聊天室里开始在谈论着有关文学的话题，他们谈到了网络文学和私人免费空间的申请，我留心地听着，记下了"乐趣园"三个字。白天出了趟公差，当夜因为太困了，后来靠在一旁迷迷糊糊便睡了去，竟奇怪地做了一个梦：四周是皑皑的白雪，山坡上有一片一片的树林，山脚处一方没有结冻的水池，水池旁一座小木屋。屋脊堆了一层松松的雪花，木门半掩着，轻轻地推门进去，木墙上挂了一些猎人用的工具，墙角靠着一把吉他，一旁泥做的炉子上放着几件简单的炊具，已经人去屋空。……愕然醒来已是凌晨，聊天室里空无一人。

　　自此之后，那个奇怪的梦便盘旋在我的心中。蓦然想起"乐趣园"的字眼，便用搜索工具找到乐趣园网站，申请了一个免费论坛，从此便为这个东东着迷。那时电脑还不普及，我是花6000 多元购置的组装机，当时的配置还是不错的。有了电脑之后就开始上网，想不到上网不久又拥有了自己的论坛（BBS）。由于各方面的原因，旧日家乡的文朋诗友，一个个都远走他乡。

听听这一串名字：薛广明、廖维康、郭海鸿、安静、张伟明、任平、黑灵……他们出走珠三角，找到了新的生活土壤，也给我们留下了几许怀恋的伤感。正在此时，网络出现了，论坛出现了，我们得以在"坛子"里常常"见面"，交换信息，继续海阔天高地谈论文学。

随着商品意识的日渐浓厚，出现了一批批的"关键词"：下海，下岗，竞聘，考研，托福，中彩，二奶，所谓的文学已经日渐式微。我们这些早年热爱上文学的人，就像患了一种慢性的风湿病，遇上精神、意识的冬天或回潮，就会发作或隐隐阵痛。生活节奏的加快，生存和竞争压力的增强，平凡人的命运之路上，多了许多不确定的因素。匆匆的脚步声中，谁在回头凝望树下惆怅的背影？那些热血的青春，那些激扬的文字，总在清风吹送的恍惚间，涌上心头。

透过滚滚红尘的迷漫，在疲乏的心与真纯的昨日之间，找到那座桥，穿越，便是乡间的土壤。因此，我把论坛命名为：原乡散文。因了那个奇怪的梦，我便把这样一个虚拟的去处，看成是一座网中筑下的小木屋。生活得蓬头垢面之际，便常心猿意马，揣上几片心情的干粮，径去了网中的小屋，"盘桓三几日"，或开园劳作，或临水吟唱。无非做些与文学与网相关的事：清扫屋子，备壶热茶淡酒，发帖、回复，招呼过往的客人和新朋旧友。

我的小屋子其实是很普通的。"坛子"是免费申请来的，就像山野筑的小木屋，根本无须相关部门的审批。筑屋的材料：那些做网页的简单素材，也是从朋友处东挪西借凑来的。三几个笔记本，分别放了散文、诗歌之类，一两册相簿，还有一些朋友的链接，便是屋中的全部摆设了。

也曾遇到过"雪崩""山林大火"之类的事件，差点将小屋毁了：有一次不幸中了"木马病毒"，作为BBS的斑竹（指版主）竟无法发帖管理，费了九牛二虎之力才恢复正常。2002年春节期间，乐趣园网站权益纠纷告急，其系列论坛，包括原乡散文，封闭数月之久……所幸这么些年来，小屋修修补补，在风雨飘摇里终于保存了下来。

　　矫情常常来自生活。我居住在梅园新村，平常因为喜欢喝点小酒，便常在黄昏到来之际，嘱妻将锅里的红焖肉盛起来，兀自提了酒壶，迈着方步到村口的便利店打酒去也，遇上飘洒而下的碎雨，更是哼上一曲便到了家门。餐中三杯糯米白酒落入心田，飘飘然有了几分醉意，便打开电脑，钻进心往已久的网中小屋去了。

（2004-06-11）

爱梅说

关于梅的故事，在我幼小的心灵里，就已经播下了她那神奇的种子！

我是从一个称作"杨梅坳"的客家山村出来城市工作的。很小的时候，就听村中的老人讲述过有关家族的动人故事：古时候，中原战乱频仍，陈万郎带着一家大小，从河南的老家颍川堂逃离出来，一路上乞讨为生，停停走走，不知不觉间便来到了福建的汀州一带，其中的两个兄弟不愿再走了，便在那里留了下来，陈万郎带着其余的人继续南行，后来到了岭南的粤东境内。这里原来是抵近潮州府，称为南蛮的地方，到处崇山峻岭、森林茂密。一天陈万郎带着家人实在走得累了，傍晚时分便在一个山坡地搭草房暂住下来，那根随身携带的木拐杖插在草房的旁边。不想，过了两天，那根插在温湿的泥土里的拐杖，抽出了几根极细的芽，长了几片极小的叶子。陈万郎一看大喜，望望地形，四面环山，中间有几个小自然湖。山坡上长了许多野杨桃和梅花，青山秀水，煞是一派好风光，便决定将家人在此安居下来。日复一日，年复一年，陈氏带领家人勤耕苦种，自给自足，世代繁衍。那根木拐杖后来长成了粗壮茂盛的榕树，山坡上四处生长的梅花，一年一年开得浓重而灿烂。陈氏人丁也逐年兴旺，便成了后来的杨梅坳。……老人讲完故事，总不忘加上这样一句："记住，你祖上可是高中过状元的哪！"

故事是真是假，已经无从考证。小时候不知道故事里蕴含

唐梦·散文卷

的深意，慢慢长大、工作，读过客家人迁徙的历史，景仰了许多梅州历史上的伟大人物，才知道，老人"编"这样的故事，是要教育后代，莫忘祖先的光荣和磨难、艰辛与勤奋。

客家人的祖先，许多原是中原的名门望族，是战乱和饥荒逼他们走上了背井离乡的道路，是生存的环境锻造了他们吃苦耐劳、刚强奋进的性格，是迁徙的历史诠释了他们心怀四海、豁达大度的人生观。客家人远道而来，平原已经没有立足的地方，只好扎根条件艰苦的山区。康熙《程乡县志》载："程之气候，正月桃花十月犹菊，虫蛰未启，桐木先华，深秋不霜，隆冬不雪，盛夏之际，炎湿相蒸，衣生煤醭，盖阳气太泄，阴气常郁，故晨多雾，昏雨即寒凉。昔人所谓四时皆是夏，一雨便成秋。目为瘴乡有以也夫。"这正是当时恶劣环境的写照。他们一边勤耕苦种，一边勤奋读书，考取功名，出人头地，或漂洋过海出外谋生。在粤东梅州这片古老的土地上，留下了多少可歌可泣的动人传奇！

那些栉风沐雨的日子里，如练般的古梅江穿越梅州的腹地而过，江边的捣衣台上，经年荡漾着客家女子勤劳善良的笑声。轻涛拍岸，流连忘返于古老的人境庐前，沉醉徘徊于沧桑的东山书院，那琅琅的书声仿佛仍在耳际。回头远望，驿道上飘洒着李金发的现代行吟，艺术的象牙塔里，曳动着林风眠醉人的画笔，更有许多商界巨擘，搅动异域的十里洋场。黄遵宪"四岁入家馆读书，十岁学诗"，成为"诗界革命"的倡导者、卓然有成的诗人。叶剑英少年"家境清贫，勤奋苦读"，终成一代"儒将"。他们的顽强品质，他们的高大形象，总使我不期然地想起卓立寒冬、傲雪而开的树树梅花！

梅州的历史和今天，有意无意总是和梅花牵扯在一起，也许是梅花高贵的品格打动了我们的祖先：梅的坚毅高洁有诗人的赞美为证。明朝田汝成诗曰："万花敢向雪中出，一树独先天下春。"宋人林逋："众芳摇落多暄妍，占尽风情向小园。疏影横斜水清浅，暗香浮动月黄昏。"寥寥几句道出了梅的风韵。唐朝诗人来鹄《梅花》诗："一花香千里，更值满枝开。"齐己的《早梅》诗："万木冻欲折，孤根暖独回。前村深雪里，昨夜一枝开。"更是千古传诵的名句。宋代陈亮的《梅花》诗："一朵忽先变，百花皆后香。欲传春信息，不怕雪埋藏。"形象地刻画了梅花凌寒独开的坚贞品质。所以，我们的祖先有意无意把"梅"作了许许多多的地名，在许许多多的地方栽上梅花。也许，正因为客家人勤劳进取的民系个性暗合了梅花高洁的情操，梅花才在感动中走来与我们相随相伴。

记得小时候，正值改革开放前夜的困难岁月，乡村的日子总是饥肠辘辘。父亲常常教导我们，面对生活的困难，只有用顽强和坚毅与它对峙。父母都是早年合作社的裁缝，因为城镇"精兵简政"回到乡下务农，沉重的担子压弯了他们的腰，但却压不弯他们的内心，在困难的日子里始终让我们读书、上进。改革开放后，我们兄弟几个先后考了出去，在城里有了各自平凡的生活。

因为爱梅，就有一千个一万个的理由。因为爱梅，所以从21世纪的第一天开始，我便搬进了"梅园新村"居住，成为与梅相伴的一名"村民"。

（2004-06-14）

草鞋岗的篝火

　　深秋的日子，在蕉城的东北面、一块被称为草鞋岗的山坡上，黄灿灿的夕阳轻柔地涂在四周的果园上。一群人携着简单的行李下得车来，迎面一条黄狗摇着尾巴奔上前来，并不作声，只表示出一种亲昵的样子。旁边就是果园主人的山间土屋，苍郁的杜鹃花爬满了屋顶。

　　我们到来之际，果园主人荷锄从山上回来：一身休闲T恤的打扮，他就是青年作家张伟明。引我们参观过果园的四周，在山麓水池旁的竹丛边坐了下来。果园居于山沟之下，依山而筑，在两边山脉的裹挟之中，形成一块平缓的山坡，设想若自天空中眺望，定似一只山农丢失的草鞋，草鞋岗因此而得名。

　　夕阳回家了，丢下混沌空蒙的黄昏与夜色四处游曳。大人品味着深秋果园相聚的温暖和激动，小孩捉玩着山坡的草虫蟋蟀，工人在那边帮我们整理烧烤的炉子，大力劈开木柴。一忽儿，篝火便在山坡的空地里燃烧起来。火苗"噼啪"作响，仿佛一股强大的生命的力量撕裂着平静而又漆黑的夜空。

　　十几年前，提着一件简单的行李，辞去家乡氮肥厂的工作，泪别父老乡亲，张伟明孤身只影到深圳特区闯荡。经过大工业区粉尘喧嚣的洗涤和流水线沉重枯乏的历练，洞悉着打工生涯中一个个困苦平凡、流泪或者滴血的心灵，品味着漂泊异乡的种种孤独、沉重和辛酸，从拉长、质检到报关员，张伟明回头巡望那些艰苦和光荣，那些平凡与高尚，毅然跨出工厂的大门，拿起那支冷峻的笔，开始写他们，写那些被灰暗的生活鞭打着而又积极寻求亮光的灵魂，写那些向往光明而又流离失所的心灵。20世纪末，整整一个90年代，从《七彩涂鸦》到《对了，我是打工仔》，从《我们INT》到《下一站》，张伟明的身影穿梭活跃于"移民城市"的每一个文化角落，成为"打工文学"的始创、倡导和最杰出的代表之一。许多年来，他经营着一份颇有影响的打工文学刊物，成为广东省作协的签约会员。当一个作家，甚至是有影响的作家，这是张伟明童年时期的第一个梦想。

草鞋岗的篝火越烧越旺。在黑暗、冰凉的夜里，篝火温暖着我们的心灵和双眼，吸引着我们从四处围拢过来。我们之中，几个早年"流萤"文学社的成员、一两个"青年作协"的会员和文学爱好者，大家围着篝火，讲述各自平凡生活的故事，在激动处，在深情处，朋友们情不自禁地开始欢唱，开始舞蹈。晚风停下了脚步，四周的果树静默无声地倾听。那只黄狗，绕着我们的身边脚下来回游走，拾掇起一串串零碎的心情。星星在各自的角落刻意保持着低调，只有那弯明月蹲在清冷的半空，像一位智者在极力思考这丛篝火的意义和思想深度。

漫山遍野都是绿绿的果树、丛林或者野草，树林下有一两处简单的小屋，或读书或下棋，或在寒冬与三几友人围炉小饮，畅怀人生。这是张伟明童年时期的第二个梦想，他正在实践之中：七年之前，张伟明从深圳回到家乡，经过两个多月的寻觅，终于选定草鞋岗作为灵魂和思想归依的场所，在几十亩的山岗上种下一些果树，盖起几处房子，有三几个农人经年劳作，柑橘、龙眼、木瓜等已步入收获期，禽畜也可以出售了。作为"青年作协"活动基地，果园有了小泳池、"植物隧道"，后山还辟通了险峻的登山之路。张伟明返回家乡的体验性长篇小说《南方果园》也即将脱稿。

夜深了，一生都以燃烧的方式诠释命运的篝火，向黑夜发出最后的通牒，终以火红的木炭的形式保持着生命的温度。黑夜，就在草鞋岗的四周与果园、与果园里的人们保持着某种对峙。我们举起铁叉，开始烧烤。俗世的肉、面包、果实和各种滋味混合成一种酥香，馋我们辘辘的饥肠。

张伟明还有第三个梦想。其实这个梦想已经不必言明：作为生于20世纪60年代的人，共同经历过"文革"的荒唐，自然对文明有着更加强烈的向往。

经过一个不平静的夜晚，次日我们便要作别果园和果园的主人。当我们在黑夜里燃烧过的那丛篝火旁经过时，那里只剩下了一块平静的空地和一堆烧焦的木炭。但我们并不悲伤，我知道，草鞋岗的篝火在那个黑夜里已经涅槃，在我们的心中重生，熊熊的大火已经在我们的灵魂深处，燃亮一片褐红的天空。

（2004－10－22）

家庭政治的 N 个幽默

典型难当

假日三五朋友一起外出游玩，我们夫妻常一同出去，便成了朋友们恭维或取笑的对象，说我们形影不离，太让人羡慕了；或者揶揄我们："这样是不是也太那个了，感情好也不用天天黏在一起啊！"对于朋友们的说笑，我们听多了便也已麻木了。只是后来一位朋友更高一点的评价，她有点认真的口吻："人家都说你们夫妻俩真是百里挑一！"这才让我们开始诚惶诚恐。俗话说：洗碗还有相碰的时候。我们原本很平凡的一对，哪里当得了先进，当得了典型？！平日少不了也要磕磕碰碰、争争吵吵。"十个手指伸出来还有长短"，两个原本陌生的人走在一起共同生活，哪有可能没矛盾的？这就是生活，在磕碰中成长，在争吵中幸福。但自从被朋友们评为"先进"之后，日子过得就没有那么"潇洒"了。"领导一句话，群众会累坏"，为了维护"先进"的形象，就得小心翼翼搞好夫妻关系，本来不是很情愿的事情，也一定得做好；尽管有时"有点假"的笑容，也要常常挂在嘴边。朋友们不在场的时候，我便向妻子叫苦："这典型难当啊！"

干事的怕吃闲饭的

在家庭这个单位里，我是行政领导，也叫家长。妻子因为

305

长期大权旁落，至多就是捞个"书记"当当，现行的体制，早就实行"X长"负责制了。家长的风格，虽然不至于搞"一言堂"，但也是言出必行，事必躬亲，比如厨房杂务之类的小事，通常也还管管。"书记"是管大事的，比如制订"五年规划"，搞好亲朋邻邦关系，做做财政预算之类。因为务实的工作做得较少，所以在家里妻子和小孩可以算是"吃闲饭"的人。尤其是孩子，尽管报纸上说现在小孩读书比大人上班辛苦，但在家里，他却是"诸事不理"，不仅吃闲饭，嘴还特别"刁"，比较难侍候。一天下班迟，来不及备料，伙食标准比平时有所下降，我便不得不对孩子抱拳致歉："这餐菜色较差，请多多包涵！"

其实，干事的怕吃闲饭的，这是一种很普遍的现象，有时想开了，也没有怎么去计较。

关于形象工程

由于历史的原因，我这个家庭也似老"国企"一样：负债重，负担重，员工待遇差，发展前景不十分看好。关于负债重，除了一些亲戚的债务，还有银行按揭等等；关于负担重，双方的老人还有一些在农村的亲戚，需要负担；关于员工待遇差，孩子已经多年没有上过麦当劳、肯德基了，家里的成员一般也很少能够上酒楼消费或穿戴名牌。由于我们这个家沿用旧的体制，观念保守，没有形成品牌影响力，也没有自己的拳头产品，发展前景自然不十分看好。尽管如此，我作为一家之"长"，好歹也是个堂堂皇皇的领导，这几年"企业"还是有所发展的：家里有了房子，孩子上了高中。"企业"有发展，就应该改善领导的办公条件。于是在年前学车，取得了驾照，准备在适当的时候购部小车。这个动议一出，立即引起轩然大波，上至老母亲，下至孩子都极力反对。妻子反对的方式比较婉转："梅城这个巴掌大的地方，上班用不了十分钟，骑单车、摩托还不用受塞车的苦；买了车，就是放着不开也要供给的；再说了，咱家的存款也很少……"言下之意，说白了，你这搞的纯粹是形象工程，并没有真正为我们老百姓着想。孩子接过话题："爸爸搞的就是面子工程、政绩工程，有条件不如改善改善我们的生活，我个人的要求不高，一个月上一两次麦当劳、肯德基就可以了，此外就是年终多发点奖金。我打听过了，每年我的压岁钱在同学中是最少的。"见情形不对，我决定先做妻子的思想工作，我想：只要"书记"站在我这边，普通群众再怎么反对也是没用的。我讲了一大堆道理之后，便用商量的口气对妻子说："咱家的存款是很少，但可以贷款买车啊，现在都提倡超前消费。"想不到妻子听到这有点生气："虽然现在流行所谓优化组合，许多男人在职时四处贷款，吃空用空，然后一拍屁股走人！……要知道，由于我们家的体制和观念所决定，你这个领导是终身制的，所以贷款买车的想法，我建议还是要慎重！"

（2005－02－03）

唐梦·散文卷

遥远的葛田湾

其实葛田湾不仅不遥远，而且很近，近得驱车 20 多分钟就能到达。我也不知道为什么，莫名其妙地就写下了这个题目。也许，蓦然间想起了《遥远的清平湾》；也许，葛田湾的闯入太突然、太新奇了；也许，葛田湾虽近在咫尺，却离心际的企及很远、很远。

葛田湾就是山顶的一个小村庄，既不临海，也不靠湖，为何有个"湾"字，我始终是不得而知。在梅城的东北面，沿着"书坑"一直往山里走，翻过几面山坡，在接近山巅的位置，就是潮塘和潮塘古梅。葛田湾正是位于潮塘古梅前的一个小小村庄。葛田湾不出名，潮塘和潮塘古梅却很出名：因为据载潮塘古梅已是长于宋朝的千年古树，称为"潮塘宫粉"。和大多数有了感慨的旅程一样，出发总是大众的、随俗的，感动才是私己的、清雅的。行程的开始都是奔着潮塘古梅而去，但在古梅前约略二三华里的地方便已经无法前行了：一棵沧桑巨大的枫树挺立在路边，一树枫叶红得艳丽、红得惊诧，这是一种并不张扬，却能让你心悦诚服的颜色：那种红，在清灵中有点透明、有点热烈，浅白和淡黄的碎点洒落其间，轻而畅快的阳光闪烁不停。此时正值深冬，枫树在北方自然平凡，但在南方却少见得多，猛地一棵硕大的枫树立在那里，满树红枫叶掩盖了路的上方，一大片诱人的色彩由沉静而躁动，直至慢慢燃烧起来，当下把路人震慑在那里呆立着，嘘声不已。

梦月集

枫树旁好一些李树、梧桐和杂木，不到春天是不会开花或长出新叶的。眼前是一个岔路口，水泥新道就是前往潮塘古梅的，另一条小路铺满了落叶，在灌木和山草的拥护下延向右边的山脊。一位年过七旬的老妇人和一个不足10岁的小丫头牵手走在小路上，老人左手挎着一只竹篮，篮里盛了几许青蔬、水果，小丫头一边走着、一边不时挣脱老人的右手，蹦着、跳着。小路在不远的前方隐没在树林中，在树林的稀疏处，露出几块粉墙黛瓦，可以猜出，这是一个隐藏在山里的小村庄。

　　向老人一打听，原来这个村庄叫作"葛田湾"。山在身后已经差不多到了峰顶，一边就是深而长远的山沟，无边无际的丛林裹挟着阵阵涛声袭来，大片蔚蓝的天空就像不停的海水涌到脚下。村庄建在这样高的山腰，也算是绝无仅有了。好在一个"湾"字，使这里凭空多了些诗意，多了点温情。

　　村口正是老人的房子。这是一座典型的客家围屋，屋前屋后都是果树，一大群鸡鸭在门前的果园里嬉耍、觅食。小丫头独自在门坪上踢着毽子，老人一边捡着蔬菜，一边望着孙女的活动，看得入迷之时，竟然忘了手里的动作，嘴角的笑意孩子般天真烂漫地荡漾开来。同行的秋见这情境，忙抓起相机抢拍着一个一个珍贵的镜头。

　　村子不大，不过二三十户人家。房子都是依山而建，间中夹杂着许许多多的松杉、山竹、枇杷和一些叫不上名的果木，常常是"山遮树掩疑无屋，狗吠禽鸣又一家"。村中的道路、土坪干净整洁，泛着泥土的颜色和清香，边缘长了些柔柔的矮草。房子大部分是旧屋，一些显然已是年久失修。尽管如此，依然流露出旧日沧桑斑驳的小农经济影子。那些对开的旧式大门，那些高高的院墙，那些琉璃檐瓦，那些悬在墙外的木回廊，心中的某一种情感被触动了：这一切都是那样的熟悉，又是那样遥远。不知谁低声喊了一句："真美啊！"

　　一旁的老人听到这样的说辞，仿佛被人扇了耳光似的老大不快："这里有什么好的！田地都分散在山旮旯里，那些年下种收割要走好几里的山路，吃水用水都有要从山沟里挑上来，现在年轻人都不愿再铆在地里，都出外打工了，稍微有点本事的人，也已搬了出去！"被老人一说，我们才回过神来，一路走过来，村中确实没有碰到什么年轻人，都是一些老人和小孩。

告别葛田湾，一种复杂的情绪缠绕在心头，已经没有多少心情去观赏"潮塘古梅"了。此后许久，也有友人邀约再次前往葛田湾，去欣赏"古梅村庄"的美，领略山里人家的质朴，但我总是不敢成行，就像心中收藏的一枝花束，不敢轻易地碰，总怕掉下那些伤心的蕊瓣。

葛田湾真的很远，很远。

（2005-02-23）

梦月集

四　婶

在杨梅坳，人们都把寨顶的张阿四称为四婶。在我懂事的时候，便知道四婶一家是不久之前才从山里搬出来的。在那年月，四婶和大多数人家一样，非常贫困。

有一年工作队驻进了村里，抓革命促生产，把村民屋前屋后的果树都给砍了，剩下的就只能养一些禽畜了。那时工作队抓得紧，禽畜也不敢多养，除了一头猪，便是十几只鸡什么的。许多人家情愿饲了母鸡下蛋，然后拿去市场上换了钱，买些油盐酱醋，鸡苗肥了总舍不得宰来吃的。贫穷人变样，偏偏有许多人家的鸡常常不明不白地就不见了，——给人偷去宰吃了。每逢碰见有谁家的鸡丢了，便能听见一种震天价响的咒骂声，全村寨都能听得见。而且这已成了一种惯例，只要是鸡丢了，谁家的媳妇都能骂，并且骂得一次比一次凶，一次比一次狠。

四婶的丈夫早些年曾做过些偷鸡摸狗的事儿，因此许多时候的骂声都是冲着四婶家里来的。四婶家里虽然穷，几个子女养得黑溜溜的，但四婶自己却白白净净，是村里出了名的好吃懒做的妇人，加上人们又发现从四婶家里倒出来的垃圾，常常有一些鸡毛鸡骨什么的，因此就更让村人怀疑了，朝着四婶家的骂声也越来越多。

关于四婶是否偷吃村人的鸡的事儿还没有理出个子丑寅卯，便又出了件更加新鲜的事情：人们都在传说，四婶在那年冬天打了一个饱嗝，便得了神道，那么沉的一个妇人，能轻轻松松在床上和床顶的木架之间跳来跳去。一传十，十传百，转眼之间到四婶家求神问卜的人就多了起来。四婶便常常微闭双目，嘴里念念有词，饱嗝声不断，一边还在弄些奇奇怪怪的玩意儿，比如抛抛那两块沉沉的阴阳木，或吐点唾液在来人的额头上擦擦，末了才一本正经地告诉来人神的指示：该在村头无人之际，摆上三牲向东南方拜祭天神，或将那张符纸贴在蚊帐后边……四婶自然是要收费的，碰上一些贫困的人家，拿不出现款，便带了些家产，如鸡蛋、大米什么的，四婶自然也照收不误。

村人看见，四婶一家在神道的护佑下，生活好了起来，自然就忘了她是否曾经偷鸡摸狗的事儿。

时间转得像车轮一样快，眨眼间到了改革开放的年代，四婶的大儿子已经是牛高马大的男子汉，却在外出打工时，因偷城里人的摩托，被捉去坐了监房。俗话说，傻人有傻福。四婶的大儿子在坐监房时结识了一个犯事的包工头，成了铁杆朋友，一起放出来之后，便跟着包工头在东莞做些油漆或铝合金门窗什么的小工程，后来就开始自己领装修工程，开公司，不几年发了家。

四婶靠着儿子的钱，在杨梅坳盖了栋最漂亮的洋房，她自己便收山了。每逢再有患者上门求神问卜时，四婶便热心地倒茶水、并塞些由儿子捎回来的城里的洋货给来人——比如一小束西粉、些许饼干什么的，然后亮着嗓子说道："唉，莫提了！你还是快点去镇卫生院的门诊部吧！"

（2005-04-26）

白　菜

　　男人（尤其是自诩为文人的男人）买菜，就像被迫下海的风尘男子一样，说起来真是有点惨：你必须在进入市场之前很郑重地扶一下眼镜框，让它戴得牢靠一些，以免在熙熙攘攘的人群中给挤掉在地下，镜片碎了，让自己立刻处于非常尴尬的境地，以至于在回家的路上找不着北；进入市场之后，你就首先要接受或花枝招展或"满脸横肉"的各式各样青蔬肉食的考验，在这其中填写你的兴趣、眼光，甚至是个人品味的高下，一不小心，还会遭受那些菜婆子的白眼，留下一个"小白脸爱占便宜"的骂名。总之，在这个充满美色和诱惑的环境之中，男人的形象注定是卑微的、猥琐的！

　　男人因为喝酒等一些不良的嗜好，便有了一些不得不庸俗的举动：常常自惭形秽地提着一些赖以下酒的菜料，比如烧腊一类的食品，大蒜或者五花肉，这些不够"素食"的东西通常会遭遇淑女们鄙夷的目光。而一番云中雾里的享受之后，满脸酒气，嘴里吐着那些荤腥难闻的味儿，男人这点不洁的爱好，通常也会遭到妻子的讨厌和冷落。

　　作为一个不幸误入市场买菜的男人，有一天我也终于找到了属于自己的幸福。那是一个平常的日子，正当我疲惫地站在市场之中茫然无助的时候，电光石火般，她的形象映入我的眼帘，让我的内心为之一颤：在五颜六色的果蔬食品之中，她是显得那样的寡淡和清灵！是的，这是一种南方的小白菜，袅娜在各种各样的小菜中，就像南方水乡的小女子般那样的沉静和水灵，高挑的身材，白皙的肌肤，清秀脱俗的气质，我一下子被这突如其来的发现迷住了，做出了一个重要的决定，于是鬼使神差地和白菜开始了亲密的接触。

清炒，白灼，有时也佐点清瘦的肉丁，不必和水淀粉或其他调味的配料。不论变着什么花样的烹饪，白菜固有的美味都让我前所未有地着迷，那是一种在清淡中掺和着鲜甜的殊佳的味道。如果你是一个曾经因嗜酒成瘾或者其他什么原因而口味很重的男人，这样一种味道足以让你清爽一回，以至于慢慢喜爱、着迷。不错，白菜本是一种再普通不过的蔬类，也许曾经多少回相遇而浑然不觉，大意或者说被俗世的尘埃蒙蔽的灵魂，是很难品察其中真正的出类拔萃的滋味的。

其实，白菜在我的内心早就有过几分难于抹去的影子。在久远的童年，母亲喜欢将吃不完的白菜挑到田基上晒干了，酱成白菜干，颜色褐中带黄，几分透明，味道咸香可口，是那些困苦岁月中难得的佐饭佳肴。而大米不够的时候，白菜又是和粥最好的蔬料了。那时，"白菜粥"在我们那一带农村小有名气，除了果腹还有一种清爽的味道，只是后来世事经历得多了，大多数人已将这种非常本质的记忆淡忘。

命运常常在不知不觉中安排着戏剧的人生。当进入"不惑"之年，再次与白菜相遇，竟然深深地喜欢。不断地，与白菜千丝万缕的一些日子，妻子说："这些日子你发什么癫，老吃白菜？！"我说："白菜是非常好的，是非常有营养的，在清淡之中有着极佳的味道。"

作为一个俗世的男人，当你站在市场的入口，或踟蹰于市场之中，面对那些让人迷乱的肉档烧腊，面对这个充满蛊惑和欲望的世界，要从内心深处真切地喜欢白菜，那真是需要一种莫大的决心和勇气啊！

（2005-10-17）

美丽的家

　　关于家的概念，在我幼小的心灵开始，就留下过刻骨铭心的记忆。我的父亲是一名裁缝，自祖父那辈以来就在小镇上居住。20 世纪 60 年代初的一个冬天，我们家的那条街上不知什么原因起了大火，顷刻间许多房子成了灰烬，我们一家也在那次大火中失去了居所。后来父亲只好在小镇的郊区租住下来，继续经营他那裁缝的生计，而 1971 年那场罕见的洪水，再次让我们品尝了流离失所的辛酸的滋味。自此之后，父亲带着我们回到乡下的祖屋居住，再也没有回到"城市"里去。

　　这就是童年留给我的关于家的记忆，有些是父辈的描述，有些是我自己的亲身经历。直至我 80 年代初考上大学，接着工作、出外闯荡，才与城市有了再一次亲密接触的机会。不论是打工艰辛的日子，还是风尘跋涉的旅途中，在我的心里，始终暗暗涌动着一种对于家的渴念、一种有关美丽的幻想。后来我终于在小城梅州觅到了一份稳定的工作，而我此时的人生也早已过了三十而立的年龄，倦鸟返林，是到了该寻找一处居所固定下来的时候了。

　　也正是此时，随着梅州房地产市场热火朝天的复苏，一个个商品房小区拔地而起。我和妻子不停地看房，不停地寻找着心中渴望的那份美丽。一次次的寻找，却一次次地失望而归。随着生活水平的嬗变，随着时尚观念的传播，购房早已不是只为解决"夜求一宿"的问题了。住房、私家车、白领乃至金领的职业……已经成为现代人崇高的时尚目标了。因此，购买什么样的住房，或者说拥有什么样的房子，预示着绝然不同的生活观念和生活品质。一直未能如愿，我们慨叹：是经济的落后抑或观念的守旧？无论怎么牵挂，目光里总无法出现她那娇俏的身姿、迷人的倩影。真正高品质的商品房小区，应该包含着较为全面的时尚元素：地理位置、配套设施、园林风格、户型、物业、科技文化含量等等。

　　就在我的等待中，在我的企盼里，她来了。她的出现是那样的超尘脱俗、卓尔不群，在梅州各种媒体刊登的大幅广告中，我窥见了她那不凡的气度和雍容的品质，落落大方的亮相，一诺千金的倾诉……这正是大家闺秀应有的品质——正是她，翔龙居一出场便令我怦然心动。

　　一直以来，我们都非常羡慕广州、深圳那些大城市里的人们，可以在那么漂亮的商品房小区里居住，现在，我们也能够住那么现代豪华的商品房小区，这是一种幸福，一种美丽。小区超前的时尚理念，人本居住空间，注定其洋溢着迥然不同的现代生活情调。这里既是温情的港湾，轻松的乐土，也是放逐休闲生活的草地，品尝人生胜景的果园。无法列举许许多多引以为豪的时尚元素，不经意间的流连漫步，俯首拾起的都是一串串能够怡情适性的宝珠，举目领略的都是一首首可以轻吟浅唱的诗篇。首层架空的小区空间与碧绿生辉的豪华园林融为一体，拆除了空间的藩篱和隔阂。蝶舞艳阳，翰墨流芳，清波溅玉，日照茶香，设计师的神来之笔，处处点染着生活中的别样情怀，深深体现着人性化的主旨和关爱。我为自己一次人生正确的选择而感到骄傲，感到自豪。

　　不久前，远在香港的姑姑，听说我在梅州购了新房，执意要择日回来，看看家乡的情形，并有了回来长住、安度晚年的打算。她说：在外苦斗了一辈子，身心俱疲，孤独与思乡的感觉日深。姑姑与年迈的姑丈相依为伴，独子远在美国谋生，思乡是很自然的事。她嘱我介绍一下新居的环境质素，并要我做她日后购房的参谋。我在回复她的电子邮件中写道：我已将开发商印制的精美资料邮寄给您，关于小区的种种优点和美，我就不一一细述了，我只想告诉您，我迁来新居后的心情故事——

最美的是紧依梅江，长堤成为我生命中不可或缺的一项内容。长堤夜月也许是梅州最美的景致了。每当黄昏夜色来临之际，步出花园后门，沿着江堤散步而行，自秀兰大桥至马山下，江岸两边三三两两的行人，大都是为欣赏江景而来。偶有一两个突兀的夜间垂钓者，在那里静静地守着江面。此时，东边江面的山头上，便喷薄升起一轮皎月，在江面拖下一条长长的银白色的影子。江对岸芹黄若隐若显的风景不时映入眼帘，长堤上一两摊啤酒档经营着少许的生意——

在如此令人陶醉的大自然的包围之下，这是一个真正的、美丽的家！

（2007-10-25）

唐梦·散文卷

诗的篝火

　　5月的紫荆花已经开放，故乡小城的天空到处是疏松散漫的云朵。我从一个海边的城市回来，工作的余暇接手一家民团刊物的编辑工作——那里聚集的都是一些豪情满怀的诗人，编辑的刊物自然就是诗报；我自己也会写点新诗，但更多的时候是喜欢写散文的，也就是那种散淡的、随意记点人和事的小文章。至于诗报的编辑工作，成了我和文学友人维系情感的一个纽带，一座桥梁。

　　小城的人事安闲、随和，仿佛连空气中都弥漫着温文尔雅的味道。我们便想出了一种激烈的方式来应对生活的平静：生一丛篝火！在内心平庸或者静默的角落，让一丛亮光陡然照射下来，思想开始歌或舞蹈。在长满翠竹或者绿草的河堤之下，在梅江河水簇拥的沙滩之上，诗人们四向而来，或怀抱吉他，或高举着喝空了的酒瓶子，围着篝火，在那里引吭高歌，在那里喧闹而热烈，激荡的情怀刺破了小城夜空的宁静……在召集诗人们来到篝火旁的过程中，有一个情节像一幕定格的画面非常清晰、非常顽固地留了下来，以至于后来无论人生际遇多么的无常，生活深处怎样的涤荡，都无法将它浆洗掉。

　　那就是当我把集会通知送给诗社一个年轻的女孩，她是一位把诗写得很清纯的小妹妹。在靠近彬芳路的南端——当时公路都还没有开通，有一个叫作坜明的村子。她当时就在那个村子里的小学任教。我不太清楚，她教授的是什么课程，但我清楚地记得，那是一个深秋的下午，学校是一片陈旧破落的砖瓦房，院落子里植着几棵紫楝树，当我见到她的时候，她正被琅琅的书声包围着。当然更多的细节就模糊了，包括那个秋天的色彩，那一片长满作物的农田。通知社团的成员参加篝火晚会，是非常严肃地用油黑打印好了的书面，小心翼翼地递到她的手上的。

　　一晃15年过去了，什么都改变了：彬芳路好多年前已经修通了笔直的大道直通火车站，那所旧而简陋的小学也早已拆迁了。梅江河岸已经没有了诗意的堤，只换作了冰冷生硬的水泥防洪建筑。那一片美好的沙滩也已深藏在江水中了——缓慢而诗意流动的江水，早已被拦截成一片毫无生气的"汪洋"，用于发生经济效益的电站了。诗社的成员也因为生活的际遇而陆续地变迁，更多的是出走深圳、广州或珠三角等地。当我们回首往事，面对镜容，会为那凭空增添的人生皱褶或几缕白发而沉吟么？

（2008-02-01）

鼠年春记

　　这是一个让人思绪万千的节日。

　　日子翻到了旧历戊子年的正月初六，按照传统的习俗，已经出了"年界"，大体上也就算过完年了，工作的人已经陆续地返回城里、返回岗位；做营生的也要打点行囊、准备盘缠，择日上路了；农民则要计划着新一年的农事，筹想着不久将要进行的春播了。但实际，不等过完元宵，人们是不会真正把"年"从脑子里赶走的。四周的炮仗依旧稀稀落落地响，烟花美丽的身姿也不时从仍然裹着寒气的窗户里透闪进来。小城的人们仍在恋恋不舍地怀想着节日的欢乐，小心翼翼地咀嚼那阵阵酒香和片片炮仗残红所留下的特有年味。

　　因为西历年的前后南方来了一场罕见的雪灾，整个春节便都浸在一种让人觉着刺骨的寒冷中，独独在年初三和年初四那两个日子，出了温和的太阳。这缕温暖的阳光一直照耀着，直至梅城太平洋酒店309的厢房里，直至四向而来的每一位诗友的心头，直至那个漏尽更残的寒夜。年初三诗友间短信频传，年初四大家相逢相识而喜而歌，这是一次相邀，也是一次聚合。

　　一张张熟悉而又陌生的面孔：安静、任平、廖清、罗琼、兰菱、游子、罗雄、郭育春、曾小喜、梦妮、黄文珠。因为"射门"、因为诗歌，所以熟悉；又因为生活的缘故，许多诗友平时很少"谋面"，甚至十多年失去了联系，也有的诗友因为后来加入诗社,彼此间尚未见过面,所以陌生。轻轻地相握,深深地相拥,不论是经年的思盼,还是片刻间涌上心头的惊喜,一阵阵笑声,一朵朵欢悦的容颜,已让那一点陌生的感觉渐次剥落,也让那所有珍奇的情怀悄然而至。

　　诗友们杯盏相融,且歌且舞。语言已经无法表达离别而又相逢的喜悦,文字也已难于述说因诗而美丽的春夜。在"太平洋"的309厢房,在"嘉得利"二楼的歌舞厅,在梅城春寒料峭的街头,留下了诗友们因欢腾而绯红的容颜、因激动而震颤的歌声、因沉醉而恍惚的身影。直至"木澜宾馆"408房那到凌晨四时的"漏夜欢谈",谈诗歌,谈人生,谈哲学。是啊,年轻的不妨再次绚丽,年长的也不妨再次年轻。射门诗社已经走过她19岁的豆蔻年华,关于文学,关于诗歌,我们有着太多热爱的理由。尽管许多日子以来,我们因为生活的缘故、因为种种原因而相隔相离,甚至暂时的搁笔,但"射门"以及诗歌,已经在我们的心里沉淀为一种情谊、一种精神,再也难于割舍、无法背离!

　　一些诗友因为没有联系方式或各种原因未能前来,但在诗歌的道路上只要依旧牵挂必将重逢。这是一种心灵契约,也是一个美好的憧憬。

　　在平静而漫长的日子里,一次简单的相邀是渺小的、短暂的。"猴子崇"和"南蛇岗"的山峦上荡过早春习习的寒风,梅水的上游琴江传来汩汩的声音。因为生活而在匆匆的脚步中作别,因为友情而在频频的回望中挥手!

　　虽然一场雪灾曾在我们的心里留下阴影,但温绚的阳光慢慢地有了期许,冻雪正在悄悄地融化。寒冷的冬天都过去了,春天还会远吗?在深夜,我站在戊子年"雨水"就要到来的日子前,写下这些文字,是为记。

（2008-02-13）

唐梦·散文卷

开 关

　　一天晚上，我正在上网，突然停电了。电视里的演员停演了，音箱里的歌声歇止了，电脑屏幕是一片漆黑。是的，我以为是停电，但是看看四处的邻居，竟都还是光明一片，后来一检查才知道，是保险盒的开关跳了。

　　保险盒，也就是"漏电保护开关"。我是怎样也无法把它重新推上去，推上去它又跳下来，就像患了神经官能症一般。它为什么突然就跳了呢？一直都很正常的呀，从来也没有感觉到哪里不妥了，真是百思不得其解。

　　第二天叫来了电工师傅，左查右查，费了好长时间，愣是没查出什么原因来！电工师傅先是换了保险盒，接着一段段线路、一个个开关地测试。有时一个开关开了，或什么电器插上，那保险盒的开关就跳了；有时是用着好好的，突然就又跳了，"停电了"，总之是让人糊涂得没有脾气！最后电工师傅总结说：现在问题是出了，但问题出在哪里不得而知。按常理推论，是某处漏电了。"漏电"就是两条本不该碰在一起的线路不经意地碰住了，也就是"短路""黏线"——这在客家地区，可是骂人的话。一般来说，也不会随便"碰"的，是有条件和诱因的，比如天气的寒热、干燥和潮湿的变化等。这线路也和人一样，它不可能总是完美的，是有弱点的，那叫软……什么来着？电工师傅是个话痨，自顾自说个没完，还很有学问的样子。

　　"软肋！"——我很惊奇地盯着电工师傅：也不过是 40

来岁的模样，一身整洁的工装裹着他那有点瘦削的身子。见我盯着他，他忙说："我是有电工证的！闲的时候也喜欢看看书，向你们文化人学习嘛。所以，这线路也和人一样，是有'软肋'的，因为什么原因，所以'漏电'的情况就发生了！"

我郁闷着问电工师傅："这保险盒，它究竟能起到什么作用？！"

"就是漏电保护开关嘛，保护你的线路不出状况，不出问题，否则就强行断开。"

"可是它保护不了我的正常生活啊，我要在电脑上写作，它老跳叫我咋办？"

"也许就是你那电脑出了问题呢。"

"看来这种新式的保险盒开关是有点敏感了，如果换成旧式的、就是那种老式的双刀开关，再把保险丝换成粗一点的，也许这样电就不会那么容易断了，是吗？"

"这样不好。既然有可能碰线了，漏电了，尽管问题还不知出在什么地方，一时还无法处理，但你强行忽视它的存在，就有可能导致更加严重的后果。但你也不必过分担心，只要谨慎一点，功率较大的电器暂时不要使用，也许天气等等条件变化了，这种并不严重的碰线漏电的情况又会自然消失。"电工师傅说完这些话，就慢慢下楼去了。

留下我独自品尝这种令人忐忑不安的生活况味。

（2008-02-23）

唐梦·散文卷

周末·溪流·野猪夹

　　在你庸常的人生里，曾有过那么一条迷人的溪流吗？

　　被滚滚的红尘包围着的普通日子，我们不停地浆洗着一种不变的颜色。我们少时的梦幻、青春的理想，以及在人生仲夏或秋季来临之际，那点依旧存留的思想和激情，通通像遭遇洪流一样遭遇着滚滚尘嚣的冲刷，就像米粒经过机器，被一点点地研磨、碾碎，变成粉末，扬在风中，早就没了踪影，以至许许多多的人，都不约而同地站在俗世的堤岸，在那里作困惑状，或沉吟，或彷徨，甚至有点歇斯底里。因此有的人自觉生活得灰头土脸，抑或轻易地挥挥手就与爱人分道扬镳了。面对这让人有些窒息的空气，面对这灰尘满目的十里名利场，你在想什么，你在做什么？真的可以那样洒脱和不羁吗？真的可以不管不顾地叫喊、挣脱、远离吗？

　　周末出游。这是被我们常常挂在嘴边的一种语汇。不错，当你免不了在蝇营狗苟的日子中粉饰人生，当你免不了因为种种情状而把你的人生记录写得一塌糊涂，你猛然地省悟：在我们的身边，还有一种可以简单而又快乐的方式，那就是周末出游。放下你心中的一切可能，放下那些情感的纠绊，放下名利、恩怨和欲望，以一种轻松的心情出发！

　　当我们蓦然回首，才恍然惊觉：这种写意的生活，已被我们引为常态！十几二十年来，我们一众人已无法离开周末的这种生活方式了，常常再紧再累再匆忙的日子，也要抽点时间在周末出去走走，大有古人"偷得浮生半日闲"的况味，直至梅城方圆三十几公里范围内的山山水水，竟都在不知不觉间被我们走了个遍！

有三个至四个家庭的成员成为经常结伴的队伍，常常多则十几个人，少则只有几个人也会成行。我们所选择的形式也是随意的，有时带一个煲子，各人买点肉圆、粉面、果蔬、零食什么的，就在山边、溪水旁、旷地里做起了野炊，或干脆就找到了憨厚热情的山村人家，向他们讨来一顿午饭充饥——他们通常会瞪圆了双眼，惊奇地看着我们这些"城里人"，然后热情地宰杀鸡鸭，做一顿丰盛的农家饭菜来招待我们，当我们离开时要塞给他们一点伙食费，他们经常还会为此婉拒半天的工夫。偶逢走得较近的地方，我们有时也会回到城里来下馆子，以"AA制"的形式将周末的友谊定格在一种愉悦的情景上。

因为与山水相逢的日子久了，遇到最多的自然是一条条溪流。但不论是曾经静寂的山涧流泉，还是依然畅亮的村前小溪，都不过是一处处宜人的风景，无法在旅人的心中停留多久，甚至有些原本清纯的溪水，转眼之间已经遭到了人为的破坏或受到俗世的污染。真正让我动容的，是日前遇到的那条溪流，她就在离城不足 20 华里的地方，那天我们要去谒拜一处山庙，却不经意间地闯入了一条溪流。在春天，在城外，在翠绿欲滴、浓荫掩映的半山腰上，我们因寻找那处烧香的地点而迷失了方向，猛然间一条静静的溪流就出现在了我们的眼前：她是那样的淡雅、安闲、多姿，溪中的水流涓细而清爽，天然错放的溪石大大小小，光洁圆润，她穿越山际，发出轻轻汩汩的脚步声，纤纤的身影弯过眼前的视线，常常一下子就不见了踪影，她那深闺久锁般难于掩饰的芳华，时而恣意纵情，欢歌于山林草木之间，时而又以冷然的、慵懒的眼神看那遥远里的红尘。骤然间遭遇的这一条溪流，让我猝不及防地震撼，我愕然于尘世之中竟然还有如此静美的地方！因为聆听而宁静，因为濯足而清凉。徜徉于这样一条相逢的溪水，我在痴迷之中有了一点失魂落魄的样子。我举起手机，不停地拍照，我知道，尽管手机的像素不够，留下的影像不可能清晰，但只要记得她那朦胧的样子，我就满足了。抬头望望苍茫的山色，我满腹惆怅。这是一个什么地方？溪水又叫什么名字？她从哪里来？又要到哪里去？这一切都像谜一样盘绕在我的心里，挥之不去。

　　正当我沉浸在那种欲罢不能的情绪之中，一声惊惶的叫喊让我回过神来：就在溪流旁，在被灌木和杂草掩盖的小路上，妻子的一只脚被一个铁夹子夹住了！我一看那铁夹子足有家中盛菜的盘子那么大，是用一根粗大的钢筋扭成的受力机关，卡口也是由钢材制成的尖利的牙刺，看上去就像一只张着血盆大口的怪兽。有人眼尖："是野猪夹！"当下的情形，我们惊骇得脸都走了颜色！前面的朋友小心翼翼、使尽浑身的力气才将野猪夹从妻子的脚上取下来。他试了一下野猪夹捕咬的威力，只听"嘭"的一声，把在场的人都吓住了。好在妻子穿的是一双厚厚的皮鞋，加上踩踏得比较浅，卡口只夹住脚掌穿着皮鞋的部位，才没有受伤。朋友说："前不久我有个熟人在山里被野猪夹夹了，骨头都断了，医药费几万元，现在走路都还拐着……"凝视这只怪兽般的野猪夹，已经锈迹斑斑，很显然，它被山民放置了好多年，我们在后怕中感觉庆幸。

（2008-03-09）

户外的月亮

一次偶然的机会，经朋友的介绍，知道了梅城"天行拓展"这样一个"户外"人员的聚居地。

还没来得及认识他们中的大多数人，就碰到了他们召集的野营活动：龟龄岛狂欢。据介绍，龟龄岛是一个非常优美的小岛，在汕尾市捷胜镇对出20海里左右。在很多年以前，经常有海盗出没，是海盗的据点，所以又叫海盗岛。

原来召集的时间是4月19日、20日，因为遇到当年的第1号台风，所以就延后了一个星期。说起来，我们是超龄的人员了，因为他们中的大多数人都是非常年轻的。我们决定参加，是因为被这样一些字眼吸引着："孤岛野营""草地狂欢""深夜烟花"，想想这样的情境，都让人激动满怀，所以我们毫不犹豫报名了。

早上8点集合，8点30分准时出发。一路上年轻人嘻嘻哈哈的闹个没完，但司机却是非常地有耐性，愣是把高速公路的车速开到平均70公里以下，直至中午1点多钟才到达捷胜镇。在海边一个唯一的餐厅吃完饭，就匆匆地乘了船去岛上。

因为乘的是小型飞艇，往返不过30分钟的时间，18个人分二两拨很快就过去了。

到了岛上，卸下背包，才有时间静下来回味一下此次旅程的开端。

我不知道如何稀里糊涂地就走了进来，走进了一个叫作"户

唐梦·散文卷

327

外"的群中，漫随着他们的脚步，来到了一个叫作"龟龄岛"的地方。他们是谁啊？就是一群"驴"。"百度一下"，"驴"的解析是：马科、驴属。体型比马和斑马都小，但与马属有不少共同特征。体质健壮，抵抗能力很强。耐粗放，不易生病，并有性情温驯、刻苦耐劳、听从使役等优点。因此许久以来，喜欢"户外"的人群被称作"驴友"。但是，我们好几个刚刚进来的，不是真正的"驴"，要说勉强算"驴"的话，也是经过化装的。我们这几个"新人"随着这些真正的"驴友"出发。心里面有点新奇有点怯。就像初见陌生的小妇人，淡淡的化了些妆，生怕容颜见不得人。

找到扎营地之后，接着开始搭帐篷、拾柴、准备烧烤的晚餐。在夕阳余晖的映照下，在孤岛，在一片开满不知名小花的草地上，一顶顶帐篷"立"了起来。晚霞穿透薄薄的云翳，照射出迷人的亮光。四面的海水在傍晚的柔和中，轻轻地拍岸，让我们的心一阵阵地收紧，为这美丽而充满梦想的夜晚，为即将到来的新奇，而一阵阵地激越与兴奋！

架好了炉子，生起了旺旺的火苗，大家开始将各种各样的食品拿来烧烤。在手电、头灯的照射下，朋友们高举酒瓶，将久积在心中的豪情一饮而尽！

原计划午夜 0 点燃放烟花的。还只是 11 点多，大家已迫不及待地搬来了烟花，一排排美丽的焰火撕碎孤岛上空的宁静，将我们的欢乐发挥到了极致。

夜深了，篝火还在燃烧。静静的山坳之间，一顶顶帐篷传出均匀的呼吸声，绿草在夜雾的抚慰下沉沉地睡去。

在这样的时刻，我无法入眠。就在宿营地的肩上，在山坳之间，海水传来一阵阵轻柔的浪声，永不止歇。午夜之后的大海，平静而博大，浓重的雾水已经穿透发间和薄薄的衣裳，让春夜微凉的思绪侵肌入骨。就在人们不经意的蹒跚中，在山坳和海面的上空，竟然非常珍奇地出现了半块月亮！这一枚还是春日未尽的弦月，这半爿月儿，它于春天的龟龄岛上，在深夜，静静地来到帐篷的上面。它那橘红的颜色，在浓重的夜雾中，在平淡的海风与轻微的海浪中，我感受到了让人震撼的美与深沉的交织。轻微的海浪没有停止它脉搏般的跳动，夜雾打湿了我的衣衫。面对这让人难于抑止的新月，我只能莫可名状地钻入帐篷，在夜色中让自己沉沉睡去。

次日清晨，当人们拆下帐篷，捡拾行装，匆匆就要离开孤岛了。这是一个陌生的旅游，也是一种全新的体验。与驴友们一同出来，大家相互只叫网名，并不关心各自的现实生活，只以平等的方式相处相融，活在当下，开心快乐。

（2008-04-29）

唐梦·散文卷

329

清水无香

在滚滚的红尘里，你在走着。

也许有着春天写下的意境，有着夏日留下的豪情，更有着秋的烂漫和欣喜……哪怕就是冻雪与深寒堆积的冬季，枯枝以及坚硬的冰曾经纠绊着你的脚步，但你仍在走着，永远都在追寻和憧憬着绿荫满怀的人生。

雨季的淅沥没有打湿你的心灵，晴日的灰尘没蒙住你的双眼，那是因为你仍在寻找。一种执着就是一份希冀，不论徘徊、彷徨，还是在那里故作沉吟，一个突然开朗的时刻，一个毫不经意的瞬间，你终于走出户外。

是绿色，是森林，也是那激荡无边的大海，吸引着你的目光，牵动着你的脚步。

走出户外，就是走出那十里尘嚣的迷茫，走出人头涌动的疲惫，走出串串烦琐的日子。每一处的草滩，每一片的林地，每一个被阳光晒过温暖的石面上，都留下了一排欢愉，一畦笑声。

捧一把清泉洗去劳累的尘土，心境的宁静与温馨在脸膛儿上开出了花朵；站在一平如镜的水池边，你看到的是缠结着朵朵白云美好的内心；哪怕只是一湾浅浅的水，在你前行的路上，仍然让你温情地濯足而歌。

——你终于明白了，原来你放下过往的疲累与烦琐，一直在寻找的，就是这样的一注，一行，一注，一池清水。不错，

清水无香，它无法带给你更多尘俗的满足，但却能让你在拂去
尘埃之后的内心充满安然的升华。那些清凉，那些抒发沉迷的
倩影，都是需要记取的一个个人生珍奇的瞬间。

　　清水，是户外的过程中必然涉足的美。不论是驴，类驴，
还是非驴，只要是在出发的过程中，只要是驴友们相聚的日子，
我们就会有一汪汪清水激荡的心灵，它们凝结的美，哪怕只是
因为枯水期的渴盼、干裂而带来内心的伤怀、沉痛，甚至是撕
心的感受，也会开出各种各样心的花朵，让我们凝视和回眸。

　　是的，清水无香。水清无鱼，我们不必留恋那些混浊里的
故事。在清水前，我们只需倾诉，表达，寄托，让清水为内心
的满足而生，而纯粹。

　　走出森林，走出清水，当你回到庸常的生活里，回到平静
的日子中，你再去结网，做个渔夫。

（2008−05−07）

唐梦·散文卷

对生命的态度

　　早晨 3 点多钟，突然被一阵难受的疼痛弄醒了，痛的部位在右腹区。开始不是很在意，吃了点整肠丸，以为就会没事的。没想到痛感越来越强烈，以至有点坐卧不安了，妻子便说要叫的士陪我去看急诊，我说不用了，开自己的车去。我一手捂着肚子，一手抓着方向盘。来到医院后，我就在急诊室的床上躺下了。妻子忙着帮我去挂号、找医生。

　　真正的痛是在那时才开始的，身体的一个部位像有台绞肉机般把我的意志和灵魂都绞碎了，我简直痛得难于忍受！躺着不是，坐着不是，站起来走动也不行，好几次扶着床沿就蹲了下去。一个大男人，竟被疼痛折磨得哇哇乱喊，这是少见的事。照理儿早就过了呼天抢地的年龄，面对世间的万事万物，心情应该是平静的，应该像一条无声无息的地下水，默默地流动，默默地面对和承受可能来临的一切。心灵的巨痛常常能让人陷入绝望的境地而胡思乱想，想不到肉体的折磨有时会来得更加直接，直接地告诉你：我很疼，也许疼得让你无法忍受。当你在生命的岸边不由自主地张皇时，也许猝不及防的一个浪头猛地就打了过来，你除了面对、接受，已经没有别的选择了。那一种劈头盖脸的创痛、那一种难于说出的咸涩的滋味，也许能让你对于"生存"这个字眼多着几分刻骨的领悟。

　　实在没有什么办法了，医生只好开了两支杜冷丁给我肌注。要知道，这是一种毒品类的止痛药，非痛得万不得已，医生是不肯开的。

　　痛暂时止住了，凌晨之前沉沉地睡了一小会儿。等着日班的医生、护士都上班了，便开始去B超、体液化验。B超竟然没有查出什么，体液化验的"潜血"是三个"+"。最后医生诊断：痛到这样程度，肯定是肾绞痛。B超查不出来，说明只是一些碎石，因为潜血严重，可能已经排走了。医生开了些药，嘱了些注意事项，这天痛苦的经历就算暂时告一段落了。

　　本来就睡眠不好的妻子，又硬生生地因为我的病痛折腾了一个晚上。她满脸倦容，看起来比我还痛苦的样子。我禁不住百感交集，无由地伤感起来。许多人都会说：活着真好，"蝼蚁尚且偷生，何况是人"。这也是很陈旧的道理了。但上帝给了我们生命，却没能给我们自由。本质上我们来到世间，都是来受罚和历苦的。就算是一些开心和快乐的时光，也常常要默默地承载些什么。在茫茫的人世间，尽管你的生命如蝼蚁般地微不足道，但你依然不可以主宰自己，你不能够说你是你的。上帝让你来到世间，早就看穿了你种这卑微的想法，因此在你的周围设下许许多多的牵绊，让你欲罢不能。你的爱，你的亲情。你最初的选择，你耳鬓厮磨的伴侣，你恩宠未尽的父母儿女，你手足相连的兄弟姐妹，你投桃报李的亲朋好友。甚至你尚未回馈的那点滴恩泽，你曾经许下而又未竟的诺言，这所有的一切，都会让你记取：你的生命不可能是你的！

　　今年清明之时，去游大埔的泰安楼。在这座有着200多年历史的旧宅里，端坐着一位90多岁的老太太。迷离的日光之下，老人的神情就像旧宅一样泰然，仿佛早就看透了这人世间的一切。她的人生，她的故事，她曾经的欢乐和苦楚，我们都不得而知，但她那平静安详的神态却让我们深深动容。回来之后，我写了一首诗，其中的句子写道：

　　　　不要用这样的眼神望我
　　　　我的故事与你无关，但你一定会

走着我走过的路，
因为我的路平凡得
没有谁能绕得过去。

　　是的，幸福总是相似的，不幸虽然各有不同，但都会走着
同一条平凡的路，直至日子沧桑，直至岁月老去。既然糊里糊
涂地来到了世上，就有责任走下去，哪怕你走得多么的艰辛和
痛苦，这都是一次必须完成的旅程。痛苦是上帝给你准备好的
一块煎饼，欢乐就是当你吃完煎饼之后，嘴角露出的那点笑容。
　　路走得差不多了，也许你才会幡然醒悟：上帝让你来到世
上，不仅是受罚和历苦，更是想让你明白一个道理。当然，有
许许多多的人，也许直至生命的最后一刹，都没能够明白过来。

（2008-05-09）

梦月集

别　离

让雨来到你的跟前，那是因为前世今生欠下的缘。密密地包围着，温柔你的视线。让你挥不去的，不是我的身影，是你我短暂相依的日子。

别离成为枯萎的草，在雨中轻轻地哭泣。是爱？是痛？让你伤心远离，让你走出这一方难耐的天空。

种下桃花，让它纪念春天；拔一株芨芨草，放你行囊的深处，愿你今生的日子一路顺风。

你也许一去不回，也许，在某个疲惫的午夜来敲我紧闭的房门，我能等待吗？我的窗为谁开启，又为谁守护？一片凄然的绿……

那枚明月已经浅淡成一句脆弱的诺言，在迷离的雨幔中明灭；像春天刚刚啜泣完的瞳孔，穿透心灵深处的战栗。别离的汽笛一次次地响起，火车呼啸而过，穿越我的心际，那轻如薄纱的雨雾，我的思念被拽向远方，被呼啸而去的车轮，一点点地碾碎。

我是否可以转身，今后漫长的日子，谁还能再为你，撑一路的欢愁、一路晴阴？

（2008-05-06）

把生活过好，把文章写好

从花都回来好些天了，心境一直平静不下来，因此也就没有在键盘上敲下多少文字。以至不少朋友都打电话来问候。其实我还是想写点东西的，虽然从花都回来之后我就退出了"射门"的QQ群，并对尖山说，希望将我的"副版主"除去。我想静下来读点书，写点东西，挂着名又没多少时间去跟帖管理，不太好。但尖山还是说让挂着吧，我就说："那好，你什么时候想除了就除去。"

回来的前几晚都不是很好睡，近一二晚好点。昨天与"梅州户外"的几个朋友喝了点酒，接着又玩"狼人杀"（一种风行于白领阶层的智力游戏）玩到午夜才回来，一觉沉沉睡去睡得很香。早晨6点多钟就醒了过来，再也睡不回去，就干脆上上网吧。翻了些诗人的博客：刘春/苏浅/李小洛/郑小琼。刘春博文中的这句话，被我拿来作了标题，并作了QQ上新的"个性签名"。当然他的原话是"把文章写好，把生活过好"，我想了一想，还是调过来吧，因为到了我这个年纪，已经缺乏激情了，要想把文章写好，实在不是件容易的事。而把生活过好，却可以有我自己的标准。

花都与朋友们的相聚，非常开心。一直想写篇散文化的纪事，心想就叫《花都英华》吧，但一直动不了笔，后来刚好看见任平在写着一篇文字，也就放下了。也许后来还会写，也许写不来了。想到要写一组诗的，因为心绪一直无法平静下来，

也就动不了笔。那就干脆沉淀一下吧，先读点书，读些好诗，作些思考，不要轻易地像以前那样写诗了。21世纪以来的诗歌式样，已经发生了很大的变化，向"70后""80后"一批重要的诗人学习，并不是一件羞人的事。停滞不前，往往只是因为源自我们内心的固执。当然，也许学习和操练都无足于改变我们的落后，但起码对我来说，这个过程是愉悦的。

　　正如某位诗友所言，做着这样的梦想是孤独的，哪怕只是一种初初的凝望，都会让你感觉孤单。与朋友们把酒言欢之下，每每都会觉出路上行人的稀少，更别说能就这样的诗歌来推心置腹了。生活之外的诗，原本应该纯粹的，有时竟也纯粹不起来，不禁让人伤感。重视友情，而选择一定程度的疏离，以前倾的姿态向新生代以来的诗人们，特别是21世纪前后以来的诗歌式样学习，正是我要重视而必须去做的事情，这也就是我想要"把文章写好"的一点点想法罢。当然，仍应该在"把生活过好"的前提之下。

　　把生活过好，是一直都在努力的。自从孩子考上大学之后，我们的生活就一下子静了许多，一时竟然有点难以适应。一些意料之外的挫折，更使人生觉着有点迷茫。幸好大部分的时候，总还是保持着乐观积极的态度。在日复一日地做好那份平淡的工作之外，我们依旧和一帮朋友们进行着郊游，最近更是加入到了一个户外的人群之中，寄情于山水和大自然平和博大的胸怀中，得到开心和快乐。

　　写着这样一篇小文之际，这个周末，又将邀朋一起自驾前往平远的南台山游玩了。

（2008-05-08）

唐梦·散文卷

337

首次长途徒步

　　云中漫步开始发在"大森林"的召集帖很快就被我留意到了，因为对梅隆这条小铁路的怀旧之情，因为云中介绍的沿途美丽的风光，因为远距离徒步这种户外带点艰苦而浪漫的活动……打动着我的心！我终于下决心在云中发在梅州户外论坛的帖子中跟帖报了名。

　　在QQ上鼓动一树去参加，一树说："徒步这么远的路线，心里没底。"我说："我心里也没底，但又不是大山嶂，怕什么，至多走不下去就折回头；况且我这个40多岁的老同志都敢去，你年轻人怕什么！"一会儿一树说："豁出去了，报名啦！"

　　知道云中漫步是位猛驴，知道他在梅州户外召集过桥溪登五指峰、南山工业城徒步秀村登高观音等帖子，一直都无缘参加，无缘认识。此次徒步梅隆铁路见到的云中漫步，始知他还是一位小年轻驴、帅驴、好领队！云中的攻略做得仔细，组织到位，体贴关心同行驴友。只想说：云中辛苦了！有机会还想跟！

　　午餐休息时，鼻子和云中带了贼咸的红油豆角、榨菜，想不到竟被一抢而光，从没见过对这样咸的下稀饭的小菜居然可以当作零食来吃的！原来，大家带的多是面包、水果等甜的食品，而经过艰苦徒步，出了大量的汗水，体内缺乏盐分，也难怪大家可以将榨菜当作零食来吃了！

　　途中路遇一赴瑶上圩的老阿婆，很同情我们这群徒步走在

梦月集

前不着村后不着店的旧铁路上的陌生人，她说："同志，现在又没有车搭，怎么好啊？！"大家哄然一笑；路上一处积水坑洼地段，只能踮着脚从一排小石块上走过去，有人说："小心点，那些石块不知稳不稳。"我说："石块是稳的，只是现在脚有些不稳了！"大家又是哄然一笑。

　　早上 7 点 40 分从槐岗村口出发，下午约 3 点钟到达上官塘水库，历时近 8 个钟头，行程近 30 公里，留下了难忘的记忆。

（2008-09-07）

唐梦·散文卷

心灵的故乡

　　今年中秋节的前夜，我们梅州户外的几位朋友，决定到小雪爱人的乡下老家——岐岭王化村——住上一晚，感受儿时"村头赏月"的美意。

　　一行 14 个人，是从早上 8 点多钟出发的，目的是到乡下住宿之前，要先去邻近的龙川铁水湖游玩。大约 9 点 50 分，到了 205 国道的岐岭路段，与前一天先行回家的小雪会合之后，大家便兴冲冲地向游玩的目的地前进了。

　　铁水湖位于龙川通衢镇内，我们把车停在县道边，沿山沟走不足 20 分钟，就到了。铁水湖其实不是湖，只是山沟流下的一条小的溪水，有几个小瀑布。不知当地人为何把它称作"湖"，可能因为是那瀑布前形成的好几个大小不一的水潭吧。

　　也许因为不太出名的缘故，铁水湖环境幽静，少遭破坏。特别是水质非常清美，走累了，捧一把洗洗脸、戏戏水，让人心动不已，我们几个"顽皮"的大男人，还在水里畅游了一番。

　　中午在通衢镇吃过饭之后，又去了一趟龙川的七目嶂，没有什么好看的风景，在傍晚的时分，便回到了岐岭的王化村，准备吃完晚饭，在村里赏月了。

　　从 205 国道岔进去，依次穿过一条河水及广梅汕铁路，十多分钟之后，便来到了王化村。没有过多地打听，这应该是岐岭镇内一个自然的小山村，居住的都是钟姓的村民。四周不高的山岭，青松绿树掩映之中，山坡上、山坳里，随处散居着一些疏落的人家。村前的农田边上，一条弯弯曲曲的小溪合围而过，美不胜收。

小雪的爱人，我们称其为"团长"，不是部队的军人，因为在市里的讲师团做过领导，我们就这样叫上了。"团长"的老家是一座典型的客家民居，属于"上三下三，两杠横屋"，屋子不是很老，应该是 20 世纪 70 年代前后建成的。上书"胜裕庐"三个苍劲有力的大字，"团长"称，是以其父母的名中各一个字取的楼名。这样的屋子，在客家地区，是非常普通的，甚至还有点"寒碜"，因为客家的民居，除了大户人家完整的围龙屋，大多数都是"上五下五"的。尽管房子并不出挑，但经过简洁的重修，拾掇得非常整洁。更让人激动的是，在这所普通的旧屋里，处处泛现着不一样的清雅与文化气息，除了楼名及门联由知名的书法家郭劭书写之外，在上堂、侧廊等处地方，还挂满了罗昌明、古求能、黄天胜等本地文人骚客的字画，也有一些外地名人的书画作品。在右侧横屋，还立起了一个"农民文化室"的牌匾，里面摆了一行整齐的书桌，放有丰富的各种图书，专供闲暇的农民及小孩读书。在乡村，在大多数人还在蝇营狗苟、茫然生活的时候，这样一种想法，这样一种做法，也算是一个别致的风景了！

"团长"是一个细心浪漫的人，在其旧屋的前后，植满了各种各样的果树和花草，尤其是门坪右边一棵高大的杨桃树下，放着一张长条的石凳，直把一个简单的客家民居住所，装扮得花园般地怡人，甚至在门坪的水泥地上，还立了半边的篮球场架，真是休闲锻炼两相宜了！

晚餐是一桌丰盛地道的农家饭菜，加上岐岭是出产客家著名的米香型白酒"长乐烧"的地方，"团长"拿出好几瓶"长乐烧"特供酒。我在约伴的短信上称"品尝地道的农家饭菜及长乐烧原酒"，引得朋友们对这顿晚饭更是充满了想象和期待。在欢声笑语里，在交杯换盏中，朋友们个个吃得舒心畅快，其时正是农历八月十四，算是提前一天过节吧！

唐梦·散文卷

晚饭之后，在明亮的月光下，在乡间的小道上漫步。也许知道我们是一群远道而来的客人，村中的狗儿竟"温柔"得一声也不吠。在路边一块休息的空地，用天然的大石块做成了一张"茶几"，几张石凳。在这样的乡村，在这样的节日里，在这样的月夜，在这样的心情之下，停下脚步，静静地品一壶当地产的绿茶，那真是神仙般的享受。"团长"告诉我，他的父亲担任着村中"老人协会"的会长，这个休闲的地方，就是他的父亲亲手搞起来的。

本来"团长"已经给大伙准备好了住宿的房间，但朋友们执意要在门坪里搭起帐篷，体验一把"客家民居门前野营"的特殊乐趣。当几张防潮垫拼起来，铺在门坪里柔软的"满天星"草地上时，朋友们围拥而坐，赏中秋已临的一汪明月，品村中万般温宁的农家境况，侃俗世浮尘的种种。同行的陈主任，更是在草垫上翻滚起来，直说让自己感觉回到了快乐无比的童年。人生之大小，莫过如斯！

是夜，众人兴趣盎然，至更深方散，次日回到梅城，大伙在 QQ 上聊天，仍意犹未尽。是啊，那些也许已经斑驳的旧屋，那些僻静的居所，那些青山绿水环绕的村庄，就是常常被人称作"故乡"的地方，它让我们怀旧、回眸，蕴含着更多平淡温馨的幸福！其实，不论出生在城市还是乡村，每个人都有一个属于自己的故乡，那就是在尘世恬淡的高处，在人生从容的片刻，在情感最柔软的部分，便是此生真正的故乡，心灵的故乡！

（2008-09-23）

生命中悸然心动的风景

2008 年，是一个难忘的年份，雪灾，地震，奥运，金融危机……在悲喜交集的煎熬下终于度过了。就在即将结束的时候，在 2009 年元旦到来之际，我们和梅州户外一帮年轻的"驴子"们游了一趟庐山。回来都已经隔了那么些日子了，心情却一直无法平静下来，一直在为着那些幸福的行程激动着！也许是因为庐山太美，也许是因为和同行的爱人、朋友感觉太好，总之，庐山之行就像一颗难耐的精神之果，在诱惑着我的内心，让我不得不静下来，记点什么。

对于庐山，在我的印象中，好像就只有那样简单、粗浅的几笔：譬如，历代文人墨客的诗词赞美；譬如，毛泽东和庐山会议；譬如，20 纪 80 年代初张瑜主演的电影《庐山恋》……但当我真正走进庐山，从那里回来之后，尽管只有短短的二三天时间，对于庐山那种唯美的印象，那种依依不舍的怀恋，却像纠结着的一种情感，浓得化也化不开。

我们冬天来到庐山，正是所谓旅游的淡季。零下结冰落雪的季节，清冷的牯岭街景、古色古香的老别墅、安静的小路、到处都是紫藤，枯枝，满地怀旧的落枫、冰挂，残雪缀满草垛、沟壑，酥暖的阳光穿过树林。天高云淡，红瓦青山，悠闲的白鸽。与通常所见的旅游区人山人海的情形恰恰相反，一切都是那样的安宁、美丽、醉人，这正是我们想要的庐山，这种唯美的气质一下子就把我们震慑住了！

其实，庐山的美，是无法用笔墨描绘出来的。我要记的，只是让我难于释怀的几个场景。

一个镜头和一个瞬间

2009年1月2日上午，吃过早点，导游带我们游览含鄱口。清晨的庐山，寒冷笼罩着远处的风景和近处的树木，偶尔一二辆汽车驶过，屁股后冒着腾腾的热气。尽管太阳已经出来，路边、树丛里，到处都还布满未化的冰块和雪花，人们在观赏美丽风光的同时，禁不住伸起冻得通红的双手，放在嘴边哈着热气。

看完含鄱口，就要转往游览另一个景点的时候，无意间拍下的一个同行的镜头，深深地让我感动。尽管我用的只是非常入门的卡片机，对拍摄的技术可以说是一窍不通。但就在我"咔嚓"一声按动快门的那个时刻，一个深情的故事已经产生、一个美丽的画面已经定格！

此次庐山游同行10人，有三对夫妻，山风和阿芳是其中的一对。认识山风，是在"梅州户外"。爱好户外活动的人，常常被称为"驴子"，"驴子"们一般在网上聚集，在博客、论坛、QQ群出入，发帖、群聊、召集出游，有时也见面FB一下。因此认识的多为网名，并不清楚各人在现实中的位置和真实的情况，大家也不关心这些，关心的只是当下快乐的户外生活。因此确切地说，我至目前为止，甚至连山风真实的姓名都不清楚，只知道他生活中的一个大概。但我和他却非常投缘，我们的生肖相同，他是比我小一轮的"虎"。他一米八几的高大身材，行伍出身，目前从事的是警察工作。我们有一些相同的爱好，喜欢一些简单的摄影，喜欢喝点小酒，喜欢玩玩"狼人杀"游戏。见过许多相同生肖虎的人，大都属于耿直豪爽的性情中人，山风也不例外。正是这一点和我对上了脾气，但凡有户外活动，总喜欢相约同行。

山风和我不同，他很少跟他的妻子一同参加户外活动，此

梦月集

次庐山行是自助旅游的性质，所以他的妻子阿芳也一同参加了。在含鄱口的这天，山风的鞋带子松了，阿芳很自然地蹲下去帮他系鞋带子，而我当时正好在他们旁边，手里的卡片机"咔嚓"一声就响了，一个让人长久感动的镜头就这样定格了：在庐山，在美丽如画的风景区，在寒冷的冬天的早晨，一个温婉柔情的美丽女子，轻轻地蹲在一个高大粗壮的男人面前，帮他系好鞋带子。这是一个简单动人的画面：力量和美、刚与柔……其内在的精神，可以长久地打动作为一个平凡人的心灵。我当时笑着打趣："好温馨浪漫啊！"阿芳有点不好意思地说："他长得胖嘛……"

上午游完含鄱口，下午在三叠泉景区游览。众人正在为美丽的雪瀑、雪景而欢呼雀跃，在三叠泉下方铺满的积雪中尽情地游玩、拍照。突然间，三叠泉上方发出一串轰隆的巨响，原来是挂在三叠上的冰瀑发生了雪崩！霎时间，伴随着一阵阵震耳欲聋的响声，大大小小的雪团、冰块从几百米的高空纷纷坠落。就在这样的一个瞬间，许多人被这突如其来的现象惊呆了，我的第一个本能反应是惊呼着向秋月跑去，把站在离冰瀑最近的她拉出来！幸好雪崩没有伤着人，秋月捂住狂跳着的心口，心有余悸地说："吓坏了！"山风说："唐梦确实不错，第一个去拉秋月！"我有点不好意思地说："她站在离冰瀑最近的地方嘛……"

是啊，正是这一个平凡的镜头，这一个简单的瞬间，让我们对人生有了深一层的领悟。我们常常处在平庸的生活之中，感觉着平凡生活的琐碎与无谓，但在不经意之中，却让我们看到了平凡生活的细节亦常缀满动人的花朵，在某一个突如其来的瞬间，我们甚至能够本能地一下子高大起来、伟岸起来！轻轻地走过人生的四季，漫随细如流水般的庸常生活，平凡的真情和幸福，原也可以像浪漫的电影《庐山恋》一样，循环放映不清场。

唐梦·散文卷

老别墅

　　说起庐山的老别墅，我真的无从下笔：因为它太美了！由于同伴工作和假期的关系，此次庐山游的行程比较紧张，只有在2日下午游完三叠泉之后，才安排了一点时间参观老别墅。

　　我们到庐山第一站下车的地方是庐山大厦，正是老别墅区的下方，而当晚我们居住的别墅式宾馆，却在老别墅区的上边，都离得那样近。就是说，我们曾经和老别墅一次次地相遇相邻，却又一次次莫名地擦肩而过，当我们真正能够见到老别墅，并近距离地接触老别墅的时候，已是庐山的黄昏之际。太阳垂在西边，柔和的光线穿过冬天苍老的树木，照射在别墅区那些古旧斑驳的屋墙上，让人更觉醉心的沉迷与怀旧。

　　关于庐山的老别墅，关于那些怀旧的落叶和树木，关于那个美丽的下午。我真的无法释怀，一次次丢下手中的鼠标，想让那些美丽的记忆随着时间的流水而淡淡地远去，但又做不到，一次次神差鬼使般坐在电脑旁，身不由己地敲着这些不着边际的文字。

　　我们的旅游车停在老别墅前的公路边。大家下车参观、拍照，那些参天的古木，灰白而斑驳的院墙，怀旧而迷离的色彩，一直纠缠在我的脑海里。被脚底磨得光鲜洁净的石筑小路，纤绳般地缠绕在一幢幢美丽的别墅间，路边竖着几个精致的木牌子，讲述着老别墅的故事。老别墅的一边，庐山的老妇人在摆卖色彩诱人的樱桃干，年轻人挑选着购了一些。穿过树木的夕阳，颜色已经越来越淡。近处游人的声音，远处稀稀落落一些汽车喇叭的鸣响，伴随着深寒的轻风，卷弄着那些地上四散而灵动的落叶，交织成一幅庐山老别墅醉人的黄昏画卷！

　　趁着天色还没有完全的淡下去，我们抓着手里的相机，匆忙而又激动地拍着那一张张珍贵的照片。也许是游得累了、拍得累了，也许是因为庐山老别墅迷人的风光，同行的小萝卜靠在老别墅旁一棵巨大的树干上陷入了沉思。这样一个画面，

梦月集

与此情此境是那样美妙地融合在一起：深黑古旧的老别墅屋墙、石窗，同样深黑斑驳的古木的躯干，清新脱俗的倩影，一身黑色的衣裳、白色的冬帽，系着的一条红色围巾，就像那深寒的冬日庐山里一团炽热燃烧的火焰。那灰黑而深沉的调子，邈远而凝思的目光，色泽厚重、噪点粗砺的油画般的效果，让我惊觉于这瞬间织造的让人震撼的美，原是那样不可思议！

成长的岁月

此次庐山行虽然时间短暂，但是大家都玩得非常开心。尤其是同行的蓝琳，更是一路蹦蹦跳跳，雀跃欢欣，高兴得像小孩子一般。虽然爬山走路让人疲累，乘车经过弯弯的山道又让人感觉长途颠簸之后的不适，但蓝琳还是抱着一部笨重的单反相机跑上跑下，恨不能将所有的美景都收入镜头。我常常感动于她那种带点童稚般的开朗、单纯，天真烂漫的笑容，以及让人由衷敬佩的勤奋与善良。

记得还是在春深的一个日子里，我加入户外群体不久，那天晚上朋友的饭局让我喝得酩酊大醉，云里雾里地驾着车经过城中的"团结路"，醉眼蒙眬中但见天风等人和一帮朋友在吃串串火锅，我脚步不稳地走下车来和他们打招呼。中间坐着几位美女，其中一个穿着特别的制服，妆容娇丽迷人，天风介绍："她们是蓝琳、小月、无忧"，从此我知道了那个穿着制服的女孩子叫作蓝琳。在我的想象里，这是一个现代、快乐的女孩子。但后来我在论坛上，看到她的头像是一幅古代仕女的模样，喜欢的是古典诗词和传统民族音乐、歌曲。再后来，在好几次的 K 歌房，她竟然能把许多民歌唱得非常优美、专业！这让我大感意外，与一开始的想象形成了巨大反差。蓝琳，就是这样一个单纯、快乐，富有才华的女孩子。

短短几天的庐山游很快就要结束了，从庐山回到南昌火车站，人潮涌动，到处是高声充斥的嘈杂，过完节日返流的人群那种紧张、急躁、无助的情绪，把整个火车站灌得就像要爆炸的火药桶一般。从南昌返回梅州的火车票两三天内都已经没有了，甚至连站票都没有！无奈，只好取道京九线的龙川站下，然后再乘中巴回梅城。

经过疲惫的等待和忙乱之后，终于乘上了返程的晚班列车。挥别庐山美丽的时光，仿佛一股依依难舍的情绪依旧缠绕在心头。虽然江西并不算北方，但明显比广东冷了许多。浓重的夜色笼罩着无法分清城市乡村的异地他乡，随着列车笛音一次次的鸣响而倏忽远去。列车的轮子有节奏地打击着铁轨的声音，返乡的纬度上也由北向南而渐次温暖起来。

夜渐渐深了，车窗外的夜色愈来愈浓，小萝卜卜突然小声地告诉我：睡在上铺的蓝琳流泪了！来回的火车票大家的座位都是靠在一起的，一直并没有发现蓝琳有什么不一样的情形，但就在这样的寒夜，一个随我们孤身出门、快乐美丽的女孩子，竟偷偷地在上铺抹起了眼泪，这让人无由的有些伤感起来。

夜色依旧浓烈，列车前进的脚步凿开深寒的冬夜。啜泣声我们无法听见，蓝琳心中的情绪我们也无法猜想，也许是因为庐山太美了，也许是因为旅途太疲劳了。无论如何，这样一种情形，在这冬夜，在这只有列车鸣响和铁轨哐当的枯寒的时光，蓝琳返程的细节加深了我们关于庐山之旅的回想，禁不住悸然心动！

眼泪仿佛总是与我们这些渺小的人生相伴相随。从降生尘世的那一声哭喊、女人踏上花轿前哭别娘家的那一幕悲情，到悲伤而号，喜极而泣种种，虽说"男儿有泪不轻弹"，只是"未到伤心处"。而人生过"而立"，至"不惑"，甚至"知天命"了，仿佛生存的历练已经让泪水不见了踪影，实则不然，只是此时的人生更多了一份淡然和从容，常常让泪水隐忍而回，往往藏在心里了。就是到了耄耋年迈之际，对人生的豁达算是到了极致，依旧有"老泪纵横"一说。可见泪水总是人生的伴随物，就像人们内心的一眼泉水，蓄满的都是灵魂和思想。尤其是成长的岁月，总免不了流泪的，也许流泪一回就会成长一回，让人前行一步。回头一看，那些泪水也许成了一朵朵让人感恩而感动的花朵呢！

列车在夜色中枯寂地穿行，大伙提议到餐车消夜饮点啤酒。正在此时，蓝琳开心地加入了我们的阵营，并主动多点了几瓶啤酒，寒夜在朋友们愉快的碰杯声中慢慢消蚀。次日凌晨之际，我们回到了梅城。

（2009-02-05）

唐梦·散文卷

349

三月　雨

这的确是一个美丽的季节，美丽得让人有点心碎。

因为一个个由陌生而熟悉的朋友，有了一年风光旖旎的生活，那被叫作户外，或"驴"们的日子。

一个个场景，一幅幅色彩斑斓、让人沉迷的风景，就像人生无法释怀的每一个瞬间，或永恒地留在我们的心中。一页页地翻过，就像一部美丽的旧电影，感动着心中最柔软的部分。

春节至今断断续续尚未痊愈的咳嗽，终于渐渐平静下来。大二的儿子返校之后很少联系，那一条漫长的道路在等着他去步行，就像每一个旅人必然的行程一样。母亲和兄弟们，他们在别的城市，平静抑或幸福地生活。

在鸿都路的驿栈或布拉格，依旧渗出咖啡般香浓的味道。心怡茶馆准备改弦易张。三个户外的论坛，同时被要求域名备份。

在春雨到来之前，关于天风，关于悦诚或阿政，他们都忙于手头的生意。悦诚说："春节以后的活儿不错，今年要认认真真攒点钱了。"《废桥巷陌》已经很久没有更新，我说："老桥升职了！"他笑着摆摆手。今年被抽去参加客商大会的采访专题小组，也许要过一种更为忙碌的生活了。

山风不时还打来一个电话，谈论春天婺源之行的事情。绿野和大森林的高点袁少七一他们，依旧在那里召集。

经过了一个冬天，有些田地长了杂草，有些道路铺满落叶。

梦月集

有一阵风会把落叶刮走，有一场春雨注定会来，许多路树会长出新芽。三月到了，就会有高卷裤腿的农人，望那一垄垄美丽的土地，荷锄而去，因心灵的仰望而劳作。

不论是匆匆的过客，还是小憩着的行人，他们一如既往地爱或分手、或重生、或简单而又幸福地生活，一卷江湖万重浪。依窗而听，那叮咚的雨声。夜已深，鼾声起，梦乡遥。

这的确是一场美丽的雨水，美丽得让人有些心碎。

（2009－03－05）

唐梦·散文卷

雕　塑

　　近一个多月来，每天早晚都到河堤"暴走"，短则一个小时，长则两个小时，除非下雨或有事耽搁，天天如此。"归读公园"建设日渐完美，风景甚是诱人，沿河堤过秀兰大桥、到对面的亲水公园再到东山大桥，一圈走回来，心情舒畅，观景锻炼两相宜。

　　公园取名"归读"，出自叶剑英元帅"会当再奋十年斗，归读阴那梅水滨"句，寄予梅州莘莘学子潜心读书立志成才，客家四海乡贤归读故里的美好愿望。随着公园建成开放接近尾声，令人深感兴奋的是，在河堤上立起了一组颇具客家原生态的雕塑群，有《相夫教子》《家书抵万金》《送子上学堂》《健妇把锄犁》《丰收喜悦》《田间情歌》等等。这一组雕塑作品，均取材于客家地区的历史掌故、民情风俗等，人物造像栩栩如生，让人倍感亲切的同时，受到了一场浓浓的客家文化的熏陶。

　　随着秋天不知不觉地到来，竟然接连下了几场迷离的雨水。秋雨不似春雨那般的缠绵悱恻，也不像夏天的雨水那样夸张，经常打雷半天，震天价响，结果雨却只有几滴下来。秋雨不会这样，它常常只是悄悄地、突如其来地下一阵，然后不声不响、轻轻地又走了，它不张扬、不矫情，却是实实在在的下过了，甚至因为这样的秋雨，天气便一阵阵地凉爽起来。

　　河堤上漫步的人渐渐地多了起来，因为"归读公园"还在

梦月集

建设之中，没有完全开放，不少景致让人觉得日新月异。那一组雕塑群，也是慢慢地被安放起来的，有些还躺在地上，有些地基还没做好，有些却已是"仪态万方"地站立在它们各自小小的舞台上面、开始为人们唱演那一幕短小的历史或现实活剧了。人们就在这样的季节转换相合之际，在这数场迷离秋雨的中间，那些老人小孩，睁大好奇的眼睛，盯着那些异彩的雕像，那些仿佛远去的生活、那几分熟悉几分陌生的情境、那些胡绸长衫、那些农耕和生活用具，让他们在指指点点，轻言慢语，这实在是一幅温馨而又意味深长的画面。这一组雕塑，这一幅场景，就像炮仗般在我的心里炸了个烈响：让我的思绪倏忽闪回到人生历史的那个缝隙。

　　就像旧电影般，镜头慢慢地摇回到三十多年前：同样有着一截河堤，甚至那河都是一样的，只不过这里是下游，唤作梅江，那里是上游，称为琴江。我的家就在琴江边上，是一个叫作杨梅坳的小山村。上初中一年级的时候，我由村子里每天步行去几华里以外的圩镇中学念书，途中要经过一段长长的河堤。古老的安流镇圩场就建在那截河堤之下，那些街边的房子，大多都有一些木质的"课栏"——类似于少数民族的吊脚楼，延伸到河堤边上来，"课栏"的梯级就径直嫁接到河堤上落了。就在那木质的"课栏"上，生活的贫瘠和辛酸仿佛粘贴在了那斑驳的屋墙，以及屋内若隐若现的场景之中。我每天所经过的那截河堤，都能看到一个少年安坐在那卡楼上，手却不停地劳动，神情是那样专注、那样沉迷！"课栏"的边上已经放了不少泥塑作品，有时也会见到少年将手中的作品打碎、揉烂重来。这是一张英俊少年的脸膛，但神容却是枯索、清瘦的，眼里闪着忧郁的光芒。整整初中两年的时光，我从没见他离开过自己的劳动，那些泥塑多为造像作品，有的婉约纯美，有的夸张怪诞。以我当时那样的年龄，在那样的年代，是无法读懂那些迷离的世象以及这幅异样的生活场景的。

　　后来在外地求学、工作、辗转，人生历史的烟云轻轻地就将这一幕掩埋住了，以至疲惫庸常的日子里，竟都未曾打扫过一次！如今被突然地揭开来，电光石火般地闪亮在人生的高处，烫烤着思想和灵魂。是啊，倏忽而逝的三十年，那少年的雕塑、雕塑的少年，他应是如我一般有了几丝白发的年龄，他还好吗？他的雕塑还好吗？

我们来到尘世的每一个人，又何尝不是一个雕塑家：不管你是专注还是散漫，或者曾经将自己的作品打碎重来过，或者根本未能完成手中的作品，轻轻地就被一阵风吹走了。但在你的有生之年，你每天所重复的劳动，就是在为你的后世，雕塑一个自己的造像，不论伟岸还是卑微，这都是你留给尘世唯一的纪念和礼物。

（2009-03-30 深夜）

面对苍生，开怀大笑

因为异地采访回来连续赶稿，已经养成了凌晨三点以前无法入眠的习惯。我知道这个习惯不好，因为无法入眠的时间，大脑就会不自觉地想些什么，这就是所谓的思考。但俗话说：人类一思考，上帝就发笑。为何发笑？那是因为笑你痴！

当建筑工地的民工累了，他们跑到墙边，在太阳不晒的地方，呼呼地喝下一大碗凉水，然后擦掉额头的汗水，憨憨地望着这个城市，他们思考么？至多也就是想想这个月的工钱，希望老板不要欠薪。

当田地耕作的农民累了，他们跑到树下，在一处阴凉的地方，悠悠地抽完一大截卷烟，然后拍拍身上的泥土，惬意地准备回家，他们思考么？至多也就是想想晚餐该吃什么，希望今年地里的庄稼不要歉收。

他们不怎么思考，他们的生活很清苦。但许多时候，他们总是满足的，幸福的。除非有什么天大的灾难，把他们的生活压得变了模样，这时才会显出无助的眼神：怨苍天、怨这个世道太不公平。更多的时候只是乐安天命，平淡生活。

而爱思考的那一群人，那些城里人，他们白天挤在一起，各自在揣摩对方的心思，小心翼翼，相互提防。然后晚上还不肯入眠，什么人生的意义、命运，接着就是痛苦，日复一日，年复一年。

香港人均物质财富在世界的排名中占到了前十位，但是生

唐梦·散文卷

活的"开心指数"则名列世界倒数十名之内。人类总是作茧自缚，把本不该负累的精神枷锁，强加给自己。

佛祖说人生有八万四千个烦恼。你总须要坦然地面对，能放下的就放下，放不下的，也要放下。人生如白驹过隙，渺小得很，与其哀婉幽怨，不如面对苍生，开怀大笑！

（2009-04-17）

难忘的上午

4月6日早上，一直晴朗着的香港街头，突然下起了小雨，在海洋性季风的吹拂之下，竟然有着几分早春的寒意。我和嘉良穿过绿灯，穿过人行道，穿过林立的商铺，脚步明显要比普通的行人匆忙几分，因为惦记着一件重要的事情，就连早餐，也是囫囵吞枣的。

到了——这就是有着神话般传说的香港半岛酒店。因为刘皇发先生约好的受访地点就是这个香港半岛酒店的大堂咖啡厅，时间是早上九点三十分。难道能说这不是一件重要的事情吗？是啊，我们匆匆赶来，比约好的时间稍早一点到达。因为重要的人、重要的事，以及这样一个庄重的、华丽的、高贵而又不事张扬的地方，我们不得不收拾起零乱的心情，以整齐而又肃然的眼光打量着这个富丽堂皇的大厅。

关于香港半岛酒店，也许不少人都能说出一些来，不论是亲身体验过、道听途说，还是从网上获知的信息，作为普通百姓，总会对它那高贵而带点神秘色彩的身份不自觉地侧目：比如它于1928年开业，是香港现存历史最悠久的酒店，也是香港以至全球最豪华、最著名的酒店之一，曾被选为全球十大知名酒店，被称为"远东贵妇"；比如它的顶楼设有直升机场，重要贵宾可以直接使用直升机往来香港国际机场；比如它所拥有的劳斯莱斯车队是全球最大的劳斯莱斯车队；比如它曾入住过美国总统理查德·尼克松，英国女王伊丽莎白二世、NBA明星迈克尔·乔丹等……

　　而从 20 世纪 50 年代起，香港半岛酒店就有"影人茶座"之称，不少电影明星都爱在那里喝下午茶。80 年代以后，张国荣、钟楚红、张曼玉等著名艺人都曾是酒店茶座的常客。报社领导特意在电子邮件中提醒我：采访刘皇发时，记得拍些大堂的照片。因为十年前，在那里喝个下午茶是香港十大浪漫事之一。

　　穿过走廊进入酒店的大堂，金色的支柱、高耸的天花板、大理石台以及专有的蒂凡尼的磁器。没有箭头和指示牌，无论想做什么，总会有服务生给你轻轻地抬手指引，溢满东方贵族的气氛：它经典、怀旧而富有涵养。仿佛处处溢现着经历史打磨的细节，平静得渗入了骨子里面，总是舒适而且亲切，让你心悦诚服。

　　何冬青博士打来电话，说刘皇发先生亲自开车，早前已从新界赶往尖沙咀的途中，问到了没有。从新界到尖沙咀恐怕要一二个钟头的车程，在香港的早晨，在这样雨天，在那寒意未尽的日子，一位德高望重的长者，两个素昧平生的年轻人，这样的情形，已先让我们内心感动。

　　其实，我们对于采访现任新界乡议局主席、香港立法会议员刘皇发，一直没有把握，皆因其行事低调。在互联网上，甚至找不到一篇有关他的个人专访，然而他在新界，乃至香港立法会，都是一个举足轻重的人物，被人尊称为"新界皇帝"。正是因为何冬青博士的"游说"，刘皇发先生才答应接受我们的采访。

　　半岛酒店大堂的窗外，依旧下着微微的细雨，雾霭一般笼罩着香港的高楼、香港的街景，以及那些快速而过的车辆、匆匆的行人。他们一次次地经历着磨难——亚洲金融危机，SARS，世界金融海啸……而依旧保持着坚强和信念。街道总是整洁如新，玻璃幕墙上泛着柔和的光芒。在维多利亚港海浪低沉的咆哮声中，一直张弛有度地倾听着这个城市的足音，没有让真诚的内心失去方向。

梦月集

刘皇发先生到了。一身整齐的西装，中等个头，简单、疏朗，虽七旬之外但神采奕奕。事实上后来的采访非常顺利，刘皇发先生的平和、热情和健谈，让我们之间有了一次轻松而亲切的对视。正如置身于这奢华浪漫的场所，却时刻感受着心怀细致而妥帖的包围，不由心生感激。

因为采访刘皇发，因为千里迢迢之外一个偶发的机缘，在这渺小的人生、浩瀚的世途之中，与香港半岛酒店，与它的大堂，与大堂的咖啡厅、茶座，有了那么一面短暂的相晤，是珍贵的。

那是一个难忘的、美好的上午。

（2009-04-17）

唐梦·散文卷

等待与努力

今年开春之后，我被抽去参加一个异地采访的专题小组，第一站是香港。我和一个比我年轻的老朋友一起出发，都是首次到香港，第一晚住的是与香港半岛酒店一街之隔的喜来登大酒店，第二晚开始住的就是便宜的宾馆了。因为在尖沙咀、上环、中环这些地方，竟然一张"牛皮癣"（一种大陆随处可见的非法张贴的街边小广告，比如"发票""做证"之类）都没有发现！加上初到香港，免不了咨询问路，所到之处，均非常周到热情，让人感受到了现代都市的古道热肠，这是一种久违了的心灵温暖，不免心生感慨，竟像 21 世纪的刘姥姥般对在香港生活的人民羡慕起来，当晚兴奋得谈至凌晨三点多钟。……但一幕幕我们过往的生活，我们身边所发生的事情，只能使我们的心愈加沉重。只要我们能够想象得到的，大抵都会发生：比如官场腐败，教师强奸学生，民工盗卖下水井盖，小偷抢夺行人提包……最后，朋友说他对于现实，早就绝望了，我说我还保存着一些幻想。

后来我们一起去采访前港事顾问、香港太平绅士、现年 92岁高龄的何冬青博士，闲聊之时我问他："您对大陆的国情了解程度如何？"他说："还可以。"然后我们就谈到现实的问题，谈到社会风气，谈到许多年轻人的信仰危机……我慨叹："这样的状况，如何重归啊！"这是一个沉重的话题，大家沉默着，无言以对。最后，何冬青博士说："只有等待，努力，有机会多出来走走。"

（2009−05−25）

唐梦·散文卷

过文锦渡

　　那些时光像雾霭一样飘着远离，已经越来越看不清它的轮廓了。

　　四月过去，五月已尽，而关于香江之行的印象，正像被岁月的风霜剥蚀成记忆的斑斑锈迹，一点一滴地慢慢脱落。

　　挥之不去的，只是萦绕在心中的一个个影像，那些微雨的早晨，那些落叶，那些干净而整洁的街道，那些夜雾尽湿的迷离的景象。

　　我们随着政府的一批官员到香港参加"乡情通报会"，当然，"首届世界客商大会"是其中的一个重要内容，我们正是作为客商大会大型系列报道小组成员的身份随行的。

　　说来真的惭愧，我和同行的一个朋友都还是第一次到香港。

　　那天坐着德国"灰狗"大巴，在高速快速奔行，不到下午三点，已到了香港关外，在深圳用完午餐，就要过文锦渡了。香港的入口处依旧挂着"人口管制"的字样，在深圳和香港双边经过两次烦琐的检查后，终于跨入香港的土地了。

　　自从鸦片战争失败，1842 年清政府向英国割让香港，便注定了这个历史故事的存在，它辛酸、激荡、跌宕起伏，精彩纷呈。

　　20 世纪 90 年代，我曾经在深圳待过几年。在改革开放初期，由于它与香港相连，又是需要"边防证"才能进入的特区，因此总是带着几分与众不同，特别是"保税区""沙头角""中英街"这样一些字眼，更让人肃然而起几分神秘的感觉。

正是深圳，在这个连着一片海域或山地就通向"资本主义"的地方，在那些艰辛的岁月，不少人冒着生命的危险，从这里下水或越过铁丝网，制造了"偷渡客"这样一个词，也制造了一些关于个人奋斗和财富成功的人生传奇。然后通过"港澳同胞"的衣锦还乡，通过他们的投资、捐款，以及港剧的不断渲染，这些故事越来越让人感慨！

　　一切都在悄悄地发生变化。改革开放，内地人民生活好转，特区经济快速发展，特别是 1997 年 7 月 1 日香港回归之后，深圳边检撤销，港澳签证放松，深圳居民甚至凭身份证就可以往来香港。在香港旺角、太子、深水埗，每天都有若干的豪华大巴直通内地，香港到梅州的车费仅仅是 60 港元，比梅州到广州、深圳的车费还要便宜不少。

　　跨入香港的地界，除了深圳的楼宇、街区新点，嘈杂点，香港的楼房、街景更加古色古香，更加整洁清爽，并没有特别的感觉。

　　过文锦渡，其实只是轻轻地跨过一道历史的沟痕、一道无法擦拭的故事与故事之间沧桑的接缝。

（2009-06-07）

唐梦·散文卷

谦逊平和的印刷业巨子

记者两次"失约"

记者在 3 月 31 日随着梅州市委乡情通报会的同志一同赴港，赴港前已知林光如先生在欧洲出差，在记者的第一个签证期内无法安排采访，于是约定 4 月中旬左右对其进行采访。等我们忙完其他的采访任务，试着与林先生联系，提出能否在其回到香港的 4 月 6 日下午抽出一点时间接受我们的采访。采访后我们马上出关，这样就能够在签证期内完成任务。没想到风尘仆仆才回到香港的林先生欣然应允，答应于 4 月 6 日下午 4 点接受采访。而记者按宾馆要求在中午把房退掉，省下当天的住宿费，这样记者在当天下午提前了一个多钟头到达。林先生并无责怪之意，欣然接受采访。

帮记者拿行李

采访结束后，参观了公司的产品展区，时间已是下午 6 点了。为了赶时间出关，林先生叫了司机送我们直接去火车站。见我们随身带的资料和行李比较多，林先生还亲自帮我们拿行李，送到车上，挥手告别。

让人感动的短函

回来后，记者将写好的专访稿件电邮给林先生过目，他很快给记者回了一封短函：

"谢谢金和先生，看过大作深受感动，在下实在没有太多值得张扬的好事，是大家的厚爱才有今天。光如叩谢"

虽寥寥数语，其谦和之举让人动容。正应了那句话：成功人士，总有他的过人之处！

（2009-07-10）

那一程山水

  8 月 4 日早上参加完周前会，已是上午 10 点钟了，回家收拾了一下行李，提早简单吃了点午餐，11 点半就开始出发了。行程的安排是从梅州乘中午 1 点 10 分的飞机到香港，在香港转机下午 4 点直飞雅加达。

  这样安排的行程有它的好处，十分紧凑，下午 2 点多钟到达香港新机场，稍事休息，办好转机手续、登机牌，差不多也就登机了，不用走出机场，当天就能到达雅加达。

  在香港新机场，4 点整飞机准时启航。这时才意识到，我是真正意义上的出国了。说来惭愧，人生半百了，还是第一次真正的跨出国门。在南太平洋的上空，在蔚蓝的天空下，飞机平稳地穿梭着。机窗外，不时飘过一团团洁白的云朵。打开手提电脑，一边用耳机听着音乐，一边散漫地敲着这样一些不着边际的文字，一种深深的感触在周身弥漫开来。

  几十年前，一二百年前，甚至数百年前，那一拨拨怀揣着艰辛与梦想的客家先民，他们由松口古梅江的码头，坐船经韩江至汕头出海，义无反顾地奔南洋各埠而去，开居辟壤，落地生根，打拼创业，那一种沧桑激越的海外迁徙，史诗般地荡涤着我们的灵魂。今天，我们为了一份景仰的心情，为了一种不变的色彩，循着他们的足音而来，心绪愉悦而激昂。

  不知不觉间，已到了机上晚餐时间。我们坐的是国泰航空的班机，因为印尼是个伊斯兰国度，空姐拿来的菜单，清一色是东南亚风味的西式餐饮，比如"鲜蔬沙律""咖喱鸡"等，并郑重地写着：本航班所有食物均无猪肉及未含有酒精。那就品尝一下吧，想不到上来之后，真一时难于适应这种口味，幸好接着还有不少西点和水果，倒是吃得很饱。要了一杯咖啡，淡淡地品着，继续在轻微的摇晃中听着音乐。

一盏茶的工夫，抬头看看窗外的天色，已经完全的黑了下来。按照飞行预定的时间，大约需要 4 个小时，也就是说，晚上 8 点多能够到达雅加达。天色已经黑了一会儿了，也许，差不多到了吧，打个盹，等着看雅加达街头的夜景了。

（2009-08-03 于香港飞雅加达途中）

唐梦·散文卷

只羡鸳鸯不羡仙

2009 年 8 月 7 日上午，在印尼雅加达椰风新城全宝集团大楼董事长会议室，梁世桢先生接受了《梅州日报》"天下客商"记者的专访，其夫人李丽英女士一直在旁边陪同。

梁世桢、李丽英夫妇给记者的印象，一个是帅气英俊、内敛儒雅，一个是美丽端庄、秀外慧中。梁世桢先生行事低调，谦逊平和，虽然不属于能言善辩的类型，但他与记者的交流脉络清晰，简朴真诚。李丽英女士聪颖机敏、深思远虑，她不时在夫君旁边恰到好处地补充公司的情况。他们夫妇两人恩爱默契的情形，直让我们称羡赞叹！

专访结束后，他们夫妇留我们一起午餐。席间，谈起"成功男人背后女人"的话题，李丽英女士告诉我们，她和梁世桢先生结婚后，做了 25 年的全职太太，25 年后出来到公司里帮先生的忙。她幽默地说："我和他是有约定的，如果我什么时候爬到他的头上了，他可以把我赶回厨房的！"把大家逗得开怀大笑。

如今，他们的两个儿子都已成长为杰出的人才，并在公司接班，能够独当一面了，梁世桢先生把更多的精力投入到了"八华学校"的建设上。让我们深为感动的是，李丽英女士与梁世桢先生结婚后，把全副精力付给了家庭，教育、培养孩子，让丈夫能够专心一意经营企业，等孩子长大成才了，又能够从家庭走出来，帮助丈夫打理事业。

"每个成功男人的背后，都有一个女人。"李丽英女士从幕后走到台前，让我们感觉到，执着的依然是那份亲情，那份恩爱。而梁世桢先生在"快问快答"环节回答"最大收获"和"最珍惜的财富"问题时，两次提到"家庭"。我不由想起一句俗语：只羡鸳鸯不羡仙！

（2009-08-28）

那段峥嵘的历史

　　2009 年 7 月底，由南方卫视和梅州市旅游局联合主办的"粤赣闽重走客家迁徙古道"活动于 23 日启动，19 位通过征文获得资格的参与者与广东多家媒体一起，探访广东梅州、河源、福建龙岩、江西赣州等地，体验客家文化的魅力，活动于 7 月 31 日圆满结束。

　　8 月，由《梅州日报》独家策划的"天下客商"大型新闻专题采访团，将从 3 日开始远赴印尼、马来西亚、新加坡、香港等地，历时 12 天，重走客家海外迁徙路，寻访客家人漂洋过海、谋生打拼、驰骋商场、功德荣耀的动人故事。

　　客家先民，原是中华文明的摇篮——黄河江淮流域的汉人。从唐宋时期开始，由于天灾和战乱等原因，他们大量辗转南迁。先于闽粤赣交界的广袤山区中扎根，以后又向南方各省及海外播衍。现在已有千万客家人分布在世界 70 多个国家和地区。人们常说："有太阳的地方就有华人，有华人的地方就有客家人。"客家人已成为当今世界上分布最广、影响最为深远的民系之一。

　　在中原腹地，他们泪洒故土，离乡背井，作别家园，沿着几条水系，几行山脉，一路南来，留下了多少珍奇让人敬仰的足迹，长汀古城、宁化石壁、永定土楼、梅州围屋。终于在南方，在一片山水迷离的地方，开始扎根生长。

　　也许因为总是与水扯不断的关系，一路南来，总有清清的江水做伴：汀江、赣江、东江、梅江。在闽粤赣的山区，他们听到了松涛的低吟，在近海的地方，他们听到了蓝色海洋的呼唤。也许在天性里头，他们原就有着候鸟般迁徙追寻、开疆辟壤的顽强精神。自明末以后，聚集于闽粤赣山区的客家先民，又开始一种群体性的迁徙：下南洋。许久以来，在太平洋的西岸，在东南亚，在许多的国家和地区，聚集了为数众多的客家人。在印尼，有一个"梅县客家村"；在新加坡，有一个大埔的"茶阳会馆"；在泰国，有许许多多的丰顺侨民；在台湾，祖籍蕉岭的人据称比蕉岭本土的人还多……

梅州有一座千年的古镇：松口。它地处闽粤赣三省交汇处，水陆方便，历史上便是商贸重镇。它是客家先民南迁的始居地之一，建制早于梅州，所以松口"自古不认州"。由于它的水系直通汕头的出海口，因此成为明末以后客家人出南洋的第一站。在山区大埔"南洋首富"张弼士的故居门口，在那条小河里，竟然有一个码头，据悉当年的货物，可以从那里运到汕头，然后转运南洋。水的灵性，已经成为穿越客家人血脉中的精神介质。

公元 1777 年，中国的乾隆四十二年。罗芳伯站在西婆罗州（今印度尼西亚的西加里曼丹省）东万律的"兰芳大总制"府邸前，接受弟兄们的朝贺。后来，"兰芳"有了很多名字："兰芳公司""兰芳共和国"。它是一个经济组织，一个秘密会社还是一个自治领地、一个国中之国？它生存了一百多年，至今仍成为人们议论不休的一个传奇。罗芳伯就是广东嘉应府（今梅州市）人，西婆罗州距离故乡有着三千公里之遥！这说明，200 年前，梅州的客家人已经开始登上了印尼——那毗邻中国南海的热带岛屿上，印尼仿佛成为客家先民漂洋过海的桥头堡，而 2009 年 8 月，美丽的对接就从那个充满传奇的地方——印尼·雅加达开始。

那一方水土，一方人

　　8月4日晚上8点多钟到达印尼雅加达，印尼《国际日报》集团董事长熊德龙先生的侄子熊天喜先生到机场接机，9点多钟到达雅加达南部的一个五星级酒店GRANMELIA。我们进入酒店时要经过一批安检人员的检查，电梯要用房卡插认才能登入所住的楼层，当地的导游说："晚上最好不要出去，很乱。"顿时让人想起不久前在印尼发生的爆炸事件。

　　8月5日一早，我们前往印尼国际日报集团拜见熊德龙先生，上午两报草签了战略合作协议，实现新闻资源共享，强强联合。下午对熊德龙先生进行了"对话客商"的个人专访。

　　8月6日上午走访了印尼客家会馆，并对创会会长黄德新进行了"对话客商"个人专访，对现任会长李世镰进行了"会长访谈"。

　　8月6日下午，走访了印尼客属联谊总会。

　　8月7日上午十点，约定对梁世桢先生进行"对话客商"个人专访。下午前往泗水，走访穗潮梅客家会馆，并拜访曾沐彬先生。

感觉没有走出梅州

　　印尼人口2.3亿，是世界第四大人口国。印尼华人大约达到2000万人，其中客家人占四成左右，约800万人，其中梅州的客家人占八成左右，约 600 多万人。比梅州本地的 500 万人还要多。

两天来，走访的是客家社团，拜见的是客籍人士，吃的是客家菜，感觉自己没有走出梅州，一点也不像来到了远隔千里、漂洋过海的异国他乡！

"我的客家话是被奶奶打出来的"

接我们的当地导游是祖籍大埔的客家人，她告诉我们她的印尼名字很长，很难记，可称她为小燕，姓廖。她说她是第五代的侨民，"之所以还能够说一点客家话，是被奶奶打出来的，因为奶奶热爱祖籍地。但至今都没有回过梅州，也不知道祖籍地是在大埔的什么地方"。

因为印尼从 1965 年开始排华，禁止中文，开始围剿中国文化，直至 2000 年前后，中间隔了 30 多年，造成了一个巨大的断层，现在 40 多岁以下的年轻人，基本都不懂中文了。

雅加达有一家用奔驰作出租车的公司，中文的意思是"大鸟"，其司机是客家人的后裔，他会跆拳道，可说三种语言，分别是印尼语、英语和日语，独独不懂客家话。

我和一个同伴因不懂英文，根本没办法跟酒店的服务生交流，一大堆服务生竟然没有一个能听懂汉语，第一天的早上起来，想询问就餐的楼层，同伴用英语单词交流了很久都没有成功，最后还是我比画吃的手势，才让服务生明白我们的意思，解决问题。

印尼虽然华人众多，但汉语、中华文化已陷于非常尴尬的境地，有识之士及华社团体近年已纷纷复办"三语学校"，包括中文、英文和印尼本地的语言。

唐梦·散文卷

小店的服务生都会讲的故事

　　印尼是一个资源非常丰富的国家，包括各种自然资源、矿产资源，但是印尼土著即本土人比较懒惰，又不会存钱，他们通常是一天能挣多少就用多少，因此印尼贫富悬殊现象非常突出。华人，特别是在印尼占据了相当多数的客家人刻苦耐劳、勤俭节约，其中的不少人就慢慢地积聚起了一定的财富。

　　长期以来，印尼朝野始终觉得华人都是富人，甚至还有人说，华人控制了印尼经济总量的70%。虽然有不少学者纷纷指出这种说法的谬误，但印尼的原住民确实眼见周围华人的生活较为富裕，再加上长期以来的排华倾向，因此很自然就出于妒忌而憎恨华人。

　　事实上，除了少数华人是大企业家外，大多数人都以经营中小企业为生。曾经有调查表明：在印尼国内资本经营的企业中，华人资本占不到30%，国有资本占将近60%。大部分印尼华人从事小本经营，只是小康之境，有些甚至十分清苦。

　　当然，印尼也有林绍良、徐振焕、李文正这样的华裔富豪。他们掌握了相当一部分资源，确实在一定程度上掌握了经济活动，特别是在华人比较集中的地区。雅加达的地产大亨徐振焕也指出，从这个角度上来看，说华人掌握了经济也不能算错。

　　不过，从商也是印尼华人最方便的选择。由于印尼政府以前长期不愿意让华人参政、参军，不愿意看到华人在官僚系统内出人头地，因此定下了许多有形和无形的苛刻规矩。华人要出头，最方便的莫过于勤勉从商。

　　但华人好不容易聚集起来的财富，也很容易就会在某次突如其来的社会冲突中被极端分子毁掉。在1998年5月暴乱期间，华裔富翁林绍良在雅加达的住所遭到攻击和洗劫，他的城市酒店被烧得面目全非。林把许多资金调离印尼，印尼当局则接管了他三林集团的许多公司。5月暴乱中，许多印尼华人为了保住自己的产业，把大量资金调到了新加坡等邻近国家。有人估计，1998 年流出的印尼资金可能多达 300 亿—800 亿美元。

有一个故事，连小店里的服务生都会说：上帝很聪明，把懒惰的印尼人放在这个资源丰富的"千岛之国"上，而把勤奋、善于经营的日本人放在那个没有资源的岛上，这样一来，大家都不会饿死。而同样勤奋的客家人到了印尼，自然就涌现了一大批经济富裕的侨领。

（2009－09－07）

唐梦·散文卷

那片海

　　8月7日一早，完成了雅加达的采访任务，前往泗水走访惠潮嘉会馆。泗水为印尼第二大城市，约有人口500万人，其中华人100万左右，100万华人中有三成的客家人，即大约30万左右。

　　在惠潮嘉客家会馆，受到了众多客家乡亲的热情款待。午饭后，还去拜访了印尼著名华族、79岁的曾沐彬老人，当天下午四点飞往度假胜地巴厘岛。

　　在巴厘岛，住在位于半山临海一个非常美丽的酒店，叫"蓝点别墅酒店"，那里环境非常优美，一面靠山，另一面就是万丈悬崖下的无边大海，在沿海的一边，建筑着一排排红瓦白墙的别墅。酒店内，四处绿草如茵，鸟语花香。最特别的是一个敞开式的大堂，正是见所未见。从大堂望出去，就是一望无际的大海，也许，设计者是因为不忍心遮住那美丽的海景吧，所以才有了这样一个独一无二的大堂。

　　出国前，我们在互联网上查询了蓝点别墅酒店的相关资讯，他们号称拥有一个无边的泳池。我们正在疑惑不解：世界上哪有无边的泳池啊，胡乱吹嘘的吧？！原来从敞开式的大堂向大海的一边越级而下，映入眼帘的正是一个美轮美奂的大泳池。因为泳池建在悬崖边上，从酒店这边望过去，看不到下面的悬崖，泳池那边就是蔚蓝色的大海，这样，泳池的水就和大海连成一片了。我们终于恍然大悟：这不就是无边的泳池吗？！

早上起来，穿过大堂，从泳池的边上步入餐厅，原来它也建在悬崖边上。早餐是西式的自助餐，挑了点面包、水果，要了一杯咖啡，悄悄地拣了个靠窗的位子，坐下来，邻近三几个白皮肤的洋人说着一些听不懂的洋文，早晨温柔的日光从窗户里透进来。在这样古色古香、窗明几净的餐厅里，一边吃着早餐，一边听着悬崖下面滔滔不息的海浪声，真是惬意极了！

　　因为在印尼的采访非常成功，按计划完成了所有的采访，任务告一段落，心情暂时可以放松一下了，便在巴厘岛住了两晚上，游玩了两个白天。第一天出海体验了浅潜水、滑水、乘坐香蕉船、观看岛上斗鸡等活动。

　　从外海回来，在当地导游的提议下，我们去海边的沙滩吃当地的海鲜烧烤。在夜色笼罩之下，车子颠簸着开进了一条弯弯曲曲的小巷，穿过一片低矮的房子，仿佛进入老城。忽然间，眼前豁然开朗。我至今无法形容那是一种怎样壮观的场面：只见在一片影影绰绰的巨大的沙滩之上，分列有十几行几百张露天的桌子，一律点了温馨的烛光，沙滩的边上就是一排十几间的烧烤店，每个店铺都有一至两行的桌子，可以一直延伸到很远的海水边，每行桌子，少则四五台，多则十几二十台，整个沙滩，恐怕有上百台的烧烤桌吧。

　　沙滩是平缓地斜着下去的，在一行行桌子的最前面，就是一阵浪声袭来的海面了。在烧烤滩左前方的远处，是灯光灿烂的石屎森林，远远地闪烁着那五光十色的迷人景致，右前方是巴厘岛的国际机场，夜间还可见到飞机起落的小红灯。

　　每人25美金，这样的烧烤真的是太丰盛了！虾、蟹、鱼……记不清有些什么海鲜了，只记得当时喝了不少啤酒。

　　夜色一点点地深了，带着几分的醉意回到蓝点别墅酒店，大家提议要去体验一下那个"无边的泳池"。于是便重新换了泳装，在夜色与灯光交相辉映的泳池里，不管是蛙泳、仰泳，还是"狗刨式"，只有那种无边无际的大海的涛浪声，一阵阵地袭来，一次次地撞击着我们的心房，让我们永远也难于忘怀：

这样一片美丽的海水。

　　第二天，还去游览了一些景点，观看了巴厘岛人的蜡染，参观了巴厘岛人原汁原味的生活场景，购买了一些巴厘岛人久负盛名的木刻作品。2009年8月9日晚，就要离开印尼、离开巴厘岛了，晚上5点多钟的飞机，从巴厘岛国际机场起飞，7点20分到达马来西亚的首都吉隆坡。

（2009-09-08）

一个新好男人

　　无法确切地定义什么是"新好男人"，互联网搜索给出的答案是"温文尔雅、谦虚内敛、柔情似水"。也许，每个人心中的标准都不一样，但起码，在传统的好男人的基础上，还有一层"新"的含义。

　　今年 6 月 9 日，我和另一名记者一同前往上海采访两位知名的客商及苏州嘉应会馆。在飞机降落虹桥机场的当天晚上，上海兆祥建筑装饰有限公司的总经理庄兆祥在宝山区的一家酒店为我们接风，让我们没有想到的是，庄总带着他的夫人——年轻漂亮的上海女人苏女士——陪我们一同吃饭，这种亲朋式的礼遇，让我们既感动又倍觉温馨亲切。

　　庄总非常年轻，1970 年出生于五华县，祖籍揭西，刚好还是"70 后"。尚未"不惑"的他，在上海的建筑装饰界已是颇具名气，中国钢铁业的龙头"宝钢"企业的重要装修装饰工程，基本都是由他承接的，多年来，"宝钢兼并、重组、发展到哪里，他的装修装饰就跟到哪里"。但首次见面，他却能和我们兄弟一般地喝酒、攀谈，就像一位邻近的居家男人那样，给人感觉非常平和。

　　随着了解的深入，庄总还有两件小事让我们"意想不到"。他是毕业于上海海运学院的，经历了两年的海员生涯，游历过 20 多个国家和地区。在海上的生活是非常枯燥乏味的，许多人都会以打牌等各种娱乐活动来打发时间，但上船两年，他只打过几分钟的牌，都还是替人家打的。另一件小事是他至今也不会打麻将。他唯一的喜好就是读书，尤其喜欢研读中国古代哲学方面的书籍，对老子的《道德经》情有独钟。在做好事业之外，便是对家庭的眷顾和责任，言谈之间常常流露出对妻子、对上小学的独女那一份浓浓的爱意。

他说："与重要的客人和朋友见面，我都总是带着妻子的。一方面，平时生意忙，夫妻两人相聚的时间很少，朋友来了正好多陪陪她；另一方面，也可以让她多认识我的朋友和重要的客人，让她知道，我都是和哪些人在一起。我是把家庭、亲情和朋友放在第一位的。先贤就说了，修身、齐家、治国、平天下，自己没有修养好，家庭都没有搞好，还谈做什么事业？"

在我的心目中，庄兆祥是一个真正的新好男人。

（2009－09－09）

梦月集

夜深了

做完《印尼梅州会馆篇》的"乡情散记"，已是凌晨一点多钟，温宁的夜在习惯的坚守中一点一滴地剥落，差不多只剩下一点疲惫的筋骨了。

早晨与晚上各一个小时的河堤石子路"暴走"，已经坚持三天了。这不由蓦然地想起去年坚持了一月有余的泮坑尖岌顶攀爬的日子，那一月，除了这种自虐式的登山外，还在戒肉，后终因朋友"对膝盖没益"的劝告而废。

这次河堤"暴走"的想法，皆因山风而起。昔日每逢饮酒，总得山风、老桥、大川等友助阵而倍觉酣畅淋漓！今山风弃杯戒酒，我等黯然：不若亦寄情于石子路者，锻其筋骨。且亦似去年那般，开始了"少吃肉"。

人生的路总是那样起起伏伏，一点一滴的轮回都在向你招手。不知道那样一截河堤有多长，不知道，那样的一条石子路有多长。能够远望的，只有那一片天空的"灰"和夜的"幽深"。

"客商"选题来到了最后的日子，做完"会馆"和"特刊"就结束了。从三月开始，持续"亢奋"了大半年，现在已经到了精神的"强弩之末"，累了，惊恐或者渴望着复归的平静？

第一次的香港之行，第一次的周庄古镇之行，第一次的东南亚之行。在日月深暮的岸边，像被涂上一抹绚烂的彩虹般艳丽。得了很多，失了什么？

小月去了上海，萝卜当起了"宅女"，蜗牛嫁了，蓝琳也要嫁了，大川恋爱了，何方无忧见不着身影了，只有我和老桥，不时还把酒杯碰得"咣当"地响，似亘古蛮荒般寂静。天风说："泊涯免收最低消费给大家玩游戏，老朋友不要散了！"

于是，网上就在流传：哥玩的是寂寞，不是XX！

（2009－09－10）

梦月集

382

江南水乡，那一拨游移的客商背影

芒种已过，夏至将临。2009 年 6 月中旬，我们来到素有江南水乡之称的姑苏城外，尽管今日的苏州，早已是一座工业文明、经济发达的长三角重要城市，但一眼望去，仿佛到处依旧尽是垂柳轻烟，粉墙黛瓦，给人气爽神清的感觉。

在这样一个地方，这样一座城市，我们却始终感受着抱憾的美而陌生，因为无论我们如何打听，在今日苏州，在那些一片甜腻的吴侬软语中，都难于寻觅到一些重要客家商人的影子，甚至包括客家人今日在苏州生活的情形，都显得零落稀疏。而轻轻地拨开笼罩在苏州上空的历史雾幔，古嘉应州的客家商人，却早已在那里留下穿梭忙碌的身影。

明清时期，随着商品经济的发展，区域间长距离的贸易十分频繁，全国性统一市场逐渐形成。嘉应商人适应这一社会大环境的变化，积极投身于商海潮流。商业会馆是明清时期商人在异地经营商业的重要活动基地，也是跨地域商贸往来的重要物证。明清时期江南地区经济相当发达，长江与海运直达江南的便捷交通，吸引了广东各地商人云集江南地区从事商业活动，其最有力的证据就是商业会馆的建立，苏州就有 7 所广东各地商人建立的会馆，其中的嘉应会馆正是在嘉庆年间建成的。

嘉应商人在苏州经商至少在清初已颇具规模，据嘉庆十八年（1813）的《姑苏鼎建嘉应会馆引》称："吾嘉一郡五属，来此数千里而遥，坐贾行商，日新月盛。惟向未立会馆，诚以为憾事，泰等托足此地二十余年，承各位乡台及先达来往者，咸不以为不才而嘱倡其事。"嘉郡五属指程乡（梅县）、兴宁、长乐（五华）、平远、镇平（蕉岭）等县，"托足此地二十余年"说明，嘉应商人在苏州已有至少 20 年以上的从业时间。就是至少从乾隆年间开始，苏州已成为嘉应商人在江南地区进行商业活动的重要集散地。从后来嘉应会馆选址苏州枣市街胥江边的商业中心的位置来看，也体现了当时的苏州客家商人的群体已有相当的经济实力。

然而，当年客商在苏州的情形，与潮商等商帮有着很大的不同，早期缺少一个像苏州的潮州商人那样"士为商用"的官宦人物，潮州会馆一开始就和仕宦人物结合非常紧密。而嘉应会馆直至道光二十七年（1847）才出现"士为商用"的现象。这一年的《重建嘉应会馆碑志》由赐进士出身翰林院编修国史馆协修加一级李载熙撰写，这是嘉应会馆碑文撰写者出现官方人物的第一次。正是因为这种原因，兼有"商会"功能的嘉应会馆，缺乏官宦权力的依靠而显得涣散，只能靠不断地立碑来维系。嘉应会馆的碑刻文献数量多达 17 块，是广东在江南地区留存碑刻文献数量最多的一个会馆。

而从嘉应会馆设置"义冢"功能的善举可以看出，嘉应商人客死苏州时，已不是将骸骨运送到故土安葬，而是就地葬在苏州，体现了客商对新家乡的认同，和客家人"久在他乡作吾乡"的立地生根精神。

历史的烟云，时代的际遇，由来都是让人唏嘘的。尽管今天前往苏州寻访客家会馆，也许因为时间的匆促而"乡音渺茫"，但就在 100 公里之外的黄浦江畔，在上海客家联谊会、商会的牵系之下，联结了一大批上海客商的精英：伟良企业的钟伟良、兆祥建筑装饰的庄兆祥、裕同机器的钟翔君、红科建材的钟名生、唯创印务的侯锦章、福产置业的张奕彬……在那叠跌宕涤荡的历史长卷中，在长三角波澜壮阔的经济大潮下，在我们的眼中，由古至今，分明呈现着，那一拨游移而焕彩的客商群像。

（2009-09-14）

唐梦·散文卷

千里之外的客家人文化石

今年初夏时节，我们从梅州出发，专程前往千里之外的吴越之地苏州，寻访已经沐浴了200年历史风雨的嘉应会馆。

6月11日一早，由上海客家知识分子联谊会副会长庄兆祥、党支部书记兼秘书长张军等人和我们一起，驱车从上海出发前往苏州市。从沪宁高速公路下来，进入苏州，穿越老城区，古旧的街景匆匆映过眼帘，在这座历史悠久的文化名城，处处散发着水乡迷人的书卷气，显得温馨、宁静。

临近目的地，陆续出现了一大堆古色古香的名字："阊门""胥江""枣市街""泰让桥""盘门"。嘉应会馆就位于胥江的尾段、泰让桥头，正规的地址是：苏州市胥门外枣市街9号（搬迁前是22号）。

苏州嘉应会馆始建于清嘉庆十四年（1809），建成于嘉庆十八年（1813），距今已有200年历史。系广东嘉应州（今梅州市）所属程乡（今梅江区、梅县）、兴宁、平远、长乐（今五华县）、镇平（今蕉岭县）五县商贾集资建造，由当年旅居上海、苏州的邹敬邦、罗润琴等人牵头，参与集资的有600多人。建好后，除用于议事及方便往来寄宿外，还办有留医所、义冢等善举。每逢良辰佳节，众商则在此聚会欢庆，演戏酬神，饮宴作乐，以联络同乡情谊，同时作为客家贤学上京考试的据点。当时，人员往来频繁，活动不断，直至解放。1954年根据政策，会馆移交苏州市政府，便停止了活动。

梦月集

会馆附近为何会有那么多古色古香的名字呢？"泰让桥"是为纪念"泰伯让贤"而留下的名字。"泰伯让贤""泰伯奔吴"的动人故事让吴文化在苏州的生根更添了几分传奇的色彩。而"阊门""胥门""胥江""盘门"这些名字则印证了苏州水乡的绮丽色彩。

　　水是苏州的魂，多条水系纵横贯穿古老的苏州城，在城墙处就形成了"门"。如果说太湖是苏州的母亲湖，那么胥江就是苏州的母亲河。它东西贯穿市区，东接护城河，西至京杭大运河。沿河有条在古时就很有名且热闹非凡的小巷，名枣市街，系因古时的枣子批发集市而得名。这一带曾经是苏州甚至江南最富庶的地方。旧时候江南大宗运输，都经河道，大运河与胥江交汇，联系京杭。沿胥江口枣市街就是东西一线，成为苏州水路十字大街。清朝人记载当年盛况：店铺以能进入这条商业街而自豪。无数大船在这里停停又走走，然后无数紫红的小果实几天后便出现在苏州人的八宝饭、粽子、汤羹中。同样的，不久之后，全国的茶壶里都飘出了碧螺春的清甜味道。苏州嘉应会馆正是位于枣市街的胥江边上，其左肩正对泰让桥。以前嘉应会馆门前的河沿还砌有船埠踏步，东西两侧立照壁，其后各建货栈一间，以便让货运进出，可见当年会馆的选址考虑到了商业的因素。而门口码头的胥江与京杭大运河相连，又为客家学子赴京应考提供了中途寄宿的好场所。可以浪漫地发挥一下想象力：嘉应才子宋湘当年上京赴考，或许曾经寄宿于此呢！

　　我们到来之际，炎炎烈日炙烤之下，古运河泛着浑浊的流水，泰让桥水泥青石，当年的"枣市街"已改建成一排排别墅式崭新的楼房。只有嘉应会馆依旧以其端庄肃穆的姿容静静地立在胥江边上，青草紫篱、粉墙黛瓦、深深院落，无一不溢现其绝代芳华般的雍容，仿佛一位古装的女子，安坐于那十里尘嚣的现代都市。

　　嘉应会馆占地 1000 多平方米。会馆内主要建筑为头门、戏台和大殿。头门面阔五间，上层即为戏台后台，向北伸出为前台，上覆卷棚歇山顶。大殿坐北朝南，与戏台隔庭院相望，面阔三间15米，进深15米，前檐配以满天星格子明瓦长窗12扇。殿北还有楼房三间，楼前有砖雕门楼，整个会馆建筑布局仍较完整。

记者与附近一位姓沈的老人攀谈，他自小在那里长大，据其回忆：会馆以前的高墙门面朝南，石库门上嵌砖上刻苍劲有力的隶书"嘉应会馆"，两侧原有石狮望柱一对，现已不存，毁于"文革"之中。儿时只知那里是一个会馆，门前的地方他们都叫"会馆上"。门前的枣市街，20世纪80年代以前还比较热闹，和山塘街南浩街齐名，沿街有许多商行，后门的街叫"长春弄"。印象中在会馆的门前是一片场子，邻居都在那里晒衣服乘凉。正对大门的河边是一个水码头，浆衣洗菜、装卸货物，一直都是比较繁忙的，夏天孩子们到河里游泳就把那里当作上下水的地方。80年代前，会馆一直是苏州日杂公司的仓库，主要存放各类民用铁锅，80年代初上海电影制片厂曾在会馆门前拍过名叫《大泽龙蛇》的电影，将会馆当作国民党的县党部。

现在我们所见到的，已是经过一次整体搬迁、数次重修的会馆新貌。虽其早在1982年就被列为苏州市文物保护单位，2003年进行东移10米的整体搬迁，也是按照原有风格进行原材原建的，但是由于会馆原有功能的客籍人士管理、经营、聚集等活动，解放后就已停止；而由于种种原因缺乏保护，馆内碑刻损毁严重，许多碑文已模糊不清难于辨认；加上2007年由台湾佛教人士星云大师出资重修会馆之后，经政府允诺冠名为"嘉应会馆美术馆"，不时举办美术书法等各种展览，赋予了会馆新的功能，馆内由一批佛教义工在打理，因此今日的苏州嘉应会馆已经难觅客家族群新的声音，只似一块客家的人文化石，沉积在遥远苏州水乡的胥江边上，闪现着历史的光芒。

（2009-09-14）

雅加达的客家驿站

　　印尼是一个"青翠可爱，环绕赤道，宛如碧玉腰带"的国家，首都雅加达更是东南亚第一大城市，世界著名的海港，位于爪哇岛西部北岸，是太平洋与印度洋之间的交通咽喉，也是亚洲通往大洋洲的重要桥梁。面积 650 平方公里，人口 1200 多万，雅加达分为五个部分，东、南、西、北及中央区，北面滨海地区及西区是旧城区，为海运和商业中心。南面是新区，中央区为行政中心。其中华人约 100 万，大部分居住在北部及西部老区。我们要寻访的印尼梅州会馆，印尼文的地址是"Asemka No.168 AJakarta Indonesia"，中文意为"雅加达市阿森加街 168 号"，位于雅加达西区、班芝兰唐人街附近。

　　当日上午，太阳依旧非常炽热，采访小组的成员乘车前往梅州会馆，从下榻地南部 GRANMELIA 酒店到该处需要一个多钟头的车程。交通非常拥挤，常常是大巴、小客车、货车、轿车、摩托车挤在一起，毫无秩序和章法，难怪当地人说，雅加达经常塞车，尤其是从南部经过中部再到西区的道路。一路上，各种现代化的大楼、荷兰时代留下的古老建筑，以及大片低矮破旧的棚户区交相映衬。雅加达无疑是一个传统与现代、富有与贫穷对比强烈的城市，她犹如一个由钢筋水泥组成的杂乱丛林，随处可见低矮的瓦屋掺杂在林立的高楼大厦之间，柏油大道与青石小巷交叉纵横，而金碧堂皇的高级酒店与高科技中心就坐落在嘈杂拥挤的村庄不远处。

上午 10 点左右，我们来到了曾经声名远扬的"班芝兰唐人街"。"九八"排华事件之前，这里曾经是非常繁华的商业旺区，聚集着华人特别是客家人林林总总的各种店铺。但时至今日，已显得非常的杂乱，有些街区甚至已是日益破败和冷清。

　　梅州会馆的会所设在一幢两层的旧楼里，底层入口是一个"丽园小厨"的餐厅门楼，青色的琉璃瓦装饰，古色古香。二楼就是会所的办公场地，面积不大，大约 100 多平方米。中间一个大厅，供聚集和会议之用。进门的左边是一个会所办公室和一个电脑培训课室，摆放着十几台稍显落后的台式电脑，几个工作人员正在忙碌着。右边陈列着印尼民族独特的竹筒乐器。

　　据介绍，这幢楼房是梅州会馆创会会长黄德新等几个乡贤的私人物业，上层无偿提供给会所使用。而一楼的"丽园小厨"餐厅也是由客家人开办的，经营的是客家菜，梅州会馆的聚集和接待用餐，便基本在那进行。而随着会务的发展，现在的会所场地已经不够用了，不久前，会长李世镰联合其他会员，购置了一栋五层的楼房作为新会所，目前正在装修，预计年底之前能够搬入使用。

（2009-09-16）

一个温暖的家

在港期间，除了探访位于中环繁华地带的会所之外，记者还走访了不少嘉应商会的会员，有些是70多岁的老会员，如永远荣誉会长刘宇新、常务会董廖永福、荣誉常董李乃英等，有些是较为年轻的，如副会长叶志明、会员池天送等。谈起嘉应商会，他们都充满美好的记忆和浓浓的感情，今天，他们依旧牵挂商会的事务和发展，甚至以商会为"家"，常常在商会忙碌、见面、聚餐，倍感温暖。

明末清初，嘉属人士在香港经营的行业，多数都是依附于南洋各埠如印尼、马来西亚、暹罗等地的附属机构，如办庄、汇兑庄和客栈等，专为南洋各埠提供转运货物、旅客服务，如预定船票、争取舱位、接送旅客、起落行李，以及代客采购华洋百货、装船付运、汇驳信款等。这些行号资本不大、人数不多、力量薄弱，如不团结起来，很难生存和发展，因此商会应运而生，这正是香港嘉应商会产生的历史原因。可以说，从其产生的那天起，就充满着互助友爱、团结进取的情感色彩。

当记者4月2日上午踏进位于香港岛中环租庇利街17—19号顺联大厦6楼的嘉应商会会所时，一种温馨的场面让我颇为感动。其时正值午饭时间，只见会所的大厅内摆放着两张传统的大圆桌，周围年长的、年轻的，男男女女坐在一起，桌上摆着热气腾腾的饭菜。

嘉应商会总干事黄启明介绍："他们都是商会的会员，

唐梦·散文卷

经常在这里开餐的。因为商会自己办有食堂，吃的基本都是客家菜。所以，知道你要来，也没有专门为你准备饭席，和我们一起吃个充满客家味的午餐，也许更能让你感受到商会特有的氛围。"

原来，嘉应商会的这个传统由来已久。

随着香港经济的发展，加上东南亚的一些地方排华，从20世纪50年代后期开始，许多嘉属同乡纷纷来港创业、寻找机遇，集中体现的是国货业繁盛一时。嘉应商会的会员也由200多个陆续上升至1000多个。

商业的繁荣，生意往来频繁、密切。香港从事各个行业的经商人士、过埠的客属商人需要联络亲情，获取商场信息，位于中环商贸中心的嘉应商会就成了最好的场所。特别是20世纪80年代开始，祖国大陆实行改革开放之后，不少来自大陆、来自家乡的商贸人士，他们亦常常在商会驻脚、交换信息。

黄启明介绍，商会的食堂就是在这样的过程中产生的，它为会员、经商的客属人士提供便利的饭餐，专门聘请会做客家菜的厨师掌勺，一些客家特色的产品、菜肴是由乡亲从家乡带来的，商会的会员回到梅州返回香港时也会带回一些。现在交通方便了，客属乡亲联谊、商贸往来就更加密切了。许多年长的会员，早年背井离乡来到举目无亲的香港地谋生，一份深深的思乡情结一直萦绕于心，商会这种充满亲情色彩和人性化的联谊方式，让他们在情感的深处，寻找到了一个赖以停靠的港湾。

时至今日，这种浓浓的乡情依旧弥漫在嘉应商会会所的四周。从事证券业、年轻的会员池天送说，嘉应商会就像一个温暖的家。在这里，不仅能够和乡亲、朋友见面，叙旧，获取信息和商机，更重要的，它使人感受到了客乡温情的包围，让人留恋。

采访中，常务会董廖永福谈到，春节、国庆等节日举行联欢，重阳到山上拜祭客家先人，组团出访考察，等等，这些都是商会每年必然要举办的活动。许多人和商会结下了深厚的感情，自觉为商会付出辛勤和汗水，他说他就几乎天天都要到商会办公，做了几十年的"义工"，感到充实和幸福。

　　嘉应商会荣誉常董、70多岁高龄的李乃英，在和记者饮早茶时聊及，客家人在外谋生，一辈辈人，总是团结、互助友爱。他深情地回忆：20世纪七八十年代，在嘉应商会的食堂吃饭时，余国春、余鹏春这些在外面学成回来的年轻人，他们都是亲自给我们这些年长的会员盛饭的，彬彬有礼、谦逊上进，让人感动。

　　是啊，香港嘉应商会在一辈辈客家乡贤的努力下，不仅成为爱国爱港的著名工商社团，在岁月的长河之中，更是沉淀为会员心中一所难于割舍的精神家园！

（2009-09-28）

唐梦·散文卷

百年沧桑新风景

香港梅州联会的会所地址，在通讯录上写着：香港上环皇后大道中 184 号恒隆大厦 21 楼。2009 年 4 月 1 日上午，记者怀着崇敬的心情去寻访这个闻名遐迩的客家会馆。

对于"皇后大道中"这样的字眼，也许许多人早就耳熟。由"流行音乐教父"罗大佑作曲，林夕填词，罗大佑和蒋志光共同演唱的《皇后大道东》，早就把"皇后大道"这个特定的街区文化意味演绎得淋漓尽致。事实上，皇后大道确实是一个非常美丽的街区，古色古香与现代国际大都会的高楼林立、车水马龙交相融会。

在维多利亚港海风的吹拂之下，站在尖沙咀的岸边向对面遥望，就是美丽的香港岛，繁华的中环、上环，背靠着太平山。那里有许多地标性的建筑：如香港会展中心、中银大厦、长江集团中心、汇丰银行大厦等。渡船或者乘坐现代化的港铁穿海而过，可以直接到达中环，上环与中环紧紧挨着，皇后大道穿越这两个繁华的街区。皇后大道始建于 1841 年，1842 年 2 月落成通车，是香港开埠之后建设的第一条沿海市中心主要道路，分为皇后大道西、皇后大道中及皇后大道东，历经了一个半世纪的风风雨雨，依旧发挥着重要的商业和交通作用。

从码头或地铁口出来，很快就可以进入位于中环的皇后大道中。而香港梅州联会会所所在的 184 号，已经是属于上环街区。由于该处有数条分岔的小街，184 号恒隆大厦所处的街景稍为宁静。

恒隆大厦是一栋半新的高层写字楼，外观非常平凡，在上环一带并不出众。香港梅州联会的会所是该大厦21楼的整层，在寸土寸金的香港地，能有这样的一个所在，也是非常不易了。

从21楼的电梯口出来，首先见到的是"香港梅州联会"和"梅州市人才培训香港基地"两块牌匾。由会馆和地方政府联合开办培训基地，这是一种新的事物，一下子吊起了记者探访的好奇心。

会所面积约有200多平方米，兼具办公、会场、展示和棋牌娱乐等几个功能小区。接待我们的是联会的秘书徐添宝和张小瑜。徐添宝大家都叫他"宝哥"，是联会的资深工作人员了。张小瑜却不是客家人，她听不懂也不会讲客家话，在联会做秘书已经是第三年了。年近六旬的她，依然像年轻人一样，工作得很拼命，她自嘲："我都怀疑自己有点工作狂！"

据介绍，香港梅州联会（含前身义安公社）会所有过四处地方，三次迁徙：1955年，由梁桃麟、钟录盛、张松如等人发起筹资9000多元（港币），租得中环机利文街13号2楼为会所；1965年，经理监事会商议后，筹款购置了九龙佐敦道的一个单位作为社址；1975年，由廖安祥、刘锦庆、赖来朋、李儒、黄量宏、罗焕昌、吴锦华等人发起，连同出售佐敦道物业，筹资购置了中环永乐街61号3楼作为会所；2003年，罗焕昌、何冬青、余国春、朱雪梅、林光如等召集人慷慨解囊，不甘后人，各热心同乡也群起响应，踊跃捐款，共筹得港币381万元，购置了皇后大道中恒隆大厦21楼为梅州联会新会所。

香港义安公社成立于1896年，至今已113年，是香港历史最悠久的社团之一，经历了清朝末年、英国殖民统治和回归祖国的重大历史转折，饱经沧桑。2003年更名后的香港梅州联会，现有登记会员上千人，经常有通联的会员近500人，有香港梅县同乡会、香港梅县三乡同乡会、侨港蕉岭同乡会、香港五华同乡会、大埔县旅港同乡会、香港南洋输出入商会等团体会员。香港义安公社自2003年3月正式更名为香港梅州联会、2004年10月20日成立了会董会、咨议会。在永远荣誉顾问罗焕昌先生、何冬青太平绅士、余国春太平绅士的支持下，在第83届理事会主席朱雪梅、香港梅州联会首届、第二届连任会长林光如、第三届新任会长余鹏春及各位副会长、会董、全体会员的努力下，短短的四五年间，基本实现了以"新思维、新风格、新形象"建立新的社团文化，并以"香港客属各界庆回归活动""梅州人才香港培训班""爱心传送"等具有深远意义的活动，提升了联会的社会影响力，声名鹊起。

在香港岛，在上环，在皇后大道中184号，百年老社团香港梅州联会正以其崭新的面貌焕发着蓬勃的青春活力！

（2009-09-28）

暮色四合

　　我的家乡是粤东腹地的一个小山村，名字很美，称作"杨梅坳"。村的迎面就是粤东最高的山脊莲花山脉，东南一条悠悠的水在小村的眼帘下走过，称为琴江，河流的下游，就是古时候的嘉应州了。

　　20世纪80年代初期，乡村的生活贫穷而且清淡，四邻的乡亲日出而作，日落而息。生产队的老队长叫作笑开伯，他是一个大好人，一个良善的人，乡村的叔婶们都如此说。每年的秋天，生产队照例要交公粮，乡村离粮管所有五六华里的路程，经过圩镇的颌下。照例要由笑开伯带队，组成10多人的挑粮队，沿着平展的田畴小路，担着一筐一筐新鲜饱满的稻谷前去上缴。每每经由圩镇颌下那间唯一的"司前饮食店"之时，便是挑粮队的农民心情最兴奋的时刻：纷纷地撂下挑子，用粗砺的手掌在各自的箩筐内掬起一捧一捧金黄的稻子，沿饮食店柜台上那透明的漏斗里装下去，大抵都有8两或1斤，这一漏斗谷子放下去，便能换回一大碗白白的汤河粉，当中自然还有三两块香香的五花肉，和一小簇一小簇亮亮的油花。挑粮队的农民便就了墙角、门槛、箩筐，或背靠着背、腿架着腿，也不坐桌，东扭西歪地大吃大喝起来，河粉吃完了，喝剩汤的时候，还要有意弄出"嗬——，嗬——"长长的响声。我因为三四岁的时候便会用朱石在大禾坪上写"上""大""人"等等一些文字，受到叔婶们的喜欢，有几年便跟了挑粮的母亲夹在队中，到了饮食店便也能得到一小碗汤河粉，自然只能用四两或者半斤的稻谷去换。因为我的乳名中有个"乐"字，笑开伯便时常唤我"黏食乐"，那便成了我小时候的花名。

上学之后，常常能拿回 100 分的卷子，便俨然成了清贫农家的一个小小的知识分子：每待傍晚放学回到家里，便常搬把竹椅坐在大门口，或装模作样拿册书本，或扬了声音背诵课文，但更多的时候是呆呆地望着天空。那是一天中最美的时光：桀骜不驯、恣意挥洒了一整天的太阳终于温顺下来，田野在晚霞的飞吻之下一脸绯红，昼的白在夜的灰的伏击之下一点点地退却，远山的轮廓愈来愈模糊，以至于四周的景物都只氤氲在一片无以言状的朦胧里了。此时真正的主角开始在暮色里渐次登场，他们沿着一条条弯弯曲曲地纵深于田畴沃野间的小路缓慢而来，扛着锄头，牵着耕牛，提着空挑，黝黑而暗红的脸膛儿，裸露的脊背，一个个特写在浅灰的黄昏画布上雕刻般地留下不灭的形象。

暮色再深一些，开始有几条弯弯曲曲的炊烟从那些黛瓦上优雅地飘向浅灰的天空，接着远处近处的屋墙间便零零星星地亮出了光，回家的女人进了厨房，回家的男人便也和我一样搬个凳子坐在大门口，或坐在屋旁歪歪斜斜的杂树之下，开始卷了尖嘴的烟烧起来，或端一杯寡酒、边饮边扯着嗓门与远处的邻居说着日间的农事，往往此时媳妇出来喊吃晚饭，倒被呵斥两声："急啥子急！催命哟！"

关于旧日乡民的生活境况，关于屋门口静思默想的时光，关于暮色，就这样深深地陷入了我的记忆之中，以至于数十年都挥之不去。

离开家乡，相继浪迹过一些城市，但最终还是回到了故乡的那条江边，只不过是在江的下游，名字也由"琴江"改成了"梅江"，江边美丽的小城称为"梅城"，距离我们的那个小山村近 200 多华里的路程。

到了城里之后，我才知道城里的"屋"门口很窄，没有

梦月集

赖以张望暮色的余地，倒是有一个称作"阳台"的地方，可以天天守候美丽的黄昏。在城中的数次搬家，便首先嘱妻要挑有一个好阳台的房子，阳台的视野要好，要能够和暮色"亲密接触"。对于城中曾经流行的为了增加房的面积而把阳台封起来的做法，我是深恶痛绝的。

　　从此，工作劳累一天之后，阳台便成了我必然守望的精神乐园。一直以来，对于将"暮"喻作事物衰弱或终结的做法，心中是非常抵触和抗拒的。在我思想的深处，"暮"是充实的，快乐的，是人生劳作之后的一种小憩和休整，是生的坚硬和沉重中的一小片柔软和欢乐。

　　那些暗红的脸膛儿，那些裸露的脊背，以及那些在黄昏里扯着嗓子高谈的声音，都成为我在暮色中最美好的回忆。常常，当我肩负难于释怀的疲惫转回家门，满满的沏好一壶工夫茶，搬把椅子在阳台上坐定，四外的暮色便像大海的涛浪卓然拍岸，浅灰色的潮水里夹带着一些模糊晃动的人影、数声帕萨特花冠雪佛兰的汽车鸣响，以及远处近处几根刺眼的霓虹，都市的黄昏就这样漫卷着往事的沉醉和现实的迷离轰然而至，难于抗拒。

（2009-12-30）

惊魂的开端

2009 年，在一些忘乎所以的时日中，仿佛已经轻轻地、悄无声息地在指间溜走了，难怪年终节近，朋友相逢，总是发出"人生匆匆，时间过得真快！"一类的慨叹。于是喝了几杯酒、几杯茶，便翻来覆去，刚刚过去的事情便像潮水般地一阵阵袭来，猝不及防地打湿了仅有的一点睡意。2009 年，对于唐梦来说，注定是一个丰富多彩、喜悦与苦并获的一年。

春节过后，参加了一次真正的户外活动，是由大森林户外袁少等人组织的福建千米高山梁野山负重登山野营活动，时间正好选在 2 月 14 日的情人节那天。我们每人负重二三十斤攀爬四五个小时到达接近梁野山顶的寺庙前野营，次日凌晨登顶后返回山脚。那是一次艰苦的、欢乐的户外活动。

从梁野山回来之后，有一天编办突然通知我：下午三点到王副总编办公室开会。下午到了之后，才知道参加会议的有杨瑞春、陈嘉良、李锦让、曾秋玲和我一共五个人，并由我们五个人组成一个特别的新闻小组，采访制作有关下半年召开的首届世界客商大会大型特刊，分为"对话客商"和"寻访客家会馆"两大部分。计划采访世界各地 30 名至 50 名知名客商，走访 20 个至 30 个客家会馆。

任务布置后，怀着忐忑的心情，兴奋和巨大的压力交织在一起。要知道，我从 2004 年由采编部门转入到后勤部门负责通联方面的工作，多年没从事过重大的采访活动了，而这又是一次史无前例的、极具创新的重大新闻策划。作为一家山区地市级报纸，首次派出记者前往省外和国外多个地区进行异地采访，计划采访的对象都是非常著名的商界巨擘，而且历时长达半年之久，其重要意义及艰巨性可想而知。我曾在年初的一篇小文中心情复杂地写道："今年被抽去参加客商大会的专题小组，也许要过一种更为忙碌的生活了。"

正是因为这样，接下任务之后，每一个成员都像拉紧了的弹簧或上满了弦的发条一样随时准备冲锋陷阵。3月中旬，我和嘉良第一站是前往丰顺搜集陈修试等泰国华侨的资料，以备前往泰国采访前先做好功课。由于未有空闲的公车派出，我只好驾驶自己的小车与嘉良前往。在途经该县北斗镇之际，我的车刚要靠右停下，冷不防听到后轮有一些响动，下车查看，一位骑摩托的农民连人带车倒在路边：天啊，原来他竟是右手失去手指的残疾人！是因为他残疾的右手对摩托的制动不力，惯性地撞上了我的后轮，把我的后叶子板和尾灯都撞烂了。当地群众不由分说把我们和小车围了起来，待叫人将伤者送到医院检查后，证实只是轻微骨折，加上伤者本是残疾人违规驾驶两轮摩托，又属于摩托追尾负全责，后当地政府部门视伤者残疾生活困难，出面安抚并给予了适当补助，事件平息，各方相安无事。

而由于泰国政局的动荡，该国客商的采访任务后来取消了。可以说，我们做了一个无用功，却经历了一个惊魂的开端。

（2010-01-18）

一块糖

因为客商大会的采访任务，2009 年从 4 月到 8 月短短的时间里，三次入住香港的尖沙咀。先后走访或采写了何冬青、余国春、余鹏春兄弟，杨钊，刘皇发，刘宇新，林光如，梁亮胜、古尔夫伉俪等人。

采访任务主要分为人物专访"对话客商"及现场见闻式新闻"寻访客家会馆"。人物专访属于老套路，经营并不困难，其难点在于能顺利联系到计划采访对象，并让其愿意接受采访。列入计划的采访对象都是在世界各地打拼出一片天地的著名人物、商界精英，平常，一些省级以上的大媒体要专访他们都不容易，而要让他们乐意接受一家山区地市级报纸的采访，难度可想而知。所幸最后除泰国的客商采访任务取消外，其他计划的采访都圆满地完成了任务，博得各方面的好评，这是后话。

当时，摆在小组成员面前最大的难题是：如何经营"寻访客家会馆"这一版块？在这一版块开始设置的栏目有"记者寻访""乡情散记""会长访谈""大事记"等。在世界各地的客家会馆，大都有着悠久深厚的历史，但为了增强其可读性，又要求是记者见闻式的文本，即既要有厚度，又要有活力，是一种新的新闻体裁，无章可循，没有范文可鉴，应该怎样来写，在小组成员的心里，谁也没有底。偏偏 4 月初第一次去到香港后，我的采访对象余国春、林光如、杨钊、刘皇发等人一开始都安排不出时间，只好先开始经营香港两个"走访客家会馆"的任务，

梦月集

包括香港梅州联会和香港嘉应商会，从最难的地方开始了"客商采访"的写作。

于是，在太平洋维多利亚港海边的尖沙咀和香港岛，我开始了早早晚晚的穿梭和漫步，开始了寻访、采写、沉迷和思索。香港梅州联会正处于香港岛上环皇后大道的西段，是前身称为"义安公社"的百年会馆。就是那一条古色古香的皇后大道给了我灵感，很快，一组《百年沧桑新风景》的香港梅州联会的寻访文章写了出来。

我这样开始了文章的入笔。对于"皇后大道中"这样的字眼，也许许多人早就耳熟。由"流行音乐教父"罗大佑作曲，林夕填词，罗大佑和蒋志光共同演唱的《皇后大道东》，早就把"皇后大道"这个特定的街区文化意味演绎得淋漓尽致。事实上，皇后大道确实是一个非常美丽的街区，古色古香与现代国际大都会的高楼林立、车水马龙交相融会。……

文章写好后，由电子邮箱第一时间寄给了负责此项策划的王副总编。王副总编很快给复了短信及电子信函。4月11日的短信是这样的："超越我的想象，可做范文，我已复信。"当日网易邮箱收到的电子信函写道：

　　金和：

　　你传来的稿子我看了，细细看的是前两篇，感觉很到位。

　　无论是写法，内容的丰富与充实还是文笔，都让我眼前一亮，这正是我需要的。

　　辛苦你了。我知道，从组织架构到草就成篇你花了相当的心思。会馆的这样写我看行。特别让我感动的是，你注意了版面的内容块，分得相当合理，这样呈现在版面上会很协调，不至于长篇大论引读者不快。

　　期待读到更多的文章。

加入小组后第一次出稿，能得到领导这样的肯定，顿时松了一口气。后来我领下的寻访苏州嘉应会馆的任务，也按照这样的思路"如法炮制"，并且由于会馆部分苏州的首期刊出，版式亦由我自己操刀制作，一幅水墨画般的风格清新脱俗。出刊后获得各方面读者的好评，市委主要领导赞誉为"很有文气"。

　　其实，我只是运用比较扎实的文学功底，以散文的笔法来采写这种特别的新闻，从而让枯燥的寻访，变成几篇美文，达到让人耳目一新的感觉。

　　不过是领导几句当时的表扬，我却迟迟不肯删除那寥寥数语的短信和短函。容易满足的孩子活得快乐，就像得到一块糖就能开心老半天一样。初战告捷的喜悦，当时着实让我幸福了好一段日子。

（2010-01-18）

404

雨天展读的悲情故事

今年冬天的脾气总是给人感觉有点古怪，忽冷忽热，时晴时雨，昨日白天还是闷热如夏季般的天气，至傍晚却忽然来了股冷空气，晚上开始下起了雨，那淅淅沥沥的雨声仿佛一夜未曾停歇。那雨，今天一整天依旧在下。

时间真的过得如流水般地匆忙，转眼又是周末了。下午没去办公室，在家忙完手头的文字工作，已经是四点多钟了。窗外的瓦顶还在滴滴答答地响，气温在慢慢地、不知不觉地下降，冷凝的空气从紧闭的门窗那小小的缝隙中穿进来，肆无忌惮地骚扰着那些衣服无法遮裹的部位。透过磨砂的落地门窗，隐约中，后园里那一两株梅、桂本来就不盛的花事，在寒风中显得有点萧索。

转身返回电脑旁，随意打开迅雷电影，按照首页的推介，把《小莫斯科》点开来，一边品着刚刚泡好的铁观音，一边听着继续滴答的雨声，开始毫无准备地看着画面的剧情。因为见是如此没有"诗意"的电影名字，对其可看的程度一点预期也没有，但事实恰恰是让人意外的。

片中"小莫斯科"是对波兰西南部城市莱格尼察的称谓。在 20 世纪 60 年代中期，苏联军队驻扎在该地，但却和波兰平民相处得非常不愉快，军队官兵不被允许与波兰人亲近，但共处一城的生活，却让他们之间难免滋生友谊甚至是永恒的爱情。米哈乌（Leslaw Zurek），是一名与俄罗斯人并肩工作的波兰军官，薇拉（Svetlana Khodchenkova）是尤里（Dmitrij Ulianov）可爱的妻子，尤里是一名苏联飞行员，与米哈乌是同事。相互间的吸引让米哈乌和薇拉产生了越轨的感情。……影片剧情在二战刚刚结束硝烟未散的紧张背景以及两国军民微妙"对峙"的冷峻环境中展开。

街道上不时急速穿梭而过的军车、坦克以及营地般的城市里来来去去的军人身影，骤然增添了一点点紧张的气氛，仿佛战事随时都会重新打响，而这种紧张的气氛又与苏联和波兰两国军队、平民共处一城却不融洽的微妙关系纠结在一起，同时在画面中还不断地推过那些古雅的、类似哥特式的美丽建筑，那些充满一点点二战沧桑的城市，那些雪景，无不渗漫着一幅幅迷人的北欧风情画卷。此时猛然间回头：发现故事已经被置放在了一种不可思议的古怪调子当中。

女主角薇拉的惊艳登场，急速发展的故事情节，及至那些关于战争，体制，人性，荣辱，爱与恨的种种描写，已让人不知不觉被牵引到欲罢不能的情绪当中。就题材和情感故事而言，不自觉地让我想起了很久以前看过的《失乐园》和《廊桥遗梦》，如果《失乐园》有点颓废得让人窒息的情调、《廊桥遗梦》充盈着浪漫唯美的色彩，那么《小莫斯科》就是更多风暴沉积一样的冷峻、撕裂似的疼痛以及岩熔般的刚烈，更具震撼灵魂的力量。对于如此棘手的题材，编导的把握是高超的，薇拉能够让人相信是美丽高贵而非堕落，米哈乌也并不卑劣，而尤里的忍辱、深沉、伟大，在 30 年后、故事结束前对非亲生女儿那轻轻的点头，这种不凡的品质已被毋容置疑地推到了最高峰！

诚然，影片同时又是多维的。其中穿织着对东西方观念的批判和战后的反思，从女主角薇拉的口中让人记住了非常具有象征意味的一句话：在苏联只能按照"必须"去生活，而在波兰却可以按照"我想"去生活。影片的最后有一个非常让人惊悸、精巧的细节描写：有人将墓碑上的五角星凿去，刻上"十"字……同样充满了象征意味，过目难忘。

影片的表现手法也是强悍的，就在尤里的女儿得到父亲的首肯、眼角骤然流出泪珠的一瞬，闪回薇拉惊艳登台演唱的画面，故事戛然而止华丽地收场，难怪其是可以获得波兰电影节金狮奖的影片！

窗外的雨依旧没头没脑地下，仿佛一丝停歇的打算都没有，霉冷的天气笼罩着整个惨淡阴霾的天空。关于莫斯科人，关于波兰人，关于在北欧的一个小城发生的那一场遥远的悲情故事，就这样静静地缀在一个冬天一场持续不间断的雨中，怎么揭也揭不下来。

（2010-01-23）

唐梦·散文卷

邂逅周庄

上海客商的采访任务仍然由我和嘉良负责，对话客商部分约定了庄兆祥和钟伟良，我负责采访庄兆祥，嘉良负责采访钟伟良，同时寻访苏州嘉应会馆的任务也由我负责。

上海的采访时间安排得非常紧凑。6月9日乘汕头机场的航班通往上海虹桥国际机场，当晚入住宝山区。10日上午采访庄兆祥，下午及晚上由庄兆祥安排我们两人参观上海浦东、外滩及石库门新世界酒巴街。11日前往苏州寻访苏州嘉应会馆，晚上赶回上海嘉定区入住。12日上午陪同嘉良在钟伟良位于上海嘉定区的公司办公室对钟伟良进行采访，12日下午及晚上由钟伟良安排我们游览同里及周庄水乡，当晚住在周庄小河边上的农民旅馆里。13日由虹桥国际机场乘飞机回汕头后返梅，前后不过5天时间，任务完成得相当圆满，游得也很尽兴，可谓是"公私兼顾"了。

12日下午，在钟伟良安排的专车和司机陪同下到同里和周庄游览。尽管从上海嘉定区驱车前往同里和周庄并不远，大约1个小时就够了。但由于出发的时间稍迟，到达同里时，已是半下午的时候了，游完同里赶往周庄，已经是下午5点多钟，不久就是黄昏了，待我们游了一会儿，发现周庄的灯已陆续开始亮了起来。此时芒种已过，正是日长夜短的时候，亮灯后的黄昏离真正完全黑下来还有一段相当的距离，水乡的景色别有一番滋味。正因为如此，才有了后来被老桥称为"绝品"的周庄水乡几盏灯影的照片。

在我的感觉里，同里和周庄虽然同是江南水乡，一个属于江苏吴江，一个属于江苏昆山，但两个的气质不尽相同。同里规模更小一些，开发得更少一些，景致更加自然一些；而周庄的商业味更浓一些，更精致一些。这么说吧，同里是个刚刚洗脚上田的村姑，更多一些天然丽质的美，而周庄已是在城里住了些时日的女子，学会了使用浓艳的胭脂水粉，让人感觉已经不够清纯了。

幸好正值游人稀少的淡季，在周庄灯亮的黄昏，处处氤氲着一种让人着迷沉醉的情调。此时少有的一些旅游团队已经渐渐的出了庄，剩下一些散客依旧在那里游荡。这些人，大多都是心灵寂寞的行者，他们没有更多俚俗的向往，更简单纯粹一点，更容易认同和沉迷他乡的风景，是打定了主意要停留和受到羁绊的。不论他们是学生、背包族，还是形单影只的行走发烧友，都是一些精神特质相近的人。而此时周庄农民——应该说是周庄的"城"里人了罢——因为他们都已经开了店，或经营着其他以游客为对象的生意，包括水艇、摊档什么的。在周庄的黄昏之后，仿佛换了一种情形，就像因为生计所逼而上妆一样，现在大部分游客走了，卸了妆，还了本来的面目和单纯的心情。他们也开始生火做饭了，显然不是为游客准备的，他们在小河边汲水洗东西，他们轻轻地摇着自家那个白天载了许多游客观光的小艇，穿过桥洞，向着家门走去，他们懒懒地倚在古旧的门框边，望着这个日渐黄昏的小街巷。也许此时在他们的心里，才感觉到周庄完完全全是他们的，是过去的那个单纯的水乡，而不是白天被异乡人纷扰而不得已陪着笑脸的街巷。此时的他们，便显得更加的亲切和可爱。如果你此时进店攀谈，店主会很自然地不把你当作顾客，根本就没有想到要卖东西给你，只把你当作邻里住客串门的人，与你一鳞半爪地交谈，说些乡里旧事。当然，如果你离开时顺手说想买点什么，他们也会以比白天优惠得多的价钱卖给你，就像做着街坊邻居的生意，显得一点也不生分。因为我们投宿的小河边那家农民旅馆，没有我们要的广东工夫茶的茶具，我便踱步到一家茶具店里去，与他攀谈了许久，走时买了套工夫茶具，店主执意要送我一个紫砂的蟾蜍茶碗，在桥头跟老阿婆买了10瓶当地村民采收的各种干花粒，临走时又塞给我2瓶，说是送的。尽管这种用小小的圆桶纸瓶子装的干花粒并不值多少钱，但心里只感觉暖暖的。

在旅馆里吃完晚饭，冲洗完毕，安顿完一天的疲惫，已经是晚上9点多钟了，我们开始去领略周庄的夜色。白天许多的事物都沉浸在浓稠的墨色里了，只剩下了小河边的依依杨柳、一阵阵深深浅浅的谈话声，以及那掩映在树影婆娑和檐瓦楼角间的依稀灯光，那些光影投映在水面，不停地晃荡。正在此时，一阵阵悦耳动人的二胡声音传来，我们循声而去，光影朦胧之中，在陈逸飞的画笔下出现过的著名的双桥上，坐着一位看上去年近古稀的老者，正在非常迷醉地拉着他那把二胡。见我们也听得入迷，便一边拉二胡，一边与我们交谈。我们得知，他姓沈，是上海退休的一位老技术人员，年轻时曾在厂里参加过"工宣队"，退休后到周庄买了座旧房子住下来。平时就他一个人住在这里，假日仍然在上海的子女有时会来看看他。他说，搬到这里来住，主要是爱这一片水乡，祖上也是这里的，但后来迁到上海，都已经几代人了。我想着，白天庄里到处都是沈万三猪蹄子的招牌，也许，这里原本就有不少姓沈的人家吧。直到午夜时分，我们才不舍地告别拉二胡的老人回旅馆去，而身后，老人沧桑的二胡，依旧像诉说周庄过往的陈年旧事一样悠悠传来。

短暂的邂逅，第二天就要离开同里和周庄，回到原来忙碌而疲惫的尘嚣里去了。告别周庄之前，望了一眼昨天草草参观过的"陈逸飞纪念馆"，无独有偶，据当地人说，陈逸飞也是在这里买了房子后来居住、画画的，并不是本地人。如今纪念

梦月集

馆门窗紧闭，冷落尘泥。作为蜚声海内外的华人画家，却因为《理发师》尚未拍完，留下许多是非恩怨而匆匆撒手人间。

　　望着世途上下来去匆匆的人群，望着又将陷入一天扰扰攘攘的周庄，不禁对原本渺小的人生，多了一层轻轻的慨叹。

（2010-01-25）

豪宅亲历记

　　客商异地采访的最后一次出远门：到东南亚采访。从 8 月 3 日至 8 月 14 日，历时 12 天，先后游历了印尼、马来西亚、新加坡等东南亚国家和香港地区，走访了熊德龙、黄德新、梁世桢、李世镰、吴德芳等海外侨领及香港一对知名的客商伉俪，寻访了印尼梅州会馆、印尼客属联谊总会、印尼泗水惠潮嘉会馆、马来西亚客家公会联合会、新加坡南洋客属总会等海外客家会馆。8 月 14 日最后一程从新加坡回到香港，下榻尖沙咀的一间酒店，15 日上午到香港著名的客商梁亮胜古尔夫伉俪家做客，下午由香港出关返回深圳，16 日回梅，结束了前后 14 天的行程。

　　梁亮胜古尔夫伉俪的家是一所位于香港浅水湾的半山豪宅。浅水湾在香港岛南部，景色优美，是香港最具代表性的美丽海湾。这里沙幼水清，波平浪静，作为香港最高档的住宅区而闻名于世。香港十大富豪的豪宅有 5 个在这个区，这里集中居住着许多名人和富人，如李嘉诚、董建华、郑裕彤、何鸿燊、李锦记家族，等等。梁亮胜古尔夫伉俪的豪宅位于浅水湾中段的半山坡上，是一栋崭新的四层别墅，掩映在一大片绿荫里，并不十分惹眼。

　　15 日上午 9 点多钟，待我们起床吃完早餐，梁亮胜派司机接我们到他们的家里，已经差不多 10 点钟了。大家与梁亮胜古尔夫夫妇见面寒暄、在客厅小坐一会儿后，便由他们夫妇领着我们参观了整幢别墅。因为怕不礼貌，当时并不敢怎么拍照，只是听他们夫妇边参观边介绍一些情况，一些些细节记不太清楚了。

　　别墅正对海湾，一进门是个宽敞长方形的大厅，但并未摆放更多的东西，接待我们的是入门左侧的客厅。当时我们感觉房子非常奇特，从客厅上去有三个楼层，另一个门的通向则感觉是地下层，但其实不然，靠近右边山坡的一面又是采光的，只是林木很茂盛，整个"地下层"都隐藏在绿荫掩映之中，原来这是半山别墅依山建筑的特色。从客厅通道往下首先是亮胜先生的书房，其摆设和装修中西合璧，既有中国古代名贵字画、瓷器，又有完全欧化的大班台。书房再往下一层像是一个大型的综合娱乐健身会所：首先是一个近百平方米敞亮的室内泳池，泳池的窗外就是山坡，光影葱郁。梁先生告诉我们，泳池的水是恒温的，长年保持 23 摄氏度；接着有健身房、桑拿房、电影放映厅，统由高科技功能控制。此外还有一个带大型冷藏酒窖的酒巴，里面藏满了红酒，全都是从加拿大直接进回来的——因为他们在加拿大有一幢比这座还要豪华气派的大型别墅，古尔夫夫人说，只在每年的五月以后去住一两个月的时间，平常交给那边的工人打理。

　　听他们介绍，别墅完工不久，是在亚洲金融危机地产最低潮时候向人转让的地皮，花了 4 亿多，盖起来现在大约值三四十个亿了。古尔夫夫人侃侃而谈他们建这幢别墅的经历。她说，她和先生都是完美主义者，别墅建造前曾委托设计公司出了图纸，花了 100 多万，但看到图纸不满意就不用了，现在的样式是他们夫妇两人亲自动手设计合作完成的。先生负责大的方面的设计，她负责装修装饰、家居摆设这些方面。她说仅从意大利、美国等地进口的家居饰品的货物就运回了 20 个集装箱！在一个欧式壁炉的上方还空着一块地方，我们感觉有点奇怪。古尔夫夫人说："你们确实看出来了，那地方还少一块西方的雕刻作品，先从意大利订的，因出来后感觉不甚满意，

唐梦·散文卷

413

几十万的东西，也只好不要了，放在意大利运都没运回来。现改在美国订的货，还没做好，就先空着。"

拜访之前，曾听闻其家里收藏的名画相当多，果然，在一楼、二楼的饭厅、客厅、走廊等处都挂着一些名贵的西方绘画，动辄几百万元一幅，有一幅油画是他们全家从伦敦拍回的，当时拍了2000多万元人民币。

尽管如此，梁亮胜在香港也许还不算特别的有钱，起码因为其长期的低调，名气远没别的知名客商高，属于近几年的后起之秀。

（2010−01−28）

立 春

连日来，看着自己整理发表在博客上的照片，一直莫名地激动。如果不是刚刚回来，都会怀疑这一行程的真实性。那些白墙黛瓦的村屋，那些乍开还羞的桃红，那些摇尾轻吠的黄犬；那些村童，红扑扑的脸；那些大雾笼罩的苍山，磅礴云天；那些古石堆拥的小径，沿溪而深；那些满溪横斜的桃李，染杂流音，一切都太美太美了，美得简直很不真实。

关于下罗、上罗、陈公坪这样一些地名，其实并没有多少诗意。它们是从205国道长沙段一条小道弯入依次而得的一些村名。接近国道的外面是下罗、往山的里面是上罗，是两个行政村的名字，而陈公坪就是上罗的一个自然村，是沿着小道直至大山迎面而立挡住去路的一个小山村，按照同伴的话说是"山穷水未尽"的地方。

尽管高山遮住去路，但村旁一条小溪骤然而临，水音潺潺。村庄不过数座客家围屋，人口自然不多，且年轻的已经出外打工，年壮的也已各自寻找山里粗重的营生或农活去了，留下一些老人、村童和几条黄狗守着村屋，显得异常的静谧、安详。

远处雾罩的山腰上，一片一片的竹海。临近山脚的山坡上、村人的屋前屋后，以及满溪石草的中间，到处都是桃、李和一些不知名的果木。一条小小的石径在桃树和李树之间蜿蜒而入，直至果林间淡淡的不见了。路边堆满长着绿苔的石块，一边果木在生长，一边杂杂乱乱的野草亦在疯长。远处苍山的大雾漏下一阵阵水气，散兵游勇似的飘来，落在村人的屋瓦上，落在散乱的果枝上，落在行人的肩发上。于是，整个村子都氤氲在一片轻寒浅暖、润泽玲珑的氛围里。在薄如蝉翼的一重雾幔之间，我们仿佛用手指轻轻地一捅，就能听见"哗"的一声脆响，雾幔散去，春天顷刻间扑面而来。原来经同伴提醒，那日是西历2010年2月4日的下午，正是农历立春，怪不得山村云腾雾罩，气象万千，果真不同凡响啊。

这一程山水，其实已经走过多回。一两年前，在这条小道还没铺上水泥路的时候，就已经骑着摩托走过了两三回，只是每次都没有走到山的深处，没有到达陈公坪这个小山村，每一次，都耽于路途上的风景而未能穷尽更美的山水呢。直至2008年的一个夏天，在一帮朋友的邀约之下，径直来到了陈公坪，然后攀山而上，至半山腰的一户人家，姓田。众人徜徉、游玩，与主人闲聊，谈村里城外的一些趣闻旧事，后来就在他那里做了午饭来吃。主人好客，特地邀着喝了几杯小酒，在返程的路上，是晃荡着脚步下山的。所以，那一次，依然没有真正领略到陈公坪的美景。

2009年的2月14日，情人节，我背着帐篷睡袋跟一帮驴友去福建梁野山露营去了，秋月那天跟梅州户外的另一帮朋友去了陈公坪，依然是在姓田的那户人家吃的午饭。午饭后是由田大哥带着他们从一旁的桃花溪沿水而下的。一路上李花浓艳、桃花灼灼，秋月不断地在诉说那次花溪下行的美丽，而蓝琳与小宝正是那次同游桃花溪之后，开始牵手步入爱的殿堂，有了情感正果的。就像故事一样，我听得入神，也因此对于陈公坪的美，念念不忘，于是有了这次立春的陈公坪之行。

今年立春来得早，在经过几场酷冷的冬雨之后，气候突然地转暖，离春节还有一些日子，"立春"这个二十四节气的"首节"，在好些人没有防备、不知不觉中就骤然地走了来，以至许多花事都还没来得及等候欣赏的人们，就纷纷地开了个争先恐后。在深入陈公坪的途中，一路上李花、桃花意兴阑珊，有些已经开得有点凋零了。秋月叹息不止，说如果溪里似去年般开满桃花、李花，又有今日的立春大雾，那番美景，才真是世上难觅啊！

我们寻觅到溪水中央一块平整的大石作为"茶桌"，胜子搬出旅行茶具，架起户外液化气炉子，开始舀桃花清溪煮水泡茶。桃花溪上果木掩映，溪石玲珑，绿萝牵引，春和景明。

桃花溪水潜藏于林木大石之中，时隐时现，清音不绝。一刻，炉子的水开了，冲泡后，茗香四溢，友朋围坐在一起，悠然细品。

时光就在惬意中慢慢地流逝，水声依旧在身前身后不停地流响。或许我们浑然不觉，或许因为这山外来的朋友，真情打动了它们，甚至连鸟儿都没有大声地喧吵，直怕搅了我们的清兴。宁静、清爽、闲雅的时光就在那果木之下、石草群生的桃花溪水中央，一直延续至黄昏即将到来之际。镜头慢慢地摇后，几个坐于桃花溪中的煮茶人，他们于远离万丈尘嚣的深山远水，品茶之姿，与大自然的景色融为一体，完全媲美于一幅画了！

就着暮色返城后，当晚我写下了两首旧体诗词，一首是七律《春行陈公坪》：

> 立春远足上罗村，雾幔群峰大象奔。
> 一片溪山千树秀，满坡桃李万枝繁。
> 犹闻吠犬知迎客，始见村童不掩门。
> 却道劳农耕远亩，堂前阿伯侍儿孙。

另一首是七绝《庚寅立春步求能师韵》：

> 窗前泄漏一些春，几许晴芳作好邻。
> 已报残寒冬雪远，青梅煮酒饯行人。

《庚寅立春》／古求能：

天涯何必苦寻春，今日冬春是比邻。

晓角方催冬梦醒，春风已拂卷帘人。

陶渊明的《桃花源记》篇末写道："南阳刘子骥，高尚士也，闻之，欣然规往。未果，寻病终。"今天，我终于理解了刘子骥的戚戚之心了。大自然的胜景原非易得，其与节候、机缘、心境暗相合生，如此的陈公坪立春情景，亦定是无从复寻的。

（2010-02-06）

失　踪

　　在"对话客商"的 34 位采访对象中，我采写了其中的 8 位，有幸承担了 3 名非梅州籍重量级客商的采访，他们分别是：香港立法会议员、有"新界皇帝"之称的刘皇发，原籍宝安；港股上市公司旭日集团董事长、资产超过 200 亿元的杨钊，原籍惠州；A 股上市公司"紫金矿业"董事长、有"中国金王"之称的陈景河，祖籍福建龙岩永定县。

　　冠为"首届世界客商大会"，大会筹备组对"非梅州籍"的参会客商，尤其是重量级的客商非常重视。顺利采访了刘皇发和杨钊之后，我们非常想拿下陈景河的采访。但是作为 A 股上市公司的老总，又是福建的客商，要完成这项任务实在不容易。我们从四月开始一直与对方正面联系，得到的答复都是"陈景河非常忙，没时间接受采访"。后来我了解到该公司宣传部一位姓邹的副部长与陈景河的私人关系颇好，便想法儿与邹副部长取得联系。他在公司负责主编一份"紫金矿业"的内部报纸，这样算是同行了，话题多了起来。跟他委婉地说清楚"首届世界客商大会"的重要意义和目的，主要是通过大会打造一个世界客商联谊和发展的共同平台，陈景河作为永定客家人，又是世界有影响的客商，应该参会和接受采访。最后他终于同意了，但具体时间要等陈景河有空的时候通知我们。得到这样的应诺，我们一颗悬着的心终于放了下来。

　　6 月 13 日刚刚从上海采访完回到梅州，就接到邹副部长的通知：陈景河刚从国外回来，现在厦门的公司，15日有一天空闲的时间可以接受采访，请我们15日安排时间前往。而我同时接到报社的通知：去采访陈景河时，有一位负责大会组联工作的副市长要与我同去，目的是给陈景河送参加大会并担当发起人的邀请函。原来是陈景河跟大会筹备组说没有更多的时间，要求与副市长的会面和接受记者的采访安排在同一天。于是，15日我乘坐副市长的车一同前往厦门，于当天下午顺利完成了采访，第二天回到梅州。

　　15日晚上住在"紫金矿业"在厦门开办的紫金宾馆里，按照以往的习惯，我将当日对陈景河的采访录音文件复制到移动硬盘中后，删除了录音笔中的文件，目的是为下一次的采访保持足够的空间。回来后到印刷厂排版房的电脑上使用过一次移动硬盘，晚上在家里准备打开移动硬盘上陈景河的采访录音进行稿件的整理写作时，突然发现移动硬盘里一片空白，一个文件也没有！怎么捣鼓也没有，找不到！天，怎么会这样？！我的脑袋当即一片空白……陈景河这样重要的客商，如果采访录音不见了，怎么办？！要知道，"对话客商"是完全"对话式"的稿件，是通过前期过细的准备工作，拟好采访提纲后，基本以采访录音为蓝本，可以说，没有录音是无法出稿的。现在的记者，认真学过速记的可能都比较少了，大多都是依靠的录音笔。我也不例外，采访时的笔记只是偶尔记一下关键的问题和词句，科技的进步反而培养了人的慵懒。

　　接下来的两三天，我的心情一直都非常苦闷，甚至可以说是惶惶不可终日。因为一旦我因没有采访录音无法写出陈景河的稿件，我不知如何面对陈景河、面对领导和同事，更不知如何解释为何会丢了采访录音！等于我白跑了一趟厦门，那岂不成为一个天大的笑话？！

　　这样的情况，我谁都不敢告诉。有一天晚上，几个老朋友一起邀着在外面FB，我因为心情不好，一晚上沉默寡言，只是不停地往嘴里灌酒，偏偏秋月不明就里唠叨着说我的不是，待吃完饭大家还没散场之时，我一个人不声不响开着车漫无目的地往233线驶去，等他们反应过来，我已把车停在233线中段的河边了。朋友们一个个来电询问我怎么回事、在什么地方，我一个个接了机不言一语又关了，直至手机没电。一边亲人和朋友在着急，不知道什么情况怕我做傻事，一边醉意和痛苦抓挠着我的五脏六腑，让我当时真有一种痛不欲生的感觉。

当时开了非常大的车内音乐，在麻醉着一点一滴地化解内心的烦恼！直至午夜一点多钟，我才在朋友们的揪心和秋月的泪水中开车回到家里，但我依然无法述说，秋月只理解为那是工作压力太大的缘故。后来在公安系统工作的山风说起那天晚上的事，他说再迟点没回他就准备叫同事上手段去出警寻找的，那样可把事情闹大了。

世界上许多时候许多事情总是充满戏剧性。我的办公室有两台电脑，一台是接近淘汰的旧电脑，杀毒软件什么的都没装齐全的。那天一位同事正好在用我的那台新电脑，我始终还是不死心，拿出移动硬盘插在旧电脑上，打开之后文件竟然奇迹般地有了！突然降临的幸福让我高兴得差点流出了眼泪，赶紧把陈景河的录音文件拷贝下来。后来我在新电脑和家里的电脑再试还是没有，办公室的旧电脑就能打开，反复几次都是如此！我没说录音文件的事，只问网络室的同事：我的移动硬盘怎么会这样？他们告诉我是硬盘染上了印刷厂排版房电脑上的一种病毒，因为那里的电脑使用的人比较杂，经常出现病毒，因为旧电脑没装杀毒软件，不会自动对染毒文件的访问拦截，所以反而能够打开文件。不过那种病毒比较容易清除，妨碍不大。他们帮我杀毒后，硬盘果然没事了，所有的文件都在。天，原来只是这么回事！

接下来我抓紧根据录音写好了对陈景河的采访稿件，电邮给陈景河审读，他只修改了几个字和个别不正确的数字，一次通过，而且非常满意！领导那里也过了关，做出了"对话客商"之陈景河篇。

唐梦·散文卷

2009 年，移动硬盘和唐梦都玩了一次"失踪"，但后来都好好地回来了。算是有惊无险，这是 2009 年的第二次"惊魂事件"了。

（2010-02-08）

跨境送物

　　8月中旬，我们客商小组第二批赴东南亚采访的成员经过十多天的奔波，从印尼、马来西亚、新加坡一路忙碌，最后一站到达香港。约好于8月15日上午到知名客商梁亮胜位于浅水湾的家里拜访他们伉俪。

　　当日上午10点左右，我们匆匆吃完早餐，司机接我们到了梁亮胜所在的浅水湾的家中。梁亮胜和我们报社的社长是松口的同乡，相见特别的亲切。经过一番寒暄和交谈，梁先生带我们参观了他们这幢新落成不久的别墅。然后，他因为有一个会议要参加，就和我们告别而先行离开了，留下梁太古尔夫夫人继续陪我们。

　　梁亮胜先生1951年出生，1983年前往香港发展，1989年创立香港丝宝集团，同年进军中国内地发展实业，创立了丽花丝宝、舒蕾、美涛、洁婷等一系列知名品牌，在与跨国企业的激烈较量中，演绎了品牌成长的传奇，被中国营销学界尊为"终端营销"之父。现已实现产业多元化发展。出版著述《梅花与剑——梁亮胜"企业与人"思辨录》等，获授武汉大学管理学博士。2007年，丝宝集团做了两件大事：一件是卖出，丝宝集团旗下有五大产业，10月，他们将其中一个产业丝宝日化85%的股份卖给了德国拜尔斯道夫公司，折合港币35亿元；另一件是买入。同年12月，丝宝实业发展有限公司以6.26亿人民币价格购买湖北省仙桃毛纺集团100%股权，间接借壳上市。

早在2003年，梁亮胜的个人财富就位列福布斯富豪榜第33名。

古尔夫夫人虽然身居豪宅，但依然是一位典型的客家妇女形象。她清丽脱俗的身材，面容姣好，戴着一副深边眼镜，举手投足温文尔雅，说话语软音柔，笑意连连。她有着客家农村妇女般的良善、朴素与随和，有着大家闺秀般的端庄、贤明，有着学者般儒雅、聪慧。说实在话，我没有想到，一个商人和富人的媳妇，会有如此高雅的气质。

当天中午，由古尔夫夫人陪着我们在一家私人会所式的酒店用午膳。该酒店门面不大，是一处比较老式的街铺，从狭窄的楼道上去，里面却相当豪华，是许多富豪名媛喜欢用餐的地方。吃完午饭，古尔夫夫人吩咐司机载我们去尖沙咀购物，然后司机回酒店帮我们把行李提到车上先放好等我们，接着送我们出关，直接送到深圳下榻的酒店。

由于接连走了几个国家，大家都大包小包的多了许多行李，堆在车上，一时也点不清楚各人的行李是否都齐了，只是按照行李单上的件数对了就估计拿齐了。出关后到深圳下榻的酒店已经是晚上七点多钟了。大家办理好入住手续便赶紧搬各人的行李回房，以便用晚餐。

但当搬我的行李时却发现少了一件，反复寻找都没有，是用一个黑色塑胶袋装着的一大包旅游纪念品，包括如巴厘岛的木雕、纱龙等等，是我买给家人和朋友的小礼物，尽管并不贵重，也值不了多少钱，但寄托了我此行首次出国的一番心意。丢了这样一些对我来说很有意义的行李，心中一直闷闷不乐。司机听说我少了一件行李，也不知如何是好。但他反复对了行李的件数是对的，叫公司的另一个司机去核查香港入住酒店的行李寄存处也证实确是把行李全部都提走了。

司机跟古尔夫夫人说了这件事后，古尔夫夫人交代香港的司机再在我们入住过的酒店认真寻找，最后在我住的房里找到了，是因为我一时紧张和粗心落在房里了。于是，大家说，只好等梁亮胜先生10月回梅参加客商大会时再带回来了，我想也只能如此了。虽然回去后无法将礼物第一时间送给家人和朋友，但找到了总比丢失了要好些。

　　没有想到的是，古尔夫夫人执意要叫其公司另一个司机将那袋行李送过来，须知，香港尖沙咀到深圳我们入住的酒店，要过边境，起码有100多公里，其时已经差不多晚上8点钟，两个司机都还没有吃晚饭。当我们反复跟古尔夫夫人说不要送来了，等下次梁先生回梅时再顺便带回来时。古尔夫夫人说，香港那边的司机已经在路上了，叫在深圳的这位司机去关口接那一袋行李。因为那位香港的司机来不及办理出关手续，是无法直接将行李送来深圳的。

　　就这样，当我们在吃晚餐的时候，两位丝宝集团的香港司机，就在香港与深圳之间跨境接力，为了我那一袋并不怎么贵重的行李而废寝忘食。差不多晚上10点钟，司机终于将我的那一袋行李送了过来，司机匆匆吃完晚饭，回去已经是12点多了。

　　后来我望着那袋"失"而复得的行李，心情非常复杂，既高兴，又感觉为这小小的事情，如此烦劳古尔夫夫人和她的司机，心里充满歉意。也一直觉得，作为一个大富豪之家的女主人，能做到如此细致、如此让人肃然起敬的待人接物方式，真的让我们长久地感动莫名！

（2010-02-11）

唐梦·散文卷

过　年

　　这几年年年都回乡下老家过年，为的就是和兄弟们及 80 多岁高龄的老母亲相聚。

　　母亲生下我们七个兄弟，老二英年早逝，20 世纪 50 年代前期我们一家还在安流圩居住，一次洪灾导致店铺部分倒塌，夺走了二哥年幼的生命。我出生于 1962 年，这些自然都是听母亲说的。我们早年生活和大多数家庭一样，非常清苦。改革开放后，刚刚过上了好日子没有多久，父亲却于 1996 年底也撒手离开了我们。后来除了大哥仍在乡下、我在梅城之外，因为工作和生活的缘故，四个兄弟及老母亲都陆续迁到了几百公里之外的顺德居住，每年年关将近，兄弟们就邀约着，要陪老母亲回乡下过年。于是，浩浩荡荡，顺德和我们这边一共十几号人就各自开着车回到我们的出生地——五华安流杨梅坳，齐齐聚集在大哥家里，过一个热热闹闹的春节。

　　春节这个中国的传统节日，也许在每个人的心中，都有着不同的颜色：比如生意人的商机，官场应酬的疲累，农民的苦中乐，"80 后" "90 后" 难得一些 "窝居" 的日子，孩子单纯的欢愉……而对于我，始终就是一种不变的颜色占据着，那就是相聚，这也是中国人几千年来春节的原色吧。

　　父辈在春节中的影子，给我们留下了最深刻的印象。

　　父亲有一个弟弟，祖父大半生在安流圩经营裁缝铺子，父亲年长，早年辍学跟了祖父的手艺，叔叔多读了几年书，解放后去了广州工作。解放时，由于经营裁缝铺子，祖父被划为"工商业地主"，祖父的晚年和父母后来的日子都因此非常艰辛。大约 20 世纪 50 年代后期，父母亲带着一家人被逼迁回乡下种田，那时二哥已经不在，大哥和三哥年幼，我和后面的弟弟还没出生。我的童年，就是在杨梅坳的苦涩记忆中度过的。因为政治色彩的疏离，父亲与叔叔兄弟两人竟数十年不通音讯，形同陌路。改革开放后，兄弟两人终又联系上了，1980 年的春节，叔叔说要回来过春节，看看几十年未回过的家乡什么样子。那一年的春节，是我印象最深的一个节日。那时我还在外地的学校读书，是恢复高考后家里最先考出去的一个，后来下面的两个弟弟也先后考了出去。那年听说叔叔要回来，一家人早早准备着要过一个隆重的春节，该清扫的、浆洗的都已搞好了，母亲早早蒸好了几坛老酒。那时还没有碾米粉的机器，接近年关，兄弟们帮着母亲去村里的舂米房里舂米粉做年糕，年关以后，一切都准备停当，只等着叔叔的回来。那时通讯不发达，还没有手机，更别说 QQ 微信了。左等右等，都没有叔叔的消息，大年三十，家家贴上了春联，洗过了驱邪的香草澡，煮好了鸡汁汤圆，四处陆陆续续有炮仗声响了起来。

直至傍晚时分，叔叔才肩扛大包小包地赶了回来。那时我们一家还住在稍显破旧的祖屋里，一家人在古旧的围屋门口盼着、张望着，在见面的一刹那，父亲、叔叔兄弟两人竟没了言语，深深地抱在一起，两行浑浊的泪水从父亲沟壑纵横的脸颊上流下来！那样一种情景，深深地烙在我此后的人生记忆中，永远也无法淡忘。

后来兄弟们长大、陆续考取大学或出外打工，各自成家立业，开始分开过日子，至今父亲也离开我们有十多个年头了。每到年关，兄弟们总是约着要陪老母亲一起回乡下过年。兄弟们各自的生活境况不同，没有大富大贵，但都过得平安幸福。大家聚在一起，围着老母亲，谈笑回味，推杯换盏。

一个一个的年，就在这种平凡而又温馨的氛围里，渐渐地消融，直至像一块无法更改的原色，留在了我们的生命里头。

（2010-02-19）

一场意外的精神洗礼

　　五一前夕，著名作家西篱在我的新浪博客留言："我请罗主席（指梅州作协罗青山主席——作者注）推荐一个梅州的优秀作家，他推荐了你，节后我联系你。"当时我表示感谢，并未在意是什么事。节后，西篱给我寄了封电子邮件：是想请您写报告文学，写丰顺自强的残疾人程小鸥，他的联系方式附后。约 15000 字，6 月交稿，酬劳已与罗主席说好，相信跟您说了，还望大力支持。附件是程小鸥的一篇演说稿。

　　说实在话，尽管程小鸥是梅州的丰顺人，但我从记忆里好像搜索不出一点有关他的印象，也许是他的低调，也许是对他的宣传不够，也许是多年来我不太怎么关注所谓的"先进人物"吧，总之，程小鸥对于我来说，确实好像只是一个实实在在的陌生人。

　　但在后来的采访中，交谈后得知，我们还是嘉应师专同一时期的同学，他是 1983 届 1986 年毕业的英语系学生，我是 1985 届 1987 年毕业的中文系学生，甚至回想起来当年对于"程小鸥"这个名字仿佛也有一点点儿的印象，因为他的同班同学林启岳、巫长江等人都曾经是我非常熟悉的朋友。一晃 20 多年过去了，由此而对他的遗忘和陌生，我感到了一丝愧疚。

　　随着交谈的深入，我仿佛回忆起来了，在那青春蓬勃的年代，在那久远的嘉师校园，在古老的饶公桥边，在英语系那栋还是平房的老屋作为课室的门口荷花池畔，我犹记起一个挂着

唐梦·散文卷

429

拐杖、瘦弱的小伙子，经常一个人沉思默想，或捧着书本在读书。原来他就是程小鸥，原来我们竟是同一时期的嘉师校友。

我和小鸥的差别是：小鸥是分别于 1979 年和 1981 年两次参加高考，虽然成绩优异却因为身体残疾而被大学拒之门外，顽强的他 1984 年再次以自费插班的形式成为嘉师英语系的学生。而我是参加成人高考 1985 届"干部专修科"成为嘉师中文系的学生，我不仅不用自掏腰包，还是带薪读书的。今天，小鸥这个学生却更能让他的母校自豪，而我这个当年"吃着皇粮"的学生，20 多年来却一直庸碌平常，默默无闻。

采访程小鸥，我是邀秋月一起去的。程小鸥自从 1986 年嘉应师专毕业后，20 多年一直在家乡丰顺中学任教至今。2010 年 5 月 21 日上午，我们在丰顺残联见到了刚刚给学生上完课的程老师，他患的是小儿麻痹后遗症，稍显肥胖壮实的身体，但走路非常吃力，挂着拐杖，上下楼梯尤显艰难，他平常是靠骑一辆三轮摩托车上下班的。

吃完午饭，程老师邀我们下午到他家里边品工夫茶边聊天，我们拍手称好：这样的采访方式更显轻松。程老师住在丰顺新城一个叫作"锦江花园"的小区，在二楼的一个套房里，程老师的家和别人并无两样。他边沏工夫茶，边和我们聊天，讲述了他童年开始遭受的苦难，讲述他先后进行矫形、"穴位结扎"和融骨等数次治疗小儿麻痹后遗症的痛苦经历，讲述他两次参加高考成绩优异、但因身体残疾而被高校拒之门外，最后通过自费进入嘉应师专学习的曲折磨难，讲述他"祸不单行"、2007 年检查发现肾癌时，又如何面对工作和生活的情形……

从教 20 多年来，小鸥在工作中每前进一步，都必须付出比健全人更多的努力和艰辛。上完一节课，他常会感到腰酸脚痛，气喘吁吁，浑身上下像散了架似的。为了不影响教学效果，他坚持站着给学生讲课，虽然挂着拐杖，但残疾的双腿让他不胜负荷，有几次累得摔倒在讲台上。尽管如此，他并没有向学校要求减少课程，相反，他的授课量是最大的，超过了许多老师。

梦月集

他的同事有时会感慨地说："程老师，我们都常常忘记你是一个残疾人了！"

不仅如此，程老师还认真地思索：如何成为一名 21 世纪更加出色的英语教师，不断实现自我超越。他如饥似渴地学习现代教育理论，不断更新自己的教育理念，努力实现从单纯的"教书匠"向"科研复合型教师"转变。在他的努力下，他所在的丰顺中学，在梅州市的重点中学中第一个创设了英语专业班，办起了第一家英语调频广播电台，坚持每周举办英语角活动，坚持每年举办大型的英语圣诞晚会，让学生爱上英语学习，让校长也能用英语在校会上致辞，让英语歌曲成为学校的校歌。他经过 25 年的探索实践，逐步形成了自己"教书与育人并重，语言与文化并重，能力与素质并重，教学与科研并重"的教学风格，他提出了"隐性课程"与"情感教学"的思想，他主持了省级立项的《隐性课程与高中英语教学》科研课题，取得初步成效。一个又一个梅州市第一名的英语高考和竞赛的佳绩，让程小鸥倍感欣慰，他也由此从一名残疾人，成为市县英语学科的带头人、全国优秀教师和广东省特级教师。1999 年和 2007 年 8 月，先后被评为"全国优秀外语教师"和"全国优秀教师"；2003 年被授予"第三届全国中小学外语教师园丁奖"和首批"梅州市名教师"的光荣称号；2006 年被评为"广东省特级教师"和迄今为止梅州市唯一的一位"广东省名教师"；2009 年 7 月荣获"全国自强模范"光荣称号，并赴京参加表彰大会，受到了胡锦涛、温家宝、习近平、李克强等党和国家领导人的亲切接见。

最让人感动的是，当 2007 年 11 月小鸥被检查出患了肾癌时，肿瘤的大小已经达到 7 公分（一般 5 公分就容易破裂扩散），情况万分危急，医生和同事都劝他抓紧住院动手术，他平静地与妻子商量、对校长要求："再给我四天时间吧，我要把这个单元的课上完后再去住院。"一些得知消息的同事，见到他就伤心地流出眼泪，他说："别这样，让学生看见不好，我不想让他们担心。"上完单元的最后一节课，他才坦然地前往广州住院治疗。

肾脏摘除手术回来后，县残联的领导非常担心他的身体状况，说："小鸥，到县残联来上班吧，你的身体不能再劳累了啊！"但他还是婉言谢绝了，他知道，他离不开他的学生，离不开他为之奋斗了 20 多年的教育事业。直至现在，尽管身体还在康复、定期的观察和复查之中，但他早已经开始力所能及地为学生授课，以及继续开展他的教学科研选题了。

作为一位残疾人，程小鸥也许并没有做出什么惊天动地的事情，他只是顽强地与残酷的命运抗争和搏斗，默默地在他那教师岗位上耕耘着一份属于他自己的幸福和快乐，但他生命的轨迹和坚强的灵魂，却深深地感动了我们两个不期而至的同龄人。采访过程中，秋月不止一次地被感动得流下了热泪！

程小鸥，我这位久别的校友，让我领受了一场意外的精神洗礼！

（2010-05-23）

梦月集

有一种朋友

　　近段时间来，每天早上陪秋月打半个钟头的羽毛球。因她在博客上发了篇《不能偷懒，只好改变》的博文，讲述长期的文案工作导致了颈椎增生，虽然不能说严重，但医生建议她最好多"偷懒"。所以她说既然工作无法偷懒，就只好改变爱好文字的习惯了。博友石头见状献策："我于2007年也这样，去了厦门第一医院，医生说我再不改变，五年内就会废了，开了半个月的药，吃两天就受不了，难受得想撞墙！不敢吃了。一个朋友说打羽毛球吧，会有改善的。于是，培训我小孩跟我打球，这一路打下来，每周打两到三次，一次一小时左右，三个月不到，状态变好，效果很明显！现在已没啥问题了。"于是，我就成了秋月的"陪打"，已经坚持一个多月了，希望能比较长时间地坚持。另一项活动是每天下午5点去"天伯公"爬山，虽说"爬山"，其实跟徒步差不多，因为坡不陡，走一圈刚好一个多钟头，正好适合秋月的运动量。因为据说到了一定年龄，膝盖的钙损失大，爬山就不适合了。而我却常常觉得运动量不够，感觉不过瘾。几乎每天和我们一起去的，还有年轻的依依。

　　今天下午4点50分的时候，我照例和往常一样给依依发了个短信：出发了。依依回：今天过节，不去了。我愣了一下，继而恍然大悟，乐了，给回了个笑脸符号"：）"。后来我和秋月到了市场，我给依依发短信：今天过节，晚上要不要过来吃饭啊？依依回：工人还请假呢，我要看店，晚上过来喝茶啊！

我还是回了个笑脸。

我们 2008 年认识依依的时候，比现在稍微胖了一点。如今的依依，据她说比去年前年瘦了好多，但我们看上去，她比以前更好看了。梅城地方小，在"天伯公"爬山，也常常会碰到熟悉的人。有一天，碰到一个熟人，问："这是谁啊？你女儿吧？"我迟疑一下，心里乐了，说："是啊！"后来又有几次碰到别的熟人，总是问："这女孩好可爱的，是谁啊？"我就总是呵呵着说："我女儿啊！"也不管依依高兴不高兴。

晚饭的时候，我跟秋月说："依依叫我们晚上过去喝茶，去不去？"秋月说："好啊，看能不能叫上其他朋友。"我说："还是别叫了吧。我们迟点才去，有空闲的房就坐坐，没有就不坐了，毕竟依依的茶馆是经营的，她又绝不肯让我们买单，约了人就一定要占个房了，万一影响了生意就不好了，再说有空闲的房再叫朋友也不迟啊。"秋月说："好吧。"

吃完饭，秋月和我商量如何给老马（其实是小马，秋月也是这样叫的）发短信。皆因这个星期六、日老马回梅，非常客气地给秋月捎了件裙子，而我们又很不够朋友地跑去狮子岩野营了，所以老马就托朋友转交，说是补给秋月的生日礼物（其实秋月的生日已过了一个多星期了）。今天上午收到朋友转交的礼物，下午回来秋月就迫不及待地试穿，那是一件有韩流风格的高腰裙，不论颜色、花纹、款式，我和秋月都觉得真的太好了，厚重中透着高雅，不禁赞赏老马的眼光，只可惜今年秋月胖了一些，而这又是紧身的高腰直筒式连衣裙，以至大号的居然穿起来都显窄了。

回梅前老马曾在 QQ 上问过我秋月衣服的码数，我知道老马又要"客气"了，所以我说我不知道。不过我真的不知道，因为我觉得男人最痛苦的事莫过于陪老婆逛街买衣服了，因为往往逛了大半天，可能一件也没买成。所以，说句愧疚的话，我真的不太清楚秋月穿多少码的衣服。我以为没有码数，老马不会再"客气"，没想到，老马还是"客气"了。这不，秋月正与老马短信互通大码换加大码呢。

认识老马，是因为老桥的缘故。他们是"古道行"的朋友，老桥曾跟我说过："老马不错！"后来在博客上读了她的文章，文笔真的很好。有一次广州深圳一大帮"古道行"的朋友们集体回梅"省亲"，晚饭后从雁南飞返回乐富豪 K 厅尽兴。我们就这样认识了老马，想不到一见如故！老马真诚、开朗，至情至性。后来我两次到了广州，都邀她和我的几个老朋友一起欢聚，老马没有推辞，而且和我们喝酒喝得非常尽兴。说老马"客气"，是因为两次老马听说我要出差广州，都硬是要给我们"等路"，而我却是空手去的，男人最怕这些"琐事"了，但我争执不过老马，只好领了。"60 后"的我，和"80 后"的儿子很少话说，但和"80 后"的老马却好像很投缘，感觉特别的熟络、亲切，一点也没有拘束的感觉。

因为年龄稍长的缘故，在梅州户外，许多人一见面都总是叫我"唐梦老师"，让我觉得有点老了。只有"80 后"的小月、蓝琳等人，一见面总是"唐梦、唐梦"地叫，让我觉得特别亲切，去年以来，小月、蓝琳已经陆续嫁人或结婚生子了。小月的男朋友原先在上海，后来回到老家韶关了，小月便也跟了过去。每逢节日或特殊的日子，小月总会打电话来问候，而且总会特别叮嘱"少喝点酒，注意身体"，让我们心底充满了温暖。有一次朋友聚会的时候，不知谁说：秋月、小月就像母女俩啊！后来，我们就真的认小月作女儿了。我曾半开玩笑地跟小月说："我没什么要求，小月，20 年以后，希望你能带唐梦去游一趟欧洲，我就心满意足了！"小月爽朗地说："行，唐梦，一言为定！"然后很响亮地击一个掌。自那以后，击掌成为我和小月之间见面的礼仪。

我和老桥是 20 年的老朋友了。2009 年我因为被抽去参加客商大会采访小组，经常外出，加上秋月工作紧张，一段时间睡眠特别不好。有一天晚上已经深夜 2 点多了，我在网上碰到老桥，不知怎么说起秋月睡眠不好的事，没想到老桥不一会儿

唐梦·散文卷

不知从哪搞来很多形形色色的有关防止失眠帮助睡眠治疗失眠的药方偏方秘方，直至凌晨三四点了还在跟我唠叨一定要重视不可大意，因为他的弟弟也曾经因为失眠痛不欲生的事，让我深深感激。尽管他是"70后"我是"60后"，整整差了一轮，但我终于知道了：原来这就叫作哥们！

还有好多，比如萝卜、胜子、山风、大川、何方、东成、悦诚……他们都是太好太好的朋友，因为有了他们，生活才充满阳光；因为有了他们，生活中风雨交加的日子，才不至于那么颓废忧伤。

是啊，依依说了："今天过节！"朋友们：节日快乐！愿你们永远有一颗快乐的童心！

（2010-06-01）

亲情无限

从 6 月 13 日开始出发，18 日下午回来，共 6 天 5 晚，一个标准的"黄金周"。我不知道这样的出游黄金不黄金，反正风景不多，雨水不少，心情不错。

2006 年 4 月买的车，到现在 4 年多一点的时间，近 6 万公里，算是走得比较勤的了。这已经是第二次长途自驾了，第一次是在 2008 年国庆假期，也是五六天的时间，行程 1830 公里，当时是由梅州—广州—顺德—韶关—乳源—丹霞山—南雄—珠玑古巷—梅关古道—江西大余—粤赣高速—河梅高速返回。这次是由梅州—广州—顺德—南海—粤赣高速—赣州—南康—定南—安远—寻乌—平远返回，由于至广州路段未看里程，全程约 2000 公里。

6 月 13 日中午出发，约下午 5 点至广州大学城看望了儿子，当晚前往顺德容桂镇，与 82 岁高龄的老母亲及兄弟们团聚。6 月 14 日上午前往南海游西樵山，午饭后返回广州与广州、花都的朋友们相聚，当晚宿广州广园路家园宾馆。6 月 15 日早经广惠高速—惠河高速—粤赣高速，约下午三点到达赣州，定南段因三车连环追尾堵车 40 分钟。15、16 日两晚宿赣州，16 日游赣州旧城区、文庙、涌金门、八境台、古城墙、皂儿巷。因大雨一直不断，17 日取消了原定通天岩的游览计划，改往南康，午饭后由南康上粤赣高速前往定南九曲度假村，当晚宿景区宾馆。18 日经安远—寻乌—平远，约下午 4 点返回梅城。

唐梦·散文卷

每年的几个长假来临之前，总免不了一个习惯的情感姿势：那就是思念老母亲和兄弟们。我们六兄弟，除了大哥在五华老家乡下居住外，其余四个兄弟都在顺德。父亲离开我们 10 多年了，已经 82 岁高龄的老母亲便跟了兄弟们在顺德居住。每年一到节日或长假来临的时候，总是特别地想念母亲和在远方的兄弟们。

　　自从今年调整假期以来，长假没有那么集中了。但端午期间妻子难得有了几天集中的假期，而我的工作又是比较机动的，便想着邀朋友到外地一游，先是依依打了退堂鼓，接着东成也说端午期间有事走不成，因此，所谓的桂林之行便告泡汤。我便跟妻子说："我要去广州。"目的是想去顺德和老母亲及兄弟们相聚。当然，每次的顺德探亲之行，总是顺便想着与广州、花都的朋友们相见。自从 2007 年儿子考上大学在广州就读之后，这几年去广州又多了一个任务，那就是到大学城看望儿子。

　　此次到达广州，已是临近下午 5 点了，儿子因为准备着毕业后考研，正在紧张的复习阶段，下午 5 点 50 分仍有一个课要上，因此我们只在学生饭堂与他匆匆见了会儿面。儿子看上去瘦了一些，大概是学习累的吧。因为时代的苦难和艰辛，因为 "80 后" "90 后" 所面临的生存压力，我们这些家长们早已没有了主张，未来的路只能靠他们自己去走了。

　　告别儿子，离开大学城，便匆匆赶往顺德容桂镇了。到了桂洲，已是晚上的 7 点多钟，与老母亲和兄弟们吃完晚饭，晚上一家人在安弟的楼顶上喝茶聊天，至夜阑方散。

　　第二天，也就是 6 月 14 日，我们陪着老母亲去南海游览了西樵山。母亲一直在五华老家乡下，辛苦拉扯大我们六个兄弟，大半个辈子都是非常艰辛的。直至兄弟们陆续出来工作后，她才出来城里 "享福"。名曰享福，实则还是闲不住，这不，还在替她的满子带孙女呢。抽空甚至还在套房的前后种一些蔬菜。虽然已是 82 岁的高龄，身子骨还不错，爬西樵山，我们这些年轻的人，还常常比不过她呢！

　　日子过得平淡无奇，而远处的那些亲情和牵挂，却让我们更加懂得了人生的真正意义。

（2010－06－21）

又年轻了一回

　　6月15日下午到了赣州，悦诚的表哥请我们到当地的农家餐馆去用餐，那是位于赣州郊区、属于南康县的乡下，四周风景秀丽，菜自然是赣州的风味，尽管交代了客人是广东来的，不怎么吃辣，但不少菜还是非常的辣。当地最出名的菜是"小炒鱼""仔姜炒仔鸭"，但当晚吃饭的地方叫"蓑衣客农家餐馆"，所以上了一道菜就叫"蓑衣鸭"，那是用一个整鸭，里面塞满膳食的药材和配料，放在瓦煲里焖炖而成，非常可口。晚餐喝了6瓶半斤装的四特酒，大家醉醺醺地回到酒店，才安顿住下，悦诚问我们敢不敢去"蹦迪"，他说新建设的章江边，是近年来非常著名的"迪厅一条街"，K房、迪厅等娱乐场所云集该处，繁华艳丽。我说："我党死都不怕，还怕蹦迪么！"于是，大伙就坐了悦诚表哥的车，往章江边的"迪厅一条街"而去。

　　入夜的赣州城，灯光照耀下极尽繁华，崭新的建筑与街景交相辉映，而下着不停的雨水，又把这陌生中带点温馨的城市洗得更加宁静、亲切。各种迪吧就在雨里的江边鳞次栉比紧依着，眨巴着或妖冶或猩红的眼睛，像城市的站街女一样，盯着每一个过往的行人。每一间迪吧里，各种节奏强劲的音乐深深浅浅地传来。我们就在一家叫作"D&D国际俱乐部"的迪吧前停了下来，据称，这是赣州城一间最著名的迪厅。悦诚的表哥早已在二楼订好了厢房，经过迪吧大厅，人声鼎沸、酒绿灯红、烟霭缭绕，音乐震耳欲聋，迪台上挤满了跳舞的年轻人，随着强劲的节奏在不停地跳荡、摆动、摇曳，四周的高台上，穿着性感的女子在缠绕着钢管跳着性感的舞蹈。

在二楼的厢房里，我们一边继续喝着啤酒，一边唱着各人喜爱的歌，或欣赏着楼下迪台的欢舞。后来，大家说：既然来了，就去"蹦"一下吧！于是，乘着几分醉意，大伙冲入了楼下的迪台，也不管周围尽是奇装异服、青春彩发的年轻人，随着音乐的节奏就和他们一起蹦了起来！

本命年的我，"年近半百"了，这还是第一次进真正的"迪厅"。原来，那迪台的地板是有弹性的，会随着音乐的节奏自动地震动，就是说，上了台，你不跳也得跳！就那样，我们带着愉悦的心情、带着浅醉，沉迷地融入年轻人那恣意的欢乐里！后来，山风笑我："唐梦那么大年纪了，还去蹦迪，心态多年轻啊！"我呵呵地笑着，当这是奉承的话了。

是的，自从 2008 年偶然认识梅州户外一帮年轻的朋友之后，不断地和一批"80 后"甚至"90 后"的朋友混在一起，跟他们一起去爬山、去徒步、去野营，去做户外的"拍 7""狼人杀"游戏，心境一次次地"被年轻"。

人生苦短。现实又处在前所未有的"迷茫期"，各种社会问题层出不穷，尖锐集中，不断激化，我们无力改变，何不换作另一种心态去面对、去承受？

有句话叫作"往死里活！"是啊，年龄不是问题，只要你想年轻就可以年轻的。因为，我们活的不是岁数，只是一个心态，赣州之行，我们又实实在在年轻了一回。

（2010-06-21）

聆听水声

在河堤，午夜时分望我们的小城，灯火迷离。

那是夏天，月亮却如冬天般的清亮，几日的大雨，河水涨了许多，四周的空气凝结着，我常常抱紧双肩，望着这个尘土飞扬的世界。

在没有雾的夜，我们渴望一种朦胧。

年复一年，我们在河堤上散步，有时停下来小憩，回想那些过去的日子。

江水一如既往地向前流淌。

我深深地眷恋深入水中，春天的花事来过又走了。那天我们提着酒瓶，唱着走调的歌。在一些枯索的日子，我们在水边居住。在开满紫荆花的小城，那条江水穿透我的胸膛。在河对岸，人境庐使我想起杜甫草堂，我年轻的诗魂随着江水飘荡。什么时候，我们对水有了一种特殊的膜拜？

来吧，我心爱的人，让我们回到江边，接近水，以水为故乡。

所有的渔人，孤舟蓑笠。放歌的李白，已在上游，成为这条江上的风景。让我们随着机帆船的影子，憧憬那些海风熏染的日子。

我们都是丘陵长大的孩子，缺乏水的灵秀，让我们回到江边，聆听水的声音，在水声里濯洗我们的心灵。用水作我们的肌肤，涛声成为我们的灵魂。在与水相伴的日子，让我们了解水，热爱水，深入水。

在你娇柔的身影里，在你的浅笑中，我领略了水的深度。

我们离开山地，离开沙漠，来到水边，只是为了寻找一种声音。许许多多白天和黑夜，水以其沉静穿越着浓重的迷雾。

我们回到水边，开始厮守。渔帆高高地扯起生命的旗帜，江风吹来的时候，你拥紧我，拥住江边结实的岸。河堤上，岁月一次次覆盖了我们的足痕，又一次次泄漏我们深情婉转的歌声。

做一条水草，在小城江水的柔波里！

在河堤上，我擦干你哭得红肿的双眼，教你聆听水声，看江边醉人的风景。向晚的渔歌再次响起，五千年的水声浑然朴实，我站在高高的江边，看水中渔帆的倒影，心中平静而又庄严。

多少次听你在江边讲述沙岸的故事，嘴唇干裂，风沙呼呼淹没水流的声音。我摇着你的肩膀，摇你看江边的垂钓者，摇你看水里的灯。夜色深深，江风吹拂你的黑发。我唱着歌谣，让你在粼粼的波光里睡去。

清晨的晓风杨柳，不再是柳永的碎骨柔肠。相依的诺言，成为江边一帧动人的风景。

深入水，我们成为水。

（2010-08-03）

又被鱼肉了一回

　　有个词，叫作"鱼肉百姓"，意思是老百姓受到欺凌和宰割。

　　身在一个与群众信访相关的部门工作，常常接待一些受了冤屈的群众，对于他们的弱势和无助，在无能为力的同时，常常只能在他们转身之后，发几声叹息表示同情而已。群众就是百姓，他们也许天生就是被鱼肉的对象，不然怎么会有"鱼肉百姓"这个词的形成？

　　对于"信访"这个东西，韩寒有一些绝妙的话："……他们曾经向干部申诉，后来发现好像除了干部以外也没其他什么人欺负他们，于是他们向组织申诉，后来发现组织是由大大小小的干部组成，然后他们找到了信访办去登记了一下自己，以便于公安机关监控，最后他们到法院去缴纳了诉讼费，这条路上绕来绕去都是敌军……"这种情况我们心里清楚，但群众未必清楚，所以他们还是络绎不绝地前来，通常都是交完材料，贴了交通食宿等费用，然后申诉如石沉大海，回家去过那继续被鱼肉的日子。

　　我们虽然奉命偶尔接待他们，但实是他们同一阵营的人。因为无权无势，就可称为百姓，也时常自觉不自觉享受一些"被鱼肉"的待遇，比如怀才不遇呀、分配不公呀、缴纳不合理的"苛捐杂税"呀，等等。只是比起从乡下来的老百姓，被鱼肉得少一点、轻一点。这不，新近的一桩事，就让我觉得特别的恼心：

　　2008年冬，听保险公司的朋友说，有一个险种很不错，叫作万能险，属储蓄型的，年息有 2 分半以上。我历来对保险不感冒，也就不怎么去研究，既然说好，那就买吧。于是就买每年交 5000 元，开始一次性追加 5 万元那种，好让其存在那生息。至今一年多了，交了两次 5000 元，加上头，已经 6 万了，也不知得了多少息。这几天急着要钱用，股票又套着，出不来。想来想去，就想到了放在保险的这 5 万元，心想：我现在要用了，先取出来，你再高的息，我也先不要了。谁知一了解，就像老百姓进了旧时的衙门一样，进得去却不是那么容易出来的。先别说这 5 万元有多少利息（那些保险公司给我们的账单，压根就看不出来），先得交 3% 的"领取费"！那每年 5000 元算交的"保险"，我这 5 万元明明是真金白银"存"进去的，这回取出来，还要那么高的"领取费"，取回 5 万元，被扣去了 1500 元，NND！

我百思不得其解，一位旁人点化我：你以为钱交保险公司真像存银行那样啊？你想想，现如今满天飞的保险推销员，他们那高得令人咋舌的"佣金"哪里来？还不是你们买单？！至此，我才恍然大悟，情愿相信强盗，也不要相信保险公司啊！看官又会说了，你那是"周瑜打黄盖"的事儿，怨不得谁的。是啊，谁让咱是老百姓啊，无权无势，存款不多，当初不就是想着让那钱生点息，好养家糊口嘛，谁知"赔了夫人又折兵"啊！

这不，明摆着，实实在在地又被鱼肉了一回。

（2010-08-04）

唐梦·散文卷

归 依

斑驳迷离中，放下吧
只有在心的原色上归依
才能在向晚的风中，守住未来

——选自《海边的故事》

一

初秋的时光，下过一场雨后，天气凉爽了许多。

按照通常的说法，早过了掌灯的时分。浅醉的我，辞别阿朝一家，驾着车，在溢着青草味的空气中，在朦胧而又湿润的夜色里，沿着自蕉板排山中出来的小路，从那一路白天风光绮丽的梅江河畔，载着秋月，听着童丽迷人的歌声，向着梅城的途中返回。

二

……又是一个美丽的晚上！我在心中对自己说。

之所以这样说，是因为近来老在半下午的时光，跑到蕉板排去。有时突然想到了，生了心愿，空着手就去了；有时是想了好几日，谋划了好几日，想着买了点下酒的菜去。有时去之前先打个电话，有时，干脆电话也懒得打，直接就跑了去。下午去之前，已经差不多五点了，怕阿朝家已下米做饭了，我问秋月："要不要先打个电话？"秋月说："别打了，打了他们又要去抓鱼。"

原来阿朝一家住在蕉板排的山坳上，前后都没有人家，离最近的村乐潭也还有几里之遥，因此平常并无特别的菜肴可以招待我们，唯听说我们要去，除了偶尔宰个鸡杀个鸭，做得最多的就是到他们自家的鱼塘里去弄钓上一二条鱼来做菜。因为除了我们自己，还经常带着朋友们去，有一次，我笑说："阿朝，你那塘里的鱼都给我们吃得差不多了！"阿朝憨厚地笑笑："那有什么啊，你们能来，是看得起我们，高兴都来不及呢！"

一整天都闷着的天气，上午跟着晓秋去了千佛塔参加禅文化活动，中午一觉醒来，已经是下午三点多了。因为想着快到中秋了，先去提了两盒月饼，待我们将要出发的时候，就快到五点了。一路上，天气依旧闷着，在灰暗的天空中，不时炸响一二个闷雷。待我们来到蕉板排，刚刚把车泊好，天空便下起了瓢泼大雨。阿朝的媳妇霞妹赶忙撑了雨伞迎我们回去，阿朝的母亲那亲切而朴实的笑容，让我们的心，顿时似灌了蜜似的甘甜幸福。此时阿朝和阿坪兄弟两人，正出去载作鱼食的蕃薯藤，还没有回来。

雨越下越大，阿朝兄弟两人被雨淋得湿漉漉地回来，见我们的到来，脸上笑得比晴天的阳光还要灿烂。待雨小下来后，他们兄弟两人便合力将"鱼食"从龙溪车上卸下来拖到塘里去。我和秋月，便也撑了伞，趁着小雨到山林下的水塘边去漫步。天色将晚之际，只见霞妹在暮色中大声地往这边呼喊："哎，好回来吃饭了——"我们便与阿朝兄弟俩一齐回去。

阿朝拿出 52 度的白酒，在我和他们兄弟两人的杯里各倒满了。阿朝说："白酒喝度数高点的好，水分少些，不易生风湿。"阿朝这样的见解，正合我的喜好。

记忆中每一次，霞妹总在不经意间整出一桌的好菜来，让我们见着就胃口大开，尽管没有大鱼大肉、山珍海味，但那些

都是鲜嫩鲜嫩的蔬菜，山里人家朴素的食品，仿佛水灵灵的能
与我们心口一致地对话。就在这样的光景，我和阿朝、阿坪，
推杯换盏，直至浅醉而微醺了，然后喝着他们山里人家自产的
绿茶，天南地北的与他们神聊海侃一通。有时也听他们说说近
乡四邻的传闻逸趣，说说果园田地的收成。眼看夜色渐深，总
在这样的时分，向阿朝提出："我们要返城了。"阿朝一边嘱着：
"路上慢点。"一边送我们到山路边，看我们上了车，才依依
不舍地挥手道别。

三

20 世纪 80 年代，当我还是从农家考上大学，毕业后开始
在城里工作的那段时光，便非常的不习惯，每逢周末，总是迫
不及待地返回乡下老家的杨梅坳。那里堆满的，是父母一生艰
辛的身影，是兄弟手足情深记忆，是人生的长河中慢慢累积的
愈来愈重的乡愁。

20 世纪 90 年代，岳母曾回老家古塘村小住，离我们工作
的小城正好只有几十公里。那段时间，我们便常常趁周末或假
日的时间回去。岳母用家乡最好的菜肴和小食招待我们，我记
忆最深的是"酒糟酵鱼"：做法是用上好的小鲮鱼，晾干后煎
炸，然后酵入上好的酒糟中，数日后开始取出食用，香韧可口，
送饭下酒均非常诱人。那时乡下比城里蚊多，岳母就采来布惊
枝叶烧沤，驱蚊效果非常明显。

后来父亲故去，母亲随了兄弟们到大城市去居住了，岳母
他们也离开了农村，让我们没有了可以尽情依恋的一块精神乐
园，就像一只孤独的风筝，终日漂浮在一片充满城市烟尘的上空。

不知什么时候开始，我们一帮朋友开始爱上了户外，周末
郊游、爬山、徒步、野营……一次次的接近，深入，依恋……
直至走遍了城市四周几十公里的山山水水。就这样，蕉板排闯
入了我们的眼帘。

四

  沿着激荡千年的古梅江边上，在一条两旁长满竹子、无名乔木，杂草丛生的小路向北而行，进入一个苍山翠岭怀抱的山坳，便是蕉板排。它属于北联乐潭村，山坳上只住着阿朝他们，前后数里都没有人家。开学后，老母亲带着孙辈们去西阳镇里"陪读"，平时只由阿朝夫妇留守家里，照看那满山坡的枇杷林，还有那些山前山后的柑橘、柚子等其他果树。

  自从阿朝答应将山林下水塘边的一块地方租给我们建造木屋之后，尽管工程的进展缓慢，远未到能够前来小憩或度假的时机，我们却憋不住非常勤快地往蕉板排跑了。

五

  "归（皈）依"本是有关佛家的词，我却固执地在心里把这两个字拆了开来。"归"就是返回，回归，寻找。"依"是依附，依靠，思恋。混沌生涯，茫茫尘海，回头是岸啊。

  看破红尘者的归依需要一所庙宇，心灵的归依需要一个爱人，而驿途倦旅的归依，需要的是一片乡土。从杨梅坳、古塘村到蕉板排，它们成了永远也无法剥落的一种情结，深深地植在了我们的生命之中！

（2010-09-12）

唐梦·散文卷

白水礤印象

一、金元宝的故事

　　杨梅坑距梅城 30 多公里，是一个山清水秀的小山村。

　　萌发到杨梅坑游玩的念头，源于一个极富传奇色彩的故事。杨梅坑以及周围的几个村子被统称为白水礤，白水礤可能因为那道柔柔婉婉缠绕于山坑和村寨的溪水而得名，也许上游土质或矿藏的关系，每逢春夏山洪暴发时溪水便显浑浊而泛白，平时却是清可见底的——村民们这样描述。有意思的是，不仅白水礤、杨梅坑这样的名字好听，就是沿着溪水，杨梅坑前边两个村子的名字也很有趣：一个在半山腰，一个在山底，溪水却将两个村子串缀起来，她们的名字分别叫作天上、天下。我都怀疑当初到此开居的先民中肯定有一些喜好舞文弄墨的秀才先生，不然不会把这么一堆文绉绉的名字放在这个地方。

　　榆的老家就在杨梅坑，传奇故事是从她的口中说出来的。她的家族中一个亲戚在白水礤开小水电站，刚开始建设那会儿，工地上请了好些外省来的工人。后来 10 多个工人突然失踪了、走了，再也没有回来。正当大家纳闷之际，却有人听到这样离奇的传说：原来那天晚上有一个工人半夜起来到工地上小解，被一闪闪发光的东西吸引住，忙叫醒同伴看个究竟，这一看非同小可，原来是个金元宝，接着挖出了一堆！正所谓"见者有份"，他们当晚分了金元宝，第二天便各自回外省的老家去了。

但为什么荒山野岭会有金元宝？接着便有了第二个传说：说是当地有一妇女，原是北方某省的一名阔小姐，日寇入侵时带着金银珠宝逃难到了南方，后来嫁到了白水磜，因为这样的身世，解放后"文革"期间受到逼害，不明不白死了。两个传说放在一起，自然就让人产生了联想。

那天载我们前往杨梅坑的是榆的堂侄，是山区小水电站年轻的当家。他的皮卡在市区拉了点货，顺便带我们去杨梅坑。他年纪虽小，但车技很好。杨梅坑通往圩镇原来只有崎岖的羊肠小道，行不了车，因为开发小水电站修了条勉强能通车的山路。路况很差，高低不平，被山里人形象地称为"排骨路"。山路常常飘在山腰间，一边是云雾缭绕的山巅，一边是万丈深渊的山谷，远远望去，零零碎碎地散落在群山深处的山里人家，就像童孩一不小心掉在脚下的小小的积木玩具。在这样的山路上前行，既美不胜收，又心惊胆战，一路上直把我们颠簸得大呼小叫，小司机却稳稳地握着方向盘，不时还悠闲地哼起了轻松的曲子。

一会儿到了白水磜的地界，小当家把货物送到工地，认真地吩咐着工人应该完成的事项，一件一件，毫不含糊，表现出与年龄不相称的踏实和成熟。很快就到了杨梅坑，他把我们安顿在一户农民的家里，便和我们作别。我没有忘记向他打听金元宝的故事，他神秘地笑笑，没有回答。

四邻的狗们不明真相，见来了生客，不分青红皂白就吠了起来。

二、天上的人家

榆告诉我们，她的外婆 80 多岁了，儿孙们有的外出，有的经商，前些年一直一个人住在天上，直至去年才搬到圩镇上居住。

走出杨梅坑村寨，向山坡上攀爬，一会儿便能望见流淌在山谷中的溪水了，溪水旁几排屋舍，便是天下了。沿着溪水的方向望去，一条如练般的瀑布悬挂在远远的对面的山崖上。天上还在前边的山坳里，一时还望不见。榆对天上风景的描述，早已让我们的心中充满了美丽的幻想。

转过山脊，羊肠小道上突然设置了路障，然后在路障旁边的山坡上搭了木栈道绕过去，我们大惑不解。近处的农民告诉我们，此时正值庄稼成长的季节，那是为了防止牛等牲畜到天上去践踏嚼食庄稼：牛们胆小，一般不敢走木栈道。原来山里人的牛是从不圈养的，早上放出去，也不用人看管，通常晚上自己会回棚。偶尔没有回来，那肯定就在外面有了故事：或走失了路，或被牛贩子牵了去，或在大山嶂里转悠、过夜，一两天后就会回来的。

一众人说说笑笑，一会儿便来到了天上，只见四周顿时温馨起来，深幽起来。这是一个自然的山坳，位于山峰之下、山腰之上，仿佛深藏在大山的怀抱之中。寨子里人家不多，大多沿着山梁各自筑了土砖墙的屋子，隔沟相望。屋前屋后种了许许多多的果树：李子，枇杷，柑橘，蜜桃，有的结了果实，有的还在开花。屋子下面便是一块块不规则的稻田和菜地。因为每一块的面积不大，山里人把它们称为"草笠田""蓑衣地"，意即一顶草笠或一件蓑衣就把那块田地给遮住了，这自然有点夸张。但在那些艰辛的日子里，这些还算肥沃的土地是山民们赖于生存和寄托希望的所在。现在生活好转了，这里的村子却显得萧条了。被我们赞美的山清水秀的天上，是山民们要逃离的地方，我们逃离出来的十丈红尘的城市，正是他们向往的天堂。

唯一例外的可能就是榆的外婆了。前些年她的儿孙们相继出去了，日子富足起来，他们不断地劝老人搬出去住，到圩镇上、到城里去安排晚年的时光，但老人都没有听从。远远地望着那些世代耕种的土地，守着那些狗，那些猫，守着屋前屋后那些浓浓艳艳、春华秋实的果树，老人居然平静地过着外人也许无法理解的日子。直至去年，随着年岁的增长，生活起居已有些窘困，越来越难于料理日常繁杂的事务了，老人才同意搬到圩镇上去。

我们来到榆外婆的屋子前，大门上了锁，是一栋典型的客家老屋，门坪拾掇得干净整洁。主人虽然搬走了，但屋前屋后那些说不上名的树子仍然在那里痴情地开花、挂果。

就在榆外婆屋子的旁边，那道流经天下、杨梅坑，缠绕于整个白水礤的溪水正淙淙汩汩地发出绵延不绝的命运之音。它从更高的山岚上倾流而下，我们从心底里生出疑窦：在天上的更高处，莫非竟然还有水的来源？既然如此，我们不妨就把这溪水称作天溪吧。

三、夜宿杨梅坑

黄昏之际，我们从天上回到了杨梅坑，四周的屋舍在迷离的山中夜色里渐次亮上了灯。

杨梅坑正因山坑而得名。两边山峦森立，被我们喻为"天溪"的溪水中流而过，村庄的屋舍零零散散地分布于溪水的两岸。屋子的墙有的灰，有的白，有的却是浅浅的黄，黄的白的颜色伸入越来越浓重的夜的"黑"中，成为黄昏中一道韵律动人的五线谱。

在渐浓的夜色的包围之中，目睹了一件有关狗类的亲情故事：左岸的一户人家，屋中的母狗年前产下了一窝仔，计有四条。随着小狗的长大，迫于生计，主人将讨人喜欢的"阿三"卖去右岸，"阿三"从此开始了背井离乡、骨肉分离的生活。也许禁不住寂寞和亲情的折磨，"阿三"每逢黄昏总是偷偷地从右岸跑回去与母亲和兄妹相聚。这一情况被右岸的主人发现之后，向左岸的人家提出了意见。左岸的主人便常在黄昏之际守在门口，高声驱赶前来省亲的"阿三"。还没来得及看上母亲和兄妹一眼，"阿三"便被追赶着发出"汪汪汪"悲伤的喊声，仓皇地向溪那边的右岸逃去。

我们在主人热情的招呼中用过晚餐，便开始融入山里人家简单而又温馨的"夜生活"之中。因为还是上旬，夜空的月儿还只是一道浅浅的"弯"——脆生生地悬挂在村寨对面的山梁上。四邻的乡亲吃过晚饭，纷纷搬了把竹椅、板凳聚拢来，在村中相对集中的土坪上，大家开始讲述各自听回来的奇闻趣事，有时也说说生活的苦辛，或品察农事耕作与收成之间的况味。他们一如既往地延续着坦荡的开朗和热情，并没有因为我们几个城里来的生客而显拘谨，只偶时回过头来向我们打听城中生活的盛况，有一点艳羡，也有一点远不可及的隔膜。我们便谦虚，说城中闷得很，累得很。其实，这原本说的也是真话。

白水礤的山质肥沃，盛产各种杂木，早些年便有人根据这种自然条件在圩镇办起了胶合板厂，率先富裕起来。后来又有人在城市和山村之间搞起了运输，出城拉木料，拉山货，入山送小水电站的建材，送村民必需的生活生产用品，也使日子殷实起来。但大多数村民的生活还比较艰辛，他们除了耕种田地之外，唯一的副业就是上山采收可伐林木，从山上挑回来，然后卖给圩镇的、城里的胶合板厂、中纤板厂作基料，每百斤不过五六元钱。

夜渐次深了，村民开始陆续散去，浅淡的月色均匀地涂在杨梅坑的土地、屋瓦和篱园上。

我们没有睡意，便提了啤酒、零食，向夜色迷茫的溪中走去。踱过溪中的小木桥，索岸而行，在水湄或水的中央，盘石而坐，来一次浪漫的"天溪夜饮"。溪水悄悄地流经身旁，杨梅坑平静地睡了，我们激奋地醒着。

许多日子之后都无法忆起，关于杨梅坑，关于那个怔忪难眠的夜，我们是如何消受的！

（2010-09-26）

"换了吗？"

　　一种口头禅，也许多少能够反映一个时期的社会特征吧。以前，中国人见面打招呼的口头禅普遍是："吃了吗？"因为那时生活辛苦，一日三餐几乎成了人生最最重要的头等大事，也就难怪见面会关心一下对方吃饭了没有。如今生活丰富多彩，已很少听人一见面就问："吃了吗？"

　　现在老同学聚会，多年不见，据说最常问的是"还是不是原来那位？换了吗？"当然，这只是一种玩笑话。但一个"换"字，充分反映了现代人生活中的一种心态。有些物品，比如手机、装扮行头、牌子货等等，尤其是年轻人换得特别的勤快。常常一段时间不见，又会见对方拿出一部新款的手机在手中把玩，这些行为，被统称为：时尚。

　　我等"年近半百"之人，许多事情自然是有点跟不上趟，慢半拍。前些日子，一不小心竟然让我们赶了趟"时尚"，加入了"换"一族，而且换的是"大件商品"：房子。

　　在小城生活了 20 多年，生活平淡得像一畦池水，不起波澜，从来没有想过要换房这档子事。因为现在住着的梅园新村，虽然是比较老的一个小区，绿化、管理什么的都有点落后了，但那种老式的大社区有着特有传统生活的温馨氛围：早早晚晚老人小孩在花园里随处闲逛、坐谈，四处道路宽畅，不必为没有车位而烦恼。

　　话说今年中秋之际，一帮亲戚从深圳回来，说起房子的事，

唐梦·散文卷

都认为房价还会涨。听说我们把一点多余的钱存在银行，也从没动过贷公积金购房的念头，说："真是笨到家了！现在什么物价形势？！你那真是剪刀差：银行的钱在变小，外面的东西在飞涨！"把我们说得满脸通红，好像实在做了件错事似的。想想也真是，这些年收入虽然增长了些，但就像60岁的老头跟20多岁的小伙子赛跑一样，根本追不上物价上涨的步子。糊糊涂涂做个"小散"，不是"踏空"就是"斩仓"，心情K线老是掉头向下。那一点点可怜的"储备粮"，眼看着与物价相比已经缩水了不少，而周围的"有产阶级"，一二年前购入的房产、铺面，早就翻了番。在这种情势之下，妻子就建议：我们也去看看房子吧。

于是，开始浏览梅州房产网，留意街头的招贴广告，奔走于房产中介和各个楼盘之间。我们心中的算盘是：不要太贵，买来放一放，权当给"储备粮"保值增值了。因为贵的好的买不起也住不起，又没有想过要换房。但今年下半年以来梅城的房价涨得厉害，而且国庆之前一直呈现火爆的势头。预计国庆开盘的"御景东方"，我们在中秋后不久去交"诚意金"时，排序已经到了305号，看来想买到该处好楼层的房无望了。事实上，后来那些新开盘的房子，房价上升到了四千至六千一平方米，不在我们购买的能力之内了。只好把目光转向一些稍微低端的二手房，于是转到了"陶然居"。当时的房源还比较多，130平方米的三房价格在30万至35万之间，每平方米在2500至2800元之间，可算是"梅城最便宜的电梯房"了。尽管说是二手房，其实还是新房，只是房龄稍长一些，是2004年、2005年建好的房子，由于种种原因，大部分到现在才能陆续办理房产证。房子便宜的原因除了房龄长，还有设计不尽合理、2梯16户、小区过大等等原因。由于绝对价格低廉，认为值得投资，我们便决定在此购买了。前后看了十几套，那时临近国庆节前，都预计节后还会涨，看房的人特别多。每天到了陶然居，都能碰到许多看房的，中介的，打听房价的，就像圩日一样。

有两次我们说好了交定金的，结果第二天房主又变卦了，不是说不卖了就是说要提高一点价钱。

许多时候、许多事情都只能理解为缘分。正在这时，一个中介不知从哪里知道我们的电话，主动告诉我们 24 栋有两套房子要卖，让我们去看看。22 栋和 24 栋独立成一个小区，而我们所看的房子正好面向南边，一流的江景，梅城已难寻如此漂亮江景的房子了！许多宣称有江景的房子都是横断面的，而我所看的房子是向着梅江南面，整条江景奔眼底而来。我喜欢得不得了，当下心中决定：要买下来搬过去住！因为是两套挨在一起的房子，两套都是 130 平方米左右的三房，一套江景好些，但结构差些，旁边那套是标准三房，结构比较好，但江景差一些。最后我还是选了江景更好的那一套。就这样，当天 10 点钟看房，11 点多落下定金。中午 1 点钟打电话给在顺德上班的弟弟，告诉他我买的旁边还有一套房子。结果他下午三点多开车回来，晚上八点多回到梅城。第二天上午 9 点钟看房，10 点钟落定金，然后赶回顺德去参加下午三点多钟的会议。朋友笑我们："你们这样买房，就像菜市场买小菜一样啊！"其实，虽然陶然居的房便宜，但我们兄弟俩都借了不少的钱，谁叫我们是小民百姓啊。非常幸运的是，后来还被我买到了一个车位。接着装修，春节前就可以搬入居住了。至于梅园新村的房，10 年了，榉木的装修也过时了、旧了，就留待日后出租吧。

一个经常一起出去玩的朋友，最近换了部四驱的进口越野车，他开玩笑说："有的不想换，有的不能换，但那么多人都在换，想来想去，我就只好换部车了！"

哈，是啊，人生短短几十年，有些，这辈子就不换了；有些，力所能及的，还是换换吧，提高一下生活品质。

（2010-12-23）

唐梦·散文卷

第一场春雨

辛卯年正月初十，晴，微冷，午后有酥暖的阳光。

由于报社上班的特殊性，节假日一般是不放假的，报纸照样要出版，因此不管什么日子，只要你有任务，就要去上班，所以一年到头，没有放假这个概念。当然，如果没有任务，你可以和大多数人一样，在节假日里休息。同样，正月初十、十一这个双休日，全社会都在补春节的假，我们却照样休息的，这样也算是对没有放假概念的一种补偿吧。

这个春节的天气出奇的晴暖，想必大家都过得尽兴吧。从天气预报中知道，从初九开始又有冷空气南下，天气要变冷。正在犹豫着要不要入蕉板排，最后决定还是进去吧。经过"山火惊魂"，要进去和阿朝家人好好坐坐，胜似亲人般的情感温暖，也许能够抚慰因突然的意外而受到惊悸的内心吧。

所幸天气只是微冷，上午直至午后一直有酥暖的太阳。没有更多的客套，阿朝家人要我们一起吃午饭。临近午饭时分，小秋、李诗等几个朋友说要来木屋走走，加上阿朝的一个姑父带了几个小孩来探亲，午饭的时候，坐了满满的两桌人。这种情形，我们早已习以为常，由于阿朝一家人的良善，由于阿朝的热情好客、古道热肠，常常都是胜客如云，高朋满座的。满桌的年味，丰盛的菜肴，禁不住又喝了几杯小酒。

午后喝完茶，亲朋陆续走了，我和秋月回木屋小小的午休之后，起来一边泡茶喝，一边各自看点书。秋月照例看她的小说，我则在匆忙之中携了两本《台湾散文选》，翻到台静农的，有一搭没一搭地看着。木屋里轻轻的音乐，依旧响着一两年前的旧歌曲。我这个人听歌、喝茶跟品酒，一样的情趣，只是喜爱，并不苛求。常常好酒平常酒、靓茶孬茶照样地喝，听歌亦是如此，旧歌新歌、流行的民族的，通通照听不误。也许品味低了点吧，只是喜爱着就好。一如生活，淡淡地过着，越平常越好，不做苛求。

接近黄昏之际，依旧天气晴好。我便跟秋月说："你看书吧，我一个人去行行山。"于是从木屋后山的小路而上，至山后，沿着两日前被山火燃烧过的山脊缓缓而行。阿朝家的山林有三百亩之多，除屋后山、东边山坳有许多松木、杉木之外，木屋后山、左肩山排，尽是橡树、桦木等阔叶树林。而阿朝家的山林之外，尽是村民租给外人种下的速生桉树林。那天山火从北联那边烧过来之后，许多地方，至阿朝家的山林边便停止了，看来那天有经验的人说"阔叶树林不易燃，放心"是真的。尽管如此，在枇杷林上方的山脊，阿朝家的松木，仍被烧去了一部分，损失虽然不大，是仍然让人懊恼的。至于一些被火燃过的松木，针叶有些黄了的，还能不能活下来，阿朝兄弟说："那要看情形了，要是早点来场春雨，这些受过伤的树木，也许有更多机会活下来！"

在阿朝家里吃过晚饭，依旧喝了几杯小酒，醺醺然回到木屋，喝了茶，秋月在看我自城里下载的电影，我则首次展纸磨墨，在木屋书写几位朋友短信发来的诗词，至夜深方入眠。

次日天未亮，听得木窗外滴滴答答声响未绝，醒来只见天地一片迷蒙，密密匝匝的雨珠挂满整个蕉板排的上空。阿朝踏着雨声向木屋走来，掌中撑着雨伞、手里还提了一把雨伞给我们送来。口角掩不住的笑容，大老远就跟我们高声说道："这第一场的春雨下得好啊！"

我们心中感动，忙趿拉拖鞋到木楼梯边接过雨伞，口中应着："是啊，好雨！"心里念叨：蕉板排乡民敦厚、山川灵秀，上天是不会薄待的！

　　吃过午饭返回城里，这辛卯年的第一场春雨，还在痴痴情情地下。

（2011-02-13）

碎　片

　　人生行走在世上，就在一方天空之下，或蔚蓝或阴霾，鸟语花香或雷鸣电闪之际，不觉间已走了许多的路，慢慢甚至可以望见天边的彩霞了。在你一转身一抬头，在现实或记忆的天空，总会飘浮着许多人生的碎片，或彩色或黑白，或鲜艳或黯然，总会让你怆然地惊悸或瞬间的迷茫，甚至不觉间停下步来。

　　辛卯年正月十二，也是 2011 年 2 月 14 日，西方人的情人节。身边的手机总是不停地响着一些甜蜜或沉醉或矫情的祝福，我们却要回乡下去。因为这一天，是秋月娘家亲戚的赏灯节。

　　在粤东地区，旧时就被称作"小南京"的兴宁，每逢过完年的正月元宵到来之前，家家户户都要过隆重的"赏灯节"，而且每个村落每个姓氏所过的日子不尽相同，从农历正月初九一直逶迤至元宵节后的正月十八，那情景甚是壮观。元宵节都过了，中华传统"赏灯"的日子都过了，就美其名曰"暖灯"，就是在"赏"完之后再温暖回味一下，真是有才！

　　所谓过赏灯节，也就是亲朋好友聚在一起，大吃一顿，礼尚往来，亲情，叙旧，聊天，点鞭炮，放烟花，热闹非凡，添有新丁的人家更是大肆庆祝。发展到后来，就是个个姓氏村落、屋区来比赛放烟花，仿佛谁都不愿落败似的。一个百万人口的县级市，去年据说仅赏灯节的烟花炮竹，就燃放了 3 亿多！

　　在这样的一个节日里，见到了许多亲人，有些平时难得一见，有些甚至几十年也只见过那么几次，品尝着种种滋味，有些事仿如隔世，有些感觉竟像时光倒流。

大夫第

"鹅湖世泽，鹿洞家声"，这是朱姓宗屋通用对联，典出南宋朱熹，其曾于江西鹅湖、白鹿洞两书院讲学。因为古塘大夫第为朱姓祖居，故古旧的大门两边贴着用大笔书写苍劲有力的这副对联。秋月的三个堂哥早期就是在这大夫第中居住的，现在有点破败的大夫第祖屋自然是早已无人居住，早就纷纷外出或搬了出去。

坤华堂哥

年近八旬的坤华堂哥偕着同样高龄的夫人千里迢迢从贵州飞回来，住了近半个月。他高大英俊，依旧神采奕奕。早年他曾考上空军学院，到学院不久，有一次叔叔不知给他写了一封什么样的家书，老实憨厚的他，竟将那封信交给组织。据说信中说到堂哥的父亲，在临解放时失踪了，乡里有人传说是去了台湾。那时政审非常严格，就因为这样一封信，堂哥被学院退回了原籍。后来堂哥辗转去了贵州，娶了当地的女子，就在那里生活了一辈子。如今白发苍苍了，竟有了强烈的思乡情结和归家念头。

"巴赌"和远梅嫂

因为是秋月的亲戚，我不知道他确切的名字，只知道他的外号就叫"巴赌"，乡里人大都这样叫他，远梅嫂是他的老婆。

"巴赌"并没有读什么书，大字不识几个，但人特别的聪明，学什么是什么。早年学"油床画花"，十里八乡小有名气。这是一种手艺活：旧时候靠木匠手工制作原木床，床栏的四周就要由另外的匠人漆上油漆和描画花鸟虫鱼等绘画。改革开放初期，"巴赌"率先去办厂赚了一大笔钱，竟然娶回了一个电影明星般的大学毕业生，乡里人都说：从来没有见过这么漂亮的女人！但那女人"手不沾泥脚不沾地"，哪里过得惯乡里的生活？结婚不久之后就离开了"巴赌"。于是就有媒人给"巴赌"介绍了远梅嫂的妹妹来相亲，"巴赌"嫌人家丑，不要。换成远梅嫂来了，远梅嫂年轻时长得非常漂亮，"巴赌"一看还行，远梅嫂就成了他的老婆。

由于"巴赌"好赌（"巴赌"的外号也许就是这样来的），很快就把开厂赚的钱输光了。后来只好远走他乡，去了远在千里之外的贵州哥哥那里谋生，先后开过皮鞋厂什么的，但是由于改不了赌博的恶习，一直是起起落落，过着放荡不羁的生活。据说先后同过好几个女人，就把远梅嫂一个人和两个小孩子丢在家里，几十年都没怎么回来过，也没有什么钱寄回来。远梅嫂带着两个孩子，一肩挑起全家的担子，生活过得非常艰辛。一些好心的乡邻总是劝她：你这样守活寡似的，何不带着孩子改嫁个好人家啊？远梅嫂总是咬着牙摇摇头。

想不到挨过了几十年，两个孩子相继长大成人，陆续考上中专，在深圳找到了不错的工作，已经 60 多岁的"巴赌"却在前几年回来了，回到了远梅嫂的身边，一家人过上了和和睦睦的日子，生活也日渐好了起来。

此次回来大夫第赏灯，正是"巴赌"添了孙子，做了"年轻"的爷爷。

乡镇卫生院

下午到了龙田圩镇，在表哥家里看看离晚饭还有一段时间，便与秋月信步出去走了走，不觉来到了秋月早年工作过的地方：龙田卫生院。正面的一幢门诊楼已经拆了在重建，往里走那个旧院落依然还在，只是更加的破败了，到处长了草，树叶满地。

唐梦·散文卷

我们说：这里不再住人了吧？寻思间便听见了脚步响动的声音，只见那人跟秋月打招呼："你是阿娜吧？"秋月想了起来，是卫生院的老同事，只是不知道他叫什么名字了，如今已是副院长，依然住在这样的地方，自然是乡镇卫生院的窘况所致。

就在这所院子里，中间有一个近50平方米的老会议室，曾经是我们一家大小的住处，中间一个布帘子隔开，一边住着婆婆和孩子，一边就是我们的"卧室"，"厨房"就在过道上。仿佛只是一瞬间的事，整整23年过去了！人生，真的好短。

老姑妈

在堂哥那里过完赏灯节，就去看望96岁的老姑妈。老姑妈生有十个子女，四个儿子，六个女儿，想不到现在大部分的时光竟是孑然一身过日子。十个子女大部分都在外工作，好几个女儿竟然好些年都未回来看一下，儿子有时回来，也不能陪在她的身边。那天两个儿子从深圳回来过赏灯节，家里来了不少客人。老姑妈一见到秋月就泪水直下，紧紧抓着她手不肯松开，喃喃地说着话儿。吃过晚饭，我们和老姑妈再见，她又是泪流满面，不肯让我们走。人到晚年如此状况，不禁让人辛酸。

夜色渐深，驾着车从兴宁返梅，淡淡的酒意发酵着种种感受，思绪万千。此时只见一路烟花炮仗相随，此伏彼起，直把眼前的天空渲染得五彩缤纷。

（2011-02-15）

开　学

　　刚刚过完年，转眼元宵又过了，孩子们接着就开学了。阿朝兄弟的小孩从学前、小学至初中，一共六个，每人两个，除了老二阿全一个女孩一个男孩外，老大阿朝、老三阿坪都是两个女孩，几个慢慢长大的女孩们个个出落得花朵儿般的美丽，只有阿坪的小女儿还小，还未入学。

　　大年刚过，高兴劲儿还没有松弛过来，年初七的一场山火便差点把阿朝一家的兴奋心情全烧没了，好在山火最终没怎么烧到阿朝家的山林，只是烧了一小部分松树林，损失很小。懊恼本来过去了，谁料山火第二天西阳的一个电话，又让阿朝一家陷入了坐立不安的烦恼境地。这话要从头说起来，还真有点长。

　　"我嫁到蕉板排来大半辈子了，还没怎么流过泪呢，但八年前那一回，我真偷偷哭了……"阿朝的母亲说起那次乐潭小学撤校时的情境，至今仍透出深深的伤感。

　　随着社会的变化，随着所谓城市化进程的加快，说白了，也就是随着外面世界诱惑的加大，或者随着乡村生活的艰苦，山区的许多青壮年都出外打工了，去城市谋生了，或者考上学校，在城里工作了，从此一去不返，剩下一些老人小孩或没门没路的憨厚老实人留在乡村，长居的人数在日渐减少，昔日热闹的乡村在慢慢变得冷清甚至寂寞。

　　蕉板排属于北联村乐潭第三生产队，乐潭是一个自然村，离蕉板排不足两公里。"以前，乐潭村有一百多人居住，现在只剩下十一人了！"阿朝的母亲说。正因为这样的情形，八年前，乐潭小学撤了。当时听到这样的消息，对阿朝一家来说，无疑是一个沉重的打击！要知道，蕉板排离镇里西阳可是整整十几公里呢！山里的小学撤了，叫孩子们去镇里的小学读书，这可怎么办啊？！"那时，就像天都塌了下来似的！"阿朝的母亲这样形容。对于世代耕种的阿朝他们来说，意味着要放下农活去镇里跟孩子们"陪读"，而且接下来还有一连串的问题：小学没有内宿，孩子们及"陪读"人要房子住吧，这就要租，要开伙，要凭空多出来许许多多的费用，生生的要"被城市化"了！阿朝兄弟一合计，只好采取"联营"的方式，推任母亲作为"儿童团长"去镇里陪读。幸好母亲才六旬开外，经过长期的农活锻炼，身子骨还算结实，那就这样定了。

兄弟姊嫂便开始各谋出路，以便各人赚些钱凑点份子给母亲在镇里开销：大哥和大嫂守家，继续耕田种地，管理山上的树林和果木，老二和老三的老婆进厂打工，老二老三去城里的单位当了职业司机，老三甚至还利用闲暇和节假日时间继续打理田里及山上的活。就这样，年逾六旬的老母亲披挂上阵，带着孩子们征战十多公里外的西阳"前线"，租房、买菜、做饭，天天目送孩子们上学、返家，看管孩子们，还要怀抱、肩背老三未上学的小女儿，一人兼做家长和保姆两职，回到家还不忘把人生道理灌输给孩子们。这些年阿朝的母亲尽管艰辛，物价房租也一次次地涨，但心里却是慢慢地宽慰：因为孩子们争气，听话，懂事，不断地把奖状领回家，有的做了班干部，有的一次次考满分。眼看着阿朝的大女儿淑怡就要初中毕业了，高中要考去丙村或县城就读，老母亲再坚持三五年，"十年抗战"后，就可以光荣"退伍"，返回蕉板排老家养老了。但西阳那个突然的电话，却把阿朝一家人的心，搅动得烦恼不堪。

"阿朝，春节后我的房子不能租给你们了，你们去另外租房子吧！"——这个电话是镇里的房东打来的。各位看官，你们也许会觉得奇怪：另外租房就另外租房呗，这算什么大事啊？！你们有所不知，西阳是一个不大不小的镇，要说房租并不是很低，但却还没有开发商去建商品房，所谓"房改"，在这乡镇，也还没怎么实行。总之，房源少，周围小山村撤校的多，到镇里"陪读"的自然也就多，僧多粥少，房子就紧张，租房就困难，阿朝家人的烦恼就在这里。

接到这个电话，阿朝兄弟心急火燎地前去与房东商量："再让我们租三几年吧，房租你要涨就涨，现在突然要我们离开，租房困难，老人小孩一大堆的，搬家也辛苦。"任凭怎么说，房东就是说不行，房子另有他用。

我们听到这个消息，已经是山火燃烧之后的第三天了。我们当时来到蕉板排，本是想因为山火的事，来安慰安慰阿朝他们的，没想到出了一档更让人烦恼的事。因此接下来的几天，我们陪着阿朝的一家人着急。西阳毕竟不是梅城，没什么人脉关系，可以说，只能瞪着眼干着急，让时间在这样的焦虑中一天天过去。

那些日子，春雨一直在没完没了地下。在蕉板排的木屋中，雨水击打着木屋的屋顶，传出不尽匀称的滴答声。夜色中，阿朝兄弟擎着雨伞来敲木屋的门，心惶惶地说："雨太大了，车借我们去一下镇里，说好了另一家租房的事，怕明天又变卦了。"我说："行，抓紧去吧！"

深夜听到汽车回来的声音，同时也听到了阿朝的好消息："租定了，幸好晚上赶去了，不然又租给其他人了，说不了解我们！"听到这个消息，我们终于舒了一口气，因为孩子明天就要报名、后天开学，房子定下来、搬过去，大家才能安心啊！

上天仿佛都动了恻隐之心，星期天一早，下了一个多星期的春雨，突然停住了，天气也开始转暖，甚至有了点晴和的阳光。我们载着阿朝的母亲和孩子们，阿朝兄弟姊嫂则骑着摩托，还有阿朝的姐妹、妹夫、外甥等一大拨人，从各个方向汇聚，浩浩荡荡地开到镇里去替阿婆和孩子们搬家。

路上，我见阿朝的母亲静默无声，便想跟她搭搭话，宽慰宽慰她。我说："没关系的，人手多，一下子就搬完了，新房比旧房好。阿婆劳苦功高，再坚持几年就好了。"听了这话，只见她在偷偷地抹眼泪："谁不想在自己的家乡住啊？！不是为了孩子们，谁愿意这样遭罪啊？！"尽管只是十几公里外的镇里，语气间，我却仿佛体味到了老人家背井离乡般的辛酸境况。我说："俗话讲：一生儿女债……阿婆，没办法啊。""是啊，但我带大五个儿女没那么辛苦啊，倒是因为这些孙辈们……"话未说完，又见阿婆在抹眼泪。

　　新租的房子离原来租的房子不远，比原来那套房子宽敞、明亮，只是房租也贵了不少。经过十几个人一上午的奋战，满满几大车的一个"家"就搬了过去，东西摆放了整个大厅。慢慢整理好后，老人孩子开始安定下来。

　　学校开学的第三天，我们抽空再次来到蕉板排的木屋居住，坐谈间向阿朝打听："阿婆和孩子们怎么样？新租的房子他们住得习惯吗？"阿朝连声说："好，好！有了房子住，孩子们终于可以安心地上学了！"

（2011-02-23）

三月的门槛

　　三月，绿叶挂上枝头。原先光秃的枝丫，转眼之间全都染上了绿。一棵棵饱经风霜的老树，在几番春雨之后，就有了满树青青嫩嫩的子孙，就像产房的几声啼哭之后，一个一个的小生命来到世上。

　　记忆中的三月，总是伴随着没完没了的春雨。滴滴答答的声音，仿佛一直从远古传来，绵延不绝。这疏疏落落或密密匝匝的声音，是满山遍野春情孕育的欢欣，是生命深处不尽的呢喃。……整整煎熬了一冬，风雪过处，枝枯了一片，叶落满地，就像每一位老人，历经岁月的风霜，青筋突显，斑白的头发掉了许多。如今，冬天过去，春天来了。春风一阵阵抚慰过曾经沧桑苦痛的胸膛，干裂的嘴唇有了润色，那满坡焦虑的期待，才终于有了幸福的回音，绿让大地的眼眸里，充满生机。

　　这轻轻的，浅浅的，密密的，沉沉的，一丝一缕，一洼一注，一宿一晌……整个三月巡望过去，滴答叮咚的雨水，就像春姑娘多情的身影，缱绻着，依偎在三月的臂弯里，不娇不嗔，不离不弃。大地山川因之润泽，群峰沟壑因之雀跃。断了的小溪，重又续流，江河水位，不断上升。而此时，正是万物荣枯交替的紧要关头，所有的毕剥、生长，都需要雨水。这一场一场的春雨，犹如三月灵魂血管里的清流，它让春竹抽笋，禾秧发芽，老树翻绿，让大山重又有了灵性。

　　三月，梅花、桃花刚刚开过，李花、杏花刚刚谢了，所谓

春寒的深处，一瓣一瓣的落花飘零着，堆积着。这样一幅景象，自古以来，却不知惹了多少痴情的眼泪，那些痴男怨女，正在那里独自"伤春"呢。真傻啊！那些花开，那些花谢，那些春雨烂漫的恣意景象，不过是因为生命的憧憬而喜泣啊！正如腐叶委身于根基，春雨委身于泥土，鲜花委身的三月，许多诺言，早已在枝头伫立。站在三月的门槛，轻轻地掀开帘子，你看：不远处，那些绿绿的叶子之间，柚子已经抽蕾，等待授粉，枇杷已经挂果，等待饱满。你终于知道，春花为什么要谢了吧！

其实，有了点年纪的人，大多都不易"伤春"了……每一个走过岁月沧桑的人，谁没年轻过几回？那些死去活来，痛彻心扉，那些深夜里买醉，一切的一切，不过是年轻的一种表征，这些容颜的斑驳，这些眼泪，注定要委身给未来的日子，委身给一个叫作"匆匆"的尘世。时至今日，见惯了春日那些凋零败落、雨意绵延的景象，早已不再惶然惊悸，早已不再黯然神伤了，君不见"沉舟侧畔千帆过，病树前头万木春"啊！一花开败，一叶枯荣，原各自有其轮回的天命，缘分至此而已。因此三月，观叶为叶，见春雨即是春雨。

三月，还是一个春耕的季节，身边的农民早就高卷裤腿、肩扛犁耙下了田。想想人生的三月，谁也免不了混得灰头土脸、碰得头破血流而依然要打拼啊，只是年纪一点点增长之后，才慢慢将三月交给后来的年轻人。而一年之始的三月，就像旅人拾掇行装要远足，我们因为生计，因为生存，更要开始忙碌了。

（2011-03-11 晚于蕉板排木屋）

梦月集

三　月

　　打开三月的大门，依旧馥郁的芳香迎面飘来。一直与朋友们到郊外、到山上去看各式各样的花。去城东警校、潮塘看梅花，去明山嶂上下炉肚看樱花，去兴宁径南看李花，去麓湖山看杏花。那些千姿百态的梅，那些红艳夺目的樱和杏，那些漫山遍野洁白如雪的李花……这些美丽的倩影，一直明亮在我的心里。而木屋的花事，也深深地把我感染了：草地上的鸳鸯茉莉，虽然经冬模样有些憔悴，但依旧一边换叶一边开花；篱边的兰是从梅城的套房里移种来的，已然安贫乐土，开始怒放；池塘边的老梨树也开花了，星星点点绽放着，仿佛一颗颗晶莹的宝石！

　　三月，水草氤氲。波光粼粼的水塘里，蛙声四起，此起彼伏。偶尔短时间寂静下来，停不了一会儿，只要哪只蛙儿起了个头，顿时又是蛙声一片。这些蛙以竹蛙为主，去年被当地的农民捉来吃了许多，今年依旧繁殖得厉害。这样的蛙声，可以持续几个月，一直到三伏天到来之前，才会将息一些。

　　三月是个多雨的季节，常常，正在不经意地喝着茶，忽听窗边哗然响动，原是屋外下起了瓢泼大雨。有时明明还是晴朗朗的天气，待你"手无寸伞"地出门，哪知一阵风吹来，一块云朵飘来，便毫无征兆地下起了雨，直把你淋得像个落汤鸡似的！

　　三月，是一个新旧更迭的季节。木屋旁的草地上，几天不扫，已是满地落叶。而几天前的枝丫还是光秃秃的老柿树，如今已长出满树新绿。水塘坡上铲除的野草，非常顽强地又长了新叶。木屋一旁的小竹林，那些去年拔节的竹子，也正在不断长高。后山的荷树、橡木，一直在默默地开花。

三月的春姑娘，水灵、调皮。好几天晚上，木屋后山的树上，总有些东西掉下来，在屋顶砸出"咚、咚"的响声。妻子有时被这突然的声响吓得用被子蒙起了头，我说别怕，这阵下多了雨，是一些腐枝掉下来。其实我心里也疑惑，哪有那么多腐枝啊！后来我们终于弄清楚了：因为木屋的后山到处都是荷树，这个时节，树上一种类似果实的东西就不断地往下掉。小时候，我们称其"荷转子"，插上摇柄，在地上旋转，就成了一个陀螺。我心里想：原来，是春姑娘光着脚丫子，故意在我的瓦面踩出闹腾的响声呢！

三月的月亮，怯生生地挂在夜空。雨后初晴，夜晚的空气透明中交织着朦胧，微风吹拂之下，树影轻轻地摇晃。那片月儿，就在这一场又一场的雨水之后，内心得到安宁，它悠悠地走过这一片寂静的夜空。在梅江边，在北联，在蕉板排的水塘边上、木屋的周遭，布满清辉，宁静温馨。

三月是一个充满生机而纷繁复杂的季节，大自然的各种声音交织在一起，到处流传着涅槃新生和生死轮回的故事。花粉的芳香、腐叶的霉味、满眼新绿的草青……各种滋味糅合在一起，组成这早春特有的、让人淡淡眩晕的味道。

西历三月，雨水惊蛰已过，春分来临。这样的日子，农民的心里缀满希望。下午，阿朝穿一身沾满泥土的衣服，坐在门坪上歇息，他说，刚刚从田里回来，要翻犁水田，准备播种插秧了。疏花的季节又到了，霞妹还在柚树林里喷药除虫。是啊，充满生机的三月，真正的春耕和农忙，又要开始了。

（2011-03-12）

池塘生春草

西历三月十九日，农历二月十五，蕉板排的春雨还在下，没完没了。门口的柿子树全部抽出了新叶，而且眼见叶片越来越大，越来越多，越来越浓。

木屋与阿朝家只是隔着一个水塘，距离不过约莫 50 来米，每逢开饭的时候，霞妹或阿朝就隔着这口水塘，朝木屋的阳台这边喊："主任，吃饭了！——""主任"不过城中一个小小的职务，被阿朝他们喊得起劲，喊得顺口了，听者便也已习以为常。不像初时，觉得如此呼着，有点生分，总对阿朝他们说："喊名就好，不要见外啊。"阿朝他们说："那不行，失礼了。"

整整一个秋冬以来，水塘的水都在减少，一方面是干旱所致，水都蒸发走了，另一方面，是因为堤下老在漏水，虽然只是小小的水流，一年到头，老在涌动，便也走了不少的水呢！往年我们夏天来到蕉板排，见到的景象，总是水塘里满满的水，四围青山包裹，树木葱绿，好一派迷人的风光！如今水塘的水不断减少，直至春雨来了，仿佛才停了下来。阿朝说，不用发愁，春夏来了，水会慢慢涨起来的。

因为水塘就在木屋的前面，木屋门口又有几棵柿子树，倒显得清美的样子。我把木屋的照片放在博客上，因为只照了水塘的一角，看上去以为很大的水面呢。于是有朋友问："你是梅城现代的梭罗吧，你那个叫什么湖啊？"我答："梦月湖。"知道打趣，大家哈哈一笑。其实，这"梦月湖"之名，还是博

唐梦·散文卷

473

友"石头"取的呢，盖因我的笔名"唐梦"，而另一位，唤作"秋月"，拼在一起，就成"梦月"了。虽只是一方小小的水塘，这"梦月"之名，却非常美，非常文艺，甚至还有一点点的小资和矫情。但回头远望身后的尘世，到处是拥挤、嘈杂，混乱不堪，民风变得浑浊，人性在扭曲。而在这蕉板排，还有这一方小小的清澈的水塘，还有这一份宁静的心境，可以"梦月"，何其的好！

因为柿子叶愈来愈浓，阿朝开玩笑说："差不多，我这边都望不到你那木屋的阳台了，吃饭的时候，要用电话叫了——"说得大伙哈哈地笑了起来。

是啊，春天，什么都在生长。自从去年夏天开始诞生这样一个梦想，要在蕉板排建一所木屋来生活，整整一个秋冬，便都在伴随着干旱、焦躁的日子中度过，等木屋建好了，春节也就到了……仿佛还刚刚过完年，门楼上的春联还很新，屋前的鞭炮纸还来不及清扫干净，四处还残存着一些节日的痕迹。猛然有一天，便觉得春天已大张旗鼓地围了过来，鸟在欢声地喧唱，树在抽绿，竹子在拔节，落在地里的秧苗，也一寸寸地长高了。下过几场春雨之后，泥土开始湿润。山排，山坡地，山窝的柚子、枇杷等果树，已一阵阵地抽叶、开花、挂蕾，积蓄养分，准备孕育的工作了。

日复一日，春雨依然在下。潮湿的水分和氧气、负离子包围着木屋，在木屋的上空，层林间，生出一层层的雾气。除了鸟儿不停地在欢声笑语，除了半晌，有一搭没一搭几声鸣禽的呼唤，除了对面的村道上不时穿过一辆摩托，拖曳着一阵呼啸的声音之后，便是长久的安宁，恬静，美好。阿朝他们，在晴天的时候去给柚树疏花，给枇杷修枝，在山坑的田里屯水、翻耙，准备着春耕；在春雨的雨缝里给果树洒肥，一如既往地过着他们平凡、安静的日子。

池塘的水位也随着春雨的持久而在慢慢上升，四周的塘堤上，不觉之间，已经长出了一层层毛茸茸、嫩绿可爱的春草。

"池塘生春草，园柳变鸣禽。"谢灵运所吟诵的景致，原可以掸净历史的烟尘、穿越时空的隧道，轰然而至于蕉板排的眼前，让人心生欢喜。

　　　　　　　　　　　　（2011-03-19 于蕉板排木屋）

唐梦·散文卷

慢慢消失的山村

　　客家人的历史总是充满着悲情的色彩。古时候，因为中原战乱频仍，我们的祖先失去家园，被逼离开故土，背井离乡，过着流离失所的生活。从中原到南岭，到福建的汀州、江西的赣州、广东的梅州……一路向南迁徙而来。有历史考证，从宋朝或更早的时候，客家人就开始向南迁徙，而在迁徙的过程中，许多客家人滞留在闽粤赣地区，开始在这些地方落根、开枝散叶。而另一些人继续迁徙，到了广西、四川等地，甚至不少人通过闽粤赣地区的"跳板"作用，开始到海外、到东南亚一带谋生，成为一支浩浩荡荡"下南洋"的大军。

　　在闽粤赣地区，那些平原沃野，早已被原住民占据，因此作为客人、外来者，我们的祖先只好遁入山区，在闽粤赣的崇山峻岭之间寻找"立锥之地"。他们在那些山排上，山巅上，山坳之处，搬山填土，垒墙成家，同时开山垦荒，种植果树，耕耘山坑田，过着日出而作、日落而息的艰苦山民生活，因此，他们被统称为"客家人"。

　　在闽粤赣、在南岭大地，在那些青山绿水之间，宛若上帝一把随手撒下的种子，星星点点地散落着客家人的居所。在山坡上、山坳上、山窝里，一个又一个大大小小的村落，村庄，有些山村又是东一座西一座，那些土墙瓦房依山而筑，隔岗相望，松松散散地聚集在一起。他们大多以姓氏宗族为界，生根开叶，聚居繁衍。因为处在山区，条件简陋，交通不便，加上生活艰苦，客家人的房子开始大多就地取材，用黄土夯墙，黑土烧制瓦片，杉木则用来制作门窗家具，外墙刷上石灰，白墙黛瓦，大多为单层平房建筑，也有少数为两层或多层的建筑，中留天井，四周由房厅围在一起，分为圆形、方形两种。这种独特的建筑，被称为"土楼"或"围龙屋"，体现了客家先民的安全意识、聚集性和封闭性的居住理想。

客家人来之前，此处被称为"南蛮"之地，不乏穷山恶水，闽粤赣山区又多丘陵沟壑，耕种不易，故世世代代生存得甚为艰辛。带着中原望族的家风和祖训，南迁而来的客家人衍生出两种生存法则：读书和外出。自古以来，客家人培育出了许许多多"学而优则仕"的典范人才，宋湘、李金发、黄遵宪、林风眠、叶剑英……而那一拨一拨自汀江、自梅江望海而"下南洋"的众多客家先贤，又为"外出谋生"这一生存的课题刻下了让人记忆深刻的群像。

因此在客家那些星星点点散落在群山中的小村落，千百年来一直在随着这两种颜色的交织而变换，沧桑中枯荣兴衰，繁盛冷落。直至 20 世纪末期，这种现象演变成了单一化的极致，许许多多山村日渐衰败，屋瓦坍塌，院墙斑驳，人员稀少，再过五年，十年，必将成为一批批慢慢消失的山村。

在蕉板排，在这个临近山巅的山坳之上，据说这里的黄姓原有好几户人家，后来陆陆续续离开了，外出的，远足的，进城的，后来就只剩下了阿朝一家。我们在山的一侧，在果林丛中，依然可以见到残存颓废的地基、土墙。

蕉板排所属的自然村乐潭下，他们也称为北联三队或中心屋，20 世纪八九十年代之前，有几十户人家，一百多人居住，老老少少，热闹非凡。但随着世纪末和新世纪的到来，新的时代和社会情形日新月异，那些老一辈人温暖的记忆便渐行渐远。如今的乐潭下，只剩下了四五户人居住，而且清一色是上了年纪的老人，他们是老书记夫妇和他们 90 多岁的老父亲，卖猪肉的友生叔和他的老婆，俊哥和他的老婆、两个儿子在城中打工，不时回来。还有一两户人家，记不住他们的名字，常住人口，总共不过十来号人。在乐潭下，村中的小学已经荒废，许多旧日荣耀的大围屋已经衰败或倒塌，山坑左右，到处是丢荒的田地。

形成这种状况，不外乎依然是"读书"和"外出"这两种颜色涂抹的结果。自从改革开放和恢复高考之后，一拨一拨的人考进学校或进城打工留在城里，特别是年轻人一去不返，让山村日渐凋敝。

自从我们在蕉板排建了木屋并经常进来居住之后，吸引了许多乡民好奇的目光。俊哥在梅城开车的大儿子柏承，前些日子出钱在村里购下一块地皮，准备在乐潭下建一栋目前唯一的水泥砖房，他的这种举动，也许能让乐潭下这个小山村消失的步伐，稍稍延迟一下吧。

（2011-03-19 于蕉板排木屋）

旱 情

　　自从上次下过几场春雨之后，已经持续一个多月干旱了。农村到处在告急，许多农田根本无水插秧。阿朝的田虽然莳下去了，但是依旧受到了干旱的影响，这些天都担着几十米的管子，到稻田附近的水塘去抽水灌溉，只是水塘的水也越来越少，天再不落雨，不久水塘也要底朝天了。

　　开春以来，阿朝和霞妹一直在忙。先是种姜，接着备田、浸种、落秧、抛秧、施肥，后来就是给柚子树疏花、抹梢、授粉，最近干旱，又要忙着给稻田抽水灌溉。

　　眼看着已是农历的三月初了，"三月的枇杷，四月的李"，但阿朝家那几十棵枇杷树，被去年冬天的那一场严霜袭击之下，现在又受着干旱的折腾，挂的果稀稀落落、干干瘪瘪的。言说到果子的收成，看到这样的状况，阿朝的笑容也没平日那么饱满了。

　　蕉板排吃用的水，都是阿朝他们从高山石缝引来的山泉水，清甜可口，一直以来，就有一些认识或不认识的城镇里的人来这里载水。这些天来，霞妹已告知他们，现在泉水细如铁线，都差不多要断流了，蕉板排人都快要没水喝了，让他们"下了雨再来"。这"蕉板排人"自然包括我们这两个住在木屋的城里人，因为，我们也喝着蕉板排的水。但旱情的苦，却没能直接灼伤到我们：回到城里，我们还有自来水用，还有桶装矿泉水喝，薪簿上的田地，再怎么干旱，却也还能够打出粮食来的。

近日听天气预报,还会干旱好些天呢,"靠天吃饭"的农民,只好仰天长叹。本来,杜牧的诗中写了,"清明时节雨纷纷",但刚刚过去的清明前后,却连一点雨星儿都没下。阿朝说:"今年看来'天时不好',现在闹旱,以后恐怕又要雨灾了!"我们忙问缘由,阿朝说:"农谚云,'清明晴,鱼儿上高坪;清明雨,鱼儿潭中死。'"是啊,旱涝灾害,苦的首先都是农民啊!

　　今天回到蕉板排,阿朝在干塘边的一口老井里捞出了三十多斤的塘鲺鱼来,卖掉二十斤后,还有十多斤留来自己吃。阿朝说,把塘边的那口老井清理好,再旱,就要抽水来用了!看得出,因为意外收了塘鲺,大伙的心情都特别好,一点也没受着严峻旱情的影响。憨厚的阿朝和霞妹,一如既往地过着他们知足常乐的日子。

　　　　　　　　　　　　　　　（2011-04-07 于蕉板排木屋）

四两铁

一

  梁实秋曾在文章中写道：扃门之锁曰钥，而启锁之器亦曰钥。二义易混，故又名后者为钥匙。……大同之世夜不闭户，当然无须乎锁，从前人家，白昼都是大门敞开，门洞里两条懒凳，欢迎过往人等驻足小坐。……只有小户人家，白天全家外出，门上才挂四两铁。

  现代社会人心沟壑，世风日下，贼盗横行，现代人的锁，从单纯的防盗锁，到原子锁、密码锁、指纹锁……五花八门，层出不穷，不胜枚举，早已不是简单的"四两铁"概念了，然而能锁住的，依然是微乎其微，倒是常常把持锁人自己，锁得个狼狈不堪。最常见的情形是：把"启锁之器"忘在了要锁住的空间里，"扃门之锁"生生地把主人拒之门外，不得钥匙而入。可见现代人是多么的无奈，又是多么的可笑啊！

  我自己有着亲身的体会。一次，与几个朋友前往数十公里外的山中游玩，刚停好车，开了后尾箱，为了提行李，不觉间手一松，接着后尾箱门"嘭"的一声，锁上了——行李虽提了出来，钥匙却忘在后尾箱了！那一瞬间，只觉头脑间一片空白……要说那德国的大众车也真不含糊，后尾箱门落下之后，就跟第一脚踩刹车之后一样，"自动落锁"，而且锁得死死的！虽然那时新车开了不几年，备钥还在，但却在几十公里之外的家中呢。那次安排的是要留宿的二天游，接下来一整天的游玩便都没啥心情，末了只好叫其中一个在单位做职业司机的哥们，驱车数十公里返回城中，然后我在电话中叽里呱啦地跟儿子说了一大通，让儿子将我存在家中的备钥交给他带到山里来。自从那次"历险"之后，落下了每次开后尾箱都诚恐诚惶的后遗症。现在倒好，几年过去，备钥都不知丢哪去了，前阵子搬家，硬是找不出来。这剩下的一副车钥匙，就像救命的稻草一般，每次下得车来，都不敢放松片刻。常常就想：这车锁，贼盗不知锁住了几回，自个儿轻松的心情，倒是经常被锁得死死的！

　　车上的"四两铁"如此，家中的"四两铁"就更甚了。十多年前梅城的电梯房少，直至去年搬家前，一直住在小高层，开始买的是七八楼顶层的半复式房，妻子认为爬楼梯太辛苦了，坚持换成了二楼，后来的事实证明，这项决策太英明了！原因是十年居住其间，我们经历了形形色色的"锁"钥历险记，设想如果是住在七八楼的顶层，"锁"钥后那种绝望的感觉，一想都会晕过去！……"锁"钥都是相似的，就是不小心人在门外，钥匙却锁在家里了，而开门的辛酸却每次都各有不同，计有若干种之多。当然，最干脆最简单最彻底的莫过于按着楼梯边"乱张贴"的号码打一个电话过去，叫"开锁的"上门来鼓捣一阵，但那样一来，不仅要花银子，有时也会把锁弄坏，换上新的，又要重新适应新的"四两铁"。因此，每逢"锁"钥后之危难时刻，总会想出一些新的法子来。因为二楼的露台是连着的，见到二楼的邻居在家的时候，就从他们那里借门而从露台上穿过去，设法把自家阳台的门弄开来。当然这种方法有一个先决条件，就是自己熟悉，贼盗不谙，于心才安，不然与无"防盗"又有何别？我通常是将一把备钥放在阳台的某一暗处，以备"锁"钥之后用来开阳台的门而入。如果二楼的邻居不在，就从物业管理处借了长梯来爬上露台去，或者说物业管理的下班了，就直接摸黑顺着燃气管道攀爬上露台去，但这种方法怎么都感觉自己有点像小蟊贼似的，直怕墙下有人突然断喝一声，就这样掉了下来。总之，因为“锁”钥，凡此种种可笑的勾当，在下都干过。……与“四两铁”相处的日子久了，故事多了，就感觉到：原来所谓的锁，不是锁贼盗的，更多的时候，是用来锁自个儿的！

话虽如此说，纵使真如冯小刚的电影名《天下无贼》，现代的人也不敢无锁啊！

二

去年夏秋间，开始在蕉板排建造一个小木屋。

“麻雀虽小，五脏俱全”，虽然只是50平方米的小木屋，但和城里的两居室无异，主、客卧房，客厅，大小阳台，卫生间，厨房一应俱全，木材用去了一大堆，木屋师傅的工期绵延了近半年，直至年终才算勉强完工。

木屋建造地点位于梅县北联村的蕉板排，在阿朝水塘边上的一处山地。蕉板排有一条三米宽的水泥村道穿越而过，平常虽然行人车辆稀少，称得上是“而无车马喧”的境界了，但毕竟是一条出入的道路，由蕉板排而入，还零零散散分布着乐潭、茅坪、高湖、湖上等许多小村庄，因此平常最常见的是一些摩托车出出入入。木屋工地离水泥村道不过五六十米，沿塘堤而入，路可通车。

工程开始之后，木屋师傅将城中的木工工具悉数搬了进来，风泵、电锯、电刨、枪钉、冲击钻、木板打磨机等等，有些工具还是比较贵的，几百甚至好几千元。在近半年的施工期间，木屋师傅大部分时候是早出晚归，并无在蕉板排住宿。而那靠近道路、无遮无拦，并无“四两铁”把守的木屋工地，师傅的木工工具就这样“夜晚不设防”地度过了近半年的时光，安然无恙。要是别的地方，早给人拎走了，偷光了，有些农村未建好的房子，稍微偏僻一点的，一不留神，门窗都给贼盗撬了去，想想：那些贼人城中的下水井盖都要偷来卖废铁，何况这现成

的家什！师傅神态自若，我们倒替他捏了把汗，如果一个贵重的家什给人拎走了，等于半年做木屋的工钱突然间少了一截，这无论如何都是让人懊恼的。幸好，到年终木屋建好了，所有的工具都平安无事，木屋师傅感慨了一句："这里的民风真好！"

三

阿朝兄弟三个，除二弟住在梅城没有做屋之外，他和三弟各人做了一栋70多平方米的新式楼房，上下二层。两家连在一起，既相联又独立，而且老屋又和这两栋新居连在一起。老屋是阿朝的父母在20世纪70年代建起来的，虽然规模并不算大，但却是一栋典型的客家围龙屋，只是现在有了些年代之后，逐渐显得沧桑斑驳。几年前阿朝他们陆续从老屋搬出来，老二去了梅城，他和老三就在老屋的旁边盖起了一栋新房。从老屋的南大门穿过侧廊，就到了新房的二楼，而新房的一楼也各自有个向南的大门。每年秋冬到春天，天气转凉，阿朝的会客厅就搬在二楼，而五月一过，天气渐热，又会将会客厅转移到一楼去。新楼坐北向南，门口一个池塘，面对大片森林，一楼自然要凉爽许多。

蕉板排位于北联村部廖里坝和三队乐潭中心屋之间的山坳之上，方圆几公里内只有阿朝一家人，可谓单家独院，然而却是既宁静又常常热闹非凡。原因是蕉板排进去那几条坑、那些小村庄的人们，出出入入经过蕉板排，总喜欢在阿朝家歇歇脚，而阿朝和霞妹又热心好客，许多人歇完脚通常还会恋上一二壶酽茶，磨上半个钟一个钟的，有的甚至干脆就吃了饭才离开，阿朝和霞妹也不嫌烦，任凭各色人等，一应招呼。不管阿朝和霞妹在不在家，通入新房的老屋大门总是打开或半掩着的，侧廊尽处的新居也从未上锁。有时客人来了之后，径自推开掩着的大门，从侧廊穿入来到新居，老远就高声喊着阿朝的名字。

见没有响应，知道他们下地里干活去了，也不客气，兀自在客厅里喝完水方才离去。这种情景，明明就是梁实秋先生文中所说的古道热肠，门洞里常备着"两条懒凳"啊！自木屋始建直至建好住下来到现在，差不多一年的时间了，就从未见阿朝家断过人客！

　　说起我们和阿朝他们的认识，真是一种缘分呢。喜欢郊游和往乡下走动的我们，大概五六年前吧，有一次漫无目的，不觉间就来到了蕉板排，当时只觉这个地方山清水秀，好不迷人！

　　打听之下方才得知，这家主人姓黄，有三兄弟，为首的大哥唤作阿朝。林权下放之后，阿朝家分到了三百多亩山，四围望眼之处，大多都是阿朝家的山林。十几二十年了，四处蔓延着的乱砍滥伐之风，却没能吹动蕉板排，阿朝家一根树儿都没有砍过，也曾有几个木材老板，要阿朝的山林卖给他们砍伐，阿朝一次都没应允过，阿朝说："我们在这里居住、生活，还要让这些林木给我造氧呢，不卖！"

　　自那以后，每年都要去好几次蕉板排，一来二去，熟了，就半开玩笑半认真地跟阿朝说："你池塘上面的林地租一块给我，盖个小木屋来休闲度假，好不好？"没想到阿朝倒爽快地答应："行啊！"后来这个玩笑真的就变成了现实，阿朝兄弟甚至山地的租金都只象征性地向我们要了一点点，让我终于有机会圆了一个人生绚丽的梦想。原来，在阿朝他们善良的内心，从来就没有"四两铁"把守的！

　　阿朝说，蕉板排十几年来，有过两次失盗的记录，一次是山塘边的抽水机，被路过的外地拾荒佬偷去了；另一次是大白天竟有几个外乡人来偷砍树木，被他们抓住后教训一顿放回去了。

　　前些日子木屋添置了一部洗衣机，由于木屋面积狭小，只好把洗衣机放在阳台外面。联想到阿朝家的抽水机曾经被人偷盗过，便挖空心思给室外的洗衣机上了锁，一条又粗又长的铁链一头锁着洗衣机的机芯，一头锁着粗大的木屋桁梁，这哪里

唐梦·散文卷

还是"四两铁",简直是四斤铁都不止啊！

如今每每看见那根粗大的铁链，心里就顿生唐突，仿佛是对蕉板排一次深深的伤害和亵渎。是啊，不论再宁静的地方，现代人的内心深处，都早已丢不下那柄"四两铁"了。

（2011-04-11 于蕉板排木屋）

厚重的底色

　　梁亮胜认为，香港和梅州由于教育体制的不同，香港属于开放性学习，比较注重对学生思维的开发，而梅州具有传统的教育风格，注重学分，培养出来的学生虽然视野没有香港的开阔，但他们有一颗热爱祖国、热爱家乡的心，能够吃苦耐劳，勇敢地面对未来的挑战，两地教育各具特点，各有优势，互补性强。

　　作为客家人聚居地、被誉为"世界客都"的梅州，有着自己的优势，那就是厚重的人文底色，特别是"崇文重教"，名扬古今中外。

　　乾隆《嘉应州志》里对客家当时的教育状况多有记载，如"梅人无产值，恃以为活着，惟读书一事耳。"清代徐旭曾《丰湖杂记》有云：客人以耕读为本，家虽贫也必令其子弟读书。法国传教士赖里查斯、俄国人类学家史禄国等人的论述都曾提及客家地区教育的普及和发达，美国《国际百科全书》中写道："客家是中华民族最优秀的民族之一，教育普及，在全国中位为最。"客家人自己更是有"蟾蜍罗，啰啰啰，唔读书，么（无）老婆"等童谣流传下来，"哪怕卖田卖地，也要缴子女读书"是客家人一直恪守的信条。这就是梅州文化教育中厚重的历史底色。

　　但正如梁亮胜先生所言，由于教育体制的不同，梅州和全国其他地方一样，学生在应试教育模式下，只重考分，综合素质和社会能力较差，而处于山区的梅州市，视野狭窄的问题尤其突出。香港作为连贯东西方文化交汇的地区，其教育模式具有西方开放先进理念，同时又保存了中华民族的优良传统，加强与香港的学习借鉴、交流合作，能够很好地弥补梅州山区人才培养的短板。

其实，梅州与香港在文化教育方面的携手，已经有过大胆的尝试。自 2005 年 8 月 12 日起，香港梅州联会与梅州市委组织部联合创办了"梅州人才香港培训基地"，每年举办两期培训班，每期 7 天时间，从香港理工大学等聘请对口的师资力量，多年来在香港、新加坡等地为梅州培训了一大批人才，取得良好效果，广东省委组织部和中央有关部门认为，是香港爱国社团对内地贫困山区培养青年干部闯出一条新路的新尝试。

梅州的文化教育，有着厚重的历史底色，通过走出去，请进来，解放思想，拓宽视野，让其在新的时期，绽放出更加绚丽的色彩，才能为建设文化强市，建设幸福的新梅州，作出有力的铺垫和依托。

（2011-04-14）

梦月集

安　顿

五月之初，下过几场淋漓的雨水，又开始燥热了。

门口水塘里的竹蛙，依旧毫无节奏地欢叫着。这种竹蛙是比青蛙小的一种蛙类，于我们而言，还是第一次见识。前些日子，每每大雨初晴，蛙们总是叫得特别欢，怕我们初来乍到，被这山村特有的蛙鸣吵得无法入睡，好几个附近的村民轮番到水塘边捉竹蛙，几日下来，大抵捉有二三十斤之多。村民每回都将捉来的竹蛙煎炒后下酒，我吃过一两回，清香可口，比城中酒肆里煎炸的菜蛙好吃多了。

被村民们捉过之后，水塘里的蛙声安静了许多。但剩下的，依旧有一搭没一搭地叫唤着，真是"野蛙抓不尽，晚风吹又声"。待入村的路口那棵巨大的荷树开过花之后，木屋后山一大片的荷树林，也正在热热闹闹地开花。门前的柿子树，花掉得差不多了，留下了许许多多的小果实藏在枝丫间。远处近处的草丛里、夜色中，不时闪现着几点莹莹的白光，那就是萤火虫。它们飞翔着，曳动着，不紧不慢的速度，让这样乡村的夜晚，显得更加宁静。

印象中，萤火虫的到来，总是夏天的开始。如今五月开始炽热，夏天也许快要来了吧。

从建好木屋，到真正开始木屋的生活，转眼已近半年的时光了。

去年无意间选择这个依山傍水的小坪地作为建造木屋的地

方，没有想到这里竟是小有名气的：门前的四棵柿子树和一棵老梨树，已经有近百年的历史，很久以前，这个地方就叫作"柿子树坪"了。

在这样的小城上班，每天下班后开车回十几公里的蕉板排木屋居住，许多人听后不敢相信，甚至认为不可思议，而我们却觉得再自然不过了。

每一天的早晨，总是在甜甜的睡梦中被叽叽喳喳的鸟儿叫醒。20多分钟后回到城里，在小城特有的腌面摊前吃完早餐，便到办公室开始一天忙碌的世俗工作了。中午两个人的伙食，也简单得像一缕流经低处的溪水，安静而又不必为人注意。通常是一点带臁的瘦肉，加一样青菜，用电磁炉翻炒，肉、菜、油、盐、水一起放入，至熟而起，就这样和着一碗米饭，将饥饿的肚子安顿好了，即告完成，抑或有时加一点排骨煮的汤，也是只放了点盐，而省却了许多的调味品，还原着简单生活的本质。

下午下班后，开了车，沿223线大概走六七公里，接着就是山路，紧一阵慢一阵就到了蕉板排。春夏之间的日子长，经常回来之后，见霞妹和阿朝还在忙着地里或山上、果园里的活，一身泥垢、汗渍。霞妹老远就对秋月喊："帮我把门边的豆角择了，我马上回来烧火。"秋月一边欢快地应着，一边卸了手袋给我。而我，则常常先回木屋，将挂在老梨树与柿子树之间竹竿上晾晒的衣物收起来，然后点上煮水壶，清洗好茶具，开始端坐在木屋的阳台上，一丝不苟地挑好一匙绿茶，将它放入盖杯里，冲上刚煮开的山泉水，泡出金黄的液汁倒在茶海里，用小杯一杯一杯地慢慢品饮。眼看着远处的天空由白变黄，由黄变灰，周遭的事物渐渐模糊，只听得霞妹或阿朝在对面大声地喊："主任，吃饭了！"我应着离开木屋，到阿朝的家里，去和他们一起用晚餐了，这样的一个白天，也就宣告结束。

晚餐大多数时候，其实也是很简单的：两个蕉板排出产的

梦月集

青菜，一煲蕉板排特有的山坑田糙米饭，两盘用当地产的家猪肉炒成的荤菜，有时与阿朝或阿坪（阿朝的三弟）喝下三杯当地野生的金樱子浸的烈酒，带着填饱的肚子和几分醉意，开始了蕉板排的"夜生活"。

首先就是聚集在客厅里喝茶，阿朝家的茶，是不论好孬的。由于长年客人不断，常常有人送了茶叶来，贵的有几千元一斤的，便宜的也有几十元一斤的，那是逢到什么茶都喝，只要能出来茶汤就好。当然，一边喝着茶，一边最不能放过的就是每晚中央电视台《新闻联播》和广东电视台新闻之后的《天气预报》了。随着科技的进步，如今的天气预报已经比较准确，阿朝和霞妹他们，要依据着这种预报来安排第二天的农事。比如天放晴了才能除虫，不然一阵大雨来了，农药就失效了；大雨之前要把果子收了，雨水容易让挂在枝头的果子烂掉；施肥也要赶在下雨之前，下过雨后，肥料容易溶化和被果树吸收。自从来到蕉板排，因了阿朝和霞妹他们，我们也开始关心起天气来，在雨涝旱晴的日子里，跟随着阿朝他们的悲喜而悲喜。

看完天气预报后，秋月常常还会看看一些台的文艺节目，或和霞妹唠唠家常，我却兀自先回木屋，照例要泡了茶，慢慢地饮着，听着一层层的夜浪，听着蛙鸣，听着浅浅的风声从耳边吹过。待到有月亮的夜晚，有时竟会把所有的灯光熄掉，搬把小竹椅走下阳台，来到木屋的门坪，静静地坐仰着，望那太空的明月。抑或灵感来临，赶紧回室内提了笔记本摆在简陋的木茶几上，不用多久的工夫，一篇这样的小文，也就在键盘上敲出来了。

不论是挂果又或已采收后的枇杷林，充满蛙鸣的水塘，还是木屋后山一年到头浓浓艳艳的阔叶林，甚至水塘里歇身而过的白云的影子，在我的眼里，蕉板排的一切事物，都固守轮回，各安其所。前些日子，一位朋友来蕉板排住了一晚，极言蕉板排的好，我则说：简单，平静，安宁，是"蕉板排生活"的几个关键词。简单和平静是属于生活和这个环境的，只有安宁，是属于心灵的、内在的。

短暂的尘世，安顿好灵魂，也和安顿好肉身一样重要呵！

（2011−05−11）

夏夜的况味

日本古代才女清少纳言在《枕草子》中对四季作了精彩的描画：

> 春天是破晓的时候最好。渐渐发白的山顶，有点亮了起来，紫色的云彩微细地飘横在那里，这是很有意思的。夏天是夜里最好。有月亮的时候，不必说了，就是在暗夜里，许多萤火虫到处飞着，或只有一两个发出微光点点，也是很有趣味的。飞着流萤的夜晚连下雨也有意思。秋天是傍晚最好。夕阳辉煌地照着，到了很接近山边的时候，乌鸦都要归巢去了，三四只一齐，两三只一齐急匆匆地飞去，这也是很有意思的。而且更有大雁排成行列飞去，随后越看去变得越小了，也真是有趣。到了日没以后，风的声响以及虫类的鸣声，不消说也都是特别有意思的。冬天是早晨最好。在下了雪的时候可以不必说了，有时只是雪白地下了霜，或者就是没有霜雪也觉得很冷的天气，赶快生起火来，拿了炭到处分送，很有点冬天的模样。但是到了中午暖了起来，寒气减退了，所有地炉以及火盆里的火，都因为没有人管了，以至容易变成白色的灰，这是不大好看的。

唐梦·散文卷

新　月

　　现在正值夏天，清少纳言说"夏天是夜里最好"，而在蕉板排的夏天，恰恰与夜晚相处的时间比较多。因为每天在蕉板排和梅城之间早出晚归，常常在夜晚已经过去的早上离开蕉板排，直至一天的工作做完，黄昏之后才能回到蕉板排。虽然在蕉板排，与黄昏相处的机会也比较多，但既然清少纳言说"秋天是傍晚最好"，那蕉板排的黄昏就留待秋天再写吧，现在要说的，就是蕉板排的夏夜了。

　　清少纳言说"有月亮的时候，不必说了"，但我忍不住还是要说。其实自居住到蕉板排，开了一阵花，下过几场雨水之后，感觉匆匆的，不声不响的，春天就溜走了，很快就到了夏天。发现蕉板排有月亮的夜晚，还是一个很偶然的机会：那天下午从城里回到蕉板排后，因为迟了点，眼看天色已深，便没再回木屋，直接在阿朝的老屋门坪待一会儿，帮忙择择青菜什么的。在阿朝家吃过晚饭，秋月照例要陪着霞妹唠唠家常、看看电视节目。而我独自先回木屋，洗了茶具，煮开水，泡上茶，开始慢慢地品饮我的"夜生活"。也不知过了多久，蓦然发现头顶的夜空竟然多了一片新月！那时，应该是农历的四月上旬，算是初夏吧。蕉板排的夜晚，总是伴随着许多热情的声音：门口水塘边的竹蛙、四处树林草丛的蟋蟀，夜鸟，甚至那一棵棵巨大的荷树、椽子树上的夜蝉，它们都争先恐后地发出一阵阵欢乐的叫声，此起彼伏。小时候，我只知道午间台湾相思树上的知了叫得欢，没想到蕉板排的蝉儿，晚上也照样欢唱。正是这一场热情而精致的"大合唱"，不仅没有嘈杂的感觉，反而把蕉板排的夜晚，衬托得更加宁静了。

　　也就是在我低头品饮的一瞬间，发觉了那片新月！在木屋的上空，后面是浓艳的阔叶林，前面是苍老的柿子树，坐在木屋的阳台上，所能看见的天空，本来就不多，星星稀稀朗朗。

梦月集

偏偏那时的新月，还未饱满，怯生生的，一会藏在柿子叶间，一会探头显出半个身影，难怪我在夜空下清坐品饮良久，才蓦然发现。见到这种情形，我索性关了所有的灯，在木屋门前的砖坪上，铺了草席，端了茶杯，将身子移动到门坪里，仰卧着，看星星，看夜空倒立的树影，看那片新月，把自己完全的遗忘在夏天的夜里了。这样的情形，以后还有过几次，只是随着月亮的饱满，来得越来越晚了，才没有刻意去看月。

　　这样的美，我们终究还是扛不住。有一天晚上，叫了"黑人"来，"黑人"叫了他的朋友，四个人一同分享木屋门坪上空那溶溶的月色。那时刚刚下过一场雨水，门坪铺砌的灰沙砖把潮湿都吸了去，显得干爽清洁。我们便把两张草席子对排铺开，中间摆上茶几茶具，将一盏从网上淘来的营灯挂在头顶的树枝间。四个人就这样面对着"席"地而坐，一边聊天一边品茶，一边听着从木屋里轻轻流出的古筝名曲，一边乘着习习的晚风，不时抬头望望上空的月儿，看它慢慢地、一点点地向着西边蠕去。夜蝶见了这边的光，见了这种情形，也飞过来凑热闹，怕它掉入茶杯，搅了清趣，我们伸手去挥、去拍，"黑人"便情急地对着蝶说："还不快走呢，他们都叫你离开了——"

　　"黑人"其实不是黑人，只是他皮肤有点黑，相貌长得有点像黑人，他自己又把网名取为"黑人"，喊的人多了，也就成为了"黑人"。他喜欢茶道、花艺，一段时间又是去学佛又是吃斋又是闭关的，甚至有时连穿着打扮都让人觉得像个和尚。因此刚才他那一句充满了佛门"慈悲心"和禅意的"对蝶语"，让我们一刻间的会心感动之后，其实并没有多大的意外。

　　在我们不知不觉的消磨之中，月儿不知几时已远去了西边。将近午夜时分，"黑人"携了他的朋友，辞别蕉板排，要回到不远处那仍然灯光璀璨的城里去。"黑人"的朋友是女的，但不知是不是"女朋友"，没问，夜里也无法看真切他们间的举止神容。

萤火虫

　　清少纳言说到萤火虫，事实上蕉板排真的有不少。当然，
很少有多到"到处飞着"的景象，常见的情形是屋前屋后，树
影间、草丛里，三五点光，曳动着，忽闪着，时隐时现。课本
上读过"凿壁偷光"的典故，但我却玩过"萤火借光"的把戏。
小时候，老家乡下很多萤火虫，晚上便把它们捉来装在小小的
玻璃瓶子里，几十个萤火虫堆在一起，发出明亮的光，夜里可
以用来照着走路。端午期间，已经大学毕业的儿子从广州回来，
听说蕉板排有萤火虫，城里的套房不住，要住到木屋来，说要
来看夜里的萤火虫。

雨　夜

　　至于蕉板排夏日的雨夜，我记忆最深的是那个大雨连绵不
断的晚上。那时，白天闷热了一整天，憋足了劲，到黄昏的时
候云层纠集，雷鸣电闪，接着下起了夏天以来的第一场大雨。
刚好那天晚上蕉板排来了几位朋友，在阿朝家一起吃过晚饭，
喝下几杯小酒之后，大家便围坐在木屋的阳台上，带着浅浅的
醉意，边品茶聊天，边观看蕉板排这场瓢泼大雨，聆听"唰唰唰"
的雨声。木屋角上那盏老式的墙头灯，因为装的是节能的白炽
灯泡，引来了成群的大水蚁，它们围着那盏灯光，有节奏、有
规律地舞蹈、转圈。人们一边闲谈，一边漫不经心地欣赏雨中
的这幅奇景。据阿朝和阿坪说，这些大水蚁就是白蚁，因为对
房屋、对大堤的侵害，让人们恐惧而又深恶痛绝。每年的四月
至六月间，特别是闷热或大雨前后的傍晚，会分飞出巢。而一
旦飞了出来，它们中的绝大多数，也就意味着生命的终结：先
是翅膀脱落，接着就是死亡。第二天的一早，我果然发现那盏
墙头灯下，堆积了一大片死亡的大水蚁，小小的脱落的羽翅涂
得到处都是，阿朝的母亲拿了扫帚和地斗，说把这些大水蚁扫

了去喂鸡，是最有营养的。我看着这幅惨烈的景象，回想昨夜蚁们那场近乎狂欢的舞蹈，这是对生命、命运一种怎样的诠释？

　　夏天依旧在进行着。夏夜里，仍不时有城里的友人呼朋引伴，提了啤酒、带了小吃，不嫌十几公里路途的遥远，来到蕉板排，来到蕉板排的柿子树下，来到木屋的门坪上，在那里煮茶，喝酒，清坐，聊天。而蕉板排的蟋蟀，竹蛙，夜鸟儿，也一如既往它们的欢唱。那轮夏天的蕉板排的月亮，偶然相逢到这群客人，也仿佛早已熟悉了他们的身影，更多的时候，只是不声不响地，脚步轻盈地在天边的一角飘过，心中喃喃自语：让他们尽兴吧，没必要扰了主客的清欢啊。就像经过蕉板排那些更深的山村里的人们，他们更多的时候只是匆匆地来去，或者只是坐下来寒暄几句、喝一两杯茶，带着一丝笑意轻轻地点一点头，让蕉板排宁静简单的生活，得以日复一日地沿袭、蓊郁！

　　　　　　　　　　　　　　　　　　（2011-06-24）

唐梦·散文卷

一颗久违的钻石

　　自从在山里建了小木屋之后，经常回去小住，不通有线电视，只好装了个"大锅头"，于是但凡上了星的电视节目几乎都能收看，才忽然发现，电视上遍布相亲节目，什么《非诚勿扰》《爱情连连看》《相亲齐上阵》《缘来就是你》等等，应有尽有。这种"速配"形式的感情游戏，自然有电视刻意将感情婚恋娱乐化的逐利诉求，也呈现出受众与传媒不谋而合的浮躁心态。在情感婚恋世界里充斥物欲化的今天，难怪频频出现"闪婚""闪离"的现象，给当下的生活留下一大堆刺痛人们神经的精神和道德碎片。

　　翻阅新闻，杨应彬、郑黎亚夫妻结婚 66 年，相濡以沫、情比金坚的爱情故事令人感动，宛若尘嚣浮世中吹来的一股清风。他们的婚恋故事既传奇又平凡，传奇在于革命斗争的峥嵘岁月里相知相爱，平凡在于数十年的生活中相敬如宾、相濡以沫，白头偕老。情感是精神的颗粒，家庭是社会的细胞，高尚的爱情、良好的婚姻，能够让人生更加美丽，社会更加和谐稳定。相反，失败的爱情婚姻、残缺不全的家庭，无法给后代营造一个好的生存和成长环境，常常给人生和社会带来诸多不良的负面影响，青少年因为家庭不良、管教缺失而走上人生歧途的例子屡见不鲜。

　　当今的"70 后""80 后"乃至"90 后"，正逢社会急剧的转型时期，教育改革、扩招、就业难、房价上涨、物价飙升等等因素，各种巨大的压力轰然而至。在残酷的现实面前，爱情婚姻观念也随之发生了巨大的变化，除了"闪婚""闪离"的现象，还有所谓的"裸婚"、丁克族等等，都市遍布"剩男""剩女"，爱情婚姻的传统尺标已变得凌乱不堪。许多女孩子为了摆脱骤然而来的种种人生压力，不惜在感情和婚姻追求中"抄近道"，把家庭财富、事业的成功等物化的指标放在首位，放弃了精神上相依相恋、心心相印的传统观念，这正是当今社会离婚率高居不下的重要原因。

匆匆的人生既短暂又美好，前世的五百次回眸才换来今生的擦肩而过。精神世界一份高尚的爱情弥足珍贵，尘世中一段幸福的姻缘让人向往。我们可以平淡、平凡，甚至可以贫穷，但不能放弃对高尚情操的追求。

西方人把结婚 50 周年称为金婚，结婚 60 周年称为钻石婚。杨应彬、郑黎亚夫妇结婚 66 年，用平凡的生命续写着 70 年不平凡的"爱情传奇"，这正是尘世中出现的一块不可多得的、耀眼的精神钻石！

（2011-08-31）

唐梦·散文卷

迟猪迎年

连日来的阴冷，下午终于转晴。今年腊冬这场雨水，下得透彻极了，如果不是到处隐隐约约的年味从大街小巷里渗透出来，直沁入人们的心里头，会误以为这是一场没完没了的早春的梅雨呢！是啊，又一个春节就要来了！我们回到蕉板排，因为明天早上，阿朝家要迟猪迎年了。"迟"是客家话读音，就是宰杀的意思。

一觉醒来，还在床上，就听到了对面放大嗓门说话的声音，待我们来到门坪，猪已经迟好了。迟猪师傅是松叔和友生叔，友生叔是北联村乐潭下的老生产队长。改革开放前，有句谚语"广东三件宝，医生、司机、迟猪佬"。现在差不多三宝都齐了，阿坪是正宗的司机，在梅县供电局开车。秋月虽不是医生，但早年卫校毕业，是一名护士。阿坪说，如今，迟猪佬、司机早不是宝了。而秋月，也已在 20 年前就转行从事文字工作了。

中午，除了东成有事未能参加之外，其他几兄弟都到了蕉板排，还有依依和小志、悦老板，胜子和吴教授一帮朋友，坐了满满两大桌，加上阿朝一家，一共三席。霞妹煮了一桌丰盛的菜肴，煲猪肚、炒猪肠、逼猪脚……好一桌丰盛的迟猪宴啊，朋友们吃喝得其乐融融！

有关迟猪，小时候有着苦涩温馨的记忆。20 世纪七八十年代，生活还比较艰辛，家里都是逢年过节才能迟猪的。迟了猪，不仅大人高兴，家里有了一笔收入，我们小孩子更是兴奋不已，意味着，将有一顿肉可以吃了。要知道，那些年月，要吃顿肉可是不容易的啊。

胜子特地向阿朝要了些煮好的猪血，说带回去给叶子品尝。这让我想起，在艰苦的岁月里，乡村农家迟猪时一个让人倍感温馨的细节：每逢左邻右舍谁家迟了猪，取下的猪血敛好后，总会用碗盛好每家每户送一点。这种质朴而简陋的礼仪，传递了在苦难的岁月里，人们依然积存的那一脉真情。

迟猪的欢乐之余，更多的是苦涩的记忆。尽管那时的"割资本主义尾巴"没有一刀切到农民不准养猪，但是农民一年到头辛苦所养的猪，到迟猪之时，除完60%的上调，已经所剩无几。更有甚者，剩下的猪肉要给生产队集体出售，仅给你记回工分，或平价吊给食品站。这就是农民的命运。

如果养的猪比较肥，迟猪上调完后，剩下的猪肉就可以载到集市的肉行去出售。通常也是由迟猪师傅帮忙卖，有的师傅刀头比较精明，就能帮主家在称头上多赚一些。我们逢了假日，总会跟着去卖猪肉的，有时也帮着收收钱什么的。因此猪肉卖完后，家长也会赏我们一角几分的零花钱。……那些艰苦的岁月转眼间已过去了几十年。如今，已难见到真正的农家猪了，平常我们吃的，大都是掺了颗粒饲料饲养出来的大棚商品猪，又膻又不好吃。

其实阿朝家也很久没有养猪了，今年农历年年初七他在丙村圩捉了两条小猪崽儿来养，到现在，基本上养了一年了。阿朝记了一下，仅米糠、麦皮等饲料就买了4000多元。现在一头迟好280斤左右，按10元左右的吊价，一点都不划算。阿朝说：逢年过节的，养点家猪，自己和亲戚朋友好吃啊！

（2012-01-20）

唐梦·散文卷

蕉板排过年

　　仅仅晴了三几天，天气又变坏了，从昨天夜里开始，就滴滴答答下起了雨，气温也急剧下降。刚刚收拾起的羽绒服，只好又翻出来穿在了身上。今天是年廿八，因为是小年，明天就是除夕了。昨天下午，将住在城里的岳母和儿子接到蕉板排来过年。天气虽然寒冷，但融融的亲情定能让内心温暖的。

　　以前在我们五华安流老家，每年除夕之日，早上起来，吃完早饭，便开始宰杀鸡鸭，准备敬奉的三牲、糕点，先到村庙还福、敬奉天神，到山上给祖先挂纸。煮过鸡鸭的汤用来煮汤丸，汤丸用黏米粉和糯米粉和成，称为"鸡汤粄"，用作午餐，就不做饭。老家有"没吃鸡汤粄不算过年"的说法。

　　今天早上起来，我先做了早餐给大家吃过，便开始忙碌敬奉的事了。年前阿朝的大姊凤珍捉了只家鸡，昨天霞妹帮我们把鸡迟好了，把整鸡和刀肉在开水里煮熟后，加上鱿鱼做成三牲，摆好后开始敬奉天神、先人和祖先。煮过鸡和猪肉的水和汤圆做成"鸡汤粄"，岳母说："从未吃过如此好吃的汤粄！"

　　人们把春节阴雨寒冷的天气称作沤年，记忆中，这样的年还是有过几次的。当然，小孩子是最讨厌这样的天气了，好不容易盼来长长的寒假，却被老天爷锁在屋子里，不能出去疯玩了，这样的情境，无论如何也是让人懊恼的。怪不得蕉板排的孩子们一个个少了叽叽喳喳的声音，安静了许多。

　　通常食完鸡汤粄，已经是中午一二点钟，接着就要准备洗

梦月集

年澡了。要用一些特别的带香味的香草、柚叶等熬水来洗，洗澡时既清香可闻，也象征着香味可以驱除旧年的晦气，以光鲜清亮的身子迎接新的一年。因此，年澡很重要，不论男女老少，甚至平常不太爱洗澡的人，这一天都自觉地早早洗了澡，迎新春，过大年。

洗完年澡，穿上新衣服，孩子们剩下的就是高高兴兴过新年、收压岁钱。而大人们还要忙碌：先是贴上门钱利是、新年对联，当然，最重要的是准备除夕大餐。在以前艰苦的年月里，再穷的人家，过年也要准备一顿丰盛的年夜饭，而且米饭要比平时煮得多，多得当晚吃不完才好，兆意"有余有剩""一年做来两年食"。

发完老人和孩子们的压岁钱，放了炮仗，就开始吃团圆大餐年夜饭了。

自从 2010 年底木屋做好后，过完春节后就搬到木屋居住了，每天早出晚归，在梅城午餐和午休。如今又到了春节，转眼已在木屋居住整整一年了。能在这样的地方生活，我常常想：这是上辈子修来的福分啊！

知道我们今年将在蕉板排过年，还未入年界，阿朝就对我们说："除夕晚上和初一、初二过我那边吃，四兄弟一起来过个年！"阿朝三兄弟，他排行老大，在家种田和管理果作；老二、老三为单位开车，老三阿坪不时回来居住，老二阿全则大部分时间在城里居住。阿朝把我当作兄弟，使我的心里感觉暖洋洋的。

下午 5 点多，在木屋门前放完鞭炮，我们就到阿朝那边去准备吃年夜饭了。只见厨房内，霞妹和妯娌们正忙得不亦乐乎，热气腾腾。一会儿，满桌的佳肴就端了上来，我们和阿朝三兄弟，四家人坐了满满两大席。席间，四兄弟推杯换盏，直喝得酒畅情酣，夜深方散。

晚上，老人妇女们看春晚，阿朝童心未泯，和孩子们玩起了扑克牌，秋月在和当地的农民打麻将，而我，则一直用

iPhone4S 手机上网、玩微博。大伙正各自乐着，梅城六兄弟的老二何方打来电话，说一会儿要同阿国落来放烟花。我说，好啊！心想，木屋门前放烟花，那情境一定很美！

除夕夜9点多钟，雨依然在下，紧一阵慢一阵。黑暗的雨幕之中，何方带着烟花的小车驶进了蕉板排。乐潭下过来串门的阿勉自告奋勇，提着烟花到木屋门前去放，放了一阵又到阿朝的门坪来放。随着"噼噼啪啪"的声音，蕉板排的上空，升起了一串串、一排排五颜六色，灿烂艳丽的烟花，山村的夜晚，顿时充盈着无尽的节日欢乐！

蕉板排的第一个年夜，就在这样的温馨中，一点一滴地消融。

（2012-01-23）

梦月集

沤 年

印象中，沤年沤到这样还是第一次，从年廿八开始到现在，阴雨一直淅淅沥沥地下个没完没了，而且气温一天比一天冷。初一、初二这两天，除了早餐，都在阿朝那边吃。事实上，早上起来已经9点多钟，弄了早餐吃完，待泡完一壶茶，霞妹那边已经叫吃午饭了。

尽管这样的坏天气，大年初一的早上，我还是按照老家过年的习俗：食素。在我的记忆中，小时候过年，每年的年初一、年初二早上和中午都是食素，年初一晚只暖些年夜饭剩下的饭菜，而年初二晚则重新备些新菜来吃，是仅次于年夜饭的新年大餐，所以吃饭前也一样要放鞭炮。

我不太清楚大年初一、初二食素确切的含义。但我想，大抵因为一年之中年初一、初二为最大，食素可以不杀生，以表内心虔诚向善，换来一年的平安吉祥。又或许，在年夜大餐吃得醉了、腻了，以素食来醒醒肠胃。事实上，在那些艰苦的岁月，过年也没有那么多肉可吃啊！

农家过年，用自家种的糯谷碾米蒸老酒，舂米粉蒸甜粄、发粄，做煎丸，这些总是少不了的。炸煎丸的油一般都是用植物油。因此，初一、初二食素时这些正好派上用场。以温热的老酒，伴着甜粄、发粄、煎丸，或再加上一两样植物油炒的青菜，就成了典型的素食。

年初二，是客家女人转外家的日子。早上，阿朝的母亲说回外家看看，见依然下着阴冷的雨，我把车借给阿朝他们，他们兄弟三人陪着母亲去省亲。下午回来后，阿朝的大姊和妹妹也带着一家大小回娘家了，蕉板排顿时热闹非凡，仿佛让寒气骤然减少了几分。

吃过晚饭，喝完茶。儿子陪外婆回木屋看电视了，我依然在用手机上网和玩微博，阿朝则做庄，和孩子们玩起了5角钱的扑克万历，秋月和霞妹妯娌们打2元的麻将。屋外依旧下着阴冷的雨水。一年到头本分殷勤的人们，再平淡无奇的日子里，内心都是安静、充实、温暖的。

年初三，雨终于停了下来，但气温依旧很低，我们老家有"穷鬼日"的说法。年初一、年初二"囤财"，不打扫，到年初三，就可以进行大扫除了，把年里积存的垃圾清理掉，扫地、扫门坪。从除夕到年初二晚上，一直在阿朝那边吃，我们跟阿朝说，今天开始，木屋那边煮来吃了。

吃过早餐，秋月接到赖梅的电话，说要来木屋拜访。临近11点，赖梅一家四人来到了木屋。秋月泡茶和客人聊天，我开始准备午餐。最新鲜的自然是霞妹种的青菜了，此外就是年里备下的盐焗鸡盐焗鸭、自制的腊肉和腊肠了。中午和赖梅的丈夫喝了三杯小酒，正是："有朋自远方来，不亦乐乎！"

吃过晚饭，儿子在电脑上打游戏，秋月陪着母亲，在客厅的沙发床上钻在被窝里看电视，我一个人到阿朝那边去喝茶。阿坪和阿全两家人转外家去了，来蕉板排的亲戚也走得差不多了，阿朝家里一下子清冷了许多，热热闹闹的年，好像马上就要过去了。是啊，常常，美好的时间总是过得太快。

转眼之间，就到了年初五，俗称出年界。出了年界，意味着年就过完了，要收拾行囊和心情，准备出门和上班了。虽然农村有句老话："有酒冇酒了到初九，有食冇食了到初十"，但这只是在那些艰苦的岁月里，难得有几天舒心日子的农民的一种心理写照罢了。如今，大部分人初八都要上班了。

当你捡拾好心情，回眸凝望，那些纸炮的残红，或许，让你有了一丝伤感。是啊，年年如此，春花秋月，人生总似陀螺般地轮回。每一次前行，每一刻远望，每一份驻足，只要尽力、心安，就是人生的富足和幸福了。

年，再见吧！

（2012-01-27）

简单生活

不久前，三几个同事朋友首次来访，盛赞蕉板排环境清美，木屋漂亮，并羡慕我们的生活方式。我开玩笑说："毛主席说过，打得赢就打，打不赢就走。我们是属于打不赢的部队，只好退守山里，城里的前沿阵地就交给你们了！"

春节期间一直阴冷。有一天下午，依依见我的 iPhone 挂着QQ，说："办公室也用手机上，不怕费流量啊！"我说，"稍微提早回蕉板排了呢，回来晒晒太阳。""真幸福！""太阳，谁也可以晒啊。""蕉板排的太阳不一样呢！"依依的话，让我陷入了沉思：是啊，每个人都要去寻找属于自己的、喜欢的太阳。

又是一个周末。下班之后，我们迅速拣点东西向蕉板排出发。因为近来天气一直不好，我们除星期二回了一晚之后，直到周末才重回蕉板排，其余时间都住在城里。就这样，像候鸟一样，我们在城市和山村之间不停地迁徙。

离开才两三天的蕉板排，仿佛分别了许久的亲人，展开着熟悉而又亲切的笑容映入眼帘。听见声响，阿朝笑着从里屋出来，小黑狗迅速蹭到跟前轻咬着鞋尖，霞妹从倒里岌的菜地回来，她和阿朝不约而同地说："晚上别烧火，这边吃了。"听到这不容推辞的熟悉口气，我们内心又一阵温暖！

立春刚过，从蕉板排返回城里与岳母、儿子、外侄女们一起过赏灯节。每年的正月十四，妻子兴宁老家的赏灯节热闹非凡，家家户户都放很多烟花炮竹。移居到城里后，虽然不能体验那种热闹的节日氛围了，但岳母还是喜欢叫齐就近的亲人，煮满桌的菜肴，开开心心过一个节日。

2012年2月12日，星期日。上午一帮朋友相约前往丙村鹧鸪村观赏油菜花，沿223线经过剑英桥，在河对岸往北走一段路程就到了。一路但见"鹧鸪村生态旅游欢迎你"的牌子。其实鹧鸪村只是客家地区非常普通的一个小村庄，油菜花也刚刚开始种植，尚未成片。可见，乡村旅游已渐成一种风潮。

上午还有点阴霾的天气，中午竟然就天晴日朗，鸟语花香。我把那天晚上在阿东家拍的照片用短信传给他，结果一来二去，通了起码有20多条短信。我说"不知道你的QQ号，我把短信当QQ用了。"阿东说："我不会玩QQ。"见天气那么好，我邀他下午到蕉板排来弹琴，他欣然应诺。

下午时分，阿东背着古琴，与黑人还有另外两个朋友，来到了蕉板排。在木屋的门坪上、在酥暖的阳光下，品完茶，黑人对阿东说："鸟语了。"阿东回道："对啊，要和琴了！"于是，在木屋的阳台上，阿东找来桌子，再加上一张矮条凳，就成了一个独一无二的琴台了，架上琴，开始弹了起来。

古琴，亦称瑶琴、玉琴、七弦琴，为中国最古老的弹拨乐器之一，有文字可考的历史有4000余年。阿东是梅州乃至广东为数不多的业余古琴爱好者，他师从的老师谢导秀更被评为"非物质文化遗产"继承人。他为我们弹奏了《忆故人》《阳关三叠》等名曲，琴音柔婉深沉，清丽旷远，我们听得如醉如痴。

2月15日早上打开微博，十条八条都是情人节。那是年轻人的事，我们年纪大了，就不凑这个热闹了。昨晚在岳母家吃完饭，与老婆儿子一起到归读公园散步，回家各自看书、看电影，然后睡觉，情人节就是这么过的。蕉板排的农民霞妹说："身边有爱人，天天都是情人节！"说得真好啊。

在梅城呆了两个晚上，忍不住又回到了蕉板排。正好石哥

唐梦·散文卷

和阿宝也来了，晚饭又在阿朝那边吃，席间几个男人还喝了一点小酒。石哥和阿宝都是寮里坝人，现在丙村居住，石哥也是50多岁，比我稍年长一点，曾是生产队长，现在赋闲；阿宝30岁上下，在镇里开小店，他们经常回到这山村里来，两人都是阿朝家的常客。

在阿朝家吃完晚饭，喝了会儿茶，便回到木屋。打开手机，见QQ上任平在线，便与他聊上了几句。自从年前买了这iPhone4S，蕉板排上网已经没有障碍，解决了上网问题，蕉板排的生活便和城里没有多大的差别了。要说差别，只是蕉板排的人情更好，环境更美，空气更鲜，噪音更少，食品更安全。

听说任平买房了，我祝贺他。20世纪90年代，他由梅城调往广州工作，我却从五华办往深圳的调动没有成功，来到梅城工作，内心很是辛酸。如今近20年过去了，心中早已平复，过着简单、平静的日子。

看到过一个评论，说生活在30万人口左右中小城市的人们，幸福指数最高。这种说法不知是否确切，但我想，梅城大概可以算得上幸福指数不错吧。梅城的人口大概也就是30多万，虽然目前的经济落后，工资比较低，房价偏高，但这里治安好，山清水秀，污染也不严重，大部分人生活得悠然自得。

人生本就是一个追求的过程。年轻时，向往大都市的繁华，五光十色，纸醉金迷，总是充满着无限的诱惑力。然而，成功只是属于极少数人的，不少迁往大城市工作的人，生活也并不一定十分如意，甚至压力更大，内心更加烦躁。高楼价、堵车、嘈杂、污染严重……无一不在侵蚀着他们平静的心灵。有个朋友的QQ签名"有求皆苦"，人生何尝不是如此？退一步海阔天空。灯红酒绿的大城市生活自然有其诱人的魅力。但粗茶淡饭、简简单单的乡村日子亦未尝不美。平凡的生活里，与农民的交往多了几分真诚。守护心灵的一份安宁，比什么都好。

想当初，从家乡五华挤往深圳，却没能搭上末班车，踩着一辆破三轮车，望高楼大厦兴叹，最后只好丢盔弃甲地回到梅城。此后 20 年，一路平平凡凡地走来，付出过，辛酸过，也快乐过。就像淬火之钢知道了锋利的价值，经过漫长岁月的历练、小城平静生活的浸染，终于明白了简单幸福的人生道理。

2012 年 2 月 16 日，又是一个蕉板排的早晨。几天来的闷热因为昨夜冷空气的来临一扫而光，睡梦迷糊中感觉到从下半夜开始下起了雨，至今仍是滴滴答答。我是一个怕热的人，闷热会让我的内心都跟着焦燥，而降温却可以多加衣服抵御寒冷。也许，我需要的，正是如蕉板排的早晨中，这种清澈而低敛的安宁。

醒来翻开微博一看，不少未眠人，5 点还有人在发，好几个人都在说地震，2 点 46 分！一位香港的博友也在问广东的朋友有无感觉。大地就在昨晚颤抖了一下，人生在世，许多时候，许多事物，原本就是这么无常。短短几十年，可以忘记的，放下的，别再累了，懂得珍惜吧，让心灵享受片刻静美的光阴。

（2012-02-16）

唐梦·散文卷

蕉板排的黄昏

　　下午回到蕉板排，阿朝和霞妹都下地干活去了，阿坪休假在家。秋月从地里摘了点青菜，我们回到木屋。秋月洗米煮饭，我在木屋的阳台一边煮水，一边清洗茶具。待水煮开后，秋月煮饭的工作也做完了，便抱本杂志来到阳台。我们就这样，一边品茶，一边看书，一边享受蕉板排黄昏这美好的时光。

　　到蕉板排居住，已经一年多时间了。此间，感觉最美好的时光，就是蕉板排的黄昏了。也许，缘于在城里上班，回来，总是已经黄昏的时候了。每晚，回到木屋，闲下来，静静地坐下来，不论在木屋的门坪还是阳台上，品茶、读书、听音乐，这一段并不长的光阴，才真正属于我们美好而闲暇的时光。

　　常常在这个时候，阿朝和霞妹都劳动着还没回来，整个蕉板排，都是异常宁静的。坐在木屋门前，四处的黄昏围拢过来，几朵闲云从头顶的天空缓缓飘过，鸟儿有一搭没一搭地简单鸣叫着，对面的村道上，偶尔会有一部摩托呼叫着疾驶而过，水塘平静的水面，常常会因为鸭的欢飞，而变得波澜不止。

　　我曾写过一篇《暮色四合》的文字，说到了一直对黄昏这段时光的珍爱。黄昏，连接着白天和夜晚，只有这一刻的宁静，让人能够松弛下来，享受简单而轻松的快乐。我对秋月说，不知为什么，一回到蕉板排，回到木屋，我的心一下子就静了下来，特别舒服。秋月说，也许，这就是"黑人"说的气场吧。

　　及至黄昏的颜色愈来愈深，先前在远处的黑夜，悄悄地围了过来，阿朝那边的窗光已经亮起。我收拾起茶具，转入厨房，开始做一两个清淡的小菜，间或有下酒的菜肴，喝点小酒。我想：粗茶淡饭的日子，不过如此罢。举头看看窗外，已然完全黑暗，蕉板排的黄昏，此时，才算完全的宣告结束了。

（2012-02-23）

唐梦·散文卷

春来了

又是一个周末，前往西阳载了阿朝的母亲和孩子们，回到蕉板排，已是黄昏时候。霞妹照例说：晚饭不要烧火了，这边吃。我兀自先回木屋，在阳台，一泡茶还没喝完，阿朝那边就喊吃饭了。阿朝和阿坪兄弟盛情邀我喝两杯小酒，我推辞不得，只好应允，一来二去，酒酣饭饱，方才散席。

饭后在客厅里喝着茶，忽听窗边哗然响动，原是屋外下起了瓢泼大雨。一边与阿朝他们有一搭没一搭地说些近日的见闻，一边看着电视上一鳞半爪的新闻。见雨势稍小，便要告辞返回木屋去。一路上但闻雨声依旧滴答。打着手电，撑着雨伞，塘堤边的小草，上面的水珠，却把鞋跟儿弄湿了。

近来气候反复，有时刚刚加了件寒衣，一会儿发现热得不行，恨不得全身的衣服都扒下来才凉快；有时只穿了件单衫，过一会儿却觉得凉了，需加件外套。明明刚才还是晴朗朗的天气，待你"手无寸伞"地出门，一阵风吹来，一块云朵飘来，便毫无征兆地下起了雨，直把你淋得像个落汤鸡似的！

十天半月以来，一直与朋友们到郊外、到山上去看各式各样的花。先是与阿冠他们一起去城东警校、潮塘看梅花，接着又与胜子他们去明山嶂上下炉肚看樱花、到兴宁径南看李花。那些千姿百态的梅，那些红艳夺目的绯红樱，那些漫山遍野洁白如雪的李花……这些美丽的倩影，一直明亮在我的心里。

上午阿东邀我观赏他家的茶花，终因俗务缠身未能成行。

下午，却被木屋的花事感染了：草地上的鸳鸯茉莉，虽然经冬模样有些憔悴，但依旧一边换叶一边开花；篱边的兰是从梅城的套房里移种来的，已然安贫乐土，开始怒放；池塘边的老梨树也开花了，星星点点绽放着，仿佛一颗颗晶莹的玉石！

好几天晚上，木屋后山的树上，总有些东西掉到木屋顶，打出"咚、咚"的响声。因为这段时间下了不少雨，我们都以为是碎树枝掉到屋顶上弄出的声音。然而，我们错了。从阿朝那边过来的时候，发现小道上满是树叶，树叶间散落着许许多多类似花骨朵儿和果实儿的东西，小拇指般大小。因为蕉板排的山上到处都是荷树，这些类似果实的东西就是从荷树上掉下来的。小时候，我们称这种东西为"荷转子"，将其插上一根柄，在地上一旋转，就成了一个小陀螺。我终于明白了：木屋顶上的声音，是这些"荷转子"砸出来的！

回到木屋，雨又下大了，雨声像一阵阵林涛似的包围过来，池塘的水面上，被千万个雨点打得生动异常。在窗光映照之下，水面波光敛影，雾气腾腾。秋月开了电视，我在阳台上煮水泡茶。一个远在花都的朋友"安静的枫林"，在QQ上问我：忙什么？我说：在木屋，看看电视，听听雨声，写点文字。"

有时，雨一阵小下来，水塘的蛙声便四面而起，跟着，周遭的夜浪虫鸣的声音也一阵阵的浮现起来，直像一场"生灵和声大合唱"，别开生面！在这灯影朦胧的夜色里，在这夜色氤氲的情怀里，我一遍遍地喝着茶，沉醉在这迷人的夜晚。直至秋月喊一声，休息了，我才猛然看看时间，竟是十一点多了！

待我拾好茶具，返身回屋，但见秋月已经入睡，传着香甜的呼吸声。伴着夜浪虫鸣，不断的雨声，我也慢慢进入了梦乡。早晨一觉醒来，雨已收住，四周竟是啁啾婉转，大片的鸟声把木屋围住！我恍然大悟：那五颜六色的花儿，那"荷转子"在瓦面踩出"咚、咚"的脚步声，原来是姑娘调皮的撒欢儿，是春天真正的来了！

（2012-02-25）

炼狱十日

2011年12月16日，星期五

近几个月来，秋月腹部痛了好几回了，有两次都是半夜一二点钟痛得顶不住了赶去医院急诊的。检查不出原因，打完止痛针，缓和了，就回来了。尤其是这个星期，这种痛频频出现，有时甚至一天都要痛好几次。在我和岳母的劝说下，秋月才决定去医院认真检查一下。

照完彩超，才知道胆囊结石比较严重，而且胆总管里也有两个石头，一个如绿豆般大小，腹痛毋庸置疑就是因此出现的。医生建议，一定要住院。虽然我们内心忐忑不安，但也只好办了住院，但只挂床，打完针还是回新闻路住，这种时候，是暂时不能回蕉板排了。

办好住院手续，一系列的检查都是免不了的：心电图、X光、B超、CT……医生的治疗方案是：先住院一个星期，对胆总管的那两个石头进行药物打石。无非用些排石利胆的药物，如果能将胆总管里的石头排出来，单纯治疗胆囊结石的问题就比较简单了，那就是摘除胆囊。

12月17日，星期六

接下来打各种点滴，一连两天，都是从上午9点多一直打到中午一点多钟，打完后跟护士请假，返回新闻路的宿舍居住。到了星期天下午，秋月经过咨询有经验的肝胆外科医生及网上查询，得出的结论是：胆囊、胆管结石药物打石的成功率微乎其微，唯一解决问题的根本办法是手术取石。

12 月 18 日，星期日

秋月对我说："决定做手术吧？"我知道，她的内心是非常害怕做手术的，不知经过了怎样痛苦的挣扎，她才作出这样的决定来征询我的意见！我怯怯地说："要不，过完年再做吧？"因为再过一个月，就是春节了。这次身体的病痛，像一块巨大的乌云，笼罩在我们的头顶。

秋月拨通田家炳医院综合外科李思荣主任的电话，提出想做手术的想法。虽然是星期日休息，李主任还是热情地接了电话，他说："这样想是对的，现在使用药物是双刃剑，既可能把胆总管的石头打出来（尽管微乎其微），也有可能把胆囊里的石头催到胆管里，因此，尽快手术取石才是最佳方案。"

李主任说："既然决定了做手术，那就安排星期一帮你先做。"依照医生的嘱咐，星期日下午，我们带上一些生活用品，来到位于田家炳医院四楼的综合外科病房住下来。由于要洗肠，秋月在五点左右吃了小半碗稀饭之后，就没有再吃东西了。直至第二天手术之前，除了助泻的药，甚至连水都不能饮。

同病房还有另一个女病号，秋月叫我晚上回新闻路住。我说："晚上我伏在旁边陪你。"她说："不用啦，明天才做手术，你早点过来就行。"十一点多钟回到新闻路宿舍，却怎么也不思入睡，呆坐到凌晨一点多钟，忍不住出去在街上晃荡，见四横街一间依然亮着灯的店铺，便使劲地拍打着，吵开门，要了一瓶禾米酒和一些酒料带回去。

在静寂的新闻路宿舍，浓重的夜色一层层地笼罩着彷徨孤独的内心，轻寒的雾气从窗户里漫进来，仿佛要将整个人淹没在无助的情绪里。夜浪中不时划过尖利的响声，却全然无法让熟睡的人们有丝毫感觉。只有我，在这利刃般的洞刺之下，一次次无助地呼喊，内心软弱的花，一瓣瓣地碎落。

这正是一种无法形容的复杂难受的心情，一点无助，一点忐忑，仿佛掉进一个巨大的陷坑里伸手不见五指，盼不到前路与出口。这样一种郁闷的心绪，只有借助于高度的禾米酒来企图抚慰了，一杯一杯地下肚，就像一次次冲洗着剜心的伤口，直至凌晨三点多钟，才在迷糊中和衣睡了进去。

12 月 19 日，星期一

惊惶中一觉醒来，已是早晨七点多钟，匆匆洗漱后赶往医院。寒冷的空气裹挟着雾水从车窗里钻进来，让人感觉着一阵阵的冰冷。彬芳大道上刚刚铺过的沥青路面，被洒水车压过，来不及消失的一摊摊的水迹闪着亮光，把这沿途的早晨映衬得更加清冷。

早晨七点多钟的医院，与外面的冷清形成了小小的反差：医生护士纷纷前来上班，护工、勤杂人员，送药的，送水的，穿着和没穿白大褂的人们，各忙各的；而更多的是家属和病人的身影，老人，中年人，小孩子，就诊的，陪护的，入院治疗的……总之，踏入医院，处处让人觉得人声鼎沸。

停好车，爬上四楼，急急地踏入病房，第一眼望去，像整个世界轰然塌了下来！……隔床的阿姨还在床上，姐姐是做腿部手术的，陪护的妹妹在旁边支了张简易床，两人都已 50 岁上下的年纪。这是一间三甲医院的分院，窗户挂着有点破旧的窗帘，收了半边，没有开灯，光线半明半暗。

秋月的床边，放着两三个瓶子，其中一个瓶子是昨晚喝剩的助泻洗肠的药水，还有小半瓶。一切情形和昨晚离开时差不多，但又已经完全变了样！起身坐着的秋月，神情有点木然，眼睛里却不断地流着眼泪，脸上爬着两行细细的泪痕。脸色更加憔悴和苍白了，一望而知是因整晚煎熬失眠的缘故。

秋月见我的到来，也没有多大反应，泪水一直在流，不时伴着一两句压抑的、轻轻的抽泣。我询问隔壁床的阿姨，她说："刚才护士来过了，帮你老婆换了病号服，做了术前需要准备的一些工作，说要提前插胃管。一听到插胃管，她便哭了，怎么也不肯。护士只好说，那就等打了麻醉再插吧。"

原来，20多年前，秋月曾经在医院当过护士，知道病人插胃管的痛苦和难受，她向医生和护士提出，要等进了手术室打了麻醉以后再插胃管。让痛苦留给不省人事的时间，可见无奈的妻子，如何无奈地、可怜地怀想着一个小小的算盘……秋月现在从事报纸编辑工作，早期医院工作期间，她曾作为手术医生的助手见识过各式各样的病人。现在自己病了，连日来的恐惧和不安，也许真的已将一根脆弱的意志稻草压垮了！

见到如此情形，我原本就怔忡彷徨的内心，顿时碎得满地都是。

是啊，病痛的突然来临，就像被朋友拉去看恐怖片，猝不及防，惊慌失措。一夜未见，秋月憔悴了许多，我极力宽慰着她。我说："谁也不想做手术，这不是病了没办法吗。医生说了，你也上网查了，这种情况，唯一的办法只有手术摘除胆囊，并把胆总管里的石头取出来，才能解决问题。"在我的安慰之下，秋月的情绪有所好转，能够与我闲谈并说说笑笑了。就这样，在小心翼翼地等候中，术前难挨的时光在一点一滴地消磨。

无意之中，我看见秋月的右手腕扎着一个写着患者姓名和编号的纸条，我问："这是什么？"秋月说："这是手镯。"说完抿着嘴，漾着笑意，眼泪却在眼眶里打转！

——真的，我真的完全崩溃了！我从没有见过如此情形，更恰切地说，是我从来没有见过秋月这样的状况：她是在极度脆弱的情绪包围之下强作笑颜！惊惶如窜鹿的心绪在荒原上撒步奔跑，风在荆棘丛生的远处凄厉呼啸！……盯着秋月的泪眼，我的内心就像经历了一场雪暴的袭击，轰然坍塌了！

还不到 8 点，护士告知，要准备进手术室了。田家炳医院各个科的手术室集中安排在顶层的六楼，而综合外科在四楼，经过一番忙乎，我们陪着秋月到了六楼的手术室前。在那一刻，我的心里充满了酸楚而难言的滋味，却一句话都说不出来，只呆呆的、目送着医生和护士把秋月推进手术室。

　　随着手术室的门轻轻关上，心里空空的像一下子丢失了什么。尽管所有的患者都已进了手术室，而且大部分手术都不是一时半刻能做好的，但所有的家属依旧停留在手术室外，不肯离去，只是大家都压抑着一种情绪。在长长的过道上，人虽然很多，但显得很肃静，安宁，鸦雀无声。等待仿佛变得凝重。

　　透过窗户向外张望，灰暗的天空积郁着一股阴霾。院里植着大片的草皮，间或一些高大的细叶榕、木棉和梧桐。过了大半晌，太阳才懒洋洋地从稀薄的云层里钻出来，无精打彩地照在树间、草地上。虽没吃早餐，却一点也不饿，看到那样的阳光，倒有几分吸引，便信步走下楼来，坐在草地上的阳光里。

　　时间就在这样的枯寂与郁闷之中，一点一滴地流动，越是缓慢中的等待越是痛苦。不时仰头望望六楼手术室门口走廊上等待的家属，大都不愿离开，尽管他们知道手术最快也要十一点之后才能做好。我怀着同样的心情，一边察听着六楼的动静，一边就在草地的阳光里这样静静地呆着，一步也不敢离开。

　　临近十点三十分，估摸着十一点左右手术就能做好，便起身离开草地，返回六楼的手术室门口。在六楼的走廊里，依旧挤满了等候的家属。寒风轻轻地拍打着窗户，一丝丝寒冷的空气从窗户的缝隙中钻进来，拂过人们的面颊，会不时让人心中，不由自主地打个寒战。

　　还不到十一点，依依打来电话，说她和小志过来了，问手术室在哪。我站到走廊边的窗口，边回电话，边和楼下的依依、小志招手。就这样，我们在六楼一起等待。直至十一点多，才陆续有做好手术的患者，被医生和护士从手术室里推出来，每出来一位患者，都会在手术室门口，引起一阵小小的骚动。

梦月集

做好手术的患者刚从麻醉中苏醒过来，要近前才能认出来。我和依依、小志也像其他家属一样，每逢一位患者出来，就焦急地挤向前去辨认，希望出来的是秋月。但一次一次出来的，仍然不是。眼看已经十二点多了，秋月仍然没有出来，我对依依、小志说："你们先去吃饭吧，我在这里就行了。"

但依依、小志不肯离开，坚持要等秋月出来后再走。……就这样，时间一点点地过去，手术室里一个个患者出来了，还不见秋月，我的心在忧心如焚与难受中备受煎熬，在煎熬中苦苦等待。尽管一般来说，摘除胆囊是一种小手术，尤其现在治疗的科学手段先进了，采取微创手术，手术的成功率和安全性都有了保障。

但在摘除胆囊的同时，需要进行胆总管取石手术，尽管这项手术采用的是腹腔镜微创技术，但由于胆总管比较小，用这项手术还是存在一定风险的。剖开胆总管、取石、缝合伤口、放置引流管是一系列要求较高的手术过程。术前，医生就说明了：如腹腔镜条件下手术未能成功，就有可能中转为开刀手术。

"我尽力而为，请你们放心！"手术前一天，李主任这样跟我们说。他是我们见过少有的好医生，热情、细心、负责，脸上一直挂着平和的笑容，让患者和家属内心倍感温暖。

从秋月进手术室到现在，已过去四个多小时，患者基本都出来了，还没有秋月的消息，不会出什么意外吧？想到这里，不禁让我们的心，一阵阵地揪紧。

直至差不多中午一点半的时候，才见穿着一身手术服的李主任从里面出来，手里拿着一个不锈钢手术容器和镊子，来到我们面前，松了一口气似的说："终于好了，做得好艰苦，几次都想：开刀算了，但还是坚持了下来。胆管小，不能缝得太密，不然愈合后容易使胆管变窄，造成堵塞；又不能缝得太松，那样容易漏胆汁，不利愈合。"

李主任将容器里摘除下来的胆囊用镊子剖开让我们看，里面占了胆囊一半多的部分都是黑糊糊的结石，有的如绿豆般大小，有的则似沙粒一样。在胆囊之外，还有两个大小不一的石子，大的也如绿豆般大小。李主任说，那就是从胆管里取出来的。我已经尽最大努力了，手术虽然做得非常艰苦，但伤口缝合得还是不错的，血流得也不多。

又过了一会儿，秋月终于从手术室出来了。我们小心将她推回四楼的病房，暂时安排在医护办公室隔壁的监护室。秋月脸色苍白憔悴，身上插着吸氧管、胃管、引流管、尿管，让我的心里酸楚不已。此时麻醉还没有完全过去，她的神志还处于半清醒状态，还无法说话，只能用眼神和我们交流。

我们刚到四楼之际，岳母已急匆匆地从原来住过的那个普通病房赶过来。原来她十点多就到了医院，一直在病房里焦急地等待着。如今见到这般模样的女儿，眼眶红红的说着宽慰女儿的话。

眼看已经差不多下午两点了，大家都还没有吃午饭，在我的坚持下，依依和小志安慰完秋月，才先行离开。

依依和小志刚刚离开一会儿，病床上的秋月痛得大声呼喊，撕心裂肺。那是一种巨痛，无奈，深渊，黑暗，无尽的折磨……几乎所有严酷的形容词都在我的内心浮现了出来，但仿佛依然无法形容秋月那痛苦情状。那一刻，我的内心被狠狠地撕咬着，蹂躏着，惨不忍睹，眼泪终于像决堤的江河，奔涌而出！都说男儿有泪不轻弹，那是未到伤心处。

站在病床另一边，80岁高龄的老岳母，看到这样的情形，也止不住眼泪直流，手足无措，不知如何是好。此时，在病房外过道上的一位患者，听到哭叫声如此凄厉，勾头进来，惊讶地说："怎么没打镇痛泵？怪不得痛得那样厉害！"我急忙叫来护士，问为什么没打镇痛泵？！要求加打镇痛泵。怎料护士说，打镇痛泵是麻醉师的事，现在加打不了。

听护士这样说，我内心如焚，急忙找来李主任，强烈要求加打镇痛泵，以缓解病人的疼痛。李主任亲自打电话给原来手术的麻醉师，要求他给综合外科监护室35床的病人补注射镇痛泵。这样，麻醉师才下来给秋月补打了镇痛泵。打了镇痛泵后，秋月依旧喊痛，只是叫喊声没刚才那样厉害了，见此情形，后来医生只好再加打了一支杜冷丁和一支曲马多，秋月才安静下来，慢慢睡着了。

一场疼痛的折磨之后，秋月还在沉沉睡着，我也感觉精疲力竭。岳母说先回家做饭，晚上给我送晚餐，顺便再来看看。监护室是个大病房，一共有6个床位，目前只有两个病号。对面的患者是50多岁的中年妇女，做的小手术，已经能够自己吃饭了。神思恍惚间，见一瓶药水已经打完，我急忙按响了铃声。

晚上六点多钟，岳母送来了晚饭。因为中午没有吃，肚子早就饿了，我狼吞虎咽地把饭菜吃了下去，吃的什么、什么滋味都不知道，只把肚子塞饱了，恍惚的精神依旧在那里飘荡。从下午手术室出来后，秋月一直在打点滴，有消炎的，也有补充能量和营养的，她不时醒来，呻吟一阵后，又睡着了……

秋月术后住院期间，2011年12月22日恰逢辛卯年冬至。在病房陪护秋月的冬夜，短信接到丁师和求能师的冬至诗，便也和了一首：

近日因爱妻胆结石手术住院，朝夕陪护，恍惚之中，接求能师雅作，方知冬至已临，匆和一首，聊抒心境

> 塞胸沟壑满畲丘，日夕轮环似梦游。
> 时序临冬浑不觉，白驹过隙只空流。
> 皇天那日存公道，衙内经常耍戏猴。
> 且幸庸生相执手，抱团取暖可消忧。

（2011-12-22）

唐梦·散文卷

附：

冬至用阿丁韵（古求能）

白驹蹄竟过山丘，阴律阳和眼底游。

大地即将苏雪蕊，高天犹自酿寒流。

拿云心事知漂水，养鹤年光看沐猴。

莫道小楼足推枕，每于杯酒解殷忧。

辛卯冬至日得句（丁思深）

阳回寒日照林丘，欲采芳馨汗漫游。

天下何方能净土？九州无地不横流。

聊开倦眼观辽豕，莫让幽怀类棘猴。

人世卅年当一变，随行得句足忘忧。

　　此后的一个多星期，经过医生护士的精心治疗，亲人的悉心照料，秋月的伤口愈合得不错，在春节前康复出院。

（2012-02-28）

心安是福

今天是年初三。不知不觉，眼看着一个年就要过去了。2012年，匆匆的一年，动荡的一年。纷乱，疲惫，冷眼看世界。

我从年头到年尾，一直在忙。我的忙，主要是木屋的二期工程，因为这个，可以说，微博都荒废了一年。如今年关休整，那就随意写点什么吧。

时间过得真快，加上今年，已经在木屋过了三个年了！2010年底是陶然居和木屋同时落成，因此在陶然居开伙过年，年初一下到木屋；2011年在木屋过年，但一家人都在阿朝家里吃，直至年初三；今年因为新的厨房和饭厅落成，就在木屋开伙过年，没去阿朝那边吃了，加上两个弟弟回来，一样的热闹、温馨、祥和、幸福！

一年又一年，树叶飘落，桃花开过。人生如浮萍，每一刻停留，每一个水域，每一处风景，难辞留恋，但懂得铭记与感恩。一路走来，坎坷处，汗泪并流，平凡处，心如池水，不起波澜。在灰尘漫天的日子，远离城市，远离喧嚣，忘记那些不平与愤慨，回到蕉板排，回到木屋，且做一介村夫，安享内心简淡的阳光。

年初四，小阴，晴好

年廿七新弟和安弟回到蕉板排过年，适逢木屋二期工程入伙了，顿给木屋增添了温暖的节日人气和亲情。年初一大家一起回五华大哥家里，年初二去探望年迈的舅父舅母，年初三、初四在木屋闲待，未出动，无应酬。年初五任平、安静、嘉良等几个文友要来。

这个年就这样平平淡淡，真的很好。

阿朝的家里来了客人。阿朝和霞妹转外家了，阿坪和春华在外家接到电话回来操持接待客人。中午与客人喝了不少酒，始知回来的客人是乐潭下的乡亲，有的在北京，有的在梅城工作。醉意之中听到不少对木屋、对亭子的溢美之辞。一拨一拨的客人，总能听到那些怀恋的情结，思乡的念头。日暮乡关，何处是归途？

年初五，小阴，小晴

年真的一点一点就过了。今天除了任平、安静，蓝琳也说要来，蓝琳是户外的朋友，嫁人后出广州了，少见；任平、安静是哥仁。期待着这两日的欢聚，就复归宁静了。人生总是如此，欢闹过后就是平静，得平淡处且平淡，莫要奢求。酒地花天，未尝幸福；青蔬白粥，亦可开心。与其苦渡，不若释怀。

年初六接到依依的电话，她说晚上和小志一家回木屋吃饭，她说"我们也要转外家！"我心里一阵感动和欢心。依依和小月是我们认下的干女儿，小月远嫁韶关，大年初一来电话给我们拜年，通了长长一串贴心的话儿；说不定依依日后也会远离他乡，想起来真的有点伤感啊。小志结婚后生了个可爱漂亮的女儿，这次一家大小和依依一起来木屋，让我们倍感温馨和幸福！

又是一个蕉板排的黄昏！无数次这样的场景：当天色慢慢暗下来，阿朝家的窗光一点点明亮。一个原本平凡的日子，只因有了情谊，才让平凡透着更多的激动。阿朝的表弟来了，我喉咙发痛，本想喝点白粥，阿朝不允，怎么样也要我们过去一起吃，原来是宰了家鸡。虽然没敢和他的亲朋喝酒，但温馨依旧让人沉醉。

梦月集

526

年初九，晴

假期的末尾，真正的静了下来。我们明天才上班，儿子也是初十才返校，一家大小很正式地吃完早餐（因为有白粥、炒粉，也有年糕、萝卜粄），已经将近 10 点了。听说霞妹她们在倒里岌摘菜，便信步而往。只见几块鲜嫩的青绿怯生生地长在山窝地里，霞妹说：撒下菜种后，水都没来淋过，倒不长虫子！

返回木屋，静静看着新盖的房子门口自己亲自拟作和书写的春联：尘高沽浊酒，夜静赋闲诗。横批：心安是福。

——是啊，在尘垢满天、荒诞不经的现实里，能偏安于一方乡土，独善身心，谁说不是一种幸福啊！

（2013-02-19）

乡居小记

癸巳大暑，晨起云薄天蓝，妻曰："雨数日，今见风行而云散，恐放晴，床单衣衫可悉晾晒。"吾曰："可。"

然至午间，尚未入眠，大雨倾至。妻乃叹："晾晒衣物尽湿矣！"唐梦曰："木有办法。"

向晚，回蕉板排。但见晾晒衣物已从竹篙处收回木屋门廊，阿姨婆所为，至为感动。

阿姨婆者，阿朝母亲也。阿朝及全、坪兄弟三人，皆良善人也。自吾入蕉板排筑木屋，居逾三年，与其等相从甚欢，故称为兄弟。

吾尝谓阿姨婆为儿童团长，盖因自 20 世纪 90 年代，北联村乐潭下撤校之后，阿姨婆带着六个孙儿孙女，租居在西阳镇陪读。木屋落成之后，每逢周末，便绕道接阿姨婆及小孩回来，周日晚再送回西阳，数年未辍。

故，与阿朝等，非亲故，亦成兄弟也！阿朝姑丈发叔曾曰："有缘分，不是亲人，胜似亲人。"然也！

又，霞妹为阿朝之妻，其勤劳善良，聪明得体，慷慨大气，实乃客家妇女难得一见之楷模也！

至排中，告知停电，乃留晚饭。饭毕，众出门坪纳凉闲聊，忽见一轮清月自山林上腾空而出，皆惊呼：是故不送光亮，乃让吾等尽情赏月也！

是夜，小锅米酒三杯，微醺于木亭之内，品茶，听歌，相伴明月，至夜阑方寐。

（2013-07-22）

仓子下，那一场美丽的邂逅

这样的日子，已经相离太久了
是什么，牵绊了我们的脚步
是什么总让我们有着迟疑的借口

前行，并不需要太多的勇气
只要心中依然装着憧憬
路就会在脚下延伸

铭记着路上的风景
哪怕一草一木
都会因为感恩而沐浴美好的阳光

可以记起的，可以忘怀的
同样美丽。就像广袤的大地
将远方的云彩轻轻收藏
……

2011 年一个初冬的日子，在不经意的瞬间，决定了又一次美丽的驴行。

其时因为点滴的疏懒，因为生活的困顿，户外的日子仿佛已经渐行渐远。无意间浏览大森林户外论坛驴子们的活动召集帖，"仓子下"——猛然间这个陌生而又纯美的字眼跳入眼帘！说她陌生，是因为这几个汉字结合在一起的生僻地名，让人无法想象又无限遐思；而她的美丽，经过先行的驴子们一次又一次绘声绘色的描述，后来又办了红叶节，其婀娜的身影，纯净的眼神，摇曳的风情，早已深深烙在心中，心向往之，以至于骤然面对时一点仓皇、一点难掩惊喜的心情溢于言表，决然地跟帖报了名。

这是一次徒步穿越仓子下的户外野营活动，帐篷、营灯、炉头、登山杖、徒步包……拾掇这些久违的户外装备，跟上"大部队"出发，有"大鱼""简单""孤狼"等等一批户外的老朋友同行，只待前方的风景出现，与心交融。

上举镇仓子下位于平远县中部，地处南岭山脉和武夷山脉的交界处，植被保存完好，山虽不高，但其间林木苍翠，地下水资源丰富，地表流水纵横。零星点缀的枫树，枫叶黄里透红，偶尔的丹霞地貌为她增色不少。尽管自 2010 年 12 月平远举办首届仓子下红叶节后，深受关注，吸引了大批慕名而来的驴友和游客，但因其地理位置偏远，平时也较少有游人，因而保存了相对原始的山林植被和淳朴民风。

驴行的队伍一路途经百丈礤、文峰阁和上门石，最后到达仓子下野营。在百丈礤，有一个废旧的水电站，已经无人看守。大家就在此地休息并做午餐，纷纷拿出炉头、炊具和自备的食物，取一旁的清溪水做饭、饭后煮茶。电站位于谷中，午间雾气升腾上来，笼罩在四周。驴友们就在这样一片云蒸霞蔚的氛围里谈笑风生，然后继续上路。

一条条铺满落叶的小路，一段段清澈的溪水，一畦一畦山坑边的水田畲地，木桥、古石、山风、密林……驴友穿行在山水间，眼前不时映现高山白云，瓦屋墙篱，美得让人心醉。正如所有动人的剧情都必然会穿插一个扣人心弦的高潮一样，在离开百丈礤电站大约一个时辰，在小溪边的山坡上、石缝间，出现了人们传说中的红豆林！初冬，正是捡拾红豆的好时节，驴友们欢呼雀跃，攀爬上山，在树林下、石丛间，小心翼翼地翻弄、寻找，捡拾着一颗颗如珍珠般大小、玲珑透亮的相思红豆，将这一刻心底最柔的部分、最美的心思留下、珍藏！

日暮时分，我们来到了预定的野营地：仓子下畲脑村。只见深山人家，田垄包围，红叶相映。一行十几个驴友在村人家里享用完土鸡煲粥和私园小菜，开始寻找草地，扎帐篷。当晚在村中的禾坪里，大家围坐在一起，做游戏、HappyParty、斗啤酒、望星星，夜阑方散。

次日抖掉帐篷的轻霜，经苎子坪、龙文村，结束了仓子下的徒步穿越。

人生的境况，常常因偶尔的冲动而美，弥足珍贵。经年过去，这一场美丽的邂逅，我依旧不敢轻易回眸，只能守住骤然相遇时那份最初的纯真，轻轻地远望。

（2013-08-23）

梦月集

自己的世界

酷热依旧包围着城市，突然想要逃离。拣了简单的行囊，背起背包，"来一场说走就走的旅行"——开始，这是谁说得那么煽情？

穿越河流，穿过街道，穿过近来热炒的富力城，来到我们心中的另一个桃源：别处。灯光宁静，夜晚美丽而温馨。

酷热，郁闷，丑陋，荒唐。总感觉，这不是我的城市，你们的城市还给你们。我情愿做一只时时迁徙的候鸟，寻我们的季节。以简淡和疏离的姿态，对抗这无趣的人间。

103 岁寿辰的杨绛先生，曾说：

"我们曾如此渴望命运的波澜，到最后才发现：人生最曼妙的风景，竟是内心的淡定与从容……我们曾如此期盼外界的认可，到最后才知道：世界是自己的，与他人毫无关系。"

（2014-07-18）

温馨如斯

随着昨晚又一个通宵，荷兰用让人揪心的方式进入四强。早上自6点多开始，关机，睡觉，至中午11点多醒来，吃了白粥，中午接着睡，至下午4点醒来，前往报社值班，签完版。想着一晃又半个月没回蕉板排了，便和秋月商量，决定回来。

途中下了点雨，酷热的天气顿时凉爽了许多。回到蕉板排，阿朝那边空无一人，电话一问，才知道他们都去割禾了，全家老少都在田里。回到木屋，门坪又掉许多落叶。这个夏天一直雨水断续不停的缘故，门坪的砖缝里都长出一些草来。打扫清理完门坪，雨却越下越大。依稀听见对面有了摩托和人声，阿朝他们终于收工了。

自从2010年底建好木屋，曾经天天回来居住，城市与乡村之间，早出晚归，风雨无改，一住就是三年整。去年冬天，秋月的颈椎及膝关节疼痛愈来愈严重，怀疑是山里湿冷的空气有所影响，决定迁回梅城居住，来蕉板排的时间就少了，常常只是整个月内，逢周末才能回来住一两个晚上，都是匆匆而回，匆匆而别。

蕉板排给了我们太多太多。在那些沉迷彷徨的时刻，在那些风雨如磐的日子，总是她给我们深深的抚慰，短暂的欢乐。阿朝古道热肠般的情怀，霞妹质朴纯然的笑容，蕉板排的一草一木，都让我们感受到了从未有过的舒心和幸福。正如这蕉板排的黄昏和夜晚，不管其炎凉风雨，总是温馨如斯，直入人心。

梦月集

蕉板排的黄昏在滴答暂停的雨声中慢慢散去，雾霭以其固有的态势慢慢围拢过来。夜色渐浓之际，窗光亮起。阿朝在对面亮开嗓子，高声唤我们过去吃饭。晚餐照例要来一点小锅米酒，农家菜，糙米饭，醺醺然把蕉板排的池塘小路喝得高低不平。趁着湿漉漉一点迷蒙的月色，回到木屋，一杯绿茶，几声蛙鸣。烟光山色中的蕉板排夜晚，如何将息？

（2014-07-07）

相　逢

依依和可可是我们认的女儿和妹妹。

乙未年的气候，怪到了极点。下雪、打雷、回南天！这些原本和南方小城梅州的冬天毫无关系的词，都实实在在地发生了！《上邪》说："冬雷震震，夏雨雪……乃敢与君绝。"也许，尘世间的哪位女孩子，正决绝地要与某个男子分手罢。

一直下着雨水、寒冷着的天气，年前却放了晴，甚至还有了些薄薄的暖阳。历经整整五载，木屋在岁月的风雨中渐渐沧桑起来，外墙的半圆木不少已经起了黑霉，露天的木梯扶手，也开始有些腐坏了。入门口的草坪，因为没了管理，长了许多杂草，灰沙砖铺成的木屋门坪，显得愈加的斑驳、古旧。幸好，靠山边的一株梅花，靠木亭、水塘边的一株梅花，她们都开得异常的灿烂，仿佛一对遥相嬉笑的姐妹，无拘无束地打闹着、欢乐着，给这蕉板排木屋，原本平淡的空间，平添了几分暖暖的情绪，和昂扬的色彩！木屋后山、四周茂密的林木，也正开始抽芽泛绿，沿着春的小径，碎步走来。

依依是一个美丽的女孩子，几年前和我们在户外认识，有一段时间常常邀我和秋月一起爬山，碰到熟人，问道：原来有个这么漂亮的女儿啊？！我只呵呵地笑着，就算这样认下了。只是很快依依就去广州发展了，逢年过节回了梅城，都不忘来看望我们，和我们相聚。

依依在梅城时，开过茶艺馆，因此爱茶甚于生活的其他爱

梦月集

好。蕉板排的"木屋瀹茶会"，依依"司茶"，可可说："那我'司炉'吧，很专业的哦！"那顽皮天真的样子，让人忍俊不禁。

可可是温州人，在梅城经营"李记谷庄"，是该普洱茶的粤东总代理。因为感情的纠绊，一直深愁压抑的她，憔悴了许多。我和秋月邀她到蕉板排和我们一起过年，她犹豫再三后，答应了，除夕上午，大家一起来到了蕉板排木屋过年。

爱人秋月负责大扫除，我贴春联。年夜饭前，秋月摘了些柚子叶，代替香草，泡在热水里，一个个洗年澡。洗完柚叶香的年澡，新年能驱邪，一年心想事成、平安吉祥。洗完新年澡，蕉板排的农民阿朝就喊吃饭了。阿朝的母亲为首，阿朝三兄弟加上我，四兄弟四家 17 口人两大席，团团圆圆热热闹闹吃了个年夜饭。夜色降临后，燃放烟花炮仗，看央视春晚……蕉板排的上空，弥漫着欢乐温馨的气氛。

一直到年初三，每顿饭都是阿朝那边喊了我们就过去吃饭，吃完碗筷一放，就只顾清闲了、游玩了，霞妹妯娌一点家务都不肯给我们干。可可说："这是我这些年过的最幸福的一个春节了！"

小小的木屋只有两房一厅，我和秋月、可可各占一间，莫凡就只好睡沙发床了。除夕的晚上，温度还是非常低，因为只有一部暖气扇放在厅里，大年初一的早上，可可说给冻醒了。幸好气候逐渐转暖，从大年初一开始，我们不断地探亲访友、赏花，到附近各处游玩，到潮塘看千年古梅，闲逛雁洋长教村、灵光寺，到丰顺泡温泉、游古村落建桥围，到明山上炉肚赏樱花……

许多年以来，一拨一拨的人从我们的身边走过，能够回首的，能够停留的，是那么的微少、弥足珍贵。短暂的人生，不外是由分别和相逢组成的。有的上辈子分开了，今生重聚；有的分别，不再回首；有的分别，是为了重逢；有一种相逢，便是永远。

这一个春节，多了依依和可可的相陪，过得更有滋味，心里盛着满满的幸福。

（2016-02-24）